空巢

乡村留守老人生活现状启示录

彭晓玲◎著

作家出版社

目 录

引 子

小时候，我常到隔壁廖家去玩，廖婆婆、汉堂哥嫂，一家三口，日子虽过得清贫，但我总能听到很多笑声。

忽一日，剃头匠汉堂哥外出给人剃头，突发脑溢血，当场死去。没过多久，汉堂嫂也改嫁而去。

这样，我的隔壁就只剩廖婆婆一个人了，整日整日冷清清的，听不到笑了。

自此，廖婆婆常常随我一道上山砍柴，转过脸就流泪，动不动就叹气。

又过了几年，她娘家的侄子将她接去养老，将她家的家具都搬走了，顺手还将她家的房子也拆了。

从此，我再也没看见过她。

我一年比一年地想看到她。

我开始流泪。开始叹气。

我开始不敢常回老家了。

第一章

湖南行：但愿不再忧伤以终老

张福全：儿子有家难回

2013年，渐近年关，天气却好得一塌糊涂，阳光普照，冬天的田野把一切都收拾好了，就等春天。

这是一次漫长的出走，我要出门去寻找廖婆婆。

浏阳西乡，镇头镇，大片大片的良田，都栽上了桂花树、罗汉松。良田由山地开发而来，现在，良田却栽种花卉苗木，变回山地。

当地的一位小学退休老师陪着我，就在由官桥通往北星的公路边，我们来到李菊梅老人家里。

四周一幢幢色泽缤纷的新式楼房悄然立于阳光里，李菊梅家的二层小楼满身灰暗，停在20世纪80年代的式样里。

快下午两点，李菊梅刚收拾完厨房，闻声迎了出来。老太太瘦瘦的，脸有些苍白，齐肩的头发扎在脑后，看来应是精心染过，一件暗绿色的棉衣很得体，不像其他农村老太太那么衣着随意。

老太太忙慌慌地搬了几张靠背椅出来，放在台阶上的太阳里。然后开始给我们沏茶，我忙起身帮忙，但老太太坚持让我坐着，直到将茶一一端给我们，才小心地在旁边坐了下来。

老太太的表情一直不自然。

一种隐隐的谦卑与忧虑，这不应该是年关将至的气氛。

她的眼光躲躲闪闪，我问起话来也磕磕碰碰。

李老太太曾是个乡村裁缝，一辈子不会做农活，也很少做过农活。1955年年初，她刚刚20岁，经人做媒，与同年的张福全结婚了。张福全虽然其貌不扬，却是当地小有名气的裁缝，曾在株洲城建宁街建新服装店当过学徒，学得了一身好手艺。婚后，原本心灵手巧的她便随丈夫学缝纫，很快就操练出来了。开头几年，夫妻俩联手做上门生意，后来便各接各的活儿。在相当长一段时间，夫妻俩不用面朝黄土背朝天地在地里刨食，一年四季辗转在镇头、官桥、井龙、扬眉等地，到处为人缝制新衣服，吃香的喝辣的，令人眼热。当然，他们的工价也不高，最多一块六毛钱一天，有时也只有一块两毛钱一天。每年两人还得拿钱去生产队买五六千工分，不然就分不到口粮，间或还得交工商税，这样，所赚的钱便所剩无几了。只是，他们还得尽力存些钱，家里的土房子实在太破旧了，随时都会坍塌。

说到她儿子了。

李菊梅身子单薄，结婚多年都没怀上孩子，令她抬不起头来。不知听了多少闲话，拜了多少菩萨，喝了多少苦浸浸的中药，到第十二个年头，她快绝望时，惊喜地发现自己竟然怀孕了！

生下了儿子张新优，她的头抬起来了一点。说到这里的时候，老太太脸上有了隐约的笑容。只是，我太知道在漫长的苦闷与一丝喜悦之间，她承受了多少压力，背负了多少歧视。万一与人有了纠结，吵起架来，常会败下阵来，什么不下蛋的鸡婆，什么前世没做好事，要多么恶毒就有多么恶毒！

李菊梅不光生了儿子，儿子还健健康康地长大成人。到20世纪80年代初，儿子高中毕业了，家里的情况好转，他们还修了栋当地最好的土砖房。夫妻俩此时已五十出头了，虽说带了不少徒弟，自己却有些做不动了！此时，丈夫张福全眼见人们因分田到户手里宽裕了，当地人讨媳妇除了满屋子的新家具，至少会置办自行车缝纫机等，便试着在北星桥街上开缝纫班。不想来学的姑娘还挺多，每人一月收六块到八块学费，连办了两年，所赚的钱正好用来操办儿子的婚事。

儿子结婚后，很快就有了孙女孙子。他们家正好在公路边上，儿子做起了当时最热门的种子生意，也就是将此地村民培育的种子贩卖到岳阳、汨罗等地。

　　到1985年，他们家又建起了当地最早的红砖楼房。

　　老太太眼睛有些花了，缝纫做不动了，心想就安心帮儿子带带孩子吧。就在老夫妻以为自此可以高枕无忧时，先是发现孙子张健脑子有问题，带到医院去检查，说是天生智障，全家人都蒙了。不久，儿子张新优做种子生意亏本了，将手里的钱都赔了外，还欠了大量外债。

　　张新优只得丢下一家老小远走他乡。

　　不久，媳妇离婚走了。

　　面对一双年幼的孙女孙子及猛然空落下来的房子，老太太病倒了，一病就病了好长时间。

　　说到这里，老太太脸上重又聚拢了阴云。她的牙关咬得紧紧的。

　　我看得懂那样的表情。

　　"您只生一个儿子么？"我问道。

　　"当年好不容易生下儿子后，再也没怀过了！"老太太叹道，"要是多生个女儿多好呀！"老太太又开始叹气。

　　"明知你们两位老人带不动孩子，媳妇怎么就离婚走了呢？你怨她么？"

　　"说不怨是假的，但既然自己的儿子走了，也不能强求人家年轻轻地就守着，她有她的日子要过呀！"老太太越说声音越小，站了起来，往内屋去了，说要给我们添些热茶。

　　我不由暗地里责怪自己，我不应再触到她的痛处。

　　我忙站了起来，我的眼泪也要上来了。

　　我一下想起了廖婆婆，似乎所有的老太太，心酸的时候，止不住要流泪的时候，她们都必须要转身。

　　我来到地坪里，看看这栋旧式小楼，沾满灰尘的白色，几成

4

黄色。

很快，老太太提着开水瓶出来了，仿佛不记得我问过什么，只热情地招呼我坐下，招呼我喝茶。

儿子媳妇走后，老夫妻毕竟年纪大了，再也做不动了，到1991年年底便正式歇业。他们强打精神，依赖往日不多的积蓄，重新学做农活。只是，儿子，逃债的儿子总是他们最深的牵挂。

儿子长时间不知去向，有人说在浏阳，有人说在长沙，还有人说在株洲。他们也不奢望儿子回来了，即便回来了，又如何面对庞大的债务呢？就在那几年，常有人上门讨债，眼见他们一家的凄凉境况，大都摇摇头就走了。也有人会搬走一两件家里的家具，家里便越来越空，到现在就剩下几张睡觉的床，几件盛衣的柜，还有些桌子椅子。

孙女初中毕业后就出去打工了，孙子读不进书，也干不成什么活儿，就干脆让他待在家里。

大约在五年前的年底，也是快过年时节，想起在外飘荡的儿子，老夫妻不由满腹愁绪。那天晚边，孙子到隔壁家看电视去了，老夫妻坐在火房里烤火，相对无言。突然门外有人在敲门，张福全老人起身去开门，一股冷风蹿了进来，门外却没有人影。正要关门时，一位中年汉子却闪了进来。老头子吓得愣住了，来人却赶紧将门关上，反转身子过来叫了声：爹爹！这一声既熟悉又陌生的呼唤，令张福全不由一怔，莫大的怨恨与委屈汹涌而来，他早就憋着要狠狠地打他的耳光，他果真扬起手狠狠地打了儿子一个耳光。儿子站在那儿一动不动任他打，当他扬起手再要打时，李菊梅拖住了他的手，然后扑着过去抱住了儿子，哀哀地哭了起来。眼见着母子俩早已哭成一团，张福全也不由得眼泪双流。

老夫妻已年近80岁，儿子终于稳定下来，在株洲做生意，又组建了新的家庭。但是，他依然只能趁晚上偷偷地回家看看，又匆匆地离开，但好歹给这个家带来些许生气。

坐在温暖的阳光里，李菊梅说起往事，说完儿子，又担忧起快30

岁的孙女只知道赚钱补贴家用却不结婚，担忧孙子在他们百年之后该如何生活，担忧儿子在外躲藏到何时？她说她不敢多着急，她患高血压多年，着急多了就头晕。不久前她还昏倒在地上，好在孙女刚好在家休息，赶紧将她扶了起来，请来医生给她看病打针。

老太太说着又开始心痛起来，她真心心痛那些钱，也真恨自己得了这种病，常常得花钱买药吃。

正说着，张福全背着一只纤维袋回来了，后面还跟着老队长。

张福全放下纤维袋，袋里跑出两只鸡。张福全如释重负似的，想要站直些，但看起来一时半会儿站不直了，毕竟，这是几十年的重压叠加。

张老比老伴儿看上去更显老，戴着一顶旧棉帽子，难得的是，他的思路却异常清晰，人也乐观些。他几乎是带着笑说，想到只有十来天就要过年了，就去附近人家买了两只鸡。一旁的李菊梅却苦着脸，连连叹道：还买什么鸡？真是浪费！老队长忙附和道，买两只鸡用不了多少钱，过年还是让孩子们吃好点！

老太太一直嘀咕着，又花钱了，本来可以不花的。

张福全不再搭理她，也和我们说起昔日做缝纫的日子，故事又要重演一遍了，回忆大概是他们俩主要的生活。说出来，或者没说出来，都是那些逝去的好时光。

张福全说着我已听过一遍的故事，我还是听出了别的内容，因为他是带着笑意说的。这笑意还一直延续到他主动说到儿子身上。他说，就是这样了，只有面对，儿子有家难回，只要他在外平安就行。

我不敢接话，因为旁边还有老太太，她又一次起身去为我们添开水。

临走时，张福全托我去问问镇上，原本，他们夫妻俩与孙子从2010年就吃了低保，有了低保吃饭至少还能对付，都两年了，不想今年就取消了，他想不通。他说：我们再也干不动活儿了，没有任何收入，孙子又不知事，真希望能赶紧恢复低保，不然我们日子就难过了。我赶紧表态要去镇上查一查是怎么回事，我说得很坚决，那几乎是本能反应。

张福全露出深深的感激。

从深深的忧虑，到深深的感激，我突然明白我满口答应的事对他们来说意味着什么。

我顿时黯然。因为，我也只能建议镇政府恢复他们的低保，但决定权不在我手里，只怕不能帮上他们。

走出他家地坪，夫妻俩还站在大门口一直目送，张老那佝偻的背，他俩脸上勉强的笑意，令我不忍多看。我赶紧将视线投向了屋一侧的菜地，菜地很宽，种的菜却不多，长得也不好。

是的，人老了，连菜地都不太听他的使唤了。

走出半里路了，老队长从路边站了起来，也不知什么时候他跑到了我前边，蹲在路旁等我。我忙停下车来。

话题再一次回到张老一家。

张福全在自家菜地里拔萝卜

老队长是张福全为数不多的老朋友了，他再一次为我复述了张老一家的故事，只不过夹杂了他特有的唏嘘和感叹。他的表情，他的怜悯，还有他复述时增添的几个小细节，让我加倍地沉重起来。

张福全的儿子张新优，当年贩卖假种子出事，导致不少村民颗粒无收，被判三年徒刑。虽是缓期执行，但还是匆匆逃走了，他老婆也丢下一双儿女离婚走了。仿佛是摆脱不掉的霉运，他的儿子智障。这个孩子有一天跟人说，自己的爹晚上偷偷回来过，去年还接全家去株洲过年。于是，苦守在家的老两口儿的低保被取消了。

孩子今年又说了，今年，他爹做生意亏本了。肯定是偷偷地都没回来了。

张水美：我宁愿早死

就在2013年年底，我作为致公党浏阳工委的代表，走访了联城社区的六户贫困户，得以遇见张水美老太太。

张水美已经80岁了，满头白发，佝偻着背，有些虚胖，脸色不好，在自己家里走动都得用拐杖。社区小张告诉我，她是外地人，当时辞了工作，随丈夫李榕生来到浏阳，好在丈夫一直在浏阳一中担任外语教师。当丈夫2011年过世后，就独自生活在浏阳一中老家属楼里，自己就住一间小房子，靠出租另外两间房给学生过日子。就在不久前，社区刚为她办了低保。她浑身都是毛病，患严重的甲亢病。走访那天，匆匆见了一面，粗略感受了她落寞的神情，就一直牵挂着。就在除夕前两天，阳光很好，我特地再去看她。

她住在四栋二单元二楼左边，时间已是下午两点多了。上午社区小张就与她约好了，可我敲了许久的门，门内寂然无声。小张却肯定地说，老人应该不会出门。于是，小张又打老太太的小灵通，打了好几次，也没有接。我们的心悬了起来，更大声地敲门，门终于开了。老太太依然穿着那天那件老红色旧棉袄，黑色的毛线裤，竟然没穿罩裤，一手端着饭碗，一手拿着筷子。老太太今天的气色看上去没前几天好，一见我们，连连道歉地说，她上午起床很迟，刚蒸热了昨天的剩饭剩菜，坐在小饭厅里吃，也就没听见我们的敲门声。

屋内有些阴冷，空气也有些浑浊。我们陪她来到小饭厅，靠大窗摆了一张小饭桌，桌上摆了几碗剩菜，油晃晃的。老太太手里的饭碗依然是满满的，米饭上盖了几根煮过头的菠菜。她说，她没胃口吃了，干脆放下碗筷与我们聊了起来。她的普通话夹杂着外地口音，中气又不足，有些含糊不清，听起来有些吃力。说着，说着，老人就哽咽起来。

她1933年3月出生于上海，当日本兵打到上海来时，做小生意的父亲带着一家老小逃到苏州乡下老家太平桥镇。安顿下来后，父亲将平日里积攒起来的钱，赎回之前祖父的田，有七亩多，倒也够一大家子的口粮。张水美排行第三，其时父亲将她与姐姐都许配给了当地农民。可新中国成立后不久，张水美到北京远房亲戚家当保姆，几年后亲戚便介绍她去工作。几经周折，她于1957年初进了当时外交部机械厂当机工，虽没正式上过学，但她人很聪明，迅速成为一名技术熟练的机工。而早在她来头一年，李榕生也自北京对外经贸学院外国语言系俄语专业毕业，分配到外交部当专职翻译。李榕生是广西藤县人，也是穷人家出身，当他在同事家里看到水美的相片时，一眼就喜欢上了这个质朴又灵慧的姑娘，便央求同事当介绍人。李榕生其实还比水美小一岁，但他就是喜欢她的清纯上进，水美自然也喜欢这个纯朴有学问的大学生，两人于1960年结婚了。

没多久，中央机关于1961年年初抽调万名干部到农业第一线，李榕生也在被抽调之列，与几十名同事一起来到了湖南浏阳淳口镇。两年后，原本应该回原机关的几十名干部，却被要求填写重新分配的志愿，李榕生被莫名其妙地分到了郑州。无法回北京，也无法到苏州，在此陌生之地待了没多久，他干脆又回到了浏阳，到浏阳一中当了一名外语教师，从此扎根浏阳一辈子。

就在丈夫远赴浏阳后不久，水美发现自己怀孕了，预产期在当年8月初。水美身子弱，当时食物匮乏，更别说营养品了。好在预产期前，丈夫回来了，还带回了他节省下来的一斤猪油。一周后，儿子降生了，总算能陪妻子坐月子。可儿子56天时，水美就得上班，丈夫也回浏阳了。当时她既要上班，又要带孩子，没什么东西吃，她竟喝酱油水、吃冬瓜发奶。到后来，她瘦，儿子也瘦，丈夫回来探亲时看了心痛不已。

如此几年的分居两地，使得夫妻俩疲惫不堪。几年后，几经思索，水美干脆辞掉北京的工作，带着儿子来到了浏阳。再苦再累，一家人在一起比什么都强。

丈夫工资不高，水美就四处找事做，在城区鞭炮厂打过零工，在城关镇竹帘厂上过班。她不怕苦不怕累，只要能自己养活自己，补贴家用。她在竹帘厂上了20年班，到20世纪80年代厂子垮了，就回家了。此时，儿子从湖南省技工学校毕业，在浏阳土产公司上班，且娶妻生子。竹帘厂是街道工厂，水美也就没有退休工资，只得靠丈夫一人的工资过日子了，省吃俭用倒还过得去。1994年丈夫退休时，儿子所在的土产公司效益却越来越不好，还得时不时接济他们一家三口。李老师只得接受浏阳高考补习学校的聘请，整整上了8年的课，将所有补课费都存了起来，说要留给妻子用。

之后，夫妻俩过了差不多10年的平静日子。

2011年夏，李老师突然病重住院，住进了重症监护室，每天花费1万多元。连住40多天院，用光了他们所有的积蓄。那天一大早，他已不能说话，只能拉着老太太的手默默地流泪，万般眷恋地离开了人世。老太太从此陷入了孤独悲痛的境地，常常独自站在窗前流泪。就在与我们诉说时，时不时地就哭出声来了。她说，榕生对她好，她这辈子不后悔与榕生结婚，不后悔远离亲人来到浏阳。可榕生怎舍得离她而去，让她独自生活在这套房子里？

听着老太太伤心的呜咽，我的心里沉甸甸的，想起她还没吃几口饭，端起桌子上的饭碗递给她，她接过又放下了。她甚至有些气喘吁吁地说，她每天上午很晚起来，差不多中午了才开始做饭，也吃不了多少！天气好的话，下午就挣扎着去菜市场买些小菜。有时晚饭就熬些稀饭，或者什么也不吃了就睡！

我听得急了，忙问，您儿子呢？怎么不来照顾您？

谁知不问还好，一问老太太又哭了起来，我赶紧给她倒了杯水。

老太太喝水之后，平静了些，但依然带着哭腔：儿子前几年离婚了，什么财产都没要。50多岁的人了，也找不到好工作，就在城区人民西路包了间邮政电话亭，很少有时间来照顾她。孙子则远在深圳打工，最多过年时来看看她。一年前的一个冬天，她不知怎么就昏倒在小饭厅。租住的孩子们都上课去了，不知过了多久，她才醒过来，只觉浑身冷冰冰的。她心想要是再躺在地上，着了凉受了寒，不大病一场才怪！死并不可怕，她倒想早些死，便可以早些看到老头子，又能与老头子待在一起过日子了，怕只怕万一中风瘫痪了，那可得受累呢。她积攒起全身的力量，挣扎着爬到睡房里，终于摸到电话。费劲地打了儿子的电话。儿子匆匆赶来时，她还躺在地上。她果真病倒了，一连躺了好多天，眼泪都濡湿了枕巾。

看着老太太扁着嘴哭的模样，我也掉泪了，我想起了廖婆婆当年孤苦无依的模样，想起了我早逝的妈妈曾经受过的磨难。倘妈妈还在人世，又是什么模样，我们兄弟姐妹能好好照顾她吗？父母辛苦一辈子不就是为了儿女，可儿女又能回报多少？老太太如此状况，她儿子难道不知道？再忙也不能将老母丢在一边呀！

但为了不惹老太太伤心，我不敢再问她儿子的情况。只是反复和她说，走路要小心，不要吃油腻的东西，要按时吃药！恍惚依稀间，她成了我的母亲，抑或就是廖婆婆，我是如此担忧她。

我来到她的睡房门前，房里的光线更阴暗，但见靠右墙摆着张小床，床对面便是一张两门衣柜，靠窗摆着一张书桌，而床与书桌之间又有张木桌，上面堆了各式各样的药盒，看来是老太太平日要吃的药。床上的被子没有叠，看上去也不厚实。毕竟老了，哪有精神来收拾呢？我仿佛看到每天每天，老太太躺在床上，睁大着眼睛，呆呆地看着天花板。我不敢再想下去，赶紧将视线收回来，便看到进客厅的地面摆满了一大堆金灿灿的东西，有鞭炮、纸钱、纸元宝、纸房子等。老太太告诉我，这些物品是准备过年时烧给丈夫的，希望他在另一个世界里不愁吃不愁穿有人陪伴。而墙上，相框里的丈夫正笑笑地看着她。

告别之时，老太太坚持要送送我们，我不愿她辛苦，温和地劝阻她。她却撑起拐杖往门外走，我只得小心翼翼地扶她下楼梯。

来到楼下小坪里，老太太却有些心不在焉，立住了脚，双手撑着拐杖，愣愣地瞧着不远处几个坐在阳光里聊天的老人，一动不动。她在想什么呢，我只得静静地站在她的身边。

易卓雄夫妻：我们就在房间里待着

2014年正月十一下午，我走进域内最大的养老院淮川老年公寓，寻找可以接受采访的老人。

淮川公寓位于城市东边，既有政府供养老人16人，还入住了100名自费或由儿女供养的老人。也许是天冷，或者是春节吧，不大的院子里，来往的老人并不多。

走进一楼的办公室，王春生院长迎了我，但没说几句话，就又要忙别的，一会儿解答来询问情况的老人，一会儿接电话，回答入院者的条件与要求，看来公寓里已是一床难求。

后来，王院长带我来到413房，房间内很整洁，两位老人正安静地坐在烤火炉旁。婆婆在看一本杂志，大伯则戴着眼镜在看报纸。见我来了，两位老人都站了起来，大伯随手扯过椅子让我坐下，婆婆就忙着去盛糕点。两位老人年岁已高，婆婆留着齐耳短发，脸上手上满是老年斑，大伯则很瘦，个子比婆婆矮，背还有些驼，精神倒不错。

天气实在冷，大伯在屋子里也戴着帽子，婆婆则穿得厚厚的。

我坐了下来：天气冷，怎么不开空调？大伯不以为意地说，没什么，我们穿得厚，又有烤火炉，空调那东西费电！

没想到大伯很健谈，得知我的来意后，笑眯眯地看着我，从容地说起了他们的故事。大伯、婆婆都快90岁了，大伯名叫易卓雄，老家在湘潭，1925年7月出生于长沙打卦岭。因父亲做小生意，他得以上学读书，于1944年5月在衡湘中学高中毕业。不想此时日军打来了，回不了家，只得与另外几个同学慌慌地随欧阳老师逃难到他的老家——衡山岭坡坳。依然觉得此处也不安全，他们便随同学黄淑华参加了当地自发的抗日组织——衡山国民抗敌自卫团。易卓雄被分在特务大队，也没上过战场，就是教大家唱抗日歌曲，学学文化。坚持一年多之后，到1945年8月日本投降，他才历经艰难回到长沙，不久考上了湖南大学化工系。

毕业时，正是长沙解放之时，易卓雄怀着满腔激情参加了人民解放军，被分在四野军政干校。他甚至顾不上回家看望妻子及刚出生才几个月的大儿子。妻子吃了大苦，当时他却没在身边，令他羞愧到现在。不由自主地，我侧脸看了看婆婆，婆婆倒不在意的模样。夫妻一路风雨相伴，能相伴到老是一种福分，没有必要再去计较那些恩恩怨怨吧。

1950年4月，易卓雄被分配到青岛海军业务学校学习，之后就分到刚组建的海军后勤部军械科当科员，他自是雄心勃勃地投入到新的工作中。谁知1951年8月海军内部开展忠诚老实政治自觉运动，就因中学毕业时曾经集体加入过三青团，就因参加过衡山国民抗敌自卫团，他未能过关。再诉说也没用，他与五六十名战友被集中到青岛农村集训，每天就是开小组会议，老实交代问题，真是度日如年。到第二年5月，易卓雄被定性为历史反革命，被判三年有期徒刑，被送到山东交县偌河农场劳改。

如此遭遇，也只得承受。他当上了农场技术员，指导改造盐碱地。三年后，他被调到新成立的济南工业专科学校当上了化学教员，却没有正式的编制。到1962年9月，一纸文书干脆将他遣送到了妻子陈剑兰所在的户籍地——浏阳县葛家公社西冲大队筒车队，自此成为了一名农民。他竟清楚地记得当年介绍信的内容，几十年后，还能一字一句地背给我听：兹有我校化工科教师易卓雄响应党的号召，回家参加农业生产，并发给农业补助金153元整。他当然也清楚地记得回到妻子身边的情形：正是过苦日子的时候，他背着从牙缝里省下来的十来斤大米，千里迢迢地回到浏阳乡下。乍一见到妻子儿子他真是恍然如梦！瘦弱的儿子躲在妈妈身后，不认他这个爹了。之前那么多磨难他都没流泪，其时他却再也忍不住泪如泉涌！

易卓雄个子不高，空有满腹学问，也不知他在漫长的岁月里如何应付繁重单调的农活儿，好在妻子还能在当地小学教书。后来，他们又有了小儿子，负担更重了，还得经受旁人的冷眼与人情冷漠。

就在这时，易老站起身来，要去找他的退伍证给我看。婆婆不满了，找什么找，都过去那么多年了，苦也受过了，不要找了。易老则说，看看有什么要紧，人总得正视历史呢！说完，朝我笑了笑。我也只好笑笑，忙说，易老，我也是葛家人。哦，婆婆的脸色和缓了，赶紧凑了过来，热情地招呼我吃她盛的糕点。

我有些不安，我想我理解婆婆之前的不快，应是打扰了老两口儿往日安静的生活了。既是同乡，易老聊天的兴致更浓了，双眼也熠熠发光。他闭口不提在农村十多年的际遇，只是笑着告诉我，终于盼来了"四人帮"的倒台，到1979年上半年海军后勤部政治处派人来找他，他得以平反了。当年10月，被分到浏阳一中教书，但他选择了浏阳十中，离家近些。在教坛上，易卓雄焕发了新的激情，学生都很佩服这个朝气蓬勃的小个子老师。至1988年上半年他该退休了，学校硬是返聘他教了三年书。之后，他又被请到浏阳师范、浏阳补习学校任教，到1993年年底才告别讲台。

一辈子经历太多的纷纭，他太想安安静静地过自己想过的日子。

儿子们也都有出息，一个在浏阳市教育局建筑公司，一个远在深圳第六人民医院当骨科主任。原本他们住在浏阳十中的房子里，年纪大了，只得随大儿子住了几年。到2009年春节过后，他们不顾儿子们的反对，坚决搬到了淮川老年公寓。房间虽不到20平方米，但带有一个小卫生间，一个小阳台，他们却甚为满意。

我环视了一下四周，一张木床占住了房间的大部分，虽说收拾得干净整齐，家具也简单，但实在有些拥挤。我好奇地问道，易老，您是离休干部，儿子们事业经营也很好，为什么不住在儿子的家里呢？您俩也需要晚辈的照顾呀！易老倒没有笑，沉吟了一会儿，才缓缓地说：儿孙们有儿孙们的事业与家庭，我们有我们的生活习惯，我们不应也不愿干扰他们的发展。我们每天基本上就在房间里待着，日子倒过得清静自在。

说话间，已四点多了，外面寂静的走廊里有了人来人往，公寓里四点半就开始晚餐。这时，走进来一位中年妇女，易老告诉我，这是儿子们特地为他们请的保姆。因婆婆时常头晕，去年就连摔了几跤，竟然摔断了腿。儿子们要接他们一起住，两位老人不肯，只得替他们请了个保姆。保姆就住在城里，早上来，晚上回家，主要照顾婆婆生活起居，天气好时陪婆婆到外面散步，为他们洗衣服打饭，并时不时地买买菜，每餐另外炒一两个菜。易老血压很高，就待在房间里看看书报，也搞搞卫生。每天晚上临睡时，他一定得写日记，记录当天的事当天的思想。就在床头柜上，那一大沓《参考消息》之上，我看到了那个黑色封面的日记本，翻开看看，用蓝色圆珠笔密密麻麻地记了快一大本了。

临道别时，易老与婆婆坚持送我到房门口，不停地朝我挥手。易老还叫住我，爽朗地说道，我们的日子不会很多了，但我们能这样生活很知足，只要儿孙们生活好工作好就放心了！欢迎下次再来！

欢迎下次再来。我从来都没有想过这句简单的话，一时让我五味杂陈。

陈安霞：想找个人一起流泪

当我走进淮川公寓二楼陈安霞的房间时，已是2014年正月十二，快上午十一点钟了。她正独自拥着电烤炉，坐在电视机近前看电视。电视机很小，就搁在一张旧五斗柜上，竟然是中央体育频道，倒有些令人意外。见我来了，她面无表情地站起来，招呼我坐下，招呼我烤烤火。我问她，现在是老年公寓吃饭的时候，怎么不去吃饭？她说，为了节省伙食费，她平常都是自己做饭吃，锅灶都在阳台上，今天起床有些迟，十点多才吃早餐，也就不想吃了。

我看了看她的房间，也没什么家具，除房中央的床上还算整齐外，其他地方都很乱，四处堆满了零乱的杂物。她看上去年龄并不大，头发却差不多全白了，有些凌乱，穿着粉色大格子衣，黑白小格子裤，戴着蓝色袖套，有些滑稽。不知是她心情不好，还是身体不舒服，总觉得她动作迟缓，有重重的心事。我随意与她聊了起来。她才刚刚62岁，却已在老年公寓待了十多年了。

也许是贫贱夫妻百事哀吧。她丈夫是浏阳磷矿的下岗工人，她是永和当地供销社的下岗职工，唯一的女儿出生于1980年7月，早早地考上了浏阳师范。虽说生活平淡，但也过得去了。只是，她还没五十岁时，当铲车司机的丈夫有了外遇，原本感情淡漠的夫妻更加争吵不断，终至离婚。在邻居家寄居三个月后，她无处可去，只得想方设法进了老年公寓。此时，她刚好开始拿退休工资，女儿也在澄潭江小学当老师了。

老太太反复地说，这里费用高了，她每月只有1100多元钱。光住、水电、卫生、护理等费用就得花去670元，伙食也得300多元，实在剩不了多少钱。至于女儿，平时不大来看她，每年最多逢年过节才会拿些钱给她。

她告诉我，女儿找了个浏阳张坊的男朋友，都三十多了，还没正式结婚。女儿是学古筝的，前年年初辞职到上海进修去了，边进修边打工。她男朋友是做电脑软件的，在长沙打工，挣钱不多。因此，除了年近古稀的哥哥来看看她，平时很少有人来看她。她的生活也简单，每天早上六点多钟起床，早上就吃点面条。然后上菜市场买点菜，再做中饭。下午呢，要么守在房里看电视，要么就去隔壁房间里打打小麻将，她最多只打一块钱一炮的麻将。然后五点多吃晚饭，看看电视就睡觉。

这是个安静的女人，甚至有些木讷。我看了看她，却看不出她的悲或喜，只是呆呆的。天也实在冷，坐在她房间里，即便烤着火都有些冷。我问道，房里这么冷，怎么不装空调？她指了指墙上说，几年前远在江苏的姐姐给我寄了钱，让我买台空调装上。你看墙上不是还有装空调的印子嘛。空调呢？我疑惑了。她淡淡地说道，那东西费电又耗钱，我卖给别人了，正好补贴生活。

我一时无语。她的眼眶也红了。

"那今年过年你在哪里过的呀？"我便转移话题。

"就在这里过的嘛！"她依然淡淡地说道。

"女儿没回来么？"

"只有浏阳姐姐的儿子来看了我，哥哥来看了我。女儿没回来。去年年底我住院，她都没回来。"她说不下去了，叹了叹气，眼眶更红了。

就在去年11月时，她感觉身体越来越不舒服，腰痛得不行，只得在床上躺了两天。实在痛得受不了，才不得不央人送她去浏阳人民医院看病。谁知竟是肾结石，已经很严重了，必须住院，且必须动手术。

可女儿远在上海没回来，派男朋友来了，她眼里的女婿却不愿在手术通知单上签字，给了她200元钱就走了。手术自然没做成，也没人照顾，她只得请了个护理。病没全好就出院了。她不敢再住下去了，光住院费就花了5000多元。虽说报销了4000多元，但自己也用了

1000多元，护工又花了1500元。后来江苏的姐姐寄来了2000元，才好歹没借钱。当回到冷寂的小屋时，她还得打起精神自己做饭，她狠狠地哭了几场。

此时，我才豁然明白她略微迟钝的原因，毕竟不久前住过院，身体还没缓过来呢。她肯定看不懂体育频道，只是让屋子里多些声响，热闹些吧！她苍白的脸上表情阴晴不定，时而略显麻木，时而满是悲苦。

她说，她根本不敢乱用钱，她都好多年没穿过新衣服了，都是穿别人穿过的旧衣服。

当我走在大街上，冷冷的风吹过来吹过去。我在想，孤独的影子会不会流泪？

她们肯定都想找个人一起流泪呢。

她们其实都在眺望，眺望那抹亲情的阳光，至少能偶尔照耀到自己身上，能感受到人世间的点点温暖。毕竟，女人更容易伤感，更害怕孤独！

方华强：独伴孤灯不安眠

浏阳磷矿，位于浏阳东乡永和镇，是湖南最大的产磷地，当年与昆阳、开阳等磷矿并称为国内著名的六大磷矿之一。作为曾经蓬勃的省属国有企业，20世纪七八十年代耀眼的明星企业，曾令浏阳人向往不已。当初20世纪60年代建矿，大批省内外的建设者纷纷云集于此。

浏阳境内的第一条铁路——醴浏铁路于1965年12月全线动工建设，就是为浏阳磷矿的矿石外运而专门兴建。该矿为露天开采，规模曾至年产90万吨，职工3000余人，为大二型国有企业。20世纪90年代年产值就好几千万，企业效益优异，福利待遇好，有职工医院、电影院、子弟学校、技工学校、电视大学、劳动服务公司。完全是个构架齐全、万人规模的小社会。一路辉煌了三十余年。

露天资源日渐枯竭，而井下接替工程始终未能接续，企业衰败埋下了祸根。至1998年前后，企业终于撑到了尽头，说改制就改制了。年轻人纷纷出外自谋生路，唯留下退休的老年人或准老年人留守旧日企业，眼睁睁看着偌大的厂区渐渐荒芜，直至衰败。

2014年正月初九，天有些阴沉，飘着些冷雨，我来到永和集镇上的永鑫家园。小区有285户人家，这是2011年为昔日浏阳磷矿退休职工兴建的廉租房小区，每户面积不到50平方米。

小区很安静，风有些冷。原本计划要拜访的两位老人，电话打过去都没人接，站在凄风苦雨里，一时有些茫然。这时，一位老人闯进了我们的视野，他戴着鸭舌帽，正站在车棚里一辆小型摩托车旁边，手里提着一只装满了物品的塑料袋，应该是刚从永和街上买了些菜。

听我们说过来意，他抬头看了看我们，从容地说道，我叫方华强，我就是这样的单身老人。方华强约莫六十出头，戴着眼镜，穿着整洁，淡定而又儒雅。征得他的同意，我们随他来到4栋1单元302房间，房间虽小，倒也有两室一厅，厨房、厕所一应俱全，收拾得很干净。

小阳台上还有几盆花草。老头告诉我们，他刚刚从长沙城里儿子家过年回来，一去上十天，君子兰未及时浇水，有些枯萎了。可能平日很少有人来访，除了靠墙放着一张长沙发，屋子里也只有两三张小板凳。老头热情地招呼我们坐下，给我们开了烤火炉，又忙着去厨房烧开水泡茶。

电视机上有一尊小小的小老头摆件，小老头戴着黑色的瓜皮帽，脑后拖着长辫子，戴着眼镜，穿着红长袍黑马褂，正在拉着二胡。不知为何，我总觉得那小老头与眼前的老头神情有些相似。

方华强老家在原湘潭县青山桥镇环山公社，出生于1938年5月，都76岁了。昔日浏阳磷矿的工人大都来自五湖四海，他于1964年3月带着老婆谭秋霞与刚刚一岁的大儿子来到这里，当上了采矿工。

方华强老人的花花草草

应是浏阳磷矿建矿伊始就来了，且从此在这里扎下了根。在矿上他是个单纯的操作工，一直开电铲，从头至尾还兼管了电铲队。老婆没上过什么学，就在矿里当临时工，头几年到露天矿里挑矿石，后来就到矿里综合厂做鞋子。随着二儿子三儿子的出生，日子虽过得紧巴巴的，倒也有滋有味，一到假日他就拿起钓鱼竿去矿边上的浏阳河边钓鱼。

儿子们渐渐长大，都离家另过了。到1988年年初，他退休了，与老婆住在矿上简陋的家属院里。

谈到老婆的过世，老方转身进了房间，拿出一本小小的黑色封面的记事簿，坐下来翻了翻，然后递给我看。他的字写得飘逸漂亮，上面清楚地记载着他老婆的生辰年月及去世的时间：妻，谭秋霞，生于1942年9月12日，于1996年十月初五去世。此时，老方眼眶微微红了，叹了叹气说，人老了，记忆力不行了，只得把重要的事情在本子上记下来。

我不由问道，您老婆过世将近17年之久，为什么不与儿子们住在一起？老方平静地解释道，老大老二在长沙，老大开了个小厂，老二替别人打工。他们俩都忙，去了也没时间陪他，他待在矿区更习惯。老三方忠就在改制后的浏阳磷矿二工区机修厂当机修工，负担最重，有一对双胞胎儿子。隔得近，也难得见面。

他每月领1600多元退休金，早上七八点钟起床，喝那么一二两自己泡的药酒，然后到永和街上买些菜，回来后就洗衣搞卫生做午饭。吃过午饭后，十二点多的样子，就去小区不远处的麻将馆打麻将。都是几个熟人或过去的同事，大家知根知底，就打二块钱一炮的小麻将，输赢不大。也不恋战，三四个小时就收场，回家做晚饭。吃过晚饭后，倘没下雨，就到院子里散散步。然后回家看电视，不到八点就上床睡觉，临睡再喝一两口药酒。

如此这般，周而复始。

眼见我不时地看看电视机上的那个小老头，老方笑着告诉我，这个小老头是他买的。刚买时可有趣了，他坐在沙发上，倘觉得有些闷，只要用力拍拍手，小老头就会摇头晃脑地拉二胡，还有悠扬的二胡声响起呢。可惜后来坏了，就只留下电视机陪他了。

说到这儿，老方压低了声音，不好意思地说起，就在2002年上半年他结识了矿上的一个女伴，但到2005年就和平地分手了。她现在也住在这个小区，每天都能碰面。我试探性地问他，为什么要分手，两个人在一起生活不是很好么？有伴儿呀！老方却不愿再多说了，只是说他自己爱喝酒，人家不喜欢呢。这时，他又将那个记事簿递给了我，于是我读到了以下文字：

> 于02年的时候，接（结）识了一个女伴，有几年的生活，尤（由）于相互有错，无缘的情况下分手了。人生总是有不平事，路程坎坷，每个人的心里航线是摸不到底。
>
> 寂寞者岁月凄凉难受
> 孤独伴灯不安眠
> 苦焦寒夜到天明

多小（少）事儿人心悴

只怪自己不珍惜

2010.春

老伴儿过世6年后，他才找了个女伴，女伴离开他8年后，他依然在怀念。17年呀，除了3年有女伴，都是他一个大男人在熬！

我默默地将记事簿还给他，不敢抬头看他的眼睛，只是故作轻松地笑笑他，方老，您还蛮有诗意呀！不光种花养草，诗也写得好！

方老黯然的眼神随即一亮，忽地站起来朝厨房走去，边走边说，你看我是不是老糊涂了，还没泡茶给你们喝呢！

事实上，永鑫家园安置小区里，大部分都是空巢老人，只是有些子女离得近，有些离得远，但就在平日里老人都是独自生活。

随后，我们也走访了几位老人，都是简陋的房子，简陋的家具，落寞的神情。我还遇见个80多岁的老头，竟冒雨去镇子外挑泉水，摇摇晃晃挑上三楼。

最后，我们来到了磷矿的一个老宿舍区里，找到了磷矿留守组的退休办何志雄，他看上去很精明，可能中午喝了点酒，更添了精神，说话声音也大。他告诉我们，磷矿留守组有11人，他负责的退休办包括他在内就两个人，得负责1448名退休干部职工的生老病死，一天忙到晚，没有消停的时候。不长的时间里，他一再连连叹息，没有钱呀没有钱，什么活动都组织不起来，老人们的生活太单调了，老年人活动室都没有。

重新走进绵绵春雨里，看到家属区里那些绿油油的菜地，我沉重的心绪也轻盈起来。企业没有了，一个个老人还留守在原地，于儿女却有一种深深的体谅，他们甘愿独自生活，也有内心苦涩的时候。但更多的却是坦然，是追求自由自我。

陈克云：冷就去妈妈那里烤火

整个2014年，为了更真切地了解空巢老人的生活，从浏阳出发，我都跑过了湖北、四川、甘肃等几个省份，走访了各式各样的老人，自是感触良多。当回过头来看时，光浏阳一地代表性还不够，在湖南还得再走访几位外地老人呢。便去了桑植，也因此在江南江北画了一个大圈。

桑植，地处湖南西北部，古称充县，隶属西楚荆州，素为土家族、苗族聚居地，还有白族，少数民族占了88%。

桑植的名字，有人说源自境内密植的桑树，但实际上，桑树甚少，真正遍布的是一种簇生、低矮的灌木——马桑树。这树在过去据说可以长到做房屋的栋梁，不知从什么时代起，它就决定不成材了。

《桑植县志》上说，"县民有五，军、民、客、土、苗"，操不同口音腔调，穿戴各色服饰。这些民族只有语言，没有文字，多以口头代代相传，桑植民歌就是他们创作的口头文学与音乐的结合。

看起来是纯朴又浪漫之地。

2014年寒冷的冬天，天阴沉沉的，这天上午十点二十分，我从长沙东站出发，坐上了前往张家界的大巴。下午三点，一到张家界市汽车站，我赶去售票窗口买去桑植的车票，却说直接去停车坪坐中巴车即可。

一路上青山连绵，间杂着栋栋小楼，崭新又粗陋，不想细看。

田间意外的整洁，一丘丘油菜，或是白菜，青油油的。

桑植原本多山，那些山上便有不少梯田，但只有田垄里的田才金贵。

山间住下，一夜寂静。

第二天一大早，桑植民政局的朋友就领我前往龙虎山村。

龙虎形胜之地，自是带给我很多遐想，但走不多远，就见山坡上有飞檐翘角式的老式墓碑，一路都是。我感到很惊奇，友人回说，桑植人素来很看重丧葬，即使清贫一生，死后也要一个能被人看得起的墓地，这墓地便成了生活的一部分，甚至是一生的目的。这些坟墓大多为单厢、三厢挂耳式样，也有五厢挂耳式，青色的墓碑上镌有对联，还刻有人物故事、奇禽异兽、百花丛草，甚至还有如石头房子般的石阙。

这是死者的世界，我很快就要进入这里生者的生活了。

龙虎山村离县城仅18公里，说到就到，古典式村委会大楼，一个整齐的小院子。年轻的村支书戴着眼镜，一副文弱书生模样，热情地领我看村上刚刚通过验收的老年日间照料中心。多功能室就在一楼，看上去更像会议室，摆着十来排长条桌子及靠背椅，电视机挂在前面墙上，有些老人在边看电视边聊天。随后，我跟着他楼上楼下，一一看过健身房、学习室。

一切都是按照城里人想象中的乡村文明中心来建造的。

不止有学习室，还有娱乐室、医务室及配餐室，都在对面的老年活动中心，走过马路便到。

村支书不停地给我介绍情况，语气是习惯性的报告。

可是，我更想找老人们聊聊天。是的，不用想，这里每天都会有老人来下象棋、打麻将，或者看看电视。

村里60岁以上老人有190人，空巢老人占30%。60岁以上老人每月养老金60元，90岁以上老人每月100元，五保老人则在乡敬老院生活。土地贫乏之地，子女出外打工，老人们留守在家，得靠自己种地种菜，甚至还得带孙子孙女，日子过得十分艰辛与艰难。

我慢慢地把话题引向我的思路，村支书开始叹气。

我直接回到多功能室，找个位子坐下来。老人们都不看电视了，转过来热情地招呼我。

熊斗生，一个瘦瘦的老头，戴鸭舌帽，他说他有两个儿子，都在外地打工，就留他与老伴儿在家，种四亩多田二亩多地，还得养猪种菜。能不种那么多吗？我一问过就后悔了，果然，熊斗生就收不住话了：不种？不种地不就荒芜了？看着这么多祖上一代代都种过的田地，不能荒在我手上啊！再说，我一个农民，不种田，对得起谁？我不知怎么接话，随口又说，孩子们可以留一个在家不出去打工吗？这一下，老人就有些急了：不出去打工那怎么行呢？到处要用钱，怎么养孩子？没有钱，留在村子里，生活都会有困难！我们老的也要理解小的呀！周围几位老人都点头赞同，七嘴八舌地附和：小的要出去打工才能挣到钱，才能维持一家人的生活！说到这里话题就停住了。

坐在窗边一位身穿紫色棉袄的婆婆，看大家都不说了，她才幽幽地叹道：就是觉得独自住一个院子，特别孤独，闷得心里发慌！她满脸老年斑，都68岁了，有两个儿子，大儿子做了上门女婿，在广州打工，老伴儿也去广州看孙子去了。小儿子也在广东打工，她有两年没看到他了！总想着有她在看家，将家打扫得干干净净，儿子们回来就会觉得温暖。但儿子们过年都不回来，最多暑假时老伴儿带着孙子们回来住一段时间。她白天如果不出来打打小牌，连说话的人都没有。晚上总是睡不好，到天亮就忍不住给儿子给老伴儿打电话。随着她絮絮地诉说，眼眶红了，都快哭了，哽咽着再也说不下去了。旁边一个老人就轻声对我说，她小儿子贩毒，已被关了两年。我心里一沉，不敢再问了。

好在其他老人争着说话，我赶紧将话题转了过去，直到我走出多功能室时，都不敢再看婆婆一眼。

我随着陈克云大叔走出村委会，顺着前面那条水泥马路走，路过一个锯木头的棚子，走上了左边弯弯的田埂。田埂两边一高一低都是菜地，满是喜人的绿色。田埂下菜地再过去，是一条小溪，溪边长着些蓬草，看得见亮亮的浅水，却听不见水声。

陈克云中等个子，佝偻着背，双手插在裤袋里，低着头，缓缓走着。他戴着深蓝色的鸭舌帽，穿着整洁的深蓝色夹克上衣及深蓝色裤子，黑色旧皮鞋，倒是挺讲究。一路无话，转到一长溜木板屋前，最

就一个人在家，陈克云常常独自徘徊在乡间小路上

顶头还横着一栋旧式的两层楼房，楼房贴着白色细条外墙瓷砖，门窗漆了蓝色的漆，门框上那些旧对联很打眼。而那些木板屋已呈深棕色，红色对联及囍字已然暗淡，大都门窗关闭。台阶上堆了些杂物，在屋檐下晾着一串衣服的门前，陈克云大叔掏出钥匙开了门。

跨过高高的木门槛，随他来到屋内，光线骤然暗淡，但见左上角靠墙摆着一张大床，床上铺着红色的被子，墙上还挂着几件衣服，床边沿排了一些旧鞋。地面是泥土的，不太平坦，床对面靠墙摆了旧书桌，桌上放了台旧电视机，桌前几只塑料桶里盛满了白色的粉末，我估计是红薯粉。我走向床前一张木靠背椅，也不管干净不干净了，坐了下来，房间里寒气逼人。

陈克云大叔坐在床上，双手依然放在裤袋里。同来的友人，可能觉得冷，站在外面去晒冬太阳了。

大叔依然低着头，脸上满是病态与愁容，我问一句，他答一句，有气无力。

两个钟头，我总算拼凑起了陈克云的生活。他今年年初刚满60岁，年龄上不能算老，称他为大叔没错。为了养家，他一直在本地小溪煤矿下煤窑，后来得了严重的胃病，身体垮了，6年前才彻底不干了。

1979年，他在这间木屋内成亲，第二年有了女儿，到第三年又有了儿子，儿女双全，说来还是令人知足。当时，他在煤矿干活儿，老婆在家带孩子做家务，日子虽然清贫，倒也充满寄托与希望。可真没想到，就在他30岁那年，女儿才4岁儿子才两岁，老婆却不辞而别，跟人跑了。这一下如晴天霹雳，他一下子蒙了，孩子不见了娘，成天地哭，他也默默地掉泪。男人的尊严受到了侵犯，但不能让人再多看笑话，他必须得咽下去，再振作起来。

他每天早早起床，安顿孩子们吃过早饭后，就让老母亲帮着照料，自己急急地骑着自行车赶往煤矿上班。上下班之余，他又当爹又当娘，还得耕种那些田土，干那满屋子的家务活。忙到晚上，安顿好孩子们睡觉后，他早已累得眼睛都睁不开了。后来，孩子们上学了，他也没时间多管他们的功课，只要调皮的儿子不惹是生非就万事大吉了。

陈克云分家时分得一间厅屋一间卧室一间杂屋，原本计划好好攒几年钱，重新建一栋房子。老婆走了，他再也捡不起如此雄心，一直到现在都住在旧房子里。住旧屋子没什么，这么多年操劳与辛苦，他的胃病十分严重了，更可气的是儿子不听话！说到儿子，大叔头更低了，仿佛要将身子缩成一团。

陈克云的儿子从小顽皮，上学也不好好学习。他呢，随着儿女们越来越大，开销也越来越多，天天依然家里煤矿两头跑，还坚持养了猪，难得的休息日就忙地里的活儿。女儿呢，从小就帮着干家务，还帮着带弟弟。儿子到十一二岁时，常常在学校与同学打架，甚至小偷小摸，老师动不动就将他叫过去，叫他多管教儿子。陈克云没有别的办法，只有将儿子扯回家后，一顿好打。儿子却直直地站着，不哭也不求饶，倒叫他有些凄然。想想儿子从小缺乏母爱，再看着儿子身上被他抽得青青紫紫的伤痕，不由暗暗悔恨，孩子还小，他怎么就舍得下那么重的手呢！但他内心早已苦楚不堪，也拉不下脸面再去劝慰儿子，儿子也就不亲他，父子俩之间的隔阂越来越大。

女儿上初三了，可以帮着干不少活儿了，看起来也可以松一口气了。也许是饱一餐，饥一餐，又时常吃冷饭冷菜，他时常胃疼，疼时就买些药吃了，不疼时就不管了。据人说，他跑了的老婆去学校偷偷看过儿子女儿，但儿子女儿都不理她。儿子甚至说，之前那么小时不来看，现在来看有什么用？

儿子也上初中了，越来越难管教，陈克云常常得到学校协助老师教育儿子。此时，他已不敢轻易打骂儿子了。儿子性格更为倔强，在学校里简直就是一霸，回到家里对他这个爹也没有好声气好脸色。倒是与他姐姐感情深厚，姐姐初中毕业就南下到广州打工去了，挣钱补贴家用，甚至还偷偷地寄钱给弟弟用，劝说弟弟好好上进。

儿子一初中毕业，就随着村上的熟人，跑到广东海丰县毛纺厂打工去了。如此一来，就陈大叔独自在家了，家里顿时空荡起来，他一时不知是什么滋味。女儿挂念在家的爹，时常打电话回来问候，也寄钱回来家用。儿子不光不打电话，当陈大叔打电话过去，还没说上两句，就不耐烦地挂掉了，再拨便是关机。后来辗转听到儿子辞掉了工作与当地小混混在一起时，陈大叔禁不住老泪纵横，他强忍住百般纠缠的情绪，打电话过去劝说，但儿子没说上两句就挂掉了。

儿子过年时从不回家，他也拿他没办法。

陈克云的胃病越来越严重了，后来，找了个当地女子一起过，那女子男人过世了，两个小孩也在外打工。但那两年正是他胃病严重之时，动不动就得住医院，收入少了，还得她去医院照顾他。她心生不满，两人常常为钱吵为儿女吵。结果，没什么结果，总之，分开了。这一分，他再也不想找老婆的事了。

天实在冷，我的脚冷得有些生疼了！我看了看四周，靠前窗倒是安了只新煤灶，看来还没动用，也再没有烤火炉之类的取暖用具了。冷风飕飕，我站了起来，真想到外面去晒晒太阳。陈大叔大概看出我冷了，进了里面那间屋子，出来时提着一只小烤炉，抱歉地说：天太冷了，也就这只烤炉！插好插座，很快有了丝丝热气。烤火炉如一只小小鸟笼，又旧又脏，满是灰尘。

我重新坐了下来，问他，平日在家不冷么？

他苦笑地说，一天到晚都得忙，难得有坐的时候，没有时间怕冷。

没有时间怕冷。就这一句，我顿时万般酸楚。

我擦了擦眼睛，我必须要问下去，问答之中，总算是有个人陪他说了会儿话。

万一，实在实在太冷了，怎么办？

就到我妈妈那里烤烤火！

您妈妈多大年纪了，没和您一起住？我惊奇，疑惑不已。

陈大叔苦笑着解释说，我是家里的老大，老二做上门女婿去了，老三出外打工去了！妈妈就住在隔壁老三那栋楼房里，帮老三照料家里照料孩子们。老三儿子上高中女儿上初中，周末都会回家！

妈妈80多岁了，天天还得干不少活儿，我有空还得去帮衬她！

您为什么不和她一起开伙？

陈克云突然泪眼蒙眬：我……我不忍心让80多岁的老母为自己操劳……

说说你的女儿吧。

女儿？嗯，还好。23岁那年结婚了，自怀孕后就一直待在离此不远的慈利县婆家，现在外孙5岁了。她一直在家照顾孩子，女婿则在长沙打工。女儿能维持自己的生活就不错了，最多过年过节或我生日时回来看看我，给我二三百元钱，平时就难得有时间了。

儿子呢？

儿子？这么多年人从来没回来过，也从来没寄回来一分钱。

陈克云再次大把大把地抹眼泪……我呢，当初只是煤矿里的临时工，也就没有退休金！我种地种菜之外，一年得养几头猪，这还不够，还得四处去打零工！

说到这里，他指了指书桌前那几只大桶：你看，这几只桶里都是红薯粉呢！我前几年在对面坡里开了几亩荒地，都用来种红薯，红薯可以喂猪，还可打几百斤红薯粉！今年我收了1000斤红薯，打了100多斤红薯粉，卖得就剩下这些了。全部卖掉也能赚1000多元钱呢！只要舍得力气，也能赚点辛苦钱，只是再往后走，我年龄大了，使不出力气来了……

我不由称赞陈大叔算盘打得好，但是，短暂的笑容之后，他又想起了儿子，想起儿子就连连叹气：都是没办法呢！儿子都32岁了，还没有成家，家里也只有这两间旧房子，真怕他会打一辈子单身！

我惊愕了，忙问：您怎么会这么想呢？迟些成家也不要紧呀！

他却连连摇头，欲言又止，看了看我，才说：我儿子不听话呢，我劝他好好挣钱，早些成家，他却半点儿都不听！他从工厂出来后，与海丰当地痞子混在一起做坏事，竟然还参与贩毒，常常海丰桑植两地跑！三年前被抓了，被判了十五年徒刑，到现在还被关在岳阳监狱。他不回家看我不说他，但他做这件伤天害理的事真是令我伤心！自从他出事后，我天天晚上睡不着觉，心里火烧火燎的！我真不知道他这辈子怎么办。

贩毒，又是贩毒。我突然有点儿不知所措起来。曾几何时，为了几个钱，原本还算朴实的山里小伙子就铤而走险！

看着陈克云满脸的伤痛，我心里也凉凉的，不知该如何劝慰他。就在静默之时，一只深黄色的小狗冲了进来，亲热地往大叔腿上爬，看来想冲到他的怀里去。大叔不好意思地喝住了它，小狗委屈地围着他的腿打转，小尾巴依然摇得欢快。大叔告诉我说：当独自待在家里时，实在是冷寂孤独，两年前养了这只小狗。小狗是宠物狗，很通人性也很黏人，常常我到哪里它跟到哪里，倒给我带来了不少快乐呢！

我让他带我去猪圈看看。陈克云今年养了两头土猪，全都喂青菜、红薯、萝卜等。上半年那头猪卖掉了，下半年这头猪前不久才杀掉，得了三百多斤肉，卖掉一半赚了2000多元钱，自己熏了100多斤腊肉。

100多斤？不少哩！都留着自家吃么？我好奇地问道。陈大叔脸上难得有了丝笑意，我一个人怎么能吃那么多，不久就要过年了，我没什么好东西送亲戚朋友，就送些腊肉吧！来了客没有什么好菜，也就这腊肉金贵些！

之后，他带我朝里屋走去，这是一间长方形的小屋，光线不好，一头摆着一张床，床上挂着旧蚊帐，一头摆着一张没上漆的旧两门柜。朝前看，便看到好多串金黄色的腊肉挂在另一间屋子里，跨过高高的门槛儿，便站在腊肉跟前了，腊肉诱人的香气扑鼻而来。腊肉下面有一只大铁锅，已有大半锅炭灰，看来铁锅当成了火盆来熏腊肉了！铁锅靠着老式大土灶，灶上安着大铁锅，便是做饭的地方。灶上还有几只未洗的碗，一只表面熏黑了的小高压锅。

待我的眼睛适应了屋内昏暗的光线时，不由暗暗吃惊，这是怎么样一间房子呀！且不说低矮昏暗，不规整，其布局实在有些特别：灶前面不远处开了一个小门，通向一间小洗澡房，里面放了一台半新的

快过年了，乡下老母熏的腊肉，孩子们什么时候回来呢

31

双缸洗衣机；灶后面的空间，靠内一半放了几只装粮食的大铁桶，另一半就是猪圈了，就简单地拦了半人高的木板。好在现在猪圈里没养猪，并没什么大的异味。不过，我猜想猪圈过去便是厕所了。

过了好一会儿，陈大叔不好意思地叹息说：早就想将猪圈向外移，可动不动就是几千元钱，也就一直拖着！

我实在不知如何回答他，匆匆走出了厨房，甚至都不敢多看。走了这么多地方，我还从没有见过将猪圈放在厨房里，也很少见过将卧室安在厅屋里。我想，陈大叔并不是不爱整洁之人，之所以家里灰扑扑的，也许是他心绪不高，没什么心思收拾吧。

重新回到前厅，见他情绪依然不高，我便问他这段时间在哪里打零工，他有些着急地说，前一段时间还好，天天有事做，每天还能赚一二百元钱。这眼看快要过年了，最多帮人家打打杂！越到过年越心慌，别人家过年热热闹闹，我常常只有一个人过年。每到大年三十，我常常会做一桌子菜，却什么也吃不下。说着说着，陈大叔说不下去了。想想吧，其时外面鞭炮声声，别人家欢声笑语，他却独自坐在一桌子菜跟前，怎么能咽得下一口饭呢？

就在三年前的那个夏天，他还在田里收割稻谷，村支书找到了田边，告诉他儿子被抓了，正关在桑植县城看守所。他呆立在田里，手里刚割下的稻谷全都掉在脚下了，继而，他不知不觉地蹲在了田里。村支书见了，忙走到他身边，将他拉到田埂上，对依然不太清醒的他说：你别急，还是搭车到城里看看吧！

他都很久不见儿子了，此时他的脑海里蹦出来的依然是儿子小时候可爱的模样。他连家也不回了，就直直地朝村委会那边小街上走。村支书便问他：你身上有没有带钱？他这才摸摸口袋，掏出来一看，只有几张十元的票子及一些零碎钱。

村支书叹口气，从口袋里摸出一沓票子，数了五百给他。

他像木头人一样接过钱，就急急地朝小街上赶去。

村支书又把他叫住：你的鞋子呢？你还是洗洗脚吧！

他又回到田埂上，找到了那双塑料拖鞋，蹲下来撩拨了些水，胡乱洗了洗脚上的泥。

再也不管村支书还在说什么，他只管直直地朝前走，身上阵阵发冷。昏头昏脑地站在大太阳下等车，昏头昏脑上得车去，他根本没心思坐下，恨不得一步就跨到看守所大门跟前。

车到了城里，人们都下车了，他也被动地走下车。可站在大街上，他四顾茫然，根本不知道自己到了哪里。他只得问路人：到看守所怎么走？一路走一路问，终于挨到了看守所，一眼看到大门口身穿警服的警察，不由莫名地心虚。好不容易鼓足勇气去打听，却被不耐烦地告知：暂时还不能见，犯罪事实还在查证！

他狼狈地站在大厅里，当得知儿子竟是参与贩毒被抓，他又气愤又伤心，儿子怎么做这种伤天害理的事？

最后，在一旁别的家属善意的提醒下，他还是跑到看守所小超市里放了五百元钱，让儿子偶尔加加餐。

都过去几年了，直到现在说起此事，大叔依然满眼是泪，他不停地责备自己教子无方。

后来，您见到您儿子么？

陈克云长嘘了一口气说：一年后，儿子被判了徒刑，在送监狱之前，看守所通知家属去见面。我与女儿赶去了，一家人终于聚在一块了，却是窗内窗外。他姐姐只知道哭，我也无话可说。最后，我与女儿一人给了他1000元，让他好好改造。他倒有了些难过的模样。

之后还去看过没有？

之后看过没有？毕竟是儿子，我当然想他，但他远在岳阳，我跑一趟太难了，还要花不少钱！这几年煤矿每月有90元钱，满60岁后养老金每月才80元钱，但大多花在看病吃药上，哪里还能顾他？不过，我还是经常给儿子打电话，劝他好好改造。儿子渐渐有了些改变，再也不挂我的电话了！

这时，外面有谁在说得热闹，我与大叔出来一瞧，竟是大叔妈妈在与我的友人聊天。外面阳光很好，婆婆刚从小溪里洗菜回来，两手冻得红通通的，我一眼就看到地坪里那只菜篮里满满一篮碧绿的青菜。大叔便低声地对母亲说：你看你，说了不要到圳里去洗菜，要是摔跤了怎么办？婆婆笑了，儿子的责备倒给她带来了开心。婆婆很瘦，满脸皱纹，戴着深红色毛线帽子，齐耳白发，紫红色旧棉袄有些长，色彩已然黯淡。她热情地邀我们去旁边那栋楼房里烤烤火，友人一看时间都快十二点了，笑笑说："谢谢啦，下次来吧，我们还得赶路呢！"说完，友人看了我一眼，便带头告辞。

大叔忙关上门，默默地跟上我们，我故意落在后面，还想和他聊聊。

到了村委会大门口，趁车子在倒车，我对他说：您最大的心愿就是希望儿子早些出来吧？他点点头，说，儿子今年都32岁了，他得争取40多岁出来，到50岁出来就完蛋了！我握握他的手，安慰他说：儿子既然这样了，你着急也没用！还是好好养自己的身体！他忧心地说：过一天算一天吧！

当我坐上车时，他呆立在车门外，愣愣地看着我。

车开上了大路，我回过头去瞧，他依然呆立在那里。我突然觉得他有些像鲁迅《故乡》里的闰土。

谌田龙：我只想老死在麻风村里

之前，我自然知道麻风病，且对之有一种莫名的恐惧，却未曾想过对此做进一步的了解。

2014年寒冬，我对空巢老人的采访接近尾声时，鲁院同学方格子来湖南采访麻风病防治情况，不由激发了我对老年麻风病病人生活现状的关注，便陪她一起前往益阳大福防治站。

说起来，麻风病乃"毁容之疾"，曾被视为绝症，古时称为"天刑"。它是由麻风杆菌引起的一种慢性传染病，患者明显的特征就是断手、断脚、鹰爪指、神经缺失。很长一段时间，由于知识缺乏和医疗条件有限，人们曾经"谈麻色变"，除了防治站的医务人员，谁都不愿接近麻风病人。为此，20世纪50年代初，大批麻风病治疗室和救助站往往兴建在人迹罕至的地方，或者在高山之上，或者在沿海孤岛，也就是俗称的"麻风村"。刚建村时，绝不准病人出去，甚至有民兵扛着枪守在村门外。病人出去，轻则被扣工分，重则会被枪毙。而他们的家人要来探望，只能在村里的隔离室里见面，像探监一样。

而今麻风病早非不治之症，但外界对麻风病依然心存偏见与顾虑。于病人来说，比身体残缺更痛苦的是家人和朋友看怪物一样、避之不及的眼神，他们承受着难以想象的精神与生活压力。

到目前为止，湖南仍有35个麻风村，住村病人700多人。他们多为20世纪50年代到80年代初入住，80%在60岁以上，均早已治愈。但畸形、残疾的患者占大多数，20%甚至生活不能自理。

1970年，益阳地区在安化县原大荣乡（现大福镇）海拔1174米的天罩坪山顶建立了麻风病防治站（村），至1986年整体搬迁到大福镇郊九瑶村，麻风康复者和医护人员终于走出了大山。后安化县大福防治站更名为益阳市大福防治站，现管理治疗、监测病人117人，长期住在麻风病村的病人有39人。

就在头天晚上，与湖南省疾控中心麻防工作者聊天时，说起人们对麻风病的误解及忽视，旷燕飞科长给我们讲了大益防治站郭登州的故事。

郭登州是贵州大方县人，20世纪70年代初期，他被诊断得了麻风病。当地人对他避之唯恐不及，不准他喝井里的水，后来队上干脆派人在山上给他搭了个简陋的木屋，让他独自去过活。后来，他的父亲病重，即将去世，他哥哥便上山叫他回去见最后一面。他赶回家时，外面堂屋里聚了许多亲戚朋友，他按当地风俗在临终的父亲病床前守了大约半个小时。待他走出房间时，便发现堂屋内的人们早已一哄而散。他深受刺激，转过来给哥哥说：我今天晚边就得走，从此不再回来，我在的话，会没人送父亲上山！

于是，他揣着童年伙伴给他的几元钱，就连夜离家出走了，一路乞讨着越走越远。1976年当他流浪到株洲时，昏倒在大街上，被一家回族餐厅老板送到医院，发现他是麻风病人，转到天罩坪麻风防治站治疗，一直就留在此地。毕竟背井离乡四十余年，难言其间辛酸，思家之心与日俱增，时常说起想回家看看。站里的刘站长得知他的心愿后，联系上湖南电视台公共频道《帮助直通车》栏目组，于2012年3月5日派谭副站长与记者陪他一同驱车前往贵州大方县。

在贵州志愿者的帮助下，找到了老人所在的集镇，站在焕然一新的集镇街头，老人记忆恍惚。这时恰好一名五十开外的女子走过，老人看了看，认出来是他的妹妹。谭站长忙上前询问，女子却一再否认，老人气得丢掉枴杖，要上前打她。

女子依然否认，转而去找老人的哥哥弟弟，竟然找到了，且高兴地相认了，哥哥还陪他上山去拜祭了父母的坟墓。行动不便的老人由谭副站长背到了山上，哭倒在父母坟前，其哭声之凄厉悲切令旁人为之纷纷落泪。妹妹被叫了回来，也勉强相认了，却坦率地讲道：她还有儿子女儿，她不能让他人知道她有个得麻风病的哥哥，不然会影响到儿女们。老人心里凉意丛生，旁人歧视他，没想到亲人也如此看待他！临别时，哥哥给了他2万余元，那是之前家里的宅基地补偿，说老人也是这个家的一员，这份补偿一直为他留着，现在终于有机会给他。

到当年8月底，哥哥弟弟专程前来大福防治站探望老人，令老人喜出望外。没想到一个多月后，老人就因心脏病突发，不幸去世。临终前，他交代麻风村谭副站长说，我的一生都是党和国家养着我，我死后，我请求你们给我帮个忙，把我存下来的2万多元钱全捐给那些困难的大学生，算是我尽的一点微薄之力。

旷科长讲到这里，不由长嘘了一口气，由衷地叹道：事实上，这么多年过去了，人们对麻风病有了比较客观的认识，但不光麻风病人受歧视，治疗麻风病的医护人员也常常受歧视呢！

第二天一大早，我们一行从长沙驱车前往大福防治站，竟然足足走了三个多小时。虽说没在高山偏远之地，但也落在山坡上，离益阳城远，离代管的安化城更远。

没有围墙，除了刚刚新建了一栋办公楼之外，另有三栋旧楼房，前为办公楼、家属楼，后为住院楼，一条坎坷不平的旧水泥路纵贯其间，看上去还不如一个乡镇卫生院。近二十多年来，都没有进行房屋维修和设备添置与更新呢！

来到后院住院楼，两层半高，外表已然粉刷一新，窗户已换成了铝合窗。一楼过道厅里不少老人坐在那里聊天晒太阳，纷纷好奇地看着我们，脸上满是善意。谭副站长看了看，将我叫到坐在长椅上的谌田龙前，建议我们聊聊。但见他浓眉大眼，相貌堂堂，身穿运动式深蓝色棉袄深蓝色裤子黑色运动鞋，只是脸色较黑，精神不振。我问他，您有六十几了？他憨厚地笑笑说，我才51岁呢！我有些尴尬，忙道歉说，真是对不起！他淡淡地笑了笑，说，没关系呢！笑里坦露着真诚，我却看不出他有什么异样，便试探着询问他的病情，他倒坦然地一一说来。

谌大哥是安化县东坪镇晨山村人，远在200多里路之外。就在4年前的秋天，他还在广东惠东县鞋厂打工，忽然惊讶地发现，一连几天每到晚上三四点时，左脚就猛烈地抽筋。当他从睡梦里惊醒过来时，不自觉地从床上跳到地上，赫然地发现左脚趾竟竖了起来。他忙赶到医院检查，却查不出什么原因，医生便说，可能是缺钙，开点钙片吃吧。一周后，他惊慌地发现他左脚脚趾竟然无力了，大腿也麻木，还只能穿拖鞋。赶紧跑到惠州中心医院检查，还是查不出什么原因，惶惶然搬了一大堆药回去。一直坚持吃药，非但没有什么效果，情况还越来越不妙。当他给已入住大福防治站的二哥打电话，谈起自己的病情时，二哥让他到防治站来检查检查。他听了吓出了一身冷汗，不由暗暗祈祷：千万不要得了麻风病！

趁年底回老家过年，他专程到湖南湘雅医院去检查，医生依然拿不准是什么病，又抱了一大堆药回家。眼见药吃了不少，病因还没查清，2011年过年后，他不情愿地来到大福防治站检查。一检查，很快确诊了，他竟然真的得了麻风病！

那一刻，他硬是愣在那里一动不动，眼泪唰唰地流了下来。医生给他开了半年药，安慰他说，你还年轻，症状也不严重，好好吃药就能控制。哥哥也劝慰他，说得了麻风病也不可怕，控制了就好了！回想几个月折腾下来，钱用了不少，病情依然在加重，他内心满是恐惧。

事实上，麻风病一直是笼罩在他们家上空的巨大阴影，令他们惴惴不安。早在20世纪70年代，谌大哥还在上初中，他爸爸就查出来得了麻风病，住到了其时的天罩坪防治站，从此家人时常得承受人们异样的目光。

他是家里的老四，爸爸住到麻风村之时，他的3个哥哥都已成家了，尽管他长得高大帅气，勤劳顾家，婚事却因此一再受挫，乃至最后30多岁了还单身一人。33岁时，眼见婚事一时无望，他才外出到惠东县打工。这里鞋厂众多，开始几年他只是四处打打零工。后来，他也进了鞋厂，专门替人送货，自是任劳任怨，深得老板们的认可。

用头几年拼命打工挣来的钱，他在老家修了栋红砖平房。只是婚事依然无着。一则家底子实在太薄，二则他都30多岁了，父亲得过麻风病。几场恋爱下来都是无疾而终，令他心灰意冷。当10年之前，他二哥也查出来得了麻风病之后，他便明白这辈子怕是找不上老婆了，从此彻底打消了成家的心思。他依然努力打工，心想着趁身体好时多挣些钱，至少老了手里还留有几个钱。

说到这里，谌大哥越说声音越低，如此往事自然令人难过。此时，我们身边还围着几位老头老太太，何春娥老太太就一直坐在他身边，时不时地搭腔。我对谌大哥说，去你房间看看吧。他爽快地答应了，右手摸起放在身旁的木棍，撑着站了起来，左脚一点一点的，身子一拐一拐地朝前移。一楼往右，长长的走廊里光线昏暗，左右墙边都安有扶手。走在他身后，我心里说不出是什么滋味。

来到他房间，眼前明亮起来，但见一床一床头柜一风扇一木方桌一组合柜，还有一张木凳子搁在床前，一只塑料桶、塑料脸盆靠右墙搁着。他抱歉地笑笑，您坐凳子吧，我坐床上。我暗暗地有些犹豫了，坐不坐呢？一眼瞧见玻璃窗右边打开了，正对着屋外的大水泥路。通风还是好，屋子里也干净，坐坐吧。我忐忑不安地坐下了。此时，他顺手从右口袋里掏出一个小铁盒，打开一满盒烟丝，将盒子搁在大腿上，熟练地卷了一支烟卷，点上火抽了起来。一股浓烈的烟味席卷而来，他的脸模糊在烟雾里。

难道他看出了我的犹疑，我的脸不禁有些发热。

隐隐地，有沉重的气息袭来，我无话找话地问他：你喜欢抽叶子烟么？他笑了笑，不是喜欢抽，之前我在惠东打工时都抽10元一包的纸烟。这种烟叶便宜，在大福街上买，一盒只要2元钱，不是节省多了么？这时，春娥老太太与一位戴着大帽子的老头进来了，不客气地坐在他的身边，善意地瞧着我。他倒不觉得奇怪，看来这里的30多人都成了一个大家庭，相处率性而随意。我原本想和他聊聊作为单身汉的真实内心，如此一来聊不成了，那就聊聊他近几年的遭遇吧。

2011年过年后，谌大哥带上半年的药，将信将疑地南下惠东县城。他在此已打工十多年，对县城的大街小巷很熟悉了，想想手足无力，再帮人送货有些吃力，他买了辆电动摩托车，以接送客人为生。半年药吃过了，脚不再抽筋了，但他痛苦地发现左脚在渐渐萎缩。为此，跑客之余，他经常跑惠东附近的医院求医问药，时喜时忧。两年时间过去了，他悲哀地发现，跑了那么多医院吃了那么多药，他的左脚不可抑制地萎缩，以至行动不便。他不光不能再打工，更担心惠东的朋友们知道他得了麻风病。

至2014年年初，他悄悄地住进了大福防治站，虽然这里住有他的亲人，也没有歧视的眼光，但他内心的绝望深不可测。

说到这里，谌大哥的眼眶红了，我愣愣地看着他，一时不知从何说起。

倒是春娥老太太在一旁絮絮地劝说他：别着急呀，你还年轻呢！现在医学这么好，你的脚一定会得到控制呢！谌大哥沉重地说：就是因为年轻呀，我更担心呢！到今年四五月时，我的腰已开始无力了！现在早上洗脸时，我连一盆洗脸水都端不起！要是有一天我瘫痪了怎么办？谁来照顾我？

春娥老太太怜惜地看着他，扬扬她已畸残的手，又脱掉棉鞋和袜子，让我们看看她已成半掌的脚。我吓了一大跳，不忍多看，无法想象她当年受了多么大的苦。春娥老太太却转过来劝谌大哥：当年我被送到天罩坪麻风村时，家里还有3个年幼的孩子，我哭了几天几晚。当年防治所所长和老婆来劝我，让我安下心来治疗，治疗好了就可以回家。后来我治了，也就回家了，只是现在孩子们都大了，我又回到了这里。

我也赶紧一起安慰他：大哥，你别着急！你看这里还没有瘫痪的先例呢，你就安心治疗吧！心情好，病才会好得快呀！

见大家都劝他，谌大哥又笑了，他的笑容很单纯很率性，可转眼又忧心忡忡。他的眼眶又红了，他摇摇头说，上次省里的专家来给大家做检查时，看了我的脚就摇头，我明白今后结果怕是糟糕呢！你们看，我刚来时，不要拐杖还可以在院子里走来走去，只是左脚有些麻木。现在我就是拄了柺杖，也只能走到前面坪里，还累得很。我都还没来得及到大福镇上去看看！一想起这些，我就觉得人生很没意思！我只担心我有一天瘫痪在床呢！

不知是不是刚才太着急了，或者，我从没有受过这样的恐吓，此时只觉得脚冷得痛，浑身冷飕飕。谌大哥看出来了，忙说，哦，我屋子没炭火，要不我们到隔壁活动室去吧，那里可以烤火呢！说完拄着柺杖带头往外走。

来到隔壁房间一看，一堆人正围在那里打牌的打牌看牌的看牌，旁边还有一盆旺旺的炭火，很温暖很热闹。只是太吵了！春娥老太太听我这么说，竟然蹲下身子，搬起那盆炭火边朝外走边说，我们还是到小谌房间，炭火搬过去就不冷了。我急了，忙说，婆婆，让我来搬吧！还有，我们搬走了炭火，他们就没火烤了。谌大哥说，不用担心，他们桌子底下还有一盆火呢，这里人多，还是我房间好说话！于是，我们几个又回到了谌大哥房间，有了旺旺的炭火，屋子顿时暖和了起来。

我抬头看了看坐在床上的谌大哥春娥老太太还有黑衣老头，如家人待在一块般自然随意，我既感动又安慰，忙问谌大哥，在此休养快一年了，习惯么？谌大哥坦然地说，刚开始时很不习惯，一是饭菜口味不合，要么饭硬了要么菜咸了，慢慢才习惯点儿了！当初猛地跑到这里，真是万分孤独。好在这里的人都很好，吃饭不要钱，治病不要钱，每月还有200元零用钱！我万一不高兴了，到活动室玩玩牌到电视室看看电视或者与人聊聊天，心里的落差就渐渐回落了。

我想让气氛轻松些，故意问他：谌大哥在外打工那么多年，还留有私房钱吧？他笑了笑，却苦起脸来：钱差不多被我折腾完了！一开始打工，每月最多1000元，当手里有些余钱时，我建了几间平房。后来，我手里已存上10万元钱，计划留着养老，谁知竟得了这个病，近二三年这个医院出那个医院进，花了9万多元钱，光今年就胡乱用了1万多元钱！

我疑惑地看了看他。他依然苦着脸说，就在六七月时，他的腰越来越无力了，天天担心会瘫痪。忽一天看电视时看到北京中医研究院可以治股骨头坏死，我心想股骨头坏死都能治好，那治我的腰应该没问题。我便按广告上的电话号码打过去，对方给我推荐了一款治疗仪，花掉了我3800元钱。之后，当我再打电话咨询时，又给我推荐了两个疗程的膏药，又用掉了4800元钱。原以为如此舍本，总该有些效果吧，可几个月下来，根本没半点起色！

眼见他低着头，一声不吭，我赶紧再次转移话题：你在惠东的朋友们与你可有联系？此时，他抬起头来，脸上又有了笑：刚开始时，朋友天天打电话给我，问我什么时候过去？我说我不过去了。他们还笑话我，平时干活儿那么拼命，现在工资都涨到五千多六千了，怎么不赶紧过来？

他不敢告诉他们实情，换了个手机号，只有自家哥哥侄子侄女们知道。为了忘记痛苦，他常常用手机下载武侠小说看。哦，我惊讶了，他还喜欢看书么？

谌大哥说他自小就喜欢看书，捞到什么书什么报纸杂志，就津津有味地看起来。看得入迷，就可以少想些空事！这时，春娥老太太赶紧补充说，他还专门买了中医药书呢，还常看《大众卫生报》呢！

说话间，进来一个瘦高个儿男人，戴着黑色皮帽子，一直默默地站在一旁，听我们聊天。当我偶尔抬头看看他时，发现他满面泪水，一时屋子其他几个人都发现了他的异常。我小心翼翼地问道：你还好吗？不要紧吧？他头也不回地出去了。

就在我不知所措时，他又匆匆地进来了，哽咽着对我说：不要再说了，住到麻风村来的，就是一群伤心人！我不由满面通红。谌大哥忙对我说：你别放在心上，他就是这样，动不动就哭。他比我还小，病并没有我厉害。说话间，瘦高个儿又出去了。

此时此刻，莫名的悲哀涌上我的心头。我清楚地知道，麻风病人心里的负荷无比沉重，他们之前遭受着人们的冷眼，之后很长一段时间，依然会遭受人们的白眼！告别之时，春娥老太太朝我伸出手来了，我却装作没看见，内心却满是羞愧，急匆匆地朝外走。

当我走出灰暗的走廊，回头一瞧，后面竟跟着春娥老太太、瘦高个儿等几个人。我摆摆手，让他们别送了。当我来到楼前水泥路时，一回头，那几人依然跟在我后面，而谌大哥则将窗户大开，倚在窗前笑笑地看着我。我朝他们摆摆手，匆匆地朝车走去，春娥老太太几人硬是将我送到了车前，脸上满是不舍。

大福防治站的老人眼巴巴地看我们走远

人与人之间并不存在差异，存在的只是内心的偏见。若无偏见，麻风病人也能重返社会。不过，这群对外面的世界充满好奇的老人并不想回到外面的世界，"宁愿一辈子老死在这里"。也曾有亲人想接他们离开，但是老人们想"即便至亲的人不嫌弃，其他人也会用异样的目光看他们，而且人已经老了，不能给家庭做什么，不如就留在村里一辈子"。

戴朴兴：一天就吃一餐饭

还在2014年年初，正月十三上午，前几天下过雪了，车过蕉溪岭时，树上还有积雪。一下车，行走在浏阳北乡的山村里，冷风凛冽，冷到骨子里，有点痛。我们来到龙伏镇柘庄村戴家组老戴家大屋，偌大的戴家大屋已被拆得支离破碎，杂乱的老屋间建起了几栋楼房。村妇女主任带着我从边门穿过，来到几间旧屋前，门口是老式天井。一路上村妇女主任简单介绍了老人情况，姓戴，名朴兴，已经82岁了，前年8月他老伴儿因鼻癌过世。老两口儿也没儿女，现在就剩下戴老独自一人。

老人家的门一推就开，却是一间厨房，再进去是一间小厅屋，屋里倒还干净。一叫唤，老人在内屋应答。都10点多了，老人还没起床呢。我们退出来，在屋外天井前等，四处走走看看。看来老屋原来的规模不小，还遗留有大大小小几个天井，还有花格子门花格子窗，进门大厅还有花格扶栏，当时应该是很大气很规整的院落。

一转眼工夫，老人出来了，却匆匆地跑去另一栋老屋里，叫来一位婆婆。原来他以为是镇上派人来送他到城里看病，他这段时间左脚一直在痛。就在年前，他已在龙伏卫生院住了一周院，并不见好，后来让侄子带他去浏阳人民医院检查，医生让他住院。实在没有专人陪护，只得拿了些药回家了事。说话间，他的侄子也过来了，一位憨厚的小伙子，就住在大屋外的一栋楼房里。

于是，一大帮人就坐在老人家那间小厅屋里，椅子不够，侄子快手快脚地从隔壁提来了几张。光线有些暗，有人扯了扯电灯开关，才发现电灯不亮。我坐在靠窗的位置，窗外便是天井。一抬头，只见黢黑的正墙上贴了张毛泽东像，下面分别挂了他老伴儿及他自己的相框。相框下面，靠墙放了张折叠椅，上面垫了一件旧旧的蓝色棉袄，这便是戴老经常坐的地方。就在我身边，靠窗放了一高一矮的桌子，高桌子上放一台很小的银色电视机，矮桌上则堆了些空空的香烟盒。

屋里实在冷，老人一坐下就缩着身子，我的脚也隐隐有些发麻，屋子没有电烤炉。我便问他，怎么不买个电烤炉？老人没吭声，一旁的侄子倒是作答了，老人是五保户加低保户，一个月只有340元钱，加上他那九分五厘田让给他人种了，一年可得285元钱。他喜欢抽烟喝酒，又经常要吃药，也就没钱添置什么了。

我看了看老人，瘦削苍老的面庞，浮着淡淡的愁苦，一副风烛残年的模样，穿得也不厚实。可能是他侄子说到了酒，说他三天一醉，老人蓦地笑了起来。他辩解说，他其实只抽两元一包的烟，只喝8元一斤的散装谷酒。侄子又说，你看你，说了要你不要喝酒了，你的脚痛不就是喝酒引起的么？老人不以为意，低着头缩着身子，小声地辩解道，天太冷了，我早上起来喝点酒就暖和些，晚上睡觉时喝点酒，就睡得快，也不觉得冷了。我昨天喝了些酒，中午就睡了，不是就睡到今天这个时候嘛！

我看看老人，从昨天中午睡到现在，什么也没吃么？站在一旁的隔壁婆婆赶紧补充道，他呀，自从老伴儿过世后，就糊里糊涂过日子。很早就睡很晚才起，经常就吃一餐饭，酒就成了他的宝。天气好，他倒还去附近走走，还去菜地种种菜，还自己做饭洗衣搞卫生。万一身体不舒服或喝多了，就交代我们帮他做做饭洗洗衣什么的，自己则躺到床上去了！要他少喝酒，他从来都不听劝！不过，他可讲干净，你们看，家里让他收拾得很整洁呢。

我站起来走进内屋，第一间房子是他的卧室，摆了几件旧家具，床上的蚊帐被子都整齐，那红格子床单、黑格被子在阴暗的房间里很抢眼，看上去很厚实。再过去，是他老伴儿以前的卧室，也摆了几件旧家具，床上也收拾得清爽。只是窗玻璃有几处坏了，就简单地用黄色纤维袋挡挡风。

他这几间房子无疑是老屋里为数很少的旧房子了，还是他老公公那辈传下来的，他一辈子就住在这里。我关切地问他，您一个人过日子也孤单，你们镇上不是有敬老院么？为什么不去住敬老院呢？老人不好意思地笑了，那里不自由，没钱买烟买酒，我就回来了。侄子也笑起来了，补充道，我们平时忙，也照顾不上他，送他去过，可他自己卷起铺盖回来了。原来当地敬老院老人不多，虽说包吃包住，但每位老人每月只发30元零用钱。这样就没钱去买烟酒了，他就不习惯了，何况住在家里也有人照应。

老人性情温和，人也勤快，老屋的亲友们对他也关照。刚才，就在侄子揭他老底时，他也是一脸笑意，也不反驳。只是当他坐在躺椅上时，神情才渐渐忧伤，乃至落寞。

后来，我们特地去了龙伏敬老院，没想到离镇上至少有十来里

说要照相，戴朴兴老人有些拘谨了，坐得好认真

路，孤立于一座山包上，交通很不方便。站在铁门外，但见几栋白墙青瓦的二层楼房依次而立，却悄无人影。我们喊了许久，都没人来打开大铁门，只得从一侧的小门进去。

进到院子里，第一栋没人，第二栋也没人，全都关门闭户。到了第三栋，远远地听到电视机的声音。大门敞开，厅里搁了张木方桌，桌上还有些饭菜屑，看来老人们刚吃过午饭不久。左右两边的两扇门都紧闭着，正对大门的小门却开着，走进去一看，竟是公共厕所，地面有些湿有些脏，我赶紧退了出来。循声敲敲右上角那扇门，推门一看，一位老人坐在床上，脚搁在烤火炉上，另一位老人却站着，两人都在看电视。站着的老人赶紧迎出来，疑惑地看了看，问我们找谁？当得知我们找院长时，只是淡淡地答道：他没来。也不是每天都来。随后，便自顾自地回转身看电视去了。我随意瞧了瞧房间，床上被子已看不出什么花纹，灰乎乎一团，其上倒搁着一件新的黄色军大衣，而老人拥着的烤火被竟是光光的旧棉絮。窗左侧搁着一张小柜子，却没挂窗帘，坐着的老人一直盯着电视机屏幕。

来到左上角那间房，一样的简陋，一位老人正躺在床上睡觉。这是我第一次到乡镇敬老院的现场，满心凄凉，无法再看下去。出来后，在院子穿行，也一直没看到管理员模样的人。我突然明白了，戴老何以执意要回到自己的家，那浓郁的生活气息，那熟悉的亲人与生活场景，远远强于这里的简陋与冷漠。

后来，浏阳市民政局领导告诉我，全市有35所乡镇敬老院，龙伏办得不够好，建议我再去办得好的敬老院走走。我想了想，却始终没再去哪所敬老院了。其实龙伏敬老院从外面看上去并不差，4栋二层楼房依次排列，后面还有公共食堂，还有绿油油的菜地，进门处还安有零星的几件运动器械。可我相信老人生活在这里并不开心，无奈、无聊、孤独、抑郁，没有别的词了。

当传统的依靠子女养老无法实现时，得更多地以社会养老和机构养老来支撑。可我国养老机构不仅数量不足，床位紧缺，还服务很差，远远不能满足现实需要。比如说浏阳，至2014年年底，全市60岁以上老年人22.5万，占总人口142万的15.8%，农村60岁以上老年人多达19万多。而直至2014年年初，城乡养老机构只有2732张床位，已利用2484张床位。另有社会养老机构4所，拥有660张床位，利用了160多张床位。即便全都利用起来，也是杯水车薪。何况这些机构还处于初级阶段，服务水平普遍较低，缺乏为老人照料和护理等服务必需的专门设施和人员。淮川公寓是浏阳最好的养老院，也没有独立的医务室，没有完善的老人活动室，没有老人锻炼场地及器械，食堂也非常简单。至于那些农村敬老院的条件就更简陋了，工作人员也主要是当地农民，都没有经过专业培训，只能从事一些诸如做饭、打扫卫生之类的体力劳动。当然那些身体健康、腿脚灵便的老人，日常生活基本可以自我照料。可那些情商不高、痴呆或病患缠身乃至行动不便的特殊老人，又请不起护理的老人，往往起居饮食都难以自理了。

难以自理，我一直想着这个词。只有能自理，特别是对于空巢老人来说，才有起码的体面和尊严。

而正是因为没有这些基本的尊严，于是乎，我一路看到的大多是羞涩的笑容，干瘪的皮肤，呆滞的肢体，茫然的眼神。他们都是父母，祖父母，外祖父母。他们同时也是孤独的，弱势的，憨厚的，两眼含泪的。他们是谁，曾经做过什么，都已经不再重要了。他们被集体抽离了特点与个性，取而代之的是略显尴尬的称呼，老人，空巢老人。

采访时间

浏阳市：2014年1月19日、1月24日、2月8日、2月10日、2月11日、2月12日；桑植县：2014年12月26日、12月27日、12月28日；安化县：2015年1月9日

采访后记

某一日，我特地去浏阳城区老财政局院子许伯伯家拜访，许伯伯快80岁了，平日就他与老伴儿在家，也是空巢老人。想当初，许伯伯可是小城叱咤风云的人物，"文革"时保皇派的首领，到老也归于平凡淡定了。

聊起空巢老人的话题，他也忧心忡忡，他住的院子里就有不少空巢老人，至于生活状况则是有人欢喜有人愁。常言道，养儿防老，积谷防饥。随着空巢老人比例日益增加，空巢老人养老的问题更是日趋严重。虽说空巢现象是全球性的难题，但于国人而言，大多数地方的养老观念仍是养儿防老。也就是说，居家养老占主流，自动自觉地去老年公寓的并不多。一方面家庭养老供养成本较低，孩子也觉得把父母送进养老院会被误解为不孝，另一方面老人也不愿离开能享受天伦之乐的家庭。

老人其实需求并不多，只是想和亲人说说话，多得到点关心。但年轻人忙于生计，疲于奔波，甚至走南闯北外出打工，哪有时间与精力来照顾老人？老人享受天伦之乐，膝下儿孙满堂的愿望，长久得不到满足，身边又缺少子女的亲情和精神慰藉，老人怎会不郁郁寡欢？

是呀，老人要求并不高，普天下的子女什么时候才能意识到这一点，才能自动自发地多多亲近自己已然年老的父母（祖父母）呢？要知道，他们曾经有过刻骨铭心的爱恋，有过生儿育女的欢欣，有过积极进取的追求……那一刻，看着许伯伯有些落寞的眼神，我突然想起我看过的一部电影——《飞越老人院》：在那座关山老人院里，老

人们的生活像一潭死水，无论谁踏进这里，都会闻到一股死亡的气息。老周来了，他乐观开朗，幽默大方，如冬日的阳光带来动人的光辉。为了令自杀未遂的老葛振作，也让其他老人不再浑浑噩噩地过日子，老周组织老人们充满热情地集体排练节目，在排练中相互逗趣，设计逃离老人院。人生的热情再一次被点燃，生命中的层层意义与快乐也被逐步揭开。他们终于成功地偷偷地跑出了老人院，驾车驰骋于公路上，来到了向往已久的美丽的大草原，享受了生命中最后的纯粹的快乐与意义……

第二章

江西行：只要自己能做就自己做吧

阳春三月，莺飞草长，田野间处处铺展着喜人的新绿，隐约的花香。

早早从浏阳城出发，往东，走昌铜高速，两小时就到了江西高安花桥镇。下高速，与从高安城里出发的高华会合，再一起前往华林山镇，高华的老家，大山里的周岭村。

浏阳有不少姓氏都是从江西迁移而来，称江西人为老表，据说我家祖先就是从江西乐安迁移过来。我平日里虽也到过宜春、婺源、景德镇，但都是一游而过，这一次肯定要走村入户。

我又想起了廖婆婆。失散多年的廖婆婆。

朱英歌：不知儿子什么时候回来

花桥集镇过后，便穿过一条条山冲，都是水泥路，不宽，倒是畅达。

陌生的风景，巨大的寂静奔涌而来。

华林山镇政府前竟有一处新建的广场，中央有一座雕像，乃是坐着的耀邦先生。耀邦先生是浏阳人，猛然发现远在江西的偏僻之地，也与他有着地缘上的联结，脚下的一切便亲切起来。

沿山而上，地势却渐渐抬高，大片大片竹山奔涌而来，之上是高高的山峰，之下是沿山而上的梯田。山上郁郁青青，梯田也有蒙蒙的绿意，路边的青砖屋旁间或有一二树桃花或李花一闪而过。

车爬过长长的山岭，转过一道弯，眼前豁然开朗，阔大的山谷铺展在眼前。就在左边湾里，藏有大片的青砖楼房，湾后是高山，湾前是自上而下再自下往上的层层梯田，对面梯田之上也是高山，便是到了周岭村。

车停了，我赶紧钻出来，惊讶地发现，湾中心地带的青砖瓦房大都已然坍塌，那些土砖屋也破败不堪。周围的青砖楼房，有着风火墙，有着飞檐翘角，但已人去楼空。小高告诉我，此处是耀邦的祖籍地，不过胡家人很早很早以前都搬走了，成了高家人的天下。而现在，高家人呢，又几乎都搬到前面湾里新建起来的新农村去了。

周岭村位于高（安）奉（新）边界，是高安市西北最偏僻的村庄，坐落在华林山东段的半山腰，四面环山。古人讲究风水，周岭村村后的山峰酷似飞凤朝天飞翔，一览群山小，前方视野空阔，案山层叠。而村子西、东各有两支山溪水常年淌流，向东南汇集，再继续前行。据《胡氏族谱》记载，胡氏第62代胡藩于东晋安帝时（424—453年）因屡建战功，封土豫章（江西南昌），乃举家从下邳郡（江苏邳州宿迁）徙居于豫章郡（江西宜春）以西新吴华林山麓，始为华林胡氏之鼻祖。此后数百年，子孙繁衍，胡氏成为华林望族。后来，胡氏又在乐安浯塘枝繁叶茂，成为当地一大宗族。约在明万历年间，为躲避战乱，浯塘第23祖胡允钦带领部分族人迁徙浏阳西岭聚居立族。至胡耀邦这一代，为西岭第12世孙、浯塘第34世孙。

沿周岭村村东，上青石板路，太阳正好，小高带我来到了朱英歌家。

这是栋清爽的两层青砖楼房，有三开间，大门一如古制向内退了几步。见我们来了，正在堂屋里扫地的老人赶紧放下扫帚，慌慌地搬来几张木靠背椅子，放至门外的坪里，客气地请我们坐。

天气很暖和，朱英歌还穿着旧棉衣，戴着帽子，神情怯怯的。朱英歌今年73岁了，先后生有4个儿子，现在只留下小儿子高在港，37

岁了，还依然单身。自从12年前小儿子出外打工后，老人就几乎常年独自一人在家。老人很沉静，说不来普通话，她说的地方话我也听不太懂，只得让小高给我当翻译。

老人二儿子三儿子小小年纪就不幸夭折，令她伤心了很久。好在大儿子长得结实，后来又有了小儿子，她才熬过了那段欲哭无泪的日子。她上过学，读到了小学毕业，在那个时代倒是难得。不想男人家是富农，她嫁过来后，在那以阶级斗争为纲的年代，跟着受了不少罪。且不说那些歧视的眼光，当年夫妻俩不光一年四季得干最脏最累的活儿，每天还得比别人多干几个小时，动不动还得挨批斗。她原本就个子矮小，干活儿不如人，还得为男人担惊受怕。

每当村里的大喇叭一响，她就胆战心惊，她知道村中心祠堂里早已搭好了台，她与丈夫又得被推到台上挨批斗了。还有男人的父母、男人的哥哥弟弟，都是逃不脱的。她当然不敢乱说乱动，她男人性子烈，有时不配合批斗，还会因此挨打，真令她痛心。

熬过了1980年，一切渐渐好了起来，先是责任制，接着是分田到户。她与男人正当四十多岁的盛年，大儿子也快20岁了，已是干农活的好手。一家人省吃俭用，到1985年，建起这栋漂亮的青砖瓦房，还计划着添置些新家具，为大儿子娶老婆。看着生龙活虎的大儿子，她干活儿特别有劲，偶尔会唱唱年轻时学过的乡间小调。

1987年9月9日，令朱英歌永远痛心永远铭记的日子。就在那天，天气好得一塌糊涂，24岁的大儿子挑着自家栽种的姜去伍桥镇赶集。经过樟树岭水库时要坐船，应是载人太多，船行至水库中央竟沉没了。同船者有15人落水身亡，其间就有她最亲最爱的大儿子。噩耗传来，如万箭穿心，她的头嗡的一声响，就倒在地上不省人事了。

年幼的小儿子令她渐渐振作，一根独苗，才刚刚10岁呢。自此，夫妻俩更起早贪黑地干活儿，上有年老的父母，下有小儿子，中间还有一直单身的哥哥弟弟。

日子在忧伤里平静地走过了好多年，小儿子初中毕业后，不再上学了，也成了干活儿的好手。可就在2000年正月，男人一病不起，很快撒手人寰，留下她与小儿子相依为命。两年后，为了多赚几个活钱，小儿子出外打工了。

从那时起，小儿子随着村里人辗转各地，在工地上打桩，先后去过宁波、上海、吉安、湖南、厦门等地。对于平时很少出门的朱英歌来说，她只能在家里静静地等候儿子归来。而这些地方儿子待过，也就记下了。

其间，婆婆、大伯先后过世了，她年纪也大了，只得将有些弱智的叔叔送到镇上敬老院。儿子一年回来二至四次不等，看工地的活儿而定，有时只有匆匆的两三天时间，有时则能住上一两个月。从去年年底回来后，儿子就一直待在家里，刚刚出外10多天，令她万分满足。她不想儿子到外地打工，但待在家里又能干什么？出去打工每年至少有三四万元的收入，儿子都30多岁了，得赶紧找个女人结婚呀，没钱是万万不行的！小高与她儿子同年，小时候还是同学。现在小高不仅当上了小老板，找了个漂亮老婆，儿子都上小学了！

坐在阳光里，我看了看朱英歌的脸，平静与卑微，但我依然看出了她内心的焦虑。事实上，儿子外出打工，偌大的房子就她独自守着，实在冷清。她娘家在离此不远的老居村，兄弟姐妹都已过世，也没有什么亲戚朋友来看她。

好在这种日子她也过惯了，她每天早上7点多钟起来，用儿子特地买回来的电饭煲蒸点饭菜，简简单单吃点。之后，她要么做做卫生洗洗衣服，要么去菜地里干干活儿，要么就到村前的大路上走走，与路边那位老婆婆，她多年的朋友聊聊天，便觉无限欢欣。

中午，懒得做饭了，喝点别人送的营养快线或者盒装牛奶。

就在我们聊天时，一只白底黄点的壮实的狗，一直在她身边转悠，要么干脆躺在她的脚边。也许平日里，当她枯坐在家时，只有狗依偎着她，给她带来了些许温暖。

她下午不太出门，看看电视或在屋门口呆坐，到天色渐晚时就回屋做饭。随便吃过，收拾好碗筷，天已黑了，赶紧关起大门看电视。天冷就干脆坐在被窝里，最多看一个小时，也不管能不能睡着，早早地躺下。屋里屋外太静，她害怕。屋外寒风呼啸，或者昆虫鸣唱，她也怕。只有儿子在家，她才能睡个舒坦觉。

倘若是她的哮喘病不犯，倒是相安无事。可她总是小病小痛不断，从7年前起，哮喘病就严重了，得天天吃药，每年药费就得1000多元。也就是从那年开始，她才没有去上山砍柴砍树砍竹子，菜也种得少了。

正在这时，一位中年汉子挑着一担柴火从她家屋旁经过，见我们在聊天，忙放下柴担凑了上来。这是个健谈的人，神采奕奕，也姓高。老高说，老人其实胆子小，每天傍晚早早就关了大门，很少独自外出。这么多年了，连高安城里都没去过。儿子不在家时，只得托邻居去买药，他就经常替她买药。不过，近几年他也常年在高安城里打工，这段时间要上山砍树，才请假在家。

说起老人的儿子，老高深有感触地说，这孩子还算勤快，也算孝顺。只是前几年家里老人太多，耽误了讨老婆，真是令人着急。

说起儿子，朱英歌又喜又忧。忧的是小儿子早已到了谈婚论嫁的年纪，却少有媒人上门，她真担心儿子打单身。喜的是儿子还算懂事，始终将她挂在心上。她已吃了五年低保，打三年前起，她每月有55元农保金，且低保从前年开始每月提到了100元钱，每年也买好了医疗保险。她节省着用，没有多大问题。可儿子担心她的身体，每月还给她寄200元钱，去年11月回家时还特地给她买了一部新手机，告诉她身体不舒服就赶紧打他电话。

儿子常常打她电话，她可舍不得打，她觉得这是贵重东西，又费钱。就在今年过年时，儿子出去玩，很晚了也没回。她担心了，才给他打过一次。说到这里，她起身走进屋子里，不一会儿，就拿着一部手机出来了，小心翼翼地放在我手里。我看着她脸上羞涩的笑，接过那部小巧的黑色老人机，手机正处于开机状态，还有信息提示呢。她说，儿子一再交代她，每天要充好电，每天要开机，他晚上就会打电话过来，问问她的情况。

老人家的厅堂、房间、厨房，处处清洁整齐。老高特地把我带到左边厨房，哦，竟由一间卧室改造而成，一面墙堆满了劈柴，都是她儿子在家时备好的。再从边门出去，是一间倒塌了的房子，没有了屋顶，只剩下几堵墙，就是原来的厨房。房间很长，她儿子将之改造成养蘑菇的房子，用树干搭成一个长架子，又在两边斜摆了好多树干，使之日晒雨淋，竟长了好些小蘑菇。刚才我看到门口小凳上搁了只圆竹盘，竹盘里就晾晒了一只只可爱的蘑菇。

老高告诉我，周岭村家家户户大都在屋后搁些树干，就这样养蘑菇。这些蘑菇晾干了，可卖到60元钱一斤。

老人屋里家具不多，连屋里的木隔墙都没到顶，最惹眼的就只有堂屋里那台红色的冰箱。除了儿子房里还有一张漂亮的老式床外，所有家具都没上漆，款式过时。小电视机放在儿子房里，儿子不在家，老人就干脆睡在儿子床上，闻闻儿子的气息。

重新坐在太阳里，才将刚才屋子里的阴凉缓缓消融，我的心绪莫名地低落。一抬头，看到门口晾了几件衣服，有一件红羽绒衣，应是

朱英歌常常独自坐在自家屋前

55

老人儿子的。看来，老人儿子个子不高，一问，果真如此。

说起今后的日子，老人满脸愁容，喃喃地说道，她老了，没几年好活了。可她走后，儿子怎么办？她最大的心愿，就是盼望儿子早日成亲，趁着她还能动，能帮着带带孩子！

老人怎么都不肯接我送给她的小红包，邻居老高帮着劝，她才任我塞到她上衣口袋里。之后，她丢下我，转身往屋里走去，出来时，一手拿着只塑料袋，一手抓着一把自制的蜜饯柚子皮。她将柚子皮全塞到我手里，让我吃，然后转身又去装竹盘里的干蘑菇。柚子皮看上去很清爽，吃起来也酸酸甜甜。我正与老高、小高津津有味地吃柚子皮时，老人却将装好的干蘑菇塞到我手里！我怎么能收？赶紧站起来推辞，老人却不乐意了，口里模糊不清地说着什么，脸也急红了。我告诉她，我平日里不太做饭，用不上干蘑菇，不如她留着换钱。老人一副不甘心的模样，站在大门口，眼巴巴地看着我，我则快快地狼狈逃离。

站在村子大路上，再回头时，老人还在远远地望着我。

恍惚依稀间，我以为我又看到了曾经的廖婆婆。

高海龙：我们就是两栖人

还在周岭村时，在小高大哥家吃过午饭后，他特地带我去村西高地。站在高地上，湾里的风景一览无余，眼见那些或坍塌或空闲的房屋，真难以想象此处曾有70多户230多人。当然，现在大都已人去楼空，只有十多户人家还留在原地。小高随手指了指前面不远的空楼说，这家风水好呢，他家儿子考上了清华大学。然后，他又指了指前方村东一栋房子说，那家的风水更好，他家三个儿女都考上了大学，儿子都考到了美国去了。

我笑了笑，问，他家老人在家吗？他想了想说，那家老人我应该叫伯伯，他应该在家，要不我们去看看？

周岭老村大都已然人去楼空 ▋

　　我们赶紧下山，再次前往村东，其实也没走几分钟。远远地，一位穿着军黄色上衣的男子在忙碌，便是小高的伯伯老村支书高海龙，他正手握铲子在修整通往他家的石头台阶。见我们来了，他迎了上来，但见他穿着黄色中山装上衣，里面配着件旧白衬衣，一条蓝色的旧裤子，一双旧的黄色跑鞋，一个普通的农村汉子模样。但他饱满的国字脸上，洋溢着温厚自信的微笑，动作敏捷而稳重，声音爽朗而洪亮，根本看不出有63岁了。说话间，在堂屋里坐下，他就给我们一一泡好了茶。

　　许是职业习惯吧，他稔熟地给我介绍周家岭村的情况，早在20世纪六七十年代，这里的人们还是靠山吃山，靠砍树卖钱，那些千辛万苦开出来的梯田则种植水稻。即使种双季稻，收成也不好，仅仅够村里人吃饱肚子。不过，与山下那些田多的地方比起来，这里的经济还活跃些，山下的姑娘纷纷嫁到山里来呢。你看，湾里一栋栋青砖楼房都是20世纪八九十年代建起来的呢！那时是林业排在第一，农业排在第二。从1983年至1998年担任村支书期间，他就号召并带领大家大力植树造林！可到了前些年，形势渐渐变了，人们只种一季稻了，年轻人纷纷外出打工，纷纷拆了旧房建新房，林业只能摆在第二位了。

再到现在，形势更不同了，山上的树都砍得差不多了，梯田几乎没人再种了，90%以上抛荒或退耕还林。村子里不光年轻人在外打工，四五十岁的中年人也外出打工，村子里的姑娘则纷纷外嫁，年轻人找媳妇比之前难多了！

至于村子里的老人，大部分都空巢呢。当然我和我老婆还算不上真正的空巢老人，严格地说，我们最多是两栖老人！

真是个有趣的老支书，依然以支书的口吻说事，还说什么两栖老人！我不由笑了起来，他自然明白我笑什么，又自信满满地解说起来。想想看吧，我大儿子今年42岁了，在福州大学当教授，老婆也在福州工作，孙女却只有8岁。二儿子今年也40岁了，是南昌市党校副教授，孙子刚刚7岁。女儿最小，也30多了，在华林镇政府上班，女婿却当上某县副县长。且不说儿女们都有自己的工作，没多少时间回来陪我们，小孩都还小，怎么忙得过来？

于是，这上10年来，我和老婆都是分头行动！我在福州帮大儿子照料小孩，老婆在南昌帮二儿子带小孩，一住至少就是半年呢！有时我们也换换，她去大儿子家，我去二儿子家呢！

此时，我不由笑着问他，与老婆天各一方，不想她么？

怎么不想呢！当然想，老高书记倒是爽快。不光想她，也想孩子们呀！为此一到寒暑假，我们就分别带着孙女孙子回老家聚聚，哦，就是回周岭村这个家呀！也因此，我们城里住几个月，乡下住几个月！

为什么非得乡下住几个月，一是毕竟故土难离，在外久了硬是想念老家。二是家里还有60多亩林地，种了20亩杉树30多亩毛竹还有10亩杂木林。毛竹每年可收3000多元呢，杂木林也能收三四百元，得时不时回家料理这些树。三是老夫老妻也趁机团聚团聚，少来夫妻老来伴啊！

为什么非得城里又住几个月呢？儿子们也不是请不起保姆，也没有非得让我们去帮忙，不去其实也是可以的！但我和老婆商量来商量去，倘不去帮忙实在说不过去，保姆毕竟是外人，孩子都还小，自己的亲爷爷奶奶照顾自然会尽心尽力，也让儿子媳妇好安心工作！为人父母当然得替子女们多考虑呀！

　　听他这么说，我有些惊讶了，现在还是4月初，他怎么会在家呢？老高到底是精明人，见我四处张望，赶紧补充道，老婆这次没在家，没到暑假呀！因今年我大哥要在新村建新房，就要我留在家帮他。我去年刚刚在旧屋旁边建了一栋新楼房，也有些善后工程要做！可堂屋里这么干净整齐，左边靠墙的长棍上还整齐地挂着一长溜衣服，我还以为他老婆也在家呢！

　　再看看，他家的房子应该还是旧式模样，屋内的隔墙一律用厚木板，那些厚木板并没有上漆，已略呈陈旧。堂屋正墙上居中挂了两个老人的相框，下面贴了大大的"寿"字，两侧还有一副对联：父度花甲迎富贵，子越壮盛展辉煌。隶书写得不错，可如此对联真是乡土气息浓郁呢，我不由哧哧地笑出声来。

　　一旁的小高便说，这是我家伯伯三年前做六十大寿时写的，是他自己写的！我看了看老高，他脸上正露着得意之色呢！

　　我赶紧附和道：真是写得不错！难怪子女们那么有出息，有个好爸爸呢！老高笑了笑，谦虚地说道，当年我从武桥中学毕业时，正遇上"文革"，停课闹革命，无法再上高中，心里很不是滋味。为此，我和老婆都很重视孩子们的教育，从小学起，他们放学一回到家，就得认真做好作业！我们甘愿自己多做事，也不让他们和其他小孩那样去寻猪菜、砍柴、带弟弟妹妹、挑水等，尽量让孩子们做功课看课外书！孩子们也争气，大儿子考上大学了，惹得二儿子和女儿也发奋努力，也都考出去了！

　　现在他们虽没有经商，也没有当什么官，但都拥有自己的事业，我们也少了许多后顾之忧。早在2005年年初，在孩子们的张罗下，我和老婆都买了社保，当时一下补买了10年，之后又年年买。从2012年起，我们就开始拿养老钱了，我每月500多元，老婆有800多元，我每月还有90元的村支书补助。如此一来，不用孩子们拿钱给我们，我们的钱还用不完呢！

我们得向伯伯学习呢，他舍得培养子女，子女们都搞得好！伯伯大前年满60岁，子女们都回来给伯伯做寿，真是热闹风光呀！小高极为感慨地插话了，伯伯，你还是说说你去美国的事呀！我看了看老高，他目光灼灼，满脸喜不自禁。我不由暗暗感叹：是呀，子女有出息是父母最大的骄傲！

此时，老高干脆站了起来，满是得意地说，去年下半年大儿子到美国艾奥瓦大学做访问学者，我随他到了美国！平时我料理他的生活，一到周末他就带着我在美国到处跑，去过华盛顿、芝加哥、洛杉矶、费城等，令我大开眼界！人家美国人真会生活，社会民主，发展很好，值得我们学习！

眼见他眉飞色舞地侃侃而谈，我会心一笑，问他，看来你在美国还过得挺滋润的，您是不是喜欢旅游呀？

对呀，他很快就接过话题，我一有时间就出去玩，我先后去过北京、上海、陕西、广州、福州、泉州、海南等地，有时还想办法动员老婆与我一起去呢！

至此，我由衷赞叹，老高，你和老婆虽然得跑来跑去，但比一般老人要幸福得多！

老高笑了笑说，还得子女多尽孝呢，钱毕竟得摆在第二位！当然有些事情子女也不能代替！比如，我女婿的妈妈过世两年了，现在他爸想找老婆，他们还想不通呢！我就告诉他们，老人更怕孤独，他想再找个老伴儿很正常，你们做子女的要顺其自然呢！

老高真是不同于一般老人，他乐观爽朗，见多识广，思想开通！他告诉我，孩子们经常回家走走，为了孩子们回老家住得舒服，他新建了这栋二层楼房，还在华林镇买了套110多平方米的房子！他和老婆则很节约，从来不乱用钱！

临走前，我特地在他家老房子里四处看了看，家里收拾得很整洁，但除了一张雕花老床外，都是些普通的家具。不过，我倒在他房间书桌上看到了一台小巧的手提电脑。原来老高天天都要上网看看新闻，也与孩子们在QQ上聊聊天！真是个与时俱进的老头！

当我们挥手告别时，老高也来到屋外，且很快加入了那群泥水匠的队伍，与他们一起忙碌起来！

这是我采访最受鼓舞的一次。一路上，我都在想，老人倘身体好，倘性情开朗，倘经济宽裕，倘老有所为，自是能安享晚年！只是要达到如此理想状态，也实在是难！

吴树清：我有病呀，怎么得了呀

从周家岭村出来时，小高对我说，我再带你到旁边村子里看看！

车在大山里转了几道弯，在一栋旧楼房前停下，到了东溪村新居组，出来一位瘦黑的老头，却是老村支书，说带我们到一位老人家里去。

沿来时路行不多远，车在一小山冲口停了下来，这里新建了一长排楼房。外墙外还搭着架，有几个人在贴外墙砖。老支书用土话喊了几声，从第一个大门口跑出来一个穿着蓝色上衣的老太太，将我们引进了她家。

走进来一瞧，偌大的堂屋里却很简陋，也没什么家具，墙上还没有粉刷。我们在靠门口的椅子上坐下，老支书又带来了三个女子，说给我当翻译。我看了看她们，笑了：年轻的胖女子穿着黑衣抱着个孩子，高个子穿着红棕格子衣，胖且肚子大，还有个蓬着头发的瘦女子。未等我们开始聊，老支书就带小高出去看贴瓷砖去了。

老太婆姓吴，名树清，今年72岁，没有上过学。丈夫朱平吐，已78岁了，这几天天天上山去栽树。吴婆婆以为我是镇上的干部来访贫问苦，一开始就看着我，不停地拍着胸口，一连串地对我说，我咯里天天痛，我有病呀，怎么得了呀？然后，她还一个劲地说了一大堆，我几乎都听不懂，茫然地看着她。

黑衣女子赶紧告诉我，吴婆婆说她高血压、心脏病已经七八年了，每年要花几千块钱吃药，药还得到高安去买。去年她干起活儿来更觉得特别吃力，特地去高安做了检查，心脏病又严重了。

哦，我看了看她，应该是病痛的折磨，让她看上去比实际年龄更苍老：脸干巴巴的，呈黑色，满是皱纹，连双手都黑且粗，青筋鼓鼓。看着她眼里的期盼，我心生怜惜，上前摇了摇她的手，她的手很是粗糙。

我问她：您身体不好，就两个老人在家，儿女们能放心么？

她叹叹气说，有什么放心不放心！他们要出去挣钱呀！你看这房子是大儿子的，花了22万块钱！都是大儿子儿媳在外打工14年节省下来的钱呢！现在钱都用完了，只得将子女又丢给了我们，又去福建打工去了！

大儿子的女儿我的大孙女在高安上高中，今年都上高三了，也不知能不能考上大学。她打小由我们老夫妻一手带大，现在还得带小的呢！她弟弟今年10岁了，在村里上小学四年级，今天礼拜六吃过早饭，野到现在还没回来呢！我们从他1岁时就带起，越大越贪玩，也不知道帮我们做事，只知道到外面去玩去野！怎么得了！

她叹叹气，拍了拍胸口，对我说道，我咯里天天痛，我有病呀，我怎么得了？

我一时语塞，黑衣女子及格子女子忙用本地话安慰她。我也忙劝她，婆婆，你心脏不好，可不要着急呀！刚才你不是说女儿们经常回家看你们，二儿子也在高安买了房子，要看好的呀！

吴婆婆茫然地看着我，黑衣女子又将我的话翻译给她，一看她脸上的神情，就揣摩她并不认同我，果真她又叽里呱啦说了一长串。

黑衣女子对我摇摇头，将婆婆的话转述给我：她二儿子前几年贷款买了辆后八轮跑运输，经营不错，赚了些钱，在高安买了套小房子，女儿也在高安城里上学。可就在前年，货车撞死了一个老头，一下子赔了10多万块钱，只得将车卖了还账呢！将老婆留在吉安照顾女儿，自己去修水县替人家养猪去了。

两个女儿虽说嫁得不远，家里也搞得好，逢年过节还有生日都会回家来看望父母，给父母钱给父母买补品也给父母买衣服，但就是没有时间照顾他们。

我见婆婆依然满脸苦色，安慰她，吴婆婆，你的命还好呀，你看你都住上了新楼房了！谁知她又猛地摇摇头，他们有他们的家，我们有我们的家！这句话我倒是听懂了，觉得吴婆婆性子好急。

果真黑衣女子对我说，吴婆婆平时就性子急，常常在家里高声叫骂，不是骂老头子就是骂孙子！身体也的确不好，十多年来都没上山砍过竹子了，就在家洗衣做饭搞卫生。

就在这时，一个小黑影从门口一晃而过，很突然地，吴婆婆腾地从椅子上站起来，叫嚷着追了出去。我大吃一惊，一个患心脏病、高血压的老人竟跑得如此之快，真是太危险了！

这时，黑衣女子的孩子哭了起来，她哄着孩子朝外走了，那一直没出声的瘦女子也走了。格子女子笑着对我说，你看吴婆婆是不是性子急呀！好在她老头性子好，身体也还硬朗，任她啰唆任她骂！他都78岁的老人了，还得种田种菜，还得上山砍树砍竹子，一到春天还得栽树！

说实在的，儿子们对他们还好，每年过年时收稻谷时孩子们的学费生活费都会拿钱给他们，也会给些钱让婆婆买药呢！他们俩每月都还有55元农保金，每年山上的树、竹子也能换些钱，两个女儿也给钱，加上他们俩又节省，零用钱还是不成问题。刚才那个瘦个儿女人那才叫狠呢，常常把米藏起来，公公婆婆只得叫女儿送钱回来买米买油。再往山里走，还有老人吃饭都成问题，看病更是没钱！

我正想问问具体情况，只见吴婆婆扯着小孙子回来了，小男孩长得挺清秀，白白净净。可能是让奶奶骂了，一脸的垂头丧气，一声不吭地走进了我身后的房间。不一会儿，屋子响起了电视机的声音，哗啦啦响成一片。

我不由笑了，忙劝吴婆婆说，小孩总是有些调皮，您自己可不能太着急。您看您，刚才跑那么快，对您的身体可不好！要是摔了一跤更是不得了！吴婆婆的脸此时更黑了，气愤愤地正坐在那里喘气呢！

我原本想上山去看看朱老头，大家都劝我，那可是老远呢，你爬上去不容易！看看屋后高高的山峰，想想今天我们还得赶到高安城里，只得望山兴叹了。

当我和吴婆婆告别时，她牵着孙子的手，将我们送到了大路口。我挥挥手说，小帅哥再见！你奶奶有心脏病，不要再让奶奶追你了！

小孙子羞涩地笑了。我却满心不是滋味，一个农村老婆婆，从小就困在大山里，15岁结婚后就困在家里，这辈子最远就到过高安城。自不必说辛苦压抑，于性急好强的她而言，生活里灰色居多，乃至年老了浑身是病。现在孙子还小，再往大走，只怕更难管呢，到时吴婆婆忧心会更重呢！

┃看着孙子渐渐长大，吴树清老太太自然有些感慨

在路上，想想采访过的几位老人，我感慨地发现，大山里的人就是有韧性，不光年轻人舍得努力，老年人也愿意自己靠自己。朱英歌早几年还上山砍竹子换钱，高海龙也依然节俭地过日子，依然上山砍树

依然修整庭院。山里的老人都不打麻将，一有时间就在山上。上山砍竹子，砍了竹子好换钱。随后，我们又去了泰溪村富楼组，离周家岭村不远，落在大山脚下的山窝窝里。

在那个暮色苍茫的傍晚，我看到一位戴着深蓝色毛线帽，身穿蓝色旧衣裳的老婆婆，双手戴着手套，右手提着一把砍刀，蹲在几根竹子跟前，只管用心地劈竹子，咣咣声不时传来。行动是那么迟缓，身体是那么瘦弱，我不由酸涩。往左边一瞧，一栋旧楼房前，又有一位老头在劈竹子。事实上，四周人家的房前屋

泰溪村剖竹子的老人

后都或多或少靠着几捆整齐的竹片。村子里的老人一有时间就上山将竹子砍好，去掉竹尾巴，再一根根搬下山来，就丢在房前屋后的空地上。等过了一段时间，竹子晾干了，就劈好捆成捆放好，到时候会有人来收，每捆可卖十一块五。一个老人每年可赚六百多元钱，一年的人情钱就差不多够对付了。

赵正海：天天围着孙子孙女转

金滩村三组离吉水县金滩镇政府最近，靠近吉水工业园，这里的年轻人依然出外打工，去工业园上班的人不多。

那天下午，阳光很好，我很想去赣江边上走走，可附近沿河都在新修河堤，往下不远，县里已建成了一座大水电站，即将蓄水。沿河

的人家都搬迁了，沿河的田土正在一一抬高。可以说是新的造田运动吧。虽是阳春三月，岸边成了凌乱的工地，浑浊的赣江水流缓慢，那么疲惫杂乱。我兴致全无，便要村支书带我走一两户人家。

村支书停住了脚步，想了想，反身带我奔往一栋旧旧的二层楼房，远远地，屋里传来一阵悠扬的音乐声。走过去一看，堂屋大门口坐着三个人，打过招呼，刚才正在聚精会神地看杂志的叫赵正海，对面坐着他老婆邓瑞英及孙女。音乐声应是孙女的手机发出来的，她胖胖的，脸圆圆的，穿着大红上衣。

两位老人身上穿的都是乡下裁缝缝制的衣服，一望之下，屋子里整齐简洁。哦，正是我喜欢的勤俭之家。

赵正海还不到70岁，神情有些疲惫，但从容淡定。他个子不高，眼睛大大的，有明显的眼袋，目光有些善良又有些锐利。也许因他几十年来一直担任组上的会计，竟随口说出了组上有320多人，60岁以上的老人42人，连一同来的村支书都有些惊讶地看着他。

赵正海正看的是《今古传奇》。

老赵的家境在农村来说不算富足，却喜欢看文学杂志，真是难得。

老赵能说不太标准的普通话，随后一聊，我更惊讶地发现，老赵竟然一直坚持阅读。他于1962年小学毕业后，因家里太穷，没办法再上学了，就回到生产队上参加劳动，从记工员、队长，一直干到会计。他一直喜欢文学喜欢看书，家境一直不是太好，子女又多，就只能借书读，借到什么书就读什么书。读书时就可以忘却一切辛劳一切烦恼，甚至可以忘却贫穷忘却病痛，可以惬意地在自己的理想国里载沉载浮。

20世纪80年代起，家里情况略有好转，他就想办法从日常家用里挤出些钱来，订阅了《今古传奇》，之后又坚持订了《今古传奇·人物》《江西广播电视报》。他算了一笔账，按现在的价钱，一年订这些杂志报纸得231元，但他这辈子就这么个安慰所在，说什么也不能放弃。

这时，他老婆静静地笑了。老婆比他小了3岁，看模样就是个贤妻良母，除了泡茶给我们喝之外，一直安静地坐在那里听我们聊天。大孙女刚才让她爷爷喝了几句，关了手机音乐后，一直呆坐在她奶奶身旁。老赵告诉我，他们共有五个子女，两个女儿已经出嫁，子女多了就平添了许多累。大儿子生于1969年，是个泥水工，原本在广东打工，现在回来了，另建了栋三层楼房。他平日里就在附近一带给人建房子，大媳妇在工业园一家鞋厂打工。二儿子生于1975年，自1989年初中毕业后，就一直在外打工，现在广州花都一家皮具厂上班，把老婆儿子都接过去了。三儿子1979年生，当年在县职业高中毕业后，去了福建泉州，现在在当地一家工艺品厂当技术员，在外差不多20年了。

老赵叹了口气，说，这么多年来，儿女们在外打工，我们就为他们打工呢。不是么，大儿子有三个子女，眼前的大孙女小时候发高烧烧坏了脑子，有些智障，一直由我们带着；小孙女在金滩中学上学，由我们夫妻带大，现在周末回家也在这里吃住；孙子上小学五年级了，太调皮了，近一二年才由他父母自己带。二儿子只有一个儿子，从生下来起也由我们带，直到去年他父母将他带到广州去了。小儿子两个儿子，大孙子上六年级，一直由我们夫妻带养，小孙子去年才由他父母带到泉州去了。还有大外孙女也由我们夫妻带大，现在上吉安卫校了，放假也回我们这里。小外孙女上小学四年级，吃住一直在这里。

他看了看我们，算了算，最高峰时，家里有大大小小8个孩子，整天吵吵闹闹不得安宁。他们奶奶最辛苦，每天天不亮就起床，一日三餐之外，还得料理孩子起床，送孩子上学，洗衣服，搞卫生，忙得脚不沾地，都没时间好好梳头。倘有一个孩子生病了，不光着急，更是忙得一塌糊涂。

还在四五年前，后面4个孩子还小时，他们奶奶天天骑三轮车接送孩子上下学，一天至少4趟。那年夏天，他们奶奶中午送他们去上学，孩子们在车厢里叽叽喳喳好不热闹。下坡时，前面突然冲来了一辆农用车，路又窄，右边有一口大池塘。眼见农用车直直地冲过来，奶奶吓坏了，慌忙地往右打转笼头。坏了，车子倒了，她猛地摔到池塘里去了。孩子们则摔到路上，一个个吓哭了，她也吓得在水里直扑腾，放声大哭。当她湿淋淋地被人从水里拉出来，弄清楚孩子们只是从车斗里抛到路上，并没有什么大碍，这才转忧为喜。从此再也不敢骑三轮车了。

我不由看了看奶奶，她戴着蓝花袖套，深蓝罩衣，温和地笑着，有些不好意思。见我的视线落在大孙女身上，奶奶不由伸出手，握了握她的手。赵正海却又叹气了，我们最牵挂的还是这个大孙女，生下来两个月时突发高烧，未及时去看病，竟导致智障，且右边行动不便，常犯癫痫症。她自己能吃饭穿衣，但不能独自出门，走远一点就不知道回家。更受不得惊吓，一受惊吓倒地就晕。我们俩总得有一个在家照看她！你看，她脸上还有几处伤疤，就是前几天发晕时摔伤的！她每天都得吃药，一年医药费都得五六千元。虽说政府关心，她与她父母都享受低保，但那药有副作用，你看她都胖成这样了。

胖女孩也不知道爷爷在说她，依然无意识地发呆。

小孩难带呀，这么多年赵正海真觉得累了。从2010年起，组上搞造田运动，没田种了，就打起精神种了些菜，菜每年还能卖三四千元，总算有些钱补贴家用。但他主要精力都放在管教小孩上。2009年时大儿子夫妻在广州打工，小孙子在家不听话，一到放学就跑出去找小伙伴玩仗。也不回家吃饭，也不做作业，即使回来也不停看电视。一个周末的早上，见孙子又要跑出去，赵正海就教育他，要他在家好好做作业。孙子才不听他的话，一不留神跑了出去，天黑了才回来。赵正海生气了，一把逮住他，要将他捆起来。孙子挣扎着跑了出去，跑到后山上藏了起来，急得赵正海夫妻俩摸黑找了几个小时。最后还是奶奶找到他，千方百计地将他劝回了家。

谁知，孙子根本不领情，当天晚上就打电话给远在广州的爸爸，说爷爷捆他，他长大了要杀掉爷爷，吓了他爸爸爷爷一大跳，吓得他爸爸妈妈春节回来后就不再外出打工。说来奇怪，自从爸爸妈妈不再外出打工，天天管着孩子，孩子渐渐听话了，学习成绩也上来了。

当然，说到这里，赵正海笑了，孩子们在外打工也不容易，之前他们愿给我们多少钱就给多少，从不强求。可这几年，我和他们奶奶年纪大了，身体也差了。他们奶奶因过去生孩子留下了病根，一累就全身痛，还得忍痛干活儿。我也有高血压，去年上半年有段时间血压冲到了180多，到镇医院住了一个星期院，没有多大成效。到了8月初，又到县医院住了一个星期院，血压才降了下来。现在每天得吃药呢。

我们身体不好，孙子孙女们的身体可得养好，营养也得跟上去。开销自然越来越大，实在无法可想，就在2012年过春节趁一家人都在家时，我特地开了家庭会，商量家里开支分配问题。儿子媳妇还算体谅我们的苦处，商定每家每年交2000元给我们，每个孩子每月交150元伙食费，家里每年的水费、电费、电话费则三个儿子平分，我们夫妻倘住院也三人平摊费用。可即便如此，压力依然不小，也只能将就了。

我想，我们下午这时来，应是打扰了他们难得的清闲时间，不由为此而抱歉。老赵大度地笑了笑，说，没事，难得如此聊聊天，将心里的烦恼说出来。我们年龄大了，辛辛苦苦给儿女们带孩子，并不指望他们给我们多少钱，只是希望他们记住他们的责任，知道我们的辛苦，不能无缘无故给我们脸色看。

说到了这里，赵正海的脸上满是苦笑：老二媳妇去年过年回家时，觉得自己的儿子太瘦了，是我们看轻了她的儿子，没照顾好她儿子，没让他吃好穿好。于是，不光不理我和他奶奶，天天指桑骂槐地骂我们，还找碴儿与二儿子吵架。一大家人由此都没过一个好年，我更是憋气，手板手背都是肉，我怎么会看轻她儿子我孙子呢？但二媳妇不领情，过年后就气冲冲地领着她儿子到广州去了。都一年多了，我孙子放假就回来，也不见得就胖了，可我与他奶奶心里就难过了。你看，我们这房子还是1997年建的，够简陋的吧，连外墙砖都没贴，家里也没有几件像样的家具，还不是我们将钱都投在孙子们身上去了。

而我之前一进屋，就看到了右面那斑驳的墙上，挂着大大小小三个相框。再一看，里面装了些小孩子的照片，还有几张各个时期的全家福，看来老赵一直在用心地经营着这个大家庭。

事实上，赵正海夫妻这十多年来都是分房而睡，不是他们不需要相互慰藉，而是为了照顾孙子孙女，能让孙子孙女晚上睡个安稳觉！

可怜天下父母心！父母一辈子操劳，一辈子心甘情愿地付出，不就是为了儿女们生活得更好些么？不过，当今普天之下又有多少儿女能真正懂得并珍惜父母之心？

刘九斤：给老了的人穿衣做鞋

在吉水，我第一个见到的是刘九斤老太太，也是我最为怜惜的老太太。

那天直奔金滩镇麻塘村，这个村子房屋比较拥挤，且大都是三层以上的高楼。我不明白，为何在乡村要建这么高的楼房，便问村支书。邓支书是一个精明强壮的中年汉子，他笑了笑说，还不是在外赚了钱，回家就建高楼喽。我们村里的地金贵呢！

随着村支书左转转右转转，来到一栋旧旧的两层楼房跟前，走进堂屋内，悄无声息。村支书高声地喊叫起来，屋后传来尖细的应答声。循声过去一瞧，后面还有几间杂屋，就在宽宽的过道上，站着一个手拄拐杖的瘦小的老太太。

小老太太一头齐耳银发，穿着棕色花上衣，很是惊讶地看着我们几人。她对村支书说，你们是谁？找哪个？她竟然不认识村支书。

村支书笑了，与赶来的另一位穿蓝格子上衣的老太太进堂屋里提椅子，张罗着大家在后面过道上坐下，老太太与那位蓝格老太坐在一起。蓝格老太曾经是她以前的邻居，见今天天气好，特地来看看她。

老太太已经96岁高龄了，看上去依然那么精神！她叽叽呱呱说了一堆土话，我听不懂，只得扯着村支书帮我当翻译。原来，老太太是孤寡老人，无儿无女，现随夫家侄子生活，村支书帮她办过五保手续，也时常来看看她。可就在聊天时，她时不时抬头看看他，疑惑地问他，你是哪个？来干什么？村支书只是憨憨地笑，我想笑却满心酸涩。

她那么谦卑那么小心翼翼，她应该会记得任何一个帮过她的人，是生活的艰难还是病痛的折磨，让她几乎记不起一些人和事呢。等知道眼前是村支书时，她赶紧赔小心，邓支书别见怪呀！你看我的眼睛又出毛病了，七八年前在吉安市人民医院做过白内障手术，当时效果还好，不想之后眼睛动不动就发红，还看不清东西。

说着说着，她又问村支书，你是哪个？来干什么？问过后，眼巴巴地看着村支书。

老太太一生波折重重，两岁时被家里送到麻塘一农户家当童养媳。至于第一任丈夫什么时候过世的，她已记不太清了，也不记得他叫什么名字。她当时年龄实在太小，也没有怀过小孩。

第二任丈夫邓正和，无兄无弟，也是一个种田人。据说很早就参加过革命，新中国成立后不久也死了。她当时还只有20多岁，也没孩子，又陷于孤苦无依的境地。

刘九斤30岁时，与第三任丈夫邓富其结婚了。邓富其也是麻塘地地道道的农民，农闲时就帮人杀猪，赚几个零花钱或赚些猪头肉。他对她不错，不嫌弃她嫁过几次，只是他俩也没有一男半女。到1979年邓富其因病过世了，此时她刚刚50岁，除了几间旧房子，什么积蓄也没有，她再次陷于孤苦无依的境地。

她个子矮小，干活儿赶不上别人，别家女人一天有八分工，她只有四分工，实在很吃亏。好在她脾气好，爱干净，见人就笑就热情地打招呼，从不与人争高低，大伙儿倒没怎么为难她。在广阔的乡村，像她这样没有丈夫没有子女的女人，免不了会遭受欺侮。也许在过去的日子里，努力忘却受排挤的屈辱，拼全力去劳作，已成为她生活的底色。

后来，分田到户了，她也分得了八分田，还有些自留地和自留山。她就靠这些田土为生，一个无依无靠又力气单薄的女人，如何熬过那些漫长的岁月，老太太不愿提及，也实在不堪回首。

她时不时温和地看看我，然后左手拍拍右手，拍拍右脚，脸露痛苦地对我说：我咯里痛，我咯里也痛，痛得走不了路！说着说着，嘴就扁了起来，好像受了委屈的孩子，恨不得大声哭起来。

看着她眼巴巴的模样，我的眼涩涩的，只得将视线落到她的拐杖上。我甘愿是她的女儿，能上前抱抱她。此时，她和蓝格老太并排坐在厨房门口，那根木拐杖就靠在她身边墙上，把手已被磨得发亮。蓝格老太赶紧握住她的手，老太太情绪才渐渐稳定。

刘九斤老太太与昔日的邻居蓝格老太

原来就在2010年12月初，一天早上，老太太刚走出大门，因头天晚上打霜了，就腾地摔倒在地，怎么也爬不起来。闻声赶来的侄子邓根仔赶紧将她送到村卫生室，乡村医生自然瞧不出老太太的腿到底伤成了什么样子，只给她开了四五天的消炎针。打过几天吊针后，老太太的腿依然红肿，只能躺在床上，这一躺就是一年多。老太太只是安静地躺着，从不讲起自己的苦楚，也从不说起自己的腿其实一直在痛。侄子侄媳倒是饭时送饭，茶时送茶，还以为是她年纪大了，伤痛恢复起来不容易。

一年之后，老太太依然不能直起身来，需要挂着拐杖，佝偻着背，才能缓慢地行动。侄子傻眼了，忙带她到吉水医院检查，才发现当初腿摔骨折了，现在骨折处长歪了。但此时已晚了，只能任其如此了，又有谁知道她到底遭受过怎样的煎熬？也许在侄子们看来，能接她过来一起过日子，就是最大的恩惠了，就是尽到了最大的责任了！

　　说着说着，蓝格老太依然握着她的手，怜惜地看着老太太，老太太的泪水缓缓地流了出来。见我们在看她，她从裤口袋里摸出一条小方巾，赶紧将泪擦掉。她无辜地看看这个，看看那个，努力地想绽出些笑容。我不忍看她，赶紧将视线又落到她的拐杖上。

　　就在她91岁那年，见她越来越弱，又不愿去敬老院，侄子将她接到自己家里来，以便照顾她。侄子是泥水匠，大多数日子都在吉安、吉水一带打工干活儿，在家的日子很少。侄媳妇就留在家里，照顾家也照顾她，这一段时间却不在家，去吉水城里带孙女去了，都去了好长一段日子了。

　　老太太便孤身一人，一般晚上7点多就睡，早上6点多钟就起床。早上就什么也不吃，中饭、晚饭就用电饭煲熬点稀饭，也没力气去摘菜或买菜，也做不了菜，就拌点自制的水豆豉（豆瓣酱）。人老了，吃点就够了，老太太从不愿意给侄子侄媳妇添麻烦，坚持自己洗自己的衣服，还坚持每天挂着拐杖，缓缓地打扫楼下及屋前屋后的卫生，劝也劝不住。

　　老太太耳朵其实不太好，眼见着我们在说话，只微微地笑。村支书告诉我们，老太太已吃了十多年的五保，现在每月除了农保金55元，还可领到100元五保金，她住院的医药费也可全部报销。可她节省惯了，虽说平时少不了头痛脑昏，她最多让人叫来村里的乡村医生给她吊水。

　　我问她，病了怎么舍不得去住院？

　　她红着眼说，怕添乱，也怕用钱。我都90多了，活够了，现在是拿自己的命在挨日子呢！

我的心越来越沉重了，也很疑惑，老太太怎么70多岁才吃五保？她之前长长的老年岁月，应是干不了什么活儿，又靠什么生活呢？蓝格老太犹豫地看着我，村支书也一声不吭地看着我。

老太太这下听清楚我的提问，坦率地说，我以前就给老了的人穿衣做鞋！

见我不太明白，蓝格老太解释道：我们这一带谁家死了人，她就去给死者洗抹身子，穿寿衣戴寿帽做寿鞋。她做事很用心，每家都会给些钱，她就积攒下来，靠这些钱过日子呢。

原来如此，我只觉后背凉飕飕的。老太太那么瘦小，又老了，且不说洗抹死者身子的辛苦，难道就不害怕么？更别说旁人异样的嫌弃的目光！

老太看了看我说，我当然怕，有时怕得打哆嗦。但又有什么办法呢？一次可得一二十元，还可赚几天吃喝呢！除此之外，我这个孤老婆子又到哪里挣钱呢？可自上次摔跤后，我就不能去做了，成了没用的孤老婆子了。

她的眼眶又红了，我赶紧将事先备好的小红包递给她，不想她却尽力推辞，还颤巍巍地站了起来。她没拄拐杖，真怕她摔倒了，我赶紧上前握住了她的右手。她却趁势用双手紧紧握住了我的手，她的手是那么干瘦那么凉，我清楚地看到有泪从她红红的浑浊的眼里滚落了出来。我情不自禁地抱了抱她，她的身子依偎着我，是如此单薄，如孩子般单薄。我真是万分怜惜。这真是个命运波折又自尊自爱的老人！

有些依依难舍，在她身上，也许我看到了逝去的妈妈或者是廖婆婆的影子吧！

邓寿春：有时间就去望望街

吉水金滩镇麻塘村，在村支书家吃过午饭后，他便带我去邓寿春与裴凤仔家里。走进邓家时，两位老人正在堂屋里吃午饭。我要他们接着吃，他们却说刚好吃完了。

他家还是一栋旧红砖平房，里面却是木板隔墙。堂屋里正墙前居中摆着香案，香案之上的墙上贴有红艳艳的江西福主图，两侧有红艳艳的对联，是屋里最亮色的地方。堂屋里还零乱地摆了些桌子椅子，还有几只母鸡在咯咯地叫着，在地上找食。我笑了，看来女主人不太爱收拾，倒是一副寻常百姓家的味道。

邓寿春应是回乡老人，今年年底正好满70岁。人生七十古来稀，虽然头发花白，但显得比实际年龄年轻。他瘦瘦高高的，穿着件灰色中山装上衣旧蓝色裤子黄色跑鞋，裴凤仔则穿着白色旧毛衣黑色裤子长筒套鞋，可能是上午去田里干活儿了，回家来还未来得及换，或者下午还得出外干活儿吧。邓寿春能说些江西味的普通话，便滔滔地与我们聊他那些光辉岁月。

当年初中毕业后，邓寿春就回家当农民了。1966年下半年被推荐到江西省共产主义劳动大学吉水分校上学，学农机专业，真是令他大喜过望。3年之后顺利毕业，以社来社去的名义，又回到村子里当农民，倒是有些失落。到1970年年底，他终于被招工了，自此跳出了农门。

他清楚地记得，1971年2月5日，一个春寒料峭的日子，他正式来到吉安市柴油机厂上班，被分到铸造车间，成了人人羡慕的工人。在之前他已与小4岁的裴凤仔自由恋爱结婚，不到30岁，成家立业都已完成，真是春风得意呢。

随之，厂子生意越来越好，到20世纪80年代应是黄金时代，生产的柴油机远销到了四川、山东等全国各地。他虽只是铸造车间的技术工人，但每月工资高达288元。他和工友们深受鼓舞，干劲很足，一心扑在厂子里，一个月也难得回趟家。当时两个孩子还小，女儿生于1973年，儿子则生于1979年，就让老婆独自在家拉扯着，他也没帮上什么忙，最多寄些钱回家。

夫妻俩分居两地，裴凤仔既要参加生产队的生产劳动，又得带两个孩子，公公婆婆帮扶着，才有喘息的机会。到1982年，夫妻俩省吃俭用，与弟弟一起建起这栋砖瓦房，一家住一半。现在弟弟家已经另建新房，搬出去了，就剩他俩留守在老房子里了。

时间真是转瞬即逝。说起往事，邓寿春老人连连叹息。女儿早在1995年就已经结婚，一直在吉安城里打工，最多过年时回家住几天。儿子呢，是厨师，与老婆在吉安城里经营了一家餐馆，也只会在过年时回这栋老屋住三四天。

令他愧疚的是，当初家庭状况不好，对儿女疏于管教，儿女都只有初中毕业。导致小事不想做，大事做不了，只能四处打工。儿子好不容易才在前几年盘下家餐馆，总算有了养家糊口的来路。而他所在的柴油机厂到了20世纪90年代，就开始走下坡路，工资都不稳定，更别说奖金了。一直惨淡经营到2004年，厂子就破产了，而他在2002年就退休了。他现在的退休工资每月只有1500多元，加上裴婆婆每月55元的农保金，夫妻俩得节省着用，才能保证日常生活开支。

说话间，老邓带我看了看他家的两间正房，后面一间光线昏暗，两位老人平时住，很拥挤很凌乱。前面一间儿女们回来住，光线好，摆着一床一桌一柜新式家具，简洁整齐多了。不用说，儿女们即使不在家，他们每天都在用心地收拾他们的房间，期盼着儿女们哪一天突然回家，欣喜地看到房间竟如此整洁。

老邓一直说得多，裴婆婆其实也好想说话，都让老邓瞪着眼睛逼回去了。一旁的我与村支书不由相视而笑。看来，在这个家里，老邓有着绝对的话语权，谁叫人家当年是响当当的工人，能每月拿回钱来养家呢！再者，当年老邓应是标准的玉树临风型标致男人，看起来比婆婆年轻多了。我推测裴婆婆当年独自在家拉扯孩子，家里家外，应是极为辛苦。

就在老邓说话的间隙，站在一旁的裴婆婆赶紧抓紧机会，不时地指着右眼诉苦：我有病呢，我的这个眼睛底板早在非典那年就坏了。

现在视线越来越坏了，再不治，只怕双眼什么都看不见！这可怎么得了呀！

这次老邓倒是让她把话说完了，还深有感慨地说，我老婆子一直很辛苦很累，身体一直不好，经常不是这里痛就是那里痛，什么肩周炎、关节炎、坐骨神经痛呀，每年花在她身上的医药费就得三四千元。就在去年，她坐骨神经痛犯了，痛得连路都走不了。就在镇卫生院住了整整20天院，报销之后，医药费自家还用去了1000多元。

哦，我暗暗叹息，年轻时透支过多，年纪大了毛病就多了，这也应是空巢老人最担心的事情吧。一则毕竟没人照顾自己，二则怕给儿女们添麻烦。一眼触到婆婆暗淡的眼神，我不由问道：住了那么久的院，谁照顾婆婆呢？

老邓接话说，还有谁照顾？还不是我这个老头子！儿女们也忙，只是回来看看就赶紧走了。家里还有一摊事等着我，我只得家里医院两头跑，累得也差点儿住院。到了后来，她可以起床走走了，就让她独自在医院了！

说起此事，裴婆婆倒不觉得有什么不妥，只是一再和我提起她的眼睛。她忧心忡忡地说，我的眼睛怎么得了？什么都会看不见，世界一团漆黑！医生说明年上半年无论如何得动手术，可算来算去自己还得花1万多元钱，哪来的1万多元钱呀？

说来老邓夫妻俩已经过了十多年的留守生活了，平日里也只是种种田种种菜，还养了些牛。老父老母早在2000年前都过世了，日子原本单纯而又平静，只是近年来夫妻俩身体渐渐见弱。2009年4月老邓因疝气住院开刀，医生大意，有根小血管竟未及时缝合，导致伤口发炎，且流了好多血，所幸发现及时未造成生命危险，但从此身体受到重大影响。

说起此事，老邓有愤慨也有无奈，何况去年检查又发现患有冠心病，医生交代他不能太累，他有些害怕起来。也因此，从今年起，他决定只种种菜，不再种地了，将田都租给别人去种，牛也卖掉了几头，就养一二头好了。一有时间，他就去村委会所在地望望街，附近不少老人每天都去那里走走看看，聚在一起聊聊天，应是给暗淡的生活带来些许开心吧。

他说，都70了，我终是明白了，身体才是自己的。一辈子很快就会过去，不求大富大贵，只求一家人平安健康。

许是在外闯荡过吧，老邓见我不时地写写画画，临到采访结束时，他将我手中的采访本要了过去，说他得看看。我坦然地将本子给他，没想到他看得很认真，一行行地看下去。

我趁机再次环视四周，屋里的陈设简单凌乱，他们夫妻俩也穿得简洁过时。我有些疑惑，老邓毕竟有一份工作，孩子也不多，怎么日子过得有些窘迫呢？但我不好意思问他们，担心揭他们的短呢。

老邓看完了，将本子递给了我，满意地说，你记得很实在，我们家就这么个情况。

当得知我想给他们拍照时，裴婆婆可高兴呢，赶紧跑进了房里。我笑了，我知道她肯定想找件新衣穿上，女人呀，什么年纪的女人都爱臭美呢。我在屋外找好了角度，等了一会儿，裴婆婆才穿着一件暗红色罩衣跑出来了，头发也梳整齐了些，老邓低低地说了她几句。我赶紧让他俩站好，就站在大门口，在他们笑笑时就拍好了。

告别他们之后，没走多远，我按捺不住地问邓书记：书记呀，他们家情况应该比现在要好，毕竟老邓一直有工作呀？邓书记笑了笑说，他们呀，有钱舍不得吃舍不得用，连病都舍不得治，省来的钱都给儿子在城里买房子去了！

哦，我恍然大悟，刚才老邓不是一直在愧疚未能让儿女们多上学，也许一直以来他们都在努力补偿吧。可儿女们想过没有，父母毕竟日渐老矣，他们需要照顾需要支撑呀！

鄢水生：我给村上当导游

吉安古称"庐陵"，吉水县便是庐陵文化发源地之一，这里文风鼎盛，人才辈出，自古就是"文章节义之邦，人文渊源之地"。从唐至清，吉水出过556名进士，其中状元6人，榜眼3人，探花4人，有人描述当时盛况为："一门三进士，隔河两宰相，五里三状元，十里九布政，九子十知州。"杰出代表人物有南宋诗人杨万里，民族英雄文天祥，《永乐大典》总纂解缙，嘉靖状元、地理学家罗洪先，《中华大字典》和《辞海》主编徐元诰等等。

没想到此次我竟有机缘来到此向往之地。

3月25日早上7点半，我从高安市长途汽车站出发，历经几个小时行程，上午11点多便到了吉水县城。我正犹豫地站在路边，一个瘦瘦的年轻人走了上来，问，到哪里呀？坐车么？我答道，我要去金滩镇，明天周一一大早到镇政府。他笑了，金滩镇离这里不远，你可住在工业园边上，镇政府就在工业园边上。

于是，我坐上了小曾的比亚迪新车，一路上，小曾说个不停。他早晚给吉水工业园一家企业开车，送人上下班，白天就自己跑跑车。这样就不必到外打工，就可以照顾家里了。我听了有些感动。

吉水县城到金滩镇真的很近，小曾拉着我在工业园区外那长溜居民区跑了一圈，最后还是选定在顶头的那家百顺商务酒店。

工业园建了好多年了，企业并不多。但当我在金滩镇的第三天，随镇上向姓书记走进燕坊古村时，不由大为惊讶，不由重新打量吉水这块土地。

那天依然是个艳阳天，向书记与那辆浑身漆成橘红色的旧微型车，早早在门口等我。向书记瘦高个子，戴着眼镜，虽近知天命之年，但依然显得年轻精明。见我走近，他笑笑地告诉我，今天就带你去燕坊古村，满意吧！相处几天，大家都很融洽，也随意了。车门不好开，向书记赶紧上前替我拉开车门，调笑道，你看，这才是真正的绅士风度吧！又给你拉车门，又带你去看古村！我也笑了，赶紧上车，催司机出发。

一路上春意正浓，大片大片油菜花直晃人眼。绿色的田野之上，已有人在整理农田了，再看，都是些中老年人在田里劳作。

到了燕坊村，竟是一片新楼房，我不由疑惑。向书记便说，你不是要找空巢老人，我带你认识一个特别的老人，再由他带你去古村吧。

就在进村口的售票处，路旁一间小房子里，见到了老鄢。他正在一只新垃圾桶上写字："凤翔公司"，房里地上已排了几排垃圾桶，棕色桶上大大的红字，甚是耀眼，他身边还有几个老人在围观。

见我们来了，他赶紧放下手中的活儿，站了起来，带我们到前方不远处他的家里。从侧门进去，院子里有几棵绿意盎然的橘子树，我们坐在大门前的台阶上，正好晒晒太阳聊聊天。

这是一栋普通的农家院落，一栋简单的青砖楼房，应是20世纪80年代的模样，倒收拾得干净清爽。

老鄢名国培，生于1950年，几乎与共和国同龄。他中等个子，花白的头发，穿着深蓝色夹克，黑色的皮鞋，精神很好，说话声音洪亮。他是土生土长的燕坊人，1967年从吉水中学毕业，第二年去了安福永兴铁路上，在宣传队当报道员。那个年代到处修路修水电站，1971年初他又被派到罗滩水电站工地当报道员，并于这年加入了中国共产党。1972年年初，他回到家里，当上了大队民兵营长，不久和刘乃英结婚了。老婆是附近麻塘村人，只比他小两岁，可是个当家理事的好手。

自此，他一直在当地担任最基层的村（大队）干部，1980年至1989年，他当了整整9年大队长、村主任，1995年至2003年他又当了几年村支书。老鄢一辈子在村子里打滚，从小就喜欢村子里古香古色的建筑精美的雕刻浓郁的文化氛围，对村子感情深厚。

问起空巢老人，老鄢就笑了，我们村子里的老人几乎都是空巢，我和老婆就是空巢老人。空巢的时间可长呢。十多年前，两个女儿初中毕业后，先后去广东、福建打工，待在家里的时间很少，更不要说儿子了。

见我有些疑惑，他笑着解释道：儿子今年刚好40岁，夫妻俩现在金滩中学教书，孙子都13岁了，上初一了。离家虽近，他们平时也只在周末偶尔回来走走，到过年时才在家住几天。至于大女儿，只比儿子小3岁，嫁在吉安城里，丈夫从吉安橡胶厂下岗了，夫妻俩就在吉安城里打工。二女儿也30多了，嫁在吉水县城，就在吉水城里打工。她们逢年过节或者我们生日才回来，几乎都是当天来当天回，很少在娘家住上一两天。

这么多年来，就只有我和老婆在家，我在村里当导游，老婆则在峡江指挥部当清洁工。好在我们俩身体好，又有事情做，暂时还感觉不到空巢的苦楚。

可老待在家里，只觉得四处空荡荡的。尤其是过年过节时，儿女们刚走的那几天，热闹的屋子一下子冷冰冰的，实在受不了，得好几天才能适应呢。倘再过几年，我们身体不好了，挣不来了钱，儿女们又不在跟前，就不知是什么情况了。说到了这里，老鄢叹了口气，脸上有了淡淡的愁云，但转眼间又眉飞色舞了。

儿女也还算孝顺呢，逢年过节还会买些补品给我们，我们身上穿的衣裳鞋袜都是儿女们买的。至于钱，我们很少要儿女们拿钱，随他们拿多少就是多少。你看，说到这里，老鄢给我算起账来，我每月农保金55元、支部书记补助80元，近几年每月还有导游工资1000多元。我老婆每月农保金55元，每月做清洁工还有700元钱。我们在家开销不大，哪比得儿女在外处处要用钱呢！当年儿子在吉水县城买房时，我们还资助过他2万元，那时差不多是三分之一的房款呢。

看着他一脸的自豪，我也笑了，这是个神气的老头，不光闲不住，还很有见识很有头脑。当村支书时，就用心经营村上的50多亩大橘园，每年能赚15000多元，加上将村上的几口水塘承包出去，还能收到5000多元。

温暖的阳光照在身上，很是惬意，我们的话题也很随意。说来说去，老鄢不时转到了村里的旅游上来，此刻他的眼睛更亮了，便一一叙说起来。我们村叫燕坊，原名鄢家坊，就在赣江边上。现有160余户人家，600多人，鄢、饶、王、刘、肖、郭、江、邓八姓杂居，而以鄢姓居多。村子始建于南宋中期，有800多年历史。当初燕坊人依赣水之便，乘舟下长江至四川、湖广一带经商。明末清初极盛时，有闻名于长江两岸的鄢姓力诚商号、饶姓宝兴裕商号、王姓王世太商号。燕坊人在外相互团结，甘苦与共，财富滚滚而来，返乡则大兴土木，竭尽奢华地兴建高头大院，且纷纷捐官捐爵。村子坐北朝南，有宗祠、学舍、民宅等明清建筑160余处，建筑特色为典型的徽派，室内雕刻精美，室外有气势雄美的坊牌、镂刻秀美的门楣、楹联。

说到这里，老鄢遗憾地告诉我，可惜我家祖辈没办过大商号，当年燕坊只有3个半种田人，那半个人是因为他家还办了杂货店，而我家就属那3个种田人之一。我爷爷是木匠，我爸爸种了一辈子田，刚刚解放时我家是村子里最穷的。好在村子里的人从来就崇尚读书人，一直在用心地维护村子里的原貌，在新中国成立前还有两座书舍，我这个穷孩子也读到了初中毕业。

老鄢越说越起劲，如数家珍，滔滔不绝，一副标准的导游调：早在2001年我还在村支书的任上，吉水县委宣传部一位副部长到我们村来检查工作，见我们村保留如此多雕刻精美的古建筑，兴致勃勃地在村子里走了大半天。临走时，他对我说，你们村完全可以申报历史文化名村，你赶紧找宣传部唐福水部长吧，我回去也赶紧向他汇报。

我一听，深受鼓舞，第二天就跑到县委宣传部找唐部长。唐部长很快就来我们村踏看，当即决定赶紧向省里申报历史文化古村。之后，唐部长又组织我们村书记、村主任等到有名的古文化村乐安县刘坑村学习。回来后，村上就组织班子一家家地认真踏勘登记，搜集历史资料。

后在县委办张长根主任的帮助下，《井冈山》报对我们燕坊村进行了长篇报道。省里也重视起来，经吉水县委宣传部、旅游局、文物局等单位共同努力，终于于2003年成功地列入省历史文化名村，不久又成为全国历史文化名村。我高兴得不得了，想想村子里的牌坊、院子、石雕等文物能很好地保护下来，那些古人创业的故事也将一一挖掘出来，再辛苦再累也值得。此时，在明亮的阳光里，老鄢满是风霜的脸甚为动人，他兴致盎然地往下说。

自2009年起，我们村轰轰烈烈地搞起了古村旅游开发，可村子名气不大，景点也没有精心包装，游客很少知道。旅游收入难以支撑运转，村里连请导游的钱都没有了，年轻的导游都走了，古村开发陷入了困境。此时我真是着急，主动提出来当导游。整个村子的人都惊讶了，我一个年近60的老人要去做导游，岂不是怪事？实在是没有其他办法了，才决定让我试试。

我知道自己的普通话不标准，但我不泄气，每天跟着新闻联播主持人学。我还一家家地具体搜集各个景点的文化渊源，并绞尽脑汁地把景点的历史、文化编成一个又一个鲜活的故事。游客来了，我总是带着游客一一浏览，解说。功夫不负有心人，我独到的导游方式收到了意外的效果，游客们发自内心地表扬我："你的导游真是富有激情，而且描绘得有声有色，实在是太精彩了！"现在我每天都要接待三四批游客，几年下来，我接待游客已经超过了60万人。

他的如此叙述，引起我对古村的浓厚兴趣，我忙站了起来，边往外走边说，赶紧带我去看吧，我可喜欢看这些古村呢。老鄢赶紧赶到我前面带路，向前走了几步，又折回来往售票处走去，说，你在这儿等等，我得拿我的小蜜蜂话筒呢。

果真再赶来时，老鄢不仅挂起了工作牌，还挎着一只小音筒，配上了小蜜蜂话筒，比职业导游还有模有样。说话间，他带我们往前走，来到一大片樟树林跟前，停住了脚步，清了清嗓子，开始响亮地说起了开场白，声音又与刚才聊天时的调调不同，洪亮里蕴含着深厚的情感。

在他的引导下，我们依次走过看过樟树林、贞节牌坊、二十栋大院、水木清华坊、始祖墓、三槐第王家祠堂、百年老床、资政第、复初书舍、字水潆洄坊等等，直至州司马第，不觉走了两个多小时，我依然意犹未尽。每到一处，老鄢总是对建筑、雕刻、掌故等一一解说，还不时加上一两句俏皮话。我欣喜异常，我走过那么多古村落，今天可是第一次听到如此生动专业的讲解，越走越有劲。跟在我身边的向书记连连向我叫苦，别再走了，你这个小女子怎么这么高的兴致，我可累坏了，受不住了。

我真想随老鄢再走再看下去，可都12点钟了，只得不甘心地随他们走进了州司马第。这里既是一处好景致，又是现在凤翔公司办公的地方，也是我们今天吃中饭的地方。

坐在州司马第古香古色保存相当完美的厅堂里的茶桌前，我问老鄢，每天都接待那么多游客累不累？他笑了笑说："累确实是累，但我喜欢这项工作，因为能将我们村推荐给外面来的朋友，让全国人民都知道吉水有个燕坊古村！"从宋朝开始，北方少数民族逐步向南逼近，中国文化中心就从北方黄河一带迁移到江西江苏浙江，主要在我们江西。也因此，文化的精髓在江西被传承，孔孟儒家文化得以传承和保护，在我们江西有好多像燕坊这样的古村被保存下来了。不远处的尚贤乡也有这么漂亮的古村。

不过，他也叹了口气说，古村旅游也不容易，2009年前村里自己经营，自是举步维艰。接着，永丰一个老板承包了一年，吉安康辉旅行社承包了两年，都没赚到钱，每年就只有一二万门票收入。到去年，村子自己经营，今年年初起又由江西凤翔文化公司经营。

看来为了当好这个导游，老鄢真是下足了功夫，竟有如此这般的见识。且不说文化的精髓一定在江西被传承，行走在江西大地上，我的确感觉到了江西人身上那种特别的淡定与从容，不以物喜不以己悲，也因此这么多在常人眼里的破房子都能保留下来。

守着这么个好去处，我实在坐不住了，就在州司马第转悠起来。在院子里的墙上，我看到了众多的图片，不少图片里都有老鄢在用心地给上级领导给游客讲解。我不由暗暗地赞叹，真是个了不起的老头，他的老年生活如此乐于奉献，我们的文化传承实在需要这样的热心人！

夏侯足仔：我哪能总住院

就在燕坊古村，鄢国培老人最后带我们来到州司马第。想当年燕坊商人为了提高身份地位，不惜花重金捐得爵位，往往把"司马""大夫""资政"等爵位冠于府第。州司马第便是代表之作，曾有人用"一年做房，三年雕刻"来形容州司马第的雕刻规模和精美程度。

鄢老告诉我，州司马第为三进三出结构，左有书房，前为丫鬟住房，后为高墙大院，院内设有花园。现在整体格局依然保存良好，宅内各处雕刻亦保护甚好。就在一侧的立本堂，原为书房，当初延请塾师在此，让家里乃至族里的小孩来此上学。夏侯足仔就坐在进门的过道里，这里依次摆放了躺椅、高椅、靠背椅，应是她常常坐的地方。

鄢老带我走到她跟前，对我说，这位老婆婆也是空巢老人呢，都80多岁了，一个人独自住在这栋大房子十多年了，直到这几年旅游公司租在这里办公开饭店，才热闹起来。

老人留着齐耳短发，花白的头发，瘦弱的模样，穿着件浅黄色的薄毛衣，红色的毛线鞋很打眼。她安静地坐在过道高椅上，朝我怯怯地笑笑。那笑便是乡村母亲动人的微笑。我的双眼莫名地湿润了。

老人有个特别的名字，夏侯足仔，有三个儿子一个女儿。三个儿子，都另外新建了楼房，早就搬出去了。最大的1952年出生，在吉水县城当汽车修理工，大媳妇去城里带孙子去了；二儿子是个篾匠，1957年出生，在永丰乐安打工，二媳妇也随他一起在那里当保姆；三儿子1962年出生，在广东建筑工地上做泥工，三媳妇在家里带孙子。如此一来，一大家子的人大都外出了，就留她独自在老屋。

老婆婆每月有55元农保金，这座房子每年的租金2500元钱也归她（另一半归大伯家），儿子们从去年起每人每年给她500元钱（之前每年每人400元）。觉得婆婆手里有钱，也没什么大病，用不着多担心，平时连电话都难得打过来。

女儿最小，刚刚40岁，就嫁在吉水县城。女儿不放心老妈妈在家，不光逢年过节生日回来，每月都会回家看她，给她买吃买穿买药。婆婆身体弱，常常犯哮喘，每天得吃药，那药大都由女儿买回来。但女儿毕竟是女儿，哪能总守在她身边呢！

鄢老也说，儿女们虽没有与她一起生活，但在当地她依然算是有福气之人。

我不经意地抬头看了看书房的大体结构，过道过去便是一个长方形的天井，对着厅堂，厅堂左右都有厢房，厅堂四周木板墙的老漆看上去依然完好，蒙着岁月的沧桑。而香案上有一排木版字画，两边墙上都挂着木对联，书香气息浓郁。而我最喜欢的是厅堂对着天井那道半月形镂空雕刻，小格格上一朵朵小梅花鎏着金色，那么雅致那么清新，是否寓意着梅花香自苦寒来？不过天井墙上应该曾有大大的字或者画，已让白色的石灰严严地掩盖了。

我笑着问她，婆婆，你们家以前是不是地主？她摇摇头说，没有。我奇怪了，问，这么好的房子，怎么不是地主呢？老婆婆笑了笑说，我嫁过来时，我男人家很穷了，除了这座院子什么也没有！哦，原来她家婆13岁嫁过来，家里就没多少家底子了，公公也只是种田人，且很早过世了。家婆带着两个儿子讨生活，没有生活来路，也没有积蓄，日子过得很艰难。

她嫁过来时，男人只比她大1岁。她没上过学，她男人也没上过学，不认识字。后来大伯家住正厅那边及前面丫鬟房，他家有六个儿子。她家就住书房这边，有三个儿子。可惜了这么漂亮的院子呢，儿子们都只上过小学。实在是没钱供儿女们上学。

我遗憾地问，婆婆，您知道这老房子的传说祖辈们赚钱的故事么？她摇摇头说，不知道，我男人也不知道，只听说我家五代以前很有钱，也出读书人，你看我家住的房子多么好看！你知道吗，我们一家都很爱惜房子，我嫁过来时这院子这房子比现在还好看，我真是高兴呀，天天都看不够。家婆、大伯、男人更是对房子爱惜有加。他们总是说，这是我们家的祖业，要好好守着，不能败在我们手里！再怎么穷，过几年都要维修房子！我在这房子里带大了4个儿女，也带大了4个孙子4个孙女，都没怎么损坏这房子。大伯家的房子也保护得好好的。

我站起来在厅堂里转了转，看看墙，看看香案八仙桌，尤其看看弧形屏风，看看天井，还有天井外的蓝天，真是处处顺眼处处舒畅。想想自己生活过的那个小山村，何曾有过如此精美的院落如此精致的雕刻，与婆婆这辈子相比我真是太贫乏了。不过，独自守着这偌大的院子，倒是有些心里发慌。

婆婆始终微笑地看着我，我坐回到她身边，问她，婆婆，你带了那么多孙子孙女，他们也回来看你么？

婆婆笑了笑，笑里有丝丝苦涩：最大的孙子今年都44岁了，最小的孙女今年也24岁了，前后带了20年呢！我也真正老了，活够了！可有什么办法呢，他们都打工的打工，出嫁的出嫁，最多逢年过节来看看我！儿子媳妇常年在外打工，都靠不上，哪能指望孙子孙女？有时我一个人坐在这里，周围安静得不得了，好像还听见他们小时候哭闹追打的声音。那时累是累，但孩子多热闹，日子就过得快！

这时，鄢老告诉我，夏侯婆婆也不容易呢，她男人过世都20多年了，除了女儿每月回来看一次外，十多年来都是自己照顾自己，除了没种地，什么做饭洗衣服搞卫生种菜，都得靠她自己！

婆婆还得种菜么？我惊讶了。

鄢老倒没笑，我还会骗你么？她不光自己种菜，自从旅游公司搬进来后，她还帮旅游公司搞卫生，每月赚些零用钱呢！我看看婆婆，婆婆温和地笑了，算是默认吧。随后，她摇摇头说，人老了，做不得用了，从前年起，我就没有给他们搞卫生了！

我疑惑了，婆婆苦笑着告诉我，就在前年正月，我在院子里打扫卫生时，不小心摔了一跤，小腿摔骨折了！好在是过年，外出打工的儿子媳妇、孙子孙女大都回来了。在院子里没躺多久，大儿子就听见了我的呼喊声！他们当即赶过来了，把我送到吉安河东中医院接好了骨，可在医院没住多久就回家了。我哪里能总住院！他们要出去打工，哪有时间总陪我住院！

那么，你回家后依然独自住么？我有些着急。嗯，儿女们忙得很，哪能总守着我？何况虽没好利索，但我挂着拐杖也能在屋子里走动，洗衣做饭不太方便，也差不多能对付！再加上女儿时常回家，旅游公司的女孩们也不时照顾我。养了一年多后，也就好了，不太碍事了！

但婆婆那么瘦，好似一阵风就能将她吹倒，也许她的元气还没有恢复过来吧。

就在我与婆婆聊得热乎时，向书记来叫我吃饭，就在书屋正厅的左偏房里。我力邀婆婆和我们一起吃，可婆婆说什么也不愿意，只得作罢。待我走进去时，菜已上桌，在等我了。浏阳与吉水离得不远，在饮食习惯上很接近，只是语言上倒还真存在隔膜。向书记、鄢老等边吃边聊，我几乎都听不懂，便只管吃饭吃菜，时而瞧瞧四周。

房间光线透亮，都是厚实的木板墙，墙上那些灰色斑斑点点应是岁月深深浅浅的沧桑，我正对着的那面墙上挂着两幅旧旧的木对联：黜异端以宗正学，讲法律以儆愚顽；明礼让以厚风俗，务本业以定民志。我对比此对联与刚才在正屋堂屋里香案两侧的木对联"能忍自安知足常乐，群居守口独坐安心"，不得不感叹古人的大智慧，那些美好的传统文化倘很好地传承下来，我们这个社会自然会更好，也许老人们会得到更多关爱吧。

但当我回到家，上网查阅这几句话时，不由陷入了无地自容的尴尬，这哪里是对联呀，而是清康熙皇帝亲自钦定的《上谕十六条》中的四条，全文如下：敦孝悌以重人伦；笃宗族以昭雍睦；和乡党以息争讼；重农桑以足衣食；尚节俭以惜财用；隆学校以端士习；黜异端以崇正学；讲法律以儆愚顽；明礼让以厚风俗；务本业以定民志；训子弟以禁非学；息诬告以全善良；诫匿逃以免株连；完钱粮以省催科；联保甲以弭盗贼；解仇忿以重身命。所以至雍正二年（1724年），对这十六条圣谕，加以演绎，制定为《圣谕广训》，约万字，以雍正帝的名义，颁布天下，令官、军、士、农、商认真学习，每月初一、十五，各地都要聚会，由地方官和军官，分别向老百姓和兵勇讲解，使之心领神会，见诸行动。

遥想历史深处，每逢农历初一或十五，或者开学、散学，或祀孔之日，不管是都市通衢，还是穷乡僻壤，私塾的塾师们带领着自己的全体学童向着北方，齐颂《上谕十六条》。这是大清子民必修的文化道德教育课，每逢诵读之时，有些孩子也许并不解其意，但总是能认真地与大家一起一字一句、一丝不苟地诵读。渐渐地，这些内容就深入人心，乃至成为行动的指南，乃至社会清明。

我好歹上过师专的中文专业，竟对此了无印象，当此夜深人静之时，我呆坐在电脑前，脸渐渐发烧发烫。

话说当我吃完饭，又来到过道时，却不见了婆婆。跑来跑去上菜的大嫂告诉我，她到厨房做饭去了。见我满脸惊讶，大嫂对我说，别看婆婆年纪大了，自尊心才强呢。之前她在做院子里的卫生时倒与我们一起吃，住院回来后，她坚持要自己做饭，说什么不能吃闲饭！

正准备去找她，婆婆手里拿着一只碗一双筷子笑笑地从厨房里出来了，然后走进了刚才走道旁的门里。哦，竟是一间小小的房间，长条形，光线昏暗，塞着一张小床一张两门矮柜一张小床头柜，就在进门这头略有活动余地。

婆婆说，这原来是杂物间，旅游公司租下院子后，她从正房搬了出来，住在这里都几年了。别看这房间小，因靠近过道冬暖夏凉。

重新在过道里坐下时，我忙问她，怎么不在旅游公司搭伙吃饭？婆婆笑笑说，以前我还能替他们做事，和他们一起吃饭在理！可现在我不能替他们干活儿了，怎么能白吃呢？何况我也吃得简单，我这个老婆子哪能随便麻烦他们呢。

我不由重新打量婆婆：花白的齐耳短发梳得整整齐齐，扎着黑色的头箍，旧旧的黄色线衣，旧旧的黑衣裤子，浑身上下焕发着自尊自爱的光芒，质朴而又温和。当我们聊天时，旅游公司几个小姑娘时不时地从我们跟前经过，婆婆的目光总是温柔地从她们身上拂过。

婆婆告诉我，之前她独自守着这座大房子，日子难挨呢！自从旅游公司来了，这些小姑娘总是时不时甜甜地叫她奶奶，和她聊聊天，帮她做做事，给她带来了好多快乐呢！是呀，此刻，我真实地感受了婆婆的开心！

我忍不住问她，儿子们也打电话回来么？

不想婆婆脸上的笑僵住了，摇摇头，有些怅然地说，不打，一年到头难得有个电话！又说，像是劝慰她自己，只要他们在外平安，没有电话也不要紧！

看来孤独和寂寞是真的。

我不知道还能说什么。也许当年廖婆婆寄居在侄子家也是这般模样。

我在吉水前前后后待了4天时间，于我而言，这里毕竟是陌生之地，竟有惴惴不安之感。除了采访，我都待在酒店二楼520房间里，整理整理采访情况，看看书，还在电脑上看看电影，竟意外地搜到了迈克尔·哈内克的《爱》。电影讲述了一个关于"年岁增长所带来的身体衰弱及耻辱"的故事，用缓慢的纪实叙事手法，细致、冷静、温和地描绘了一对老年法国夫妇，乔治和安妮，一步一步走向生命终点的历程。

乔治和安妮原是音乐教师，都已年过80岁。老两口儿相依相伴，看演出，听音乐，看书，生活过得安逸也很有情趣。可安妮第一次中风出院，即便出现了偏瘫，还能用一只手吃饭、看书，还能开着电动轮椅在客厅旋转。她不愿去老年公寓，不愿去冷冰冰的医院治疗，乔治独自尽心尽力地照顾安妮。安妮第二次中风出院，状态很糟，只能卧床，且意识时常模糊，一切全要照料。老乔治艰难地顽强地照顾着她，可想不到他会在她失去活下去的意愿、不愿再进食的时候，狠狠地给了她一个耳光。更惊诧的是，乔治最后竟用枕头闷死了已经奄奄一息的安妮。然后，老乔治买来洁白的鲜花，精心修剪，细心洗涤，撒在安妮的周遭。之后，他推开大门毫不犹豫地走了出去，从此不再回来。

有人说过：长年累月的疾病不仅折磨着患者，更折磨着亲属，最终一点点地摧毁常人的理智。在《爱》中就有很多东西难以直视，比如恶疾带来的不堪，比如亲眼看到出类拔萃的爱人慢慢凋零的钝痛，比如老人的意志与尊严在疾病面前慢慢消失的无奈。

在此，我不由想到朱英歌，想到吴婆婆，想到刘九斤，想到邓寿春夫妻，生活的重压曾经透支了他们的健康，随着年岁的增长，他们身体的毛病越来越多。但他们根本不可能有乔治和安妮那样优裕的条件，一旦疾病袭来，他们又如何面对？实在不堪设想。

"生命怎么这样漫长？"安妮在她中风瘫痪卧床时的这句话，一直萦绕在我脑海。我不由忧心忡忡，只有当一个人活得生活起居必须依赖别人、活得没有尊严饱受病痛折磨的时候，才会绝望地感叹生命之长。

所有采访结束后，我还特地走进了金滩镇敬老院。这里有一个绿树成荫的院子，有一座设施较为齐全的大楼，更有十多亩田三十多亩橘子园及大块菜地、两口大池塘。院里，年年种水稻种菜种西瓜种花生、养鸡养猪养鱼养羊，用来改善老人的伙食，还能赚几万元钱补贴老人呢。

院长黄玉连告诉我，院里集中供养了24名孤寡老人，寄养了22名

金滩敬老院的田土池塘及果园

老人，最大的90多岁，小的也有60多岁，还有个6岁的孩子，可包括院长在内只有5名工作人员。没有专业护理人员，镇卫生院只在此设了个点，有名医务人员守着。虽说集中供养的老人费用已增至500元一月，但生病的老人谁来照顾和护理？

正是下午时分，我在院里四处走了走，有老人在睡觉，有老人在后面田里干活儿，更多的老人在医务室旁的电视室看电视。四下里一片悄然，有些沉闷，也有些低落。

想想吧，在生命的最后里程，与众位老人待在一块，可能会比独自一人在家要热闹。但依然只能简单地挨着日子，依然不能生病，生病就会立刻陷入不堪的境地。我不知道廖婆婆到后来有没有生病，她娘家的侄子们又对她如何？实在不敢想象。

面对现实，你终将老去，我也终将老去，大家都会不可避免地终将老去。老去的时光又是怎样的光景呢？最好不要孤独，最好不要困顿，最好不要病痛，只要安然而逝！

采访时间

高安县：2014年3月22日；吉水县：2014年3月23日、3月24日、

3月25日、3月26日

采访后记

从周岭村出来后，小高得替我再找采访对象，车又在陌生的山山岭岭上穿行。看着那些高山那些梯田，我想这里的人们祖祖辈辈就生活在大山深处，那滋味应该说不上其乐无穷，而是百般辛酸吧。别看小高30多岁就有了自己的工厂，想当初也是经历了种种艰难。13岁时父亲过世了，还在上初一的他就不得不辍学，母亲给了他100元，让他自己去讨生活。他知道母亲已够苦了，几位哥哥也帮不了他，他只有自己靠自己。就以这100元为本，跑了几年附近的集市，卖些小孩玩具、衣服，也卖过蔬菜、水果等等，辛苦辗转不说，所赚的钱也仅仅能填饱自己的肚子。

眼见村子的伙伴出外打工，16岁的他明白倘不能赚钱，他将来连老婆都找不到，只得随村子的人去了福州，在一家当地人刚开办的塑料厂里打工。他任劳任怨地干活儿，加班加点地干活儿，渐渐取得老板的信任，成了老板的得力助手。老板放心地将进料、生产、销售等大权都交给他。如此干了5年后，老板就对他说，小高，你还是回老家办厂吧，专给我供应生产原料！

小高喜出望外，2002年春节一过，他就在高安工业园租下了厂房，办了家小小的塑料厂，想不到竟还赚了些钱。2004年又在浏阳澄潭江镇办了家塑料厂，专门生产花炮厂家所需的塑料珠子。他不光在此赚到了钱，还在当地找了个漂亮的老婆。而他眼见高安瓷砖厂越来越多，又转向化工生产，办了家化工厂，现在厂子已走上正规。

最后，他深有感触地说，大山里的人就是有韧性，不光年轻人舍得努力，老年人也愿意自己靠自己！只要天气好，好多六七十岁的老头老婆婆就会上山砍柴砍树砍竹子，或者寻草药采野果野蘑菇，换了钱自己用呢！

第三章

河北行：院子空了，老人都去哪里了

暮春时节，车过湖北后，窗外大块大块浅绿的麦地，自眼前铺展到远方，看不到一个人，也没有牛羊，太安静了。

麦子正在返青，真恨不得自己就是北方女子，也曾陶醉在小麦的清香里，也曾见证过小麦的生长历程。可我毕竟生在南方，与小麦有着遥远的距离，只能如此遥望。

我痴痴地望着，麦地上那些葱绿而笔直的杨树，或偶尔一二棵，或横一排竖一排，或东一丛西一丛，将宽阔的麦地割裂开来。偶尔会有坟墓，依着或高或矮的绿树，跃入眼帘，没有突兀，唯有感动。一个农人，死后依然躺在自己曾经耕耘过的土地里，是一种坚守，也是一种福分。

慢慢地，看到有一闪而过的村庄，在杨树、柳树或梧桐树丛里，升腾着五味杂陈的人间烟火，有人车出入，有土狗追逐。

白大爷：总不能老住在别人家的房子里

河北之行第一站是赞皇县嶂石岩乡王家坪村，按照铁凝小说里的话说，这是一个藏在大山褶皱里的村庄。

之前我从没听说过赞皇县，我知道得更多的是保定、邯郸、白洋淀、西柏坡，甚至井陉、正定等地方。

赞皇县位于太行山中段东麓地段，距省会石家庄市仅50公里。据

《赞皇县志》载：周穆王姬满讨伐少数民族部落时，在境内山赞山（亦称金鸡山、唐背山，今县城西南）战胜犬戎，遂以"上天佐助"和"赞颂皇权"之意封山赞山为赞皇山。隋开皇十六年（596年）建县，因山得名赞皇县。2006年被授予"千年古县"称号，得以列入中国地名遗产保护名录。

从石家庄出发，高速两旁也是葱茏的麦地，绿意恣意流向远方。我还惊讶地发现了，排排杨树间，间或会闪过一两棵槐树，挂着串串曼妙的白花，应是许多北方作家反复赞美过的香甜可口的槐花了。

赞皇县山多山奇山险，自古以来，因它背靠莽莽太行，易守难攻，每到战争时期便成为兵家必争之地，而到了太平时期又被遗忘。即便是近代，赞皇的山峦依然发挥了它的作用，为太行山革命根据地。太行一分区司令部安扎在此，秦基伟将军在这一带领导指挥军民抗战，赞皇赢得了"冀西十三县，赞皇是模范"的荣誉称号。

车过赞皇县城后，往西有两条山谷：一在正西，曰许亭川，两边皆是贫瘠山区；另一条沿槐河南岸南拐，而后西转，曰里川沟，直达王家坪村。渐渐地，窗外便是曲折的山地，公路宛若藤蔓，缠绕在槐河南岸高高低低的山峦上，一会儿谷底，一会儿山头。山上有树，多是近些年嫁接的枣树，刚刚挂上嫩叶，尚不成风景。

最令我着急的是，随路而行的那条槐河，河床看上去很宽，却干枯见底。河床上，躺满了大大小小的石头，还胡乱地生些杂草，丑陋荒凉。我来自南方，每每看到北方那么多河道没有水，就心绪低落。

没有水，人们的日子怎么过？

河岸宽敞处，看得见或大或小的村庄，房屋周围也会有几棵绿树，但几乎都是灰扑扑的。村庄四周田地不多，大都是零星的菜地。其时阳光灿烂，风有些凉，干燥。好在越往里走，山越来越高大，气势越来越足，山高林密，欢欣就从心底升起来。

王家坪村两面环山，是嶂石岩乡最大的行政村。倘沿村前那条公路，再往西行20公里模样，便是国家级风景区嶂石岩，登上悬崖就是山西省地界。

该村有1300多人，耕地面积却只有300多亩。过去很长一段时间，有限的土地都用来种植小麦、玉米，也出产核桃、板栗、柿子、黑枣，日子自然过得艰难。当打工潮席卷而来时，村里的年轻人争先恐后地外出打工了，只剩下女人孩子与老人留守。

车向右拐，横过干涸的河床，拐上一条仅容一车的水泥路，路旁全是房子。行没多远，便呼地停在重重房屋之间的广场上。司机打开车门说，到了，就是这里，你去村卫生室找延医生，他会替你安排好一切。

村卫生室是一栋三开间平房，外墙贴着长条形白色瓷砖。奇怪的是，需迈三四级台阶，才能走进卫生室大门。卫生室不大，当门摆着一张大办公桌，后面靠墙立着两个灰色铁文件柜。一位身穿军绿色解放装上衣、花白头发的胖大哥正在认真地写着什么，闻声站了起来，看了看我，满面含笑地问："来了，累了吧！快坐坐！"温和而儒雅，一位忠厚长者。

我坐了下来，桌上堆了些血压计、体温计、处方簿，看来这间小厅应是诊断室。进门右手第一间房间很小，对门靠墙摆着一张办公桌，桌上赫然摆着一台电脑，再靠窗横摆着一张行军床，便满满当当了。另外三间门口都有半截布门帘，隐隐约约有人在低声说话、咳嗽。内屋不时有人叫延大哥，他只得不时在几间屋子里穿梭。走过我跟前时，他抱歉地笑笑，说，对不起，你先歇歇。

我站了起来，随意地看看，每间房内都摆了几张小木床，躺着输液的病人，且大多是老人。据说延大哥年轻时就是村里的赤脚医生，还当过村上的干部，当年亲手在村里建起了医疗站，从此坚守在村子里。

过了会儿，一位漂亮而又质朴的女孩来了，是延大哥的女儿小娟，在河北第三医院当护士，这几天在家休假呢。她朝我微微笑了笑，提起我的拉杆箱就走。穿过广场，走进一条小巷，很快就到了延大哥家的小院。小院很小，呈丁字形，正对着院门的是一排平房，偏左是一间厨房，隔成三格间，有三位女子正在忙着煮饺子，一位小女孩在旁边玩耍。院子往右有个葡萄架，再过去便是延大哥大儿子的院子，他在县城里做药材生意，全家都搬到城里了。胖胖的延大嫂笑着迎了上来，她留着齐耳短发，肤色白皙，笑容很甜，更是胖得顺眼。因听说我要来，延大嫂特地包了饺子，嗯，槐花饺子。

　　院子中央早摆了一张矮方桌，几张小板凳也摆好了。我静静地坐着，感受着北方农家小院的气息。延大嫂是个贤惠女子，看得出年轻时姣好的面庞。接下来几天，她变着花样给我做吃的，什么槐花饭煎饼面条等等，让我这个不太擅长做饭的女子都觉得眼红了，也觉得挺享受。

　　饺子真香，竟给我盛了满满一大碗，我再三推辞都推不掉，那就吃吧。吃饭时延大哥回来了，我惊讶地发现，我竟然听不懂他们的方言，原以为到了北方，说话有普通话的味道，交流应该没问题。那么，老人们肯定说方言，我暗暗着急起来。

　　吃过饭后，小娟又拉起我的拉杆箱，笑笑地对我说，送你去休息休息吧。哦，这个院子，只是延大哥家的老院子，还另有新院子呢。出得院门，沿着门外那条小巷，继续往坡上走，路上铺了些石子，坎坷不平。沿路一个院子接一个院子，大都是老房子，有些还住着人，有些已然坍塌，有些已人去房空，弥漫着淡淡的荒凉。左边那些院子很是古老，娟子告诉我，那就是有名的侯家大院，从街口槐花台往上延绵几百米，不过后来都当成胜利果实分了，侯家人倒都搬出去了。

　　左拐弯，走过侯家大院最后一栋大瓦房，便到了小娟家的院子，右边那栋新院子是她二哥家的。打开大铁门，是座新建的小院子，依然是丁字形结构，正面是一排平房，左边是竖排的厨房及厕所。进门是小厅，左边是两间房，小娟房间不大，摆了张床，差不多满了。大玻璃窗，花窗帘，雪白的墙，简洁温馨。我很喜欢，待小娟告别后，我便躺下来休息。

当我醒来时，便发觉山村是如此寂静，一种陌生空旷的寂静。赶到旧院子时，延大嫂在等我，笑着对我说，你来得正好，我就带你去采访！已和人家说好了！说完，她起身朝门外走，我赶紧跟上。

来到村里广场，沿着进村的路往前走。朝左拐上一条小巷，两旁都是些石头垒成的旧房子，只见两位老人在不远处急急地朝上走。前面是个瘦老头，头上包着白羊肚手巾，后面跟着花白头发的胖大娘。延大嫂赶紧叫住他们，他们闻声转过头来笑了笑，说了句什么，继续朝前走。

跟在他们后面，来到坡上的一座红砖平房跟前，房子很整齐，却沾满了岁月的沧桑。走过厅屋，来到右边房间，光线陡然暗了。靠窗盘着老式土炕，炕上铺着蓝花的床单，搁了几床被子。炕的对面，靠墙一只倒扣的高瓦瓮上，搁着一块木板，木板上搁着台小电视机。

大爷让我们坐在木沙发上，他自己坐在炕上，大娘则坐在炕边小板凳上。

大爷很瘦，应是年岁已高，花白的胡子，满脸干瘪，布满了皱纹，穿着深蓝色老式解放装上衣，旧深蓝色裤子，倒还干净利索。一问，大爷叫白二熬，今年78岁。小时候家里很穷，娘很早就去世了，有个哥哥。但他还是念完了高小，这在当时很难得了。1958年，他光荣入伍了，部队驻扎在首都北京。

就在这年，爹过世了，可正是部队攻打金门战斗前夕，根本不能回家奔丧。他满怀伤痛，随部队匆匆开往福建厦门。这一待就是一年零两个月，战斗一直停停打打，没有消停过，最后还是放弃了。

到1961年下半年，部队回到北京了，他匆匆回家结婚。老婆性格开朗，做事麻利，他很喜欢。但军人以服从为天职，没多久就回部队了。其时正是国家困难时期，他在部队虽不至于挨饿，但日子也不好过，不是训练就是执行任务。

当得知家里人只能吃树叶、玉米芯、糠窝窝等充饥时，他几乎将所有津贴都寄回家，且想早些退伍回家，毕竟多一个人就多份力量。

可直到1963年下半年，他才转业回家，一家人都高兴。他与哥哥商量后决定，后娘为这个家没少操心，兄弟俩轮流负责照顾后娘，每家一个月转。

毕竟出外闯荡过，见识多了，他办什么事都落落大方。当时王家坪村有6个生产队，他先后当上了五队的保管员、会计、队长等职。他干什么都尽职尽责，也深得人们信任。当时人们一心扑在土地上，每天早工、上午工、下午工连轴转，平地呀，种小麦呀，收小麦呀，种玉米呀，收玉米呀，舍不得歇息，一心只想能多打几斤粮食。他呢，与老婆一条心，勤俭持家，上工之余，一有时间就编藤筐，一个筐可抵10分工呢。大娘年年还会养头猪，日子不富足，但过得踏实。

美中不足的是结婚七八年了，大娘一直没怀上孩子。那时也不兴去医院治疗，夫妻俩决定抱养一个孩子。这时，大娘堂哥家又生了一个女儿，已是他家第六个女儿，正愁养不活。大娘动了抱养娘家侄女的心思，忙与堂哥堂嫂商量，堂哥堂嫂自是满口答应。于是，1968年9月某天，阳光明媚，白家喜气洋洋，刚出生不久的侄女正式过继到他们家。

虽不是亲生女儿，想想也是今后的依靠，白大爷白大娘依然看得宝贵，也算是娇生惯养。上完初中后，女儿再也不愿上学了，就让她留在家里帮忙做做家务。到23岁时，女儿结婚了，婆家就在本村，走路最多10分钟就到。可女婿家家境不好，女儿一连生了二子一女三个孩子，日子一直过得紧紧巴巴。

渐渐地，白大爷夫妻俩年纪大了，疼惜女儿的难处，反过来主动分忧，两个外孙都由他们带大。大外孙今年28岁了，结婚后就带着老婆出去打工去了，替别人开车。逢年过节回家时，还是情愿与外公外婆挤在一起住。小外孙今年也20出头了，在北京打工几年了，一个月才挣2000多元，还不够他自己用。

眼看着小外孙也长大了，该找老婆了，可连房子都没有。于是，女儿女婿与白大爷夫妻俩商量，想拆了他俩的老房子再建新房子。在王家坪村来说，地皮很珍贵呢。为着替小外孙着想，白大爷爽快地答应了。

可白大爷家原来的地基太小了，不太好建新房，女婿便找邻居家商量。邻居家的房子空置好久了，与白大爷家房子是前后排，共一个院子。两家一合计，就将两家的房子互换了位置，女婿在后山上再挖块地基出来，这才基本像样了。

白大爷家的老房子是石头砌的，但还能住人，邻居家的房子则早坍塌得不成模样了。换也换了，地基也挖得差不多了，女婿却说没钱建房子了，得出去打工赚钱再说。

新房子不建了，老房子又不好再住，白大爷有苦难言，只得找左边隔壁邻居商量，借他家旧房子住住。邻居没怎么犹豫就同意了，令白大爷感激万分。简单翻修翻修之后，就搬进来了，也就是这栋房子的右半边。

到老了，却不得不借住在别人家，说什么都有些凄凉。白大爷唉声叹气地说，又有什么办法呢？也只怪他身子骨单薄，不硬朗，一辈

白大爷换来的破屋及屋后已平整好的地基

子就在小山村里折腾，没有多少余钱，不能支援外孙建房。

眼看着年纪越来越大，地里的活儿干起来都力不从心，更别说去打零工。好在从2006年起，他竟能领到当初上过前线的补助，真是雪中送炭。刚开始每季度只有130元钱，后来增加到600多元，到今年都有900元钱了。从前年开始，夫妻俩每人每月能领到55元钱农保金，加上每年山上的核桃、板栗也能卖1000多元钱。如此一来，尽量省省，吃饭没多大问题了。

可大娘的身体不好，5年前检查出来得了高血压，现在天天得吃药，只能在家里做做家务。而白大爷快80岁了，还得砍柴种菜，还得种1亩地。风烛残年，扶养养女长大，又帮衬着扶养两个外孙长大，原以为老有所靠。可临到老了，还得靠自己劳作，有家都不能归。

就在我们说话之时，白大爷不时陷入沉思，时不时随手取下头上的白羊肚手巾，随即又系到头上，看得出他内心的无奈。当我问及养女对他们如何时，两位老人都沉默了，连一直在旁边当翻译的延大嫂也沉默了。短暂的沉默压在心上沉甸甸的，应是掩藏了大爷大娘的万千心思吧。

过了好一会儿，大娘才说，她也会回娘家来看看，也帮忙做做家务。可她毕竟有自己的家，丈夫儿子都打工去了，女儿也出嫁了，家里家外都靠她。她从小娇惯了，有些事也做不来呢。说完，又陷入了沉默。白大爷则干脆一声不吭。

看来，老人不太想说起养女，我也就不再多问了。

当走出大门，视线投向右边台阶角落时，我赫然发现那里竟安有小灶，灶上有一只锅，旁边放着几件简单的炊具，还堆着几块劈柴！我试探着问，你家就在这里做饭么？大娘坦然地回答，嗯，就在这里做饭，再回屋子里吃呀。到了冬天，就搬进屋里做饭。

再抬头朝前看，屋前地坪里，就在那棵绿意葱茏的大梨树下，还堆着几捆干柴，捆得整整齐齐，那些应是白大爷上山拾捡来的。

白大爷与大娘，这么大年纪了，还得上山砍柴，难道养女女婿不担心么？

　　我一时无语。白大爷却试着问我，去看看我家的老房子么？看着老人期盼的眼神，我满口应承：当然好呀！两位老人就忙在前引路，真是抬脚就到。

　　这是座石头平房，有些斑驳有些苍老，但还算整齐。从中间弧形门洞里走进去，来到有些零乱的院子里，三四棵老梨树倒绿叶苍苍。大爷家房前有两棵，左边那座已经坍塌的房子前也有两棵。再往前延伸到山坡前，是已然砌好的地基，光光的地基裸露在阳光下，有些荒凉。

　　白大爷告诉我，换来的破房子，再怎么修补都不能住人。那砌好的地基便是用来给小外孙盖房子的，至于什么时候才能盖好，真是不得而知。

　　他站在院子中间，默默地看了看老房子，又看了看地基，一脸苦相。而白大娘则打开了房门，将我拉进她家的老屋，屋里依然干净整洁，有土炕，靠窗还摆着老式矮橱桌子椅子等。看来大娘还不时地来打扫卫生，恋恋难舍自己的家呢。

　　大爷也跟了进来，叹了叹气说，其实住在自家的房子里才安心，现在却不能住了！又有什么办法呢？

　　老人一直在叹息，却舍不得说女儿女婿半句怪话，难道女儿女婿看不到老人的难处想不到老人的苦处么？既然千辛万苦养大养女，为何又没招上门女婿呢？我却不敢贸然问大爷。我想，大爷有大爷的难言之隐吧，家家有本难念的经。

王银枝：信了耶稣，心里会好受些

　　就在来的那天傍晚，趁天未黑，我在村子里走了走。偌大的村落，很是安静。静得竟有些空洞、寂寥。我从村卫生室前面那条路往南走去，就见到一口井，圆圆的石头井沿，用树枝盖住了。我走近一瞧，却深不见底，正好井旁人家走出来一位中年男人，我便问他，还有水么？他笑了笑，有水，只是不能用了，喝的水得从山上引过来。我低头再看看，只觉冷冷的气息扑面而来，慌忙地跳开。

沿着那条路继续往前走，穿过一片菜地，来到河边。河堤并不整齐，河床也坎坷不平，低陷处有些水洼，几个女子正蹲在水洼前洗衣服。哦，那水干净么？那千疮百孔的河床，我也不忍久看，便继续往前。

走走停停，我惊讶地发现，村外田里几乎没种小麦，倒种了不少土豆，也有的成了菜地，也有的就随意地撂在那里。在过去的年月里，王家坪人恨不得一块地掰成两块用，现在却不再种小麦。且那些新砌的带院子的楼房，大都建在原来的田里。

看来，这么多年来，村里年轻人出去打工，赚了钱，新建了不少院落，也就看轻了田地。

继续沿村外的堤坝向西，再折回到村子中央。这样一来，我发现，中央都是些空荡荡的旧院落，而外围则大都是新建的院落，有高大的铁门。一路上，偶尔有几个小孩嬉闹着跑过，或几个老人匆匆走过，村子内外静得叫人不安。

在村子里穿行，随时可看到如此空空的房屋

103

看过来看过去，我发现王家坪村人很爱贴对联，不管房屋新旧，都在大门两旁贴有红通通的对联，甚至大门前的屋柱上也贴有对联，且看得出大多出自于乡间秀才的笔墨。有些老房子，人可能搬走了，大门两侧依旧留有新新旧旧的对联：春到门庭梅吐艳，马驰道路柳生烟；横批为：春光满院。但更为惊讶的是，有不少对联竟显示出不少村民信奉基督教，比如：耶路撒冷神显耀，容西马尼主留芳；基督家庭享平安，福音门第常喜乐。

看到这些对联，我一时感慨万千。我知道，浏阳也有天主教堂，但前去做礼拜的人并不多，怎么这北方偏远的乡村竟有如此多的信众呢？

趁吃晚饭时，我问延大哥，村子里的人是信菩萨还是信教？延大哥沉思了会儿才说：之前我们这里是革命老区，当时破除封建迷信，人们不再信菩萨，也不去庙里，之前倒是有庙。近十多年来，渐渐有人信基督教，都是些老人，说信了教没病没灾。信徒们常在人家家里聚会做礼拜，他没参加过，不知他们聚会都干些啥。只知道他们凑钱已在村子外买了块地，正在大兴土木，盖基督教堂呢。最后，他建议我第二天去采访一位信教的婆婆，她也是空巢老人呢。

第二天吃过早饭，我与延大嫂就沿着村里那条主街往西走。走过侯家大院，走过大嫂娘家的老屋，走过一些空无一人的老院落。来到村西，就在众多新院落包围之间，有一排红砖砌的旧围墙。从门洞里进去，来到一家小院落，坪里堆着一堆干树枝，一位矮胖的婆婆正在用一把锯子锯树枝。

婆婆闻声抬起头，花白的头发，黝黑而圆胖的脸庞，朝我们笑了笑。婆婆热情地招呼我与延大嫂在院子里坐下，又动作迟缓地从屋子里搬来张凳子，坐在我们一旁。就在4月温暖的阳光里，我们随意地聊了起来。

婆婆名叫王银枝，今年71岁了，娘家就在王家坪西3里外的虎宅口村。那时她家里很穷，她是老大，后面还有3个弟弟4个妹妹。爹在新中国成立初期是庄里的党员干部，天天在外忙公事，不管家里的事情，她只得早早辍学，回家帮娘干家务。到18岁，她就与侯南生结婚了，夫家家底更薄。就两兄弟与年迈的爹爹相依为命，她嫁过来时家里穷得冬天盖光棉絮。丈夫比她大8岁，老实勤劳，对她也知道体恤，她也知足了。

婚后第二年大女儿出生了，第三年又有了大儿子，随后又有了二女儿及小儿子。孩子多了，负担就重了，好在夫妻齐心，孩子们也没病没灾，苦中有乐。看着子女们渐渐长大，她欣慰地想到，等孩子们真正长大了，日子就好过了。可实在没有多余的钱让孩子们上学，大女儿、大儿子都只有小学毕业就辍学了。多一个人到队上出工，就能多挣工分，到年底分配时就多些口粮。对他们一家来说，真是太重要了。

大女儿都20岁了，该找婆家了，大儿子也19岁了，该讨媳妇了。可就在这年夏天，丈夫随队上男劳力进山砍树，没提防一棵树倒了下来，砸中了他。他当场就倒在地上，不省人事。待大家手忙脚乱地将他送到公社卫生院时，他早已停止了呼吸，什么话也没留下，就狠心丢下她和孩子们走了。

如此飞来的横祸，令王银枝措手不及，看着家里大大小小的孩子，想着丈夫一辈子都累死累活，她哭得死去活来。但哭也没用，现实是残酷的，她还不到40岁，最小的儿子才10岁，4个儿女的成家立业，从今往后只能靠她了。

她努力振作自己，该干啥还干啥，有泪也只能暗暗流。正好有媒人上门给大女儿说媒，她顺水推舟地将女儿嫁了出去，也不管女儿愿意不愿意。接下来，她将女儿出嫁时的几百元过礼钱，替儿子说了一门亲事，媳妇也很顺利地讨进了门。只是对大女儿有些愧疚，不必那么快结婚的，真是委屈她了。

但她还不敢掉以轻心，大儿子得建新房，还有小儿子得成家呢。也因此，小女儿小学毕业后，也让她回家帮忙干活儿。至于小儿子，就任由他念下去，总不能一家子都小学毕业。

不必说曾经的辛劳，也不必说曾经的万般无奈与挣扎，分田到户后，她一个弱女子带领儿女们拼命劳作，倒也顺顺当当地挺过来了。不几年，小女儿出嫁了，小儿子也初中毕业了，日子依然清贫，只有希望在前方。

就在小儿子侯增玉十七八岁时，她找赞皇县机械厂当负责人的亲戚帮忙，增玉得以进厂当电焊工。其时，正是机械厂红火的时候，增玉在厂里工作很卖力，也能赚几个活钱，她紧皱的眉头舒展了。

可渐渐地，她又着急了，增玉性格内向，竟然一直不找对象。一晃几年过去了，机械厂也不景气了。到1998年，厂子再也撑不下去了，大量裁员，增玉卷起铺盖回家了。此时，大儿子已在村西新建了房子，她就让增玉将老房子整修一番，粉刷了墙壁，贴了地板砖，倒也不赖。她其实是想他快点讨老婆。

此时，她的肚子莫名其妙地越来越大，一举一动都很吃力。一开始，儿女们以为她只是单纯地发胖，也没怎么在意，到后来情况不对了，才送她到医院检查。一检查，才得知她得了卵巢囊肿，肚子里长了个特大的瘤子，必须动手术。她怕花太多的钱，不愿去大医院，就去了赞皇县康复中心医院住院治疗。所幸手术很成功，住了不到一个月院后，眼见恢复得差不多了，她就强烈要求出院。她不想小儿子多花钱，小女儿陪护也累坏了。

没过多久，小女儿被查出得了子宫癌，且很快离开了人世。白发人送黑发人，其间的悲痛实在无法言说，她真是有些怨恨上天的不公。她早就活够了，为什么上天不带走她，而是她孝顺的小女儿呢？

小儿子增玉失业回家后，就去北京打工，留她独自在家。大女儿得照料她那一大家子，大儿子也得出外挣钱养家，也就是过年时给她二三百元，或者几十元钱。她大病刚愈，且不说营养无法跟上，还得支撑着忙里忙外，种地种菜，砍柴做饭，还得不时帮着照顾孙子孙女。她的身体从此日见虚弱，脸色暗淡，且莫名地虚胖。

增玉打了几年工，没有赚到多少钱，干脆回来了。他其实很勤快，在家种种地，去附近打打零工，近几年还不时上山去挖乌桕树，一年光挖树至少可赚三四千元。她不再孤单，可她依然为增玉的婚事揪心，乃至絮絮不止地唠叨。眼看着他都40出头了，真的得讨老婆了，总不能一辈子打单身啊。

增玉倒是孝顺，所赚的钱都交给她，她呢，舍不得用半分钱，而是赶紧存下来。娶媳妇得好大一笔钱呢。现在娶媳妇行情看涨，延大嫂6年前老二结婚只花了万多元钱，现在最少得花10多万，光彩礼钱就得三四万元。可增玉不怎么善于言谈，他的婚事一直高不成低不就，急得她坐卧不宁。今年过年后，小儿子干脆到石家庄打工去了，又留她独自在家。

她的身体一直没有彻底恢复，三四年前又查出了高血压，且来势凶猛，都吃了三四年药，每年得花几百元钱。她的右腿也风湿痛，胃也闹毛病，吃过不少药，却没有多少效果。当然，所有的病痛，都比不上心病。她常常独自坐在家里叹气，心里好似压了块大石头。

村子里要好的伙伴对她说，去信耶稣吧，心里会好受些。她便跟着去了。至于耶稣什么时候传到村子里，从哪里传来，她并不清楚。她只是每次按照约定，早早地赶到人家家里，跟着人家做礼拜，听人讲课，念《圣经》，唱赞美诗。

一开始，她只是听，渐渐地也跟着念经唱赞美诗，生活中的种种不如意与忧心仿佛越来越远，仿佛有了寄托有了依靠。人就开朗多了，心情也好了，腿也仿佛好多了。村子里信教的已有六七十人之多，大都是些老人，现在正在筹资建新教堂，到时他们就能在宽阔明亮的教堂里做礼拜。

说到这儿，她愁苦的脸上泛起了孩子般的微笑，整个人都生动起来。

我的心绪不由极其复杂起来。

陶景修：再也唱不动了

当我在村子里转来转去，就在早上在中午在晚边，眼见不少孩子背着书包，或三五成群或独自低头地朝村子里的学校不紧不慢地走去，有时后面还跟着爷爷奶奶。这天早上，我也跟着去学校看看，但见高高的门洞上方，白底上斑驳地写着大大的红字：王家坪小学。

爬过一段陡陡的台阶，眼前豁然一个大院子，一条水泥过道直通至那排长长的教学楼。过道旁有长长的花坛，教学楼前左右各有一排花坛，花坛里植有矮矮的松柏树。教学楼只有两层，贴了半人高的浅蓝色墙砖，整齐而清爽，只是门窗大多关得紧紧的。院子里没有孩子在跑，门洞那里倒或站或坐着一群孩子。

我走向教学楼，发现一楼只有两间教室开着门。正对着校门的那间是幼儿班中班教室，老师是个瘦瘦高高的长发女孩。她家就在村子里，幼师毕业，出去打过工，今年刚回来当幼师，她班上有22个孩子呢。女孩告诉我，学校只有三个班了，两个幼儿班，一个二年级班，她等学生来齐就上课。我看了看，都快9点了，教室里还有几个空位子。孩子们看到我给他们照相，都活跃起来，一个个挤眉弄眼地摆起了POSE。

再往前走，到了小班教室，讲台上光光的，一个中年女子席地坐在讲台上。见我来了，赶紧迎上来。我在村中央广场见过她几次，个子不高，穿着红色花衣，扎着一条蓬松的长辫子，浑身洋溢着家庭主妇的气息。她坦诚地告诉我，村里实在找不到老师，她年轻时当过代课老师，就让她来了。她上小班的课，就带孩子们做做游戏，唱唱歌，也讲讲故事。

之后，我走侧边楼梯来到二楼，这里还有个二年级班。刚才楼下中年女幼师告诉我，二年级只有11人，老师姓吕，从石家庄地区师范学校毕业，家住在后山村子里，大概三十来岁，还没结婚。教学可认真呢，一天7节课，几乎都守在教室里，有时放学了还会给有些学生辅导。学生也听话，成绩也很好。中午呢，他一般都回家吃饭。如果没回去，也不接受任何家长的邀请，就自己随便吃些东西。可教室门紧闭，我只能站在外面，听着他慷慨的讲课声，眺望着阳光里的校园，觉得简陋的校园之上笼罩着圣洁的光辉。

吕老师出来了，竟是个帅气憨厚的小伙子，问我有什么事。我笑笑说，没事，等你有时间和你聊聊天。他笑了笑，转身进了教室，随手把门关上了。我随后在校园里转悠了不少时间，却始终未见吕老师班下课，只得走了。

自村中央广场往西走走，延大嫂带我来到一座旧的青砖院落里。院子里空荡荡的，唯有几棵梨树、一丛玫瑰冲破浓郁的寂寥低落，带来些许生气。延大嫂叫了几声，无人回应，便带我退出来，重新回到主街上。

她四处望了望，但见沿街路旁，随处或坐或蹲着几堆老人。她笑着朝前走了走，前面那堆老人里站起来一个头戴鸭舌帽的老头。老人瘦而且高，穿着灰色西装、蓝色裤子，俨然乡间绅士般，挂着拐杖缓缓地朝我们走来。

随他重新走进他家的院子，老人住进门右边那栋房子里，有两个大门，他住右侧。左侧大门紧闭，是他大儿子的旧房子。台阶上搁着几张小板凳，老人招呼我们坐下。坐下之后，我抬眼看见台阶角落里也有大灶台，其上杂乱地搁着些锅碗瓢盆，沾满了厚厚的灰尘。再看，大灶前有一小灶，上面搁着一只北方常见的炉子，看来就是老人平日做饭的地方。老人坐在门槛前，看着我微微地笑。

老人名叫陶景修，哦，都84岁了。年少时上过3年抗日高小，是当时少有的识文断字之辈。他18岁结婚，老婆虽只是村子里普通庄户人家的女儿，但贤惠会持家。夫妻俩共养育了6个儿女，相濡以沫几十年，老婆却先他而去。他不想则已，一想就难过。

大儿子陶彦斌生于1954年，十多年前就在村东边盖了房子，一大

家子搬出去了。可惜他老婆今年年初过世了，儿女出外打工去了，就留下他独自在家，也在空巢老人之列了。二儿子陶庆斌于1958年出生，近十多年来一直经营着一辆跑赞皇县城的中巴客车，经济状况很不错，早就另外建了房子搬出去了。三儿子陶瑞斌生于1960年，一直在北京打工，将家也安在了北京。至于3个女儿，则都嫁在村子里，倒是离得近，说到就到。

陶老说话很从容，时不时地从左边口袋里掏出一沓方方正正的小纸片，又从右边口袋里捏出一撮烟丝，动作娴熟地滚了支纸烟筒，随意地抽起来。

我看了看院落，一色整齐的青砖，想来当初建起来应是不易，便问他："您家子女多，房子也建得多，从什么时候开始建的房子？"

陶老凝神想了想说，大概从1979年吧，当初大儿子已结婚，老房子住不下了，不得不建了。那时建房子可比现在简单，只需准备好砖、木材等材料，就可以动工了。然后师傅请进门只管吃，年底才结账。至于一般小工，就记好工，今后再去还工就行了。于是，全家节衣缩食，加上之前的积蓄，一鼓作气，分3年建起了10间屋，就成了这么3栋，3个儿子各分得一栋。

3年3栋房子，一个院子，虽说形势逼人，还得有实力。果不其然，从1973年起，老陶就在当时社办小化工厂做木工、烤胶，甚至在外跑经销。自然比在家里拿工分强，手里也就有些积蓄。一直干到1985年，小厂因不适应形势发展破产，他才回家，其时他也55岁了。

延大嫂这时插话了，她说，老陶一直就是村子里的能人呢，之前他还是公家人，子女虽多，但算盘打得好，日子过得从容。他吹拉弹唱样样行，从公社小厂回家后，就组建了乐队，附近人家办红白事都会请他们乐队。

说到这儿，我看了看一脸得意之色的陶老，笑着说，您经历这么丰富，还会唱戏，竟然不说，还想谎报军情呀！陶老不好意思地笑了，说，那些都过去了，不值得一提呢！

原来，早在1955年，作为进步青年，文化水平又高，陶景修被招进了虎宅口公社供销社，月工资有22.5元钱呢。但每月必须上交钱到队上，才能分到家里人的口粮。当时家里有8口人，上有老下有小，光靠他那点工资，分的口粮都无法填饱肚子。他只得辞职回家挣工分，总算度过了最困难的时期。

至于唱戏，早在20世纪50年代末，村子里成立了梆子剧团，因肯下本钱请了个好教头，竟然能唱好几出戏：《蝴蝶杯》《审诰命》《秦香莲》《打金枝》等。临到正月演出，附近十里八乡都赶来看戏，一时间，村剧团名声大振。之后，逢年过节就唱，很多村排队请他们去演出，甚至还唱到了邻近的山西。剧团挣了钱就买行头，演员们又卖力，自然越唱越好。而老陶呢，就是团里的台柱子，他从16岁唱到了20多岁，生旦净丑什么都能唱，什么都唱得好。更难得的是，他吹拉弹唱样样行，还拉得一手好二胡呢。他老婆也在剧团一起唱戏，俩人日久生情，也算是志同道合。

后来，"文革"来了，剧团受到了冲击，所有行头差点儿让村子里中学的红卫兵烧掉了。他们不敢再唱戏了，也就散了。他念念不忘那段风花雪月的日子，买来二胡、京胡等乐器，在家里自得其乐地拉。孩子们受其熏陶，都能唱能拉，他的大儿子对乐器就非常在行，后来将老头的红白喜事乐队接过去经营了。

说到这里，我很惊讶，赶紧请陶老拉拉二胡，我可最喜欢听二胡了。

陶老谦虚地笑了笑，说："老了，80岁那年我就退出乐队了，有一段时间没拉了，只怕让你见笑了。"

我忙说："怎么会呢，您拉什么我都喜欢听呢！"

老人笑意更浓了，二话没说就转身进了屋子，一会儿就提着一只长条形的旧盒子出来了，其上满是灰尘。我凑过去一看，盒子内躺着一把旧旧的京胡。陶老小心翼翼地将京胡拿出来，放在腿上，动作麻利地上下调调，目光里满是怜爱。

他拉了起来，激越悲凉的琴声一冲而起，迅疾铺满了偌大的院子，引得我悚然一惊，进而在他的琴声里载沉载浮。老人忽儿坐直身子，忽儿欠起身子，微眯着眼，拉得如痴如醉，仿佛有一圈隐隐的光亮笼着他。

延大嫂悄悄告诉我，老人在拉《朝天子》。过了一会儿，又告诉我，这会儿在拉《送牛羊》。

哦，我真是意外，延大嫂只是一个普通的农家妇女，竟然也懂这么多。

看来，那些并不起眼的村子，深处都蕴藏着某些深刻的内核。可惜这些深刻的带有某些文化意味的内核，却正渐渐在中国乡村消失。不是么，如此迷人的曲调我听不懂，曾经那么动人的河北梆子在王家坪村也几近销声匿迹。再推开来看，乡土中国的乡村滋养了多少传统文化开枝散叶，在农村人的手中、眼里，传统的东西的繁衍不带任何的悲情色彩，哪怕简单的唱戏或舞龙灯之类，都是一种人生哲学。

就在老人的琴声里，我想象着当年一大家子在院子里热气腾腾的生活，还有老人当年在剧团唱戏时意气风发的模样，而今所有的所有都成了前尘往事，唯留老人独自坚守。

琴声停了，老人却沉默了，脸上有些悲凉。也许他想起了那些流光溢彩的时光吧。继而，他又卷了支烟，抬头看天，默默地抽了起来，心事重重的模样。

我真心地赞美了他，其实我还想听他唱唱，但不敢太辛苦他了。我看了看重新陷入寂静的院子，想着他独自守着院子的寂寞，问道："您独自住在这院子里多久了？"

老人边抽烟边想了想，长叹一声说："至少有10年了！一开始只是孩子们搬走了，我与老婆子生活在老屋里，倒也平静自在！可老婆子2003年年初一病不起，很快就离我而去，就剩下我独自一人！"

"那么你怎么不和儿子们一起住呢？至少有个照应呀！"

"这个呀，与他们住一起，吃饭、睡觉都不方便！他们是新式房子，没有炕，而我喜欢睡炕，睡惯了炕！"随后，老人又不容置疑地补充道，"哪比得上自己住方便、自由！"说完老人笑了，延大嫂也笑了。

原来老人身体一直不错，偶尔有些感冒，就去村卫生室延大哥处拿些药。今年之前老人还自己上山拾柴火，自己种地种菜，一日三餐也自己做。吃过了饭，倘天气好，就坐在沿街的石头上或台阶上，和村子里的老人聊聊天拉拉家常。天冷了或晚上，附近的老人都聚在他家看电视聊天，时间也就容易打发了。

至于衣服被子等，则3个闺女抽空回家帮他洗洗。不过，在我看来，他身上的衣裳并不是很整洁，甚至有些污渍。

今年以来，他的听力越来越不好，浑身也少了力气，走路不得不拄拐杖了，也不能种菜种地拾柴火了。他说来平淡，我听来却有些辛酸。

想他辛苦了一辈子，老了却得独守空院。我疑惑了："你独自住一个院子，儿女们不担心您么？您如何安排自己的生活呀？"

老人看了看院子，淡淡地说：有什么好担心的？农村人生来命贱！别饿着别冻着别病着就行！这20年来，每个儿子每年给我260元钱，过年过节再买些吃的给我。至于女儿们，过年过节过生日也会给些钱呀！也就这么过来了！

我算了算，加起来，一年最多1000多元钱。老人怎么生活？

老人又告诉我，他每月有55元农保金；80岁之后，每年还有200元补助，到去年增加到450元了。当然，他之前一直在乐队里干活儿，有些积蓄。最后，他叹了口气，人老了，也用不了多少钱，够用了。

我不想惹老人伤感，转身给他装好京胡，坚持替他送到屋里。

一跨进大门，光线暗淡下来。厅里堆满了东西，仅留一条过道到睡房里。睡房里光线也不好，靠窗是炕，进门处放着张堆满杂七杂八东西的方桌。就在那台旧电视机旁边，我发现靠墙竖着一支琵琶，也是旧旧的。我反身问老人，这是您的？老人有些不好意思地笑了，我之前有许多乐器，几乎都让大儿子拿走了，就留了这把京胡、这支琵琶做留念了！

再看时，我发现琵琶前面摆着一张相片，拿起一瞧，竟是老人于1960年夏天与他妈妈在石家庄某照相馆的留影。

看看昔日英气逼人的照片与眼前干瘦的老头，我一时无语。是什么偷走了那么多的时光，是生活的重担，是养育儿女们的辛劳，还是孤独落寞的压抑？

之后，我在老人炕头还发现了一张他身着古戏装的照片，看上去就是一位驰骋沙场的威风凛凛的将军，却无奈地任满屋子的孤独的老人气息缠绕。

延四太：能活一天就一天

从陶景修老人家出来，又去了延四太老人家。延大嫂告诉我，延四太今年也80岁了，都中风几年了，却一直独自住在一个院子里。他一年到头几乎不出院子，村里人甚至很少想起他了。

他家的院子靠内，当走进其落寞荒凉的院子，但见他正呆坐在台阶上，视线却不知落到何处。延大嫂喊了他几声，他充耳不闻。直到我们走到他跟前，他才惊醒过来，随后右手摸到靠墙放着的拐杖，左手摸到椅背，吃力地颤巍巍地站了起来。延大嫂赶紧上前扶住他，让他坐下。

老人重又艰难地坐下，叽叽咕咕说了几句，我什么也没听清。我想，糟了，虽知道老人已偏瘫五六年了，没想到他说话也不清楚，交流肯定有困难。延大嫂从屋内找来一张小板凳，还有一张高靠背椅，我们在他跟前坐下来。

老人脸上花白的胡须有些零乱，穿着件深蓝色的解放装上衣，里面穿着一件棕色的内衣，里外都只扣了一粒扣子；而蓝色的裤子有些肥大，脏兮兮的；光脚穿着双黑色旧布鞋，脚胖乎乎的，好似肿了似的。丝丝异味自他身上飘来，老人却定定地望着我，那有些无辜的神情，任谁都会莫名地酸涩。

曾经高大健壮的汉子，曾经村子里的风云人物，老了竟落到如此无助的地步。而他不得不面对如此残酷的现实，命运真是无常呀。

解放初期，正值十七八岁的青春年华，延四太积极地投身到革命队伍之中，干起工作来热情似火，又刻苦学习，深受当时领导器重。到1954年上半年，刚刚20岁，他就当上了野草湾区工委秘书。他自是踌躇满志，想着好好干一番事业。可两个儿子接连出生，家里还有老人、弟弟、妹妹，光靠他每月30块的工资连买口粮都困难。到1958年，趁各地成立人民公社时，他一咬牙辞掉了组织上为他分配的工作，义无反顾地回家挣工分了。

毕竟是曾经的区工委秘书，有头脑有见识，大家都很信任他，选他当大队队长。他也不负众望，也不去搞什么大鸣大放，只管抓粮食生产，至少不能让人饿肚子，也没怎么让村里人饿肚子。到1966年"文革"开始时，村子里闹起了革命，延四太不得不靠边站，但他也无怨言，该干啥还干啥。可到1972年年初，村民们说什么也得让他为大家主事，他只得又出山了。先后干过大队会计、大队长、村革委会主任、村支书，最后于1993年60岁时他才从村委的位子上退了下来。

延四太还是为村子办了不少实事，且不说带领全村人在地里刨食那么多年，村里的基本建设也成果不少，比如虎宅口截流工程、三口吃水井、村里的道路等。他还带头办过地毯厂，虽没有成功，但为此付出了心力。

子女多，他家经济状况不好，却一直以公心来干事，凡吃亏的事走在前面，在村里威信极高。如此一位德高望重的忠厚老者，倘身体没病没灾，应能颐养天年，有事没事还可沿街到处坐坐，与老人们拉拉家常，也是一种享受呢。

说来延四太有三个儿子，想当初都是高大健壮的汉子。大儿子玉廷生于1954年，原本在赞皇机械厂当临时工，后来厂子破产了，只得四处打打工，老了也就回老家了。二儿子生于1956年，当初保送上了大学，原本分配在邯郸铁路上班，结婚后转到赞皇机械厂，一家人早就在县城扎下了根。厂子破产后，办了退休手续，总算还有微薄的退休工资。三儿子生于1963年，只有小学毕业，一直在外打工。几年前得了淋巴癌，四处医治，拖到去年过世了。至于女儿，就嫁在村子里，也40多岁了，一有时间就照顾自己的父亲。

大儿子、三儿子早就新建了房子，搬出去了，偌大的院子就留两位老人留守。没想到2009年那年，老伴儿刚刚70岁，就过世了，丢下他独自守着旧院子。也就在这一年，老人惶惶不可终日，高血压病加重了，竟一跤摔进了赞皇县医院。经医生全力救治，命是保下来了，右边手脚却偏瘫了，从此活动极不灵便，不得不撑起了拐杖。

出院后，老人坚持独自住在老院子里，3个儿子反复商量后，才确定一家轮流10天照顾老人，正好一个月。对此，老人不乐意，但也没办法。老大、老三好办，可就近照顾。轮到老二，他就从县城里回来，借住在邻居家，照料老人吃喝拉撒。有时待上五六天后，提前将后面几天吃的用的都备好，交代他人到时帮忙照顾一下，就回城去了。

老人说话吃力，又吐字含糊，儿子们都不太愿意与老人说话。至于老人漫长的黑夜怎么过，漫长的白天又怎么打发，谁都没多想多管了。儿子们都有自己的家，都过得不轻松，都有忙不完的事，别让老人挨饿能按时吃药就行。第二年上半年，老人在院子里又摔了一次跤，又住了一次院，偏瘫更严重了。

平日里老院子少有人来，老人独自在家时，也想活动活动，或从屋里移到屋外，或从屋外又移到炕上。可稍不留心就摔跤了，每摔一次，偏瘫就严重一次。儿子们大为恼火之余，再也没有送他上过医院

延四太老人常常这么呆坐在空院子的台阶上

了，最多请延大哥来吊吊水。

有什么办法呢，除了每月55元农保金外，老人没有什么积蓄。虽说当过长达二十四五年的村（大队）干部，因曾经中断过，也就没有任何补助了。如此状况，他只能靠儿子们接济，按儿子们的意愿办。

当然，老院子处处破败，还隐隐约约飘荡着异味，老人话也说不清楚，还时不时地流口水，儿女们都不想待久了，外人来得更少。天气好时，老人还可屋里屋外移动。倘天冷了，一天到晚只能待在屋子里了。村里人很久不见他，只有为数很少的几个人还偶尔想起他。

就在今年正月，正是天寒地冻之时，轮到老二管他。这天，老二照料老人吃过午饭后，就安排老人坐在睡房里的火炉边上，自己则出外串门去了。老人也许是想站起来移动移动，也许坐着打起了瞌睡，竟不小心摔倒在地，帽子也掉在地上，右脚触到了滚烫的火炉壁上。也不知他挣扎了多久，或者根本无法挣扎。人始终躺在地上，脚始终未能从火炉壁上移开。

待到傍晚，碰巧一个本家侄子来看他，见屋子里没有灯光，在院子里叫了他几声，也没有声响。他感觉异样，走进内屋一看，老人正躺在地上，光着头，右脚靠在火炉上，屋子里飘着一股焦味。吓得侄子赶紧去扶他，才发现老人双眼紧闭，双手冰凉，应是昏迷多时了。

老人又高又大，他叫了几位邻居来帮忙，才将老人搬到炕上。再查看他的右脚，脚背早就烫坏了，烫焦了，令人不忍多瞧。

老人说话含糊，聊天就有些累。聊了不长时间后，他随手从口袋里掏出烟盒，行动迟缓地抽出根烟。石家庄牌香烟。自顾自地抽起来，两眼茫然地望着院子。

延大嫂悄悄地告诉我，老人好抽烟，中风后抽得更厉害了，就抽最便宜的石家庄牌。抽过了，就随手将烟蒂丢在地上。等过了些日子，没烟抽了，就摸索着将地上的烟蒂一一捡起来，又抽一次。

就在老人抽烟时，我进屋内瞧了瞧，就在厅堂里，正对着大门，摆着香案及八仙桌。香案上一片零乱，那幅中堂画及对联有些旧了，依然如此醒目：华堂万年新，琼阁千古香；横批：气壮山河。再往内，是老人住的房间，光线昏暗，靠内墙是炕，炕上被子胡乱地摊开。

而进门左边就放着只火炉子，我想当初老人应该就摔在这里。他的右脚背后来溃烂了，到现在还肿着，倘有知觉，当时还不知痛成什么样呢。要是他老伴儿没过世，至少还能照顾他陪伴他。伴儿没了，剩下他难免凄惶。

想想老人昔日的气概，想想眼前的情景，不觉有些凝重，我忙退了出来。重新回到台阶上，老人还在抽烟，茫然地看着院子，一动不动。这时，我发现他椅子旁边的破纸箱上搁着一本《家庭》杂志、一本《人生预测万年历》，还有几张报纸，都被翻破了。老人还看看书报么？我指指那些书报，问他：您是不是喜欢看书看报？

老人的眼睛霎时亮了亮，随即又暗淡了。他艰难地告诉我，之前他一直爱看书，偶尔还会买书，比如《中国通史》《三国演义》《隋唐演义》等等。再累再苦，一有时间，就看得如痴如醉，却常遭老伴儿数落不会过日子。可他现在七八年不看书了，这些书他只是偶尔翻翻。眼睛看不了，也没心思看。

这时，他环视了院子一眼，黯然地叹了叹气，说道，你看，我现在这个样子，就糊糊涂涂过吧，什么都不想了。能多活一天就活一天，能吃就吃吧！

这几句话，他说得清清楚楚，如震耳的雷声滚过我的心头。我一时无言以对，愣愣地看着他抽烟。老人其实什么都明白，默默地承受着一切。

我想起我不久前看的印度电影《赡养》：马霍尔·拉吉是一家之主，和妻子波加养育了四个儿子和一名养子（在海外求学）。他收入丰厚，足够让一家人衣食无忧，幸福美满。他穷一生精力，将所有财富与心思都花在儿子们身上，堪称模范父母，儿子们也都各自有了体面的职业和富足的生活。

可是当他退休回到家中什么都没有了之时，却得不到4个儿子的赡养，活生生将他和波加这对恩爱40年的夫妻分开。他在大儿子家苦苦思念妻子时，提起笔来回忆他们曾经美好的生活和爱恋，写成了畅销全印度的小说《赡养》。有了丰厚的稿酬后，他与妻子又生活在一起了，回到了正常而美好的轨道。

电影末尾拉吉的一番话，深深地打动了我：《赡养》不是我的自传或其他什么人的纪实报道，而是反映了世间的各种各样的冲突。这些冲突不仅发生在过去，也会发生在未来，它反映了两代人之间的鸿沟。它教会人们什么是责任，父亲对孩子的责任，儿女对父母的责任。

我们的父亲是上帝，我们母亲的脚下是我们的天堂，而现在的人们已经变得非常世故、非常实际。在他们看来，每个关系都像一个阶梯，供他们向上爬。当他们向上爬不再需要梯子的时候，他们就像把老房子里坏了的家具、旧的床、旧的衣服、旧报纸等那些东西扔掉，扔在仓库里，也将父母扔在一边。

然而，生活像一棵生长的树，父母不是梯子上的阶梯，父母是大树的根，他们满足了儿女所有的需求，可是儿女又给了他们什么呢？……

人言道"莫做迟孝之人"，也就是说，不要等父母离开我们，才后悔当初自己忽视了自己的父母。对父母而言，并不一定要子女赚多少钱他们才高兴，只要子女平安，多抽时间陪陪他们，陪他们聊聊天。就算只吃萝卜青菜，他们也会热泪盈眶。因为子女回家了，他们感觉到了家的温暖。

人活在世上其实也就是几十年罢了，不管穷也好，富也好，最后都要化归为零。家人、亲戚、朋友，这些才是我们的财富，那些千万家产也仅仅是用来炫耀罢了。

而当想起片中那首歌时，我热泪盈眶：

孩子，哪天

如果你看到我日渐老去

反应慢慢迟钝

身体也渐渐不行时

请捺着性子试着了解我，理解我……

当我穿得脏兮兮

甚至已不会穿衣服时

不要嘲笑我

耐心一点儿

记得我曾经花了多少时间教你这些事吗

如何好好地吃，好好地穿

如何面对你的生命中的第一次；

当我一再重复

说着同样的事情时

请你不要打断我

听我说

小时候

我必须一遍又一遍地读着同样的故事

直到你静静地睡着；

当与我交谈时

忽然不知道该说什么了

给我一些时间想想

如果我还是无能为力

不要紧张

对我而言重要的不是说话
而是能跟你在一起。

当我不想洗澡时
不要羞辱我
也不要责骂我
记得小时候我曾经编出多少理由只为了哄你洗澡吗？

当我外出
找不到家的时候
请不要生气
也不要把我一个人扔在外边
慢慢带我回家
记得小时候我曾经多少次因为你迷路而焦急地找你吗？

当我神志不清
不小心砸碎饭碗的时候
请不要责骂我
记得小时候你曾经多少次将饭菜扔到地上吗？

当我的腿不听使唤时
请扶我一把
就像我当初扶着你踏出你人生的第一步；

当哪天我告诉你我不想再活下去了
不要生气
总有一天你会了解
了解我已风烛残年来日可数；

有一天

你会发现

即使我有许多过错

我总是尽我所能给你最好的；

当我靠近你时

不要觉得感伤、生气或埋怨

你要紧挨着我

如同当初我帮着你展开人生一样；

了解我帮我

扶我一把

用爱和耐心帮我走完人生

我将用微笑和我始终不变的爱来回报你！

我爱你，我的孩子！

孙建功：辛苦辗转都为谁

与赞皇县不同，行唐县是平原地带，大片大片绿油油的麦地，在阳光下静静地铺展开来，声势浩大而又平和，隐隐的麦香仿佛呼之欲出。

据史志记载："初，帝尧封于唐。后，诸侯来归，诣平阳即帝位，南行历其地，行唐邑知名由此始也。赵惠文王八年（前291年）建南行唐城邑。秦始皇二十六年（前221年）实行郡县制，置南行唐县。"北魏去"南"字，为行唐县，之后虽曾一度改名章武、永昌、恒阳，但"行唐"之名相对稳定，沿用至今。历史上还曾升格为郡、州，其

123

置县之悠久与建制之稳固，在全国县份中并不多见。到2009年8月，行唐县被评为千年古县，还是革命老区呢。

朋友在行唐收费站接到我们，便一起前往南桥镇东阳村（庄）。村委会的院子前后两栋，后栋是两层楼房，贴着白色的瓷砖，右边是村委会办公室，左边是村卫生室。而前栋还是老式青砖平房，就在前栋，有家小百货店。在琳琅满目的货架之前，我们见到了72岁的孙建功老人。

小杂货店应该有些年岁了，店内光线不好，左右墙前及迎面的墙前都摆满了高高的货架，货架上整齐地摆满了各式各样的货物。货架前还摆了一长溜货柜，柜子里也满是货物，其上也搁满了花花绿绿的小孩子的零食罐，上方还吊着串串零食。就在货架与货柜之间，隔着窄窄的过道，过道正对门摆了一张高靠背椅，就是老人平时坐着的地方。货架货柜很陈旧，那些色彩缤纷摆放整齐的货物却是新的。左边靠内还开着一张门，通往内屋，站在门口朝内一瞧。光线更加暗淡，摆了一张单人床，还堆了些纸箱，是老人平时晚上守夜及放货的

▏孙建功老人留守在琳琅满目的货物间

地方。

我们走进店里时，坐着的老人连忙手撑着货柜，从高椅上站了起来。他高高的个子，红红的脸膛，胖胖的肚子，穿着一件灰色旧夹克上衣。我走到老人近旁，在他旁边的一张矮椅子上坐下来。我要老人坐下，老人却坚持站着，我这才发现他的椅子旁搁有根短短的枴杖。

说起他的腿，老人淡淡地告诉我，还在3岁时，不小心摔了一跤，摔得很严重。那时正值抗日战争时期，乡下没有医院，家里也没钱，找了当地一位捏脚的老太太给他推拿了几次，缓解了些疼痛，以为没有什么大问题。可待他能起床活动时，走起路来竟拐来拐去，成了人们所说的瘸子。后来才知他当时是胯骨脱臼了，倘治疗及时，应并无大碍。父母懊悔不已，又担心他今后的生活，想尽办法为他筹措学费，早早地送他到学校念书。

到1960年初中毕业之时，他深知家里的困境，说什么也不愿再念下去了，便回家下地干农活儿。沉重而持久的体力劳动，于他而言实在过于吃力，他只能偷偷地掉泪。两三年之后，大队推荐他到公社供销社当售货员，就近在庄子上的代销点上班。他心怀感激，便勤勤恳恳地站柜台，尽职尽责地为当地人服务。

之前的代销点也就在这间不大的屋子里，五十多年过去了，他依然在这间屋子里忙碌，昔日精神的小伙子已忙成两鬓斑白的老头了。

毕竟腿脚有毛病，拖至1968年上半年他才结婚，老婆孙素贞比他小4岁，也是附近庄子里的人。他当时每月40元工资，按当时的规定，差不多都得拿回队上买工分，一天按10分工计算，就得花1元多钱呢。

很快有了孩子，且接连生了三女一子，负担就更重了。他决心再苦再累，也要让孩子们多读些书，至少过得要比他强。为此，除大女儿初中毕业之外，其他3个子女都是大学毕业。

二女儿大学毕业后，在县城中学教书，在城里安家了，说来也是衣食无忧了。

儿子今年42岁，当初考上了天津航运学院，毕业后分配在秦皇岛一家大航运公司。还算有出息，现在已当上了大副，常常出海到国外。早就在秦皇岛买房安家了，连孙子都15岁了。

小女儿生于1980年，大学毕业后，就在县城一家私立中学当老师，也在县城买了房子。小女儿的大儿子今年6岁了，放回娘家让老人照看了两三年了。他与老伴儿虽然辛苦些，倒还挺乐意，家里毕竟热闹多了。

回想扶养4个儿女长大，乃至上学、成家立业，其间的艰难一言难尽。自1980年起，代销店的效益就不行了，公社供销社不再送货，也不再发工资了。无奈之余，他只得自己去进货，扣除包括税费在内等成本，赚多少就是多少。且不说起早贪黑站柜台的辛苦，还得每周到县城进一次货，风里来雨里去，对于腿脚不灵便的他来说，实在是桩苦差事。

从东阳庄到县城有足足10公里路，他就靠骑自行车去城里批发市场进货。在市场里转来转去得几个小时，骑车来回得1个小时，等支撑着回家卸下货，就累得坐在椅子上一动不动了。但想想肩上的担子，他硬是咬着牙坚持下来了。

到1985年年初，供销系统实行改制，老人以5000元的价格盘下这个店子。事实上，他当时根本没有什么积蓄，钱都是东挪西借而来。大女儿其时刚好初中毕业，他只得让她回家来帮忙看店，也不管她乐意不乐意。

其时市场经济的大潮已初现端倪，对店子的前景如何他并没有多少把握。但儿女们都还小，他没有其他谋生技能，只得硬着头皮往前行了。之前，所有经营由供销社管着，现在自己当家做主了，他便采取薄利多销的策略，能赚20%—30%就心满意足了。且每天早上6点就开门，直到晚上9点才关门。

渐渐地，他得到了乡亲们的认可，每天能赚到20多元钱，养家糊口没问题了。他和老婆对此很知足，也更有盼头了，店子也得以稳稳地走过来了。可没过两年，分田到户了，他家分得了七八亩地，由此除了经营好代销点之外，他还得打起精神种地。

不打起精神不行呀，孩子们上学得花钱，老房子太破了要重修得花钱，还有那些外债得尽快还上。一天到晚，他不是店里就是地里，忙得团团转，晚上还得守店。老伴儿呢，得料理家务得照料孩子们，得与他一道干地里的活儿，还得喂猪喂鸡喂鸭，一天到晚也是不消停。那真是一段喘不过气来的日子，现在想来，都不知怎么熬过来了！

好在儿女们争气，一晃10年过去了，大女儿出嫁了，二女儿、儿子都依次考上了大学，小女儿成绩也很好，孙建功不由长长地松了口气。毕竟五十出头的人了，他发现每周一次的进货有些跑不动了，只得将家里的地都租出去，每年得些粮食就行了。好在此时县城里的批发部门也改变了策略，只要一个电话，实行送货上门了。真是帮了他大忙，都站了快30年柜台了，他总得站下去。

而此时，形势已今非昔比，村子里的年轻人早已纷纷出外打工，全村740多户2500多人，大都剩下些老人女人孩子在家。庄子里也早开了好几家小百货商店，老人的店虽紧靠村委会，依然只能薄利多销，以维持儿女们的学费及家里的开销。

而老伴儿身体也渐渐不好了，高血压高血脂冠心病都来了，血压最高时都达到200了，可吓坏了他。可老伴儿舍不得吃药，不舒服时最多卧床休息休息。他着急也没办法，老伴儿不光不听劝，反过来安慰他，又不是什么大病，躺躺就行。等孩子们大学毕业就好了，到时再好好吃药也不迟。

可人一辈子又有什么消停的时候呢？至于什么时候才真正歇业不干了，老人却似乎没想过。在他看来，一个人只要能干得动，靠自己的双手吃饭最牢靠呢！

说到这里，进来一个小男孩，指了指老人身旁的冰柜，老人随手给了他一只冰棒。孩子接过兴高采烈地转头就跑，却不见他拿钱。

我笑着问老人，是你外孙么？

老人摇摇头："村子里的！一只小冰棒，小孩子爱吃，给他就行!"仿佛忘却了所有的艰难,老人脸上满是慈爱。

"他老人家呀,最喜欢小孩了,经常送东西给孩子们吃呢!"坐在门口的朋友笑着告诉我。老人笑了笑,没有否认。

这时,又进来一个手里捧着一沓报纸的年轻帅哥,笑笑地随手将报纸及信件放在老人面前的柜台上,又笑笑地转头就走了。

"哦,您这里还是邮政代办处呀!他们现在一个月给您多少钱?"我好奇地问道,以为这是精明的老人又一条生财之道呢。

老人笑着说:"从我60年代站柜台以来,这里就是邮政代交处,不过一直是免费的!为村里人办点事还要什么钱呢!"

我看了看老人,一脸真诚,一脸坦然!老人的活动天地很小,但他的心胸是如此宽阔。

也就是靠这家小店,他,一个人们眼里的瘸子,养育了4个儿女,培养了3个大学生,还在尽力对他人好!不光辛劳,更是伟大!

这时,老人的电话响了,原来是家里催他回去吃午饭。我一看时间,都12点多了,赶紧站了起来,我们正好随老人去他家看看。老人蹒跚着走出小店,锁好小店,扶起靠在店外的一辆旧载重自行车,骑上便往前带路。一条笔直的水泥路,路两旁是一家院子接一家院子,院子里间或有高大的槐树蓬勃而起。院子旁是小巷,小巷两边又是一家家院子。大都是平房,质朴的模样,楼房不多。一路走来,村子里很安静,行人也少。

渐渐地,在空荡荡的马路上,老人骑车的背影吸引

┃孙建功日日得奔波在这条尘土飞扬的路上

了我所有的注意力。他骑车的姿势有些特别，有些吃力地前倾着身子，一会儿往左倾，一会儿往右倾。身子有些晃动，车子时左时右地向前行驶，也有些晃动。倘地上有一颗小石子，我真担心车子会趔趄，老人会从车子上摔下来。真不敢想象昔日车子上还要拖载货品，老人是怎么从城里骑行到店里，遇到上坡路，老人又如何推车前行。

渐渐地，眼前的一切模糊了，我的耳边响起了《父亲》的旋律……

想想你的背影，我感受了坚韧
抚摸你的双手，我摸到了艰辛
不知不觉你鬓角露了白发
不声不响你眼角上添了皱纹
我的老父亲，我最疼爱的人
人间的甘甜有十分，您只尝了三分
这辈子做你的儿女，我没有做够
央求你呀下辈子，还做我的父亲

听听你的叮嘱，我接过了自信
凝望你的目光，我看到了爱心
有老有小你手里捧着笑声
再苦再累你脸上挂着温馨
我的老父亲，我最疼爱的人
生活的苦涩有三分，你却吃了十分
这辈子做你的儿女，我没有做够
央求你呀下辈子，还做我的父亲
我的老父亲，我最疼爱的人

没走多久，老人左拐进了一条小巷，尾随他来到他家院前，但见大门两侧过年时的对联依然鲜艳。走进院子，一位年轻女子怀抱婴儿迎了上来，后面还跟着一个小男孩，老人的小女儿回娘家住几天来了。

院子很大，有几棵高大的绿树，却有些零乱，堆了几堆杂物。正面那排正屋很旧了，两边杂屋更是简陋，老伴儿正在右边厨房里忙活。看到这个有些寒酸的院子，我再次感动了：辛苦劳碌大半辈子了，所有的心思与钱财都花在子女们身上，都七十多岁的老人了，依然得站柜台，每月就靠所赚的1000多元维持夫妻俩的生活。

说到这点，老人淡然地说道，女儿们经常回家，一回家，就大包小包吃的穿的用的送给他们。儿子每年也会回来一次，住上三四天，还会寄三五千元回来。他们每人每月有55元农保金，每年也有医疗保险，何况小店每月多多少少有些进项！

他们已经很知足了。儿女们都有自己的家庭要维持，只要子女们健康平安，他们就心安了。至于他们住旧房子，其实没什么，都习惯了。相比过去来说，日子真是好过多了。

挥手告别之时，两位老人有些不安，他们希望我们能留下来吃午饭！可另一位老人孙明雪早就吃过午饭，在家等我们了，下午他还得到地里干活儿呢！

孙明雪：我这辈子不太成功

孙明雪其实并不算老，是共和国的同龄人。旧的门楼里，却是宽阔的院子，正面是新建的三开间平房，外墙贴了长条形白色瓷砖。院子左边搭着一个大棚子，右边则建有一间大房子，走进去一看，竟是孙明雪的房间。屋子里盘着大炕，进门靠墙摆着小小的电视柜，搁着台旧电视机。孙明雪与小孙女坐在炕边，我则坐在炕左边靠墙摆的木沙发上。

孙明雪个子不高，穿着深蓝色的上衣，光脚穿双旧解放鞋，一副落落寡欢的模样。他沉默了一会儿，连抽了几口烟，唉声叹气地说道，说实话，我这辈子不太成功！我愕然地看着他，眼见他一脸严肃，也就没有答话，任由他说。一路采访过来，还没有老人如此直接地说自己很失败呢！

早在1968年早春，年轻的孙明雪就当上了坦克兵，当时部队驻扎在北京昌平。说起当兵那段日子，真是五味杂陈，辛苦得不行。学开苏联老式坦克车之外，他们还有大量的劳动任务，将驻地村东头的大沙河平整成了田地，且种上了水稻，常常累得直不起腰。

如此革命化军事化的5年后，1973年按照从哪里来到哪里去的号召，他退伍回到了老家，又成了一个地地道道的农民。毕竟经过部队的洗礼，又是昔日的初中毕业生，他当了七八年的大队副书记、民兵连长。还未退伍时，他与江秀清结婚了，到第二年年底，大女儿出生了，隔年二女儿又出生了，负担就上了身。毕竟家底子薄，随着大儿子的出生，他就开始思谋并动手搞副业。他想他是男人，得让家人尽可能过得好些。

1979年年初，听人家说养貂赚钱，他便跃跃欲试。从附近农场会计张荣刚手里借了120元为本，他用80元买了只貂，不久又买了几只，还繁殖了几只，到后来竟有11只。他尽心尽力地养貂，就在他憧憬美好的前景时，一连死了两三只貂。他怕了，赶紧将剩下的貂杀掉，带着那些宝贵的貂皮到石家庄寻找销路。

费了九牛二虎之力，来回跑了好几次，最后才将那些皮卖给了河北省外贸局，仅卖了350元钱。整整两年时间，且不说辛勤喂养，光是那些成本，又何止350元钱！

沉寂了两年，孙明雪又鼓起斗志，其时他已有二儿二女，小儿子还没学会走路呢。此次他看中的项目是编草席，几次跑到外村，特地去实地考察了人家的家庭式作坊。他反复琢磨后，就略微借了些钱，买回了两台机子及所需蒲草，在院子里搭起了棚子。他们夫妻俩起早贪黑干活儿，还叫来了自家姨来帮忙，所有成品都送交省外贸局。价钱不错，偶尔有不合格的也能以80元一床卖给当地人做炕席。足足干了一年，一算账，并没有多少盈利。他泄气了，草草处理了机子和所剩下的蒲草。

之后，他又琢磨过人工养殖冬虫夏草、人工培育牛黄、食用菌栽培等，他甚至还花100多元钱买了条小黄牛回来，计划实施人工培育牛黄。可事到临头，他不敢给小牛做手术，觉得太残忍了，只得又放弃。

到1993年年初，他又将他家8亩地抽出2亩多，全都栽上苹果树。可由于管理没跟上，一连几年价钱也不好，还不如平常种小麦、玉米划算，只得又将苹果树全部铲掉了事。

如此折腾，不光消磨了他的斗志，且子女都已渐渐长大，都得成家立业了。于是，他收敛起所有的雄心壮志，为子女们操办婚事，帮子女们维持家庭，甚至带小孩，乃至意志消沉。

就在我们聊天之时，他胖胖的小孙女一直安静地伴着他坐着，灵活的大眼睛水汪汪的，留着短短的男孩头，时而惊奇看看我，时而看看她爷爷。我看了看可爱的小女孩，问他："小孙女是哪个儿子的？一直由你带么？"

孙明雪慈爱地看了看孙女，又燃起了一支烟，说道："小儿子的呢！既然赚不到多少钱改善家里经济状况，就得为子女们服好务呢！"

在他看来，所谓为子女们服好务，就是带好孙子孙女，解决子女们的后顾之忧。事实上，这么多年来，他以瘦弱之躯全力支持子女们，留守在家，成了子女坚固的后方根据地。

大女儿初中毕业后，就出外打工，后来嫁到了湖北。现在两口子都在四川打工，将家也安在了四川，两三年才回娘家一次，偶尔也寄些吃的穿的回娘家。二女儿也快40岁了，嫁在隔壁北件村，时常在外地打工，倒经常回来看望父母。

大儿子于1979年春出生，算是最有出息，毕业于张家口师院，在赵县县城教书，大儿媳却在行唐县文广新局上班。他们俩前年才生小孩，今年才在行唐县城买了新房子，欠下了一二十万的贷款。他们逢年过节才回来，也会给父母买些东西或者给点零用钱，倒是还从来没有按月给过。

小儿子刚刚30出头，初中毕业后就在石家庄市内四处打零工，小儿媳也不时出去打零工，已生有一子一女两个小孩。孙子8岁了，上小学一年级，就在本村的小学。眼前的孙女才6岁，上幼儿园了。小儿子一家一直随孙明雪夫妻住在一起，两个小孩也由他们带大。除了小孩子吃的穿的会买回来，小儿子一年最多给父母两三百零用钱，再多也没有了。

我奇怪一直没看到老孙的老伴儿，便问他："奶奶哪里去了？走亲戚去了么？"老孙无奈地笑笑说："哪里是走亲戚去了！在县城给大儿子带小孩呀！前年就去了！"

哦，一个大男人，这几年不光留守在家，得种地种菜，得做饭洗衣服料理家里，还得带两个年幼的孙子孙女，真是不敢想象！我真心地夸他了不起，他却连连叹息道：有什么办法呢？子女们有需求，做父母的能满足就尽量满足吧。

只是人越来越老，身体上毛病越来越多。她奶奶心脑血管病都20多年了，为了节省几个钱，平时从来不把病当病，逼急了才会去买点药吃。他呢，年轻时身体可好呢，一餐喝半斤白酒没半点问题。可现在不行了，有时觉得心里发慌，有时又无缘无故地耳鸣，一餐最多喝二三两白酒就会醉。到底老了，身体不行了。

晚上安顿好孙子孙女睡下后，他就看看电视，最喜欢看中医节目，希望学些养生的方法，以求老来少病。虽然知道晚上喝酒不好，但他实在没有睡意，便时常喝上一二口酒，有时不知不觉就喝了一二两。有些微微地醉，倒头便睡。当然都是些散装白酒，便宜又劲道足，过瘾呢。

我倒是没想到小个子老孙会喝酒！听了老孙的叹息，我一时无话以对，便提议到他家正屋看看。他忙站起来，走在前面引路。匆匆看过，家里倒还整洁，只有简单的家具简单的电器，倘生活简单别那么多操劳就更好了。

临告别时，老孙仿佛自我安慰似的对我说，这些都是上天的安排，我无从抱怨，也无从逃避，只有接受！

说来老孙也是在外闯荡过之人，也曾再三去拼搏。虽说未能改变命运，但其精神实在可嘉，我不由主动握了握他粗大的双手。

一走出大门，觉得肚子饿得咕咕叫了，朋友带我们来到了一家农家乐式的饭店。满满的一桌菜，却不太想吃，可能是饿过头了，也或许感慨太多。朋友热情地给我们推荐当地的特产——饸饹面，由荞麦做成，放上花生米、芝麻等，滑滑的，香香的，倒是挺有特色。

饸饹面，之前我从不知道有此等面食，真是一方水土养一方粮食，一方水土养一方人呀！想来此次虽只有短短的三四天，与白二熬等老人相处的时间并不长，但此刻他们的音容笑貌依然闪现在我眼前，他们其实便是北方父母的代表。

他们是那么淳朴那么从容淡定，任劳任怨劳作一辈子，子女就是整个世界。到老了，精力不济了，身体不行了，依然围着子女们转，依然为子女挂心。

而子女们呢，或因自身难保或因惯于获取，往往忽视已然老去的父母。父母不仅没有半点怨言，更是不愿给子女添麻烦。他们的子女曾经试着去理解他们么？有没有想过如何才能让日渐老去的父母安度晚年呢？

还在王家坪村，我不时看到三三两两的老人沿街或坐或蹲，如泥菩萨般沉默无语，每每有人走过路过，会抬头看看，很快又沉入到自己的静默之中。我也问过两个老单身汉，为什么不去乡上的敬老院？他们竟一齐摇头，只说老了，哪里也不想去了。延大哥却告诉我，敬老院条件不好，只有五六个人，也不热闹。人老了，吃穿都可随便，天天在村子里，至少还有熟悉的同伴聊聊天，还有熟悉的风景在眼前，心里便安定。

眼见在行唐还有些时间，我提议就近看看当地的敬老院。之后，我们来到了离县城不远的县中心敬老院，敬老院竟坐落在大片大片的麦地中央。院子挺大，绿树高低错落，一大栋红色的四层楼房很精神地立在阳光里。走过院子，看到了花坛、菜地及运动器械，三三两两的老人则聚在楼前走廊上，有人在下棋有人在聊天还有人在呆呆地晒太阳。

这是一座按标准化建设的敬老院，当地村卫生室也设在院里，于2008年11月底投入使用，能集中供养300多人，却只供养了68位老人。院长不在家，每位老人供养标准不太清楚，只知道院里共有9名工作人员，7名护理员只做些清洁、种菜、洗老人衣服等工作，至于护理老人的专业人员却没有。万一老人生病了，不能动了，就自己出钱请院里的其他老人帮忙！

随意走走看看，只觉得整体气氛有些沉闷，除了走廊上的那群老人，有的在接待室看电视，有的在村卫生室吊水，还有的躺在床上睡觉。接待室挺大，木沙发上茶几上满是厚厚的灰尘，几位老人就零零散散地坐在那里看电视。也许是敬老院太像普通的宾馆了，几乎都是两位老人住一个房间，老人找不到家的归属感，也就落落寡欢么？我一时不明究竟。

采访时间

赞皇县：2014年4月27日、4月28日、4月29日；行唐县：2014年4月30日

采访后记

在王家坪村的几天里，一有时间，我便在村子里转来转去，总想在那些老旧的院落里感受旧时的辉煌。走得最多的是自村中央广场出发，或往东或往西走，但见沿街路旁，随处或坐或蹲着几堆老人，旧旧的衣服上间或有些污渍，有些老人头上还扎着白羊肚手巾。见我

来了，老人们都抬起头来，在温暖的阳光里微眯着眼，漠然地看看我。那些目光，投射到我身上，只觉得有些凉飕飕的。

见得最多的是那个穿深灰色中山装上衣的小个子老汉，我不时看到他独自默默地坐在村头村尾的路边。后来晚上与延大哥聊天时，我就问他那个小个子老汉的情况。延大哥告诉我，老汉姓姜，是个老单身汉，大哥故去了，现在靠他侄子养着。年纪大了，脑子有些糊涂了，成天搬着个小草蒲团，这里坐坐那里坐坐。说来他也是苦命人，在他9岁时，他爹丢下他们母子三人，跑到福建去参加了地质队，又在那里结婚了，生了五个子女。于是，三十多年孤儿寡母相依为命，个中的辛酸苦辣一言难尽。大哥勉强成了家，他却始终打着单身。他曾经专程跑到南方去找过爹，却灰溜溜地回来了，依然没钱娶老婆。我不由为他唏嘘不已。延大哥却告诉我，村子里有七八十个老单身汉，有一家兄弟七人因曾经全是癞头，当时无法医治，便都成了光棍儿，现在两个两个合伙过日子。他还有侄子养呢，有些人比他更艰难。我不由叹息良久。

这天中午，我午睡醒来后，独自来到村中央广场。四处静悄悄的，村卫生室门口空空的，却意外发现前坪右上角的青石碑左右坐着两位老汉，正在静静地晒着太阳。我走了过去，一眼瞧见那个穿着深灰色中山装上衣的老汉，笑笑地坐在他身旁。他们看了看我，木木的神情，穿着浅棕色上衣的老汉脸上倒牵起了浅浅笑意。我猛然发现青石碑已然倾斜了，上面还刻有字呢，打头是"抗日先锋"四个字，便问他们："这是什么碑？什么时候立的？"他们相互看了看，再看看石碑，一脸疑惑。浅棕色上衣老汉摇摇头说，不知道是什么石碑，都好多年了，据说还是新中国成立前就立了。我凑近去看了看，也看不清那些密密麻麻的文字，只能大概猜测是纪念当年当地的抗日英雄。我叹了口气，便与他们有一句没一句地聊了起来。

浅棕上衣老汉倒是健谈，他说他叫王小四，他们四兄妹随着父母于1943年闹土改时，一路讨饭从保定讨到此地，在山上搭了个棚子住下来了，那时他才七八岁。后来，哥哥倒是成了家，两个妹妹出嫁了，他却始终没讨上老婆。之前好多年，他几乎一直在外打工，到北京颐和园建设工地上干过四五年，在石家庄看过几年大门，还替人放过三四年羊。年纪大了，就回到村子里来了，都吃了六七年低保了，依然种地种菜。从他淡淡的言语里，我听不出他真实的情感，我问他，怎么不想办法结婚呢，一个人孤单！浅棕上衣老汉淡淡地说，那时家里太穷了，没办法结上婚。他在石家庄打工时，有人替他介绍了一个不错的女子，可眼见女子还带着两个孩子，只得无奈地放弃，他知道他养不活他们母子三人。

　　说到这里，我不由用心地看了看他，他脸上一派平静，可恍惚间似有声声叹息自四周萦绕而来。深灰上衣老汉却说得很少，且齿音不清，更看不出他心绪如何。之后，我还跟着小四老汉到了他家院子，便是村中央一处空落落的旧四合院。他就住在其中的一间旧屋子里，昏暗而又凌乱。晚景凄凉不过如此吧。

第四章

湖北行：就一个人过吧

正是仲夏时节，阳光最为灿烂之时，我前往荆楚大地——湖北。从地图上看，广阔的荆楚大地正处于南北交接处，为九省通衢之地。其西、北、东三面为丛丛高山，中南部是肥沃的江汉平原，与洞庭湖平原连成一片，境内更有大江大河大湖，便成鱼米之乡。自古以来，楚人借天时地利之便，以开放的姿态，融汇了中原文化和南方土著文化，开创了独具异彩的楚文化。

车窗外连绵的绿色田野，连绵的道道青山，蓬勃的生机在其间奔涌不息，那些鲜艳的荷花更是令人精神振奋。千百年来，荆楚人在此辛勤耕耘，繁衍生息，其璀璨的文明与文化传奇一脉相承，引人入胜。那些星星点点散布于青山绿水间的栋栋民居，在酷热的夏日里，与其他地方相比，并没有什么不同，安静而又从容。我原本希望能去恩施等地的大山深处走走，友人却推荐我去武汉近郊蔡甸区，他说近郊有近郊的特色，何况此地地域文化更能彰显荆楚文化特色呢。

杨荣照：就一个人过吧，少些麻烦

我来到了蔡甸区，其城区是之前汉阳县城所在地。远在商末周初，就有古人在此聚落成村，至春秋战国时期，已隶属楚国。隋朝时则属沔阳郡，置沌阳、汉津县。大业二年（606年），因汉津位于汉水北岸，改汉津为汉阳县。一直到1992年9月12日，经国务院批准，撤销汉阳县设立蔡甸区，从而结束了汉阳县1386年的历史。而推究"蔡甸"两字，先说"蔡"字，《说文》上注："蔡，草也。"再说"甸"字，甸，天子五百里地。也有解释说：甸，古时都城的郭外称郊，郊外称甸。蔡甸的含义就是：城郭郊区以外长草的地方。只不过，发展到今天，昔日城外长草的地方，早已是高楼林立的城市了。

就在那天上午，大太阳正猛之时，我与工农社区的小吴走在蔡甸的大街上。街道不宽，两旁栽有茂盛壮实的樟树，便有似曾相识的感觉。小吴告诉我，我们所走的街道是汉阳县城老街。说话间，她指给我看了一堵墙，白色的旧墙上，自上而下写着些墨色的大字：汉阳县生产资料公司。哦，我豁然开朗，蔡甸老城区与之前的浏阳县城在气质上何其相似，只是时代的大潮早已冲走了昔日的宁静与淡定，渐渐地浮躁起来，狂热地追寻那些繁华与享受，变得色彩斑驳起来。

就在我赞叹蔡甸街道两旁绿树成荫时，小吴还告诉我，由7个天然湖泊组成的莲花湖穿布蔡甸城关，湖中有城，城在湖中，湖还与汉江相连，形成了"三面荷花一面柳，满城春光半城湖"的美丽风貌。而老汉阳县城最辉煌之处是河街，其与汉口一样，都是依江而生。

沿河仅容两车通过的街边，依次排着数十年前名噪一时的化肥厂、化工厂、轻纺厂。遥想昔日汉阳县城，乃工厂林立，竟有大大小小8家厂，人人都有班上，家家日子从容，俨然一个怡然自乐的工业社会。可市场大潮冲过，工厂一一衰败，昔日的企业工人也先后下岗了。整个县城就有些萧索，河街变得非常宁静，老建筑上沾满了岁月的风霜。

杨荣照今年刚刚62岁，瘦瘦的，中等个子，穿着淡蓝色的T恤，浅黄色的休闲裤，并不显老。他站在老汉阳县建材供销公司宿舍楼下等我们，那是栋灰扑扑的四层高的旧大楼，前后左右还有不少如此模样的旧大楼，倒也不孤单。

走进一单元一楼偏右的套间，眼前一片昏暗，什么也看不清。扯亮电灯，才看出二室一厅的格局。走进客厅一瞧，家具简单零乱不说，白色的墙壁上满是灰色的灰尘或印痕，极不清爽。进门的右墙边用铁丝吊着根长竹竿，晾着两三件老杨洗过的衣服，下面便是电视柜与电视机。再看他的卧室，除了进门靠墙的床上还算整齐，床对面墙角立着张两门柜，柜前胡乱地堆些椅子、塑料箱子，一张木椅子上堆满了衣服。

杨荣照抱歉地笑笑说，没有女人收拾，家里就有些乱。岂止是乱字了得，屋内到处堆了东西，人的活动空间就小。我笑了笑，小心翼翼地在客厅饭桌前坐下。

老杨是老汉阳县大集镇人，初中毕业时正值"文革"轰轰烈烈之时，他积极地投入到红卫兵的阵容里。顺应当时高昂的革命激情，他大胆联合了16名同学，拿着一纸县里的介绍信，踏上了串联的征途，一路步行到了梦寐以求的韶山毛主席故居。一来一回，足足花了半个月之久。

18岁那年，新上马的孝感地区汉阳煤矿大量招工，附近三四千名年轻人云集而来，杨荣照也来了。煤矿快速上马，很快就产煤了。孰料三四年之后，才发现此煤矿没有多大开采价值，只得停工，任一大堆煤井、宿舍、球场、礼堂等渐次荒芜。其时，年轻的杨荣照长相英俊，言语机智，多才多艺，在众多的年轻人里脱颖而出，成了矿上的文艺骨干。

当煤矿撤退时，他于1972年年底分到了在老汉阳县的砖瓦厂，厂子建在军山镇。军山镇当时很繁华，有湖北省少管所、湖北省监狱等不少单位。杨荣照在厂里当司务长，每天得早早骑着三轮去集市上买菜，得采购1000多斤各式各样的菜呢。就在这里，他遇见了漂亮温柔的邓淑琴，郎才女貌，俩人一见钟情。可当时提倡晚婚晚育，厂领导找他做工作，说他已被列入重点培养对象，要以事业为重，不要这么早谈恋爱。

杨荣照是如此热爱女友，虽被调到砖瓦厂驻汉阳县城办事处，依然舍不得与女友分开。年轻人血气方刚，既然厂里不愿开具结婚证明，他干脆结婚证也不领了，就与女友举办了婚礼。想不到相濡以沫几十年，正想安享晚年，老婆却于2003年突发心肌梗死而离世，令他伤痛万分。他念念不忘逝去的幸福时光，将老婆那张漂亮的黑白照片摆放在客厅的显要位置，每天看看心里才踏实。

就在结婚第二年，大儿子杨华龙出生了，1979年9月小儿子杨俊也出生了，而他们夫妻却分居两地。于是，工作之余，他总是挤时间从县城赶回军山镇，和老婆孩子团聚，帮老婆料理家务，日子虽苦犹甜。

到1984年砖瓦厂停办了，他被调到汉阳县建材供销公司，趁机将老婆也调到了这家单位。不久，他调去黄陵镇分公司当经理，又想法将老婆也调到分公司上班。他虽得出外跑供销，但一家人毕竟在一起时日多，倒也其乐融融。就在大儿子大学毕业那年，老杨与老婆回城了，住进了早一年就分到的眼前这套房子。

回忆当年往事，老杨深深地叹息了，我老婆不光人长得漂亮，也很爱干净。当年这套小房子让她收拾得整洁极了，回到家里人就觉得舒服。她人走了，我的好日子也没有了，留我一个人守家，房子也乱成了一团麻。

"那现在你的日子如何打发呢？"看到老杨落寞的神情，我不由有些黯然。

"当年老婆一去世，我人几乎就蒙了，生活一片茫然！2004年企业改制时，仅11000多元就买断了我的工龄，每月只发480元钱，要知道我好歹还是原来的经理呢！"老杨无奈地摇摇头。

哦，之后您多长时间才适应呢？我不敢想象他当时的情形。

"其实直到现在，我也未能适应孤独的日子！2007年我提前退休了，每月能领到700多元工资。节省着用，也能保证自己的基本生活了！虽说我一直身体好，很少打针吃药，我还是坚持锻炼。从2005年起，我每天或早或晚坚持到离家不远的江滩公园跑上四五千米，跑完了还会去打打篮球呢！但这两年来，我不再跑步打球了，担心锻炼过多对身体也不利，便改为钓鱼。春秋两季只要天气许可，我就骑着自行车到附近乡下钓鱼呢！"老杨指了指放在厨房里的旧自行车。

看看他黑黝黝的皮肤，便知是钓鱼的功劳，我不由笑了。他也笑了，可他的笑里更多的是寂寞。

他随之告诉我：年纪一天天大了，为了不给儿子们添麻烦，他绝对要养好自己的身体！他平日里不贪吃不挑吃，一般都自己做饭。一大早起来，到外面走走，在外面过早。不去钓鱼的日子，就买些菜回家。一到上午10点，门口的社区托老中心便有人叫他去打小麻将，中午时分也舍不得下桌，就胡乱买几个馒头填饱肚子。一直打到下午4点半，不再打了。就悠悠回家，动手做晚饭。

看来，老杨是个明白人，他去钓鱼也好，去打麻将也好，都是不想独自待在凌乱冷清的家里。同来的小吴却一个劲地表扬老杨是个热心人，社区搞什么活动分配什么劳动任务，他总是积极参与。老杨不好意思地笑了。

我则对他儿子们的现状感兴趣，便问他：儿子们过得可好？为什么不留在蔡甸？老杨摇摇头说："儿子们有儿子们的选择，我只能尊重他们的选择！"

大儿子1995年大学毕业后，应聘到武汉市王府井百货商店珠宝柜台卖黄金，工资实在太低，便跳槽到亚贸广场大型网吧负责网络管理。此时，他谈了女朋友，两人好了几年，可女朋友父母嫌他不能挣大钱，硬是不同意。伤心之余，儿子跑到北京顺义区去打工，也是负责网络管理，还拿到了网络工程师证。

到2006年底，大儿子仍旧回到武汉，第二年年初就在武汉租了房子，开了家女士包淘宝店。眼见他已年过30，老杨不时催促他找女朋友，可他总是以淘宝店生意难做来推托。用心经营了好几年，淘宝店的生意日渐好转，便蔡甸汉口两头跑。一则来看看父亲，一则也是将多余的货放在家里，他没有多余的钱去租仓库。说到这里，老杨打开另一间房门，黑乎乎的房间里堆满了大大小小的纸箱子，都是大儿子存放在家里的货呢。

老杨什么忙也帮不上，只能暗暗着急。直到最近，大儿子终于谈了个女朋友，也带回家来让他瞧了瞧，他才悄悄地松了口气。老杨也知道，要是老婆在世的话，大儿子早就结婚了，他们娘儿俩有说不完的话。

至于小儿子，中专毕业后，因学的是有色金属专业，在武汉市铝厂找了份工作。不想几年后铝厂就倒闭了，只得在武汉一带四处打工。大儿子回来后，让弟弟随他一起开淘宝店。兄弟俩齐心协力，淘宝店越办越好。让老杨开心的是，小儿子早在两年前结婚了，还在黄陂区武湖开发区买了房子呢。

儿子们还算孝顺，经常回家，生日及逢年过节也回来，还常常给他买茶叶、衣服。就在前年9月，兄弟俩还带他到北京旅游了，去年过年时又带他到咸宁泡温泉。但家里条件实在不好，儿子们已多年没在家里住过一晚，也难得与老爹在一起说说知心话，自然想不到老爹会有什么苦楚。

我再看看有些杂乱的房间，屋子里的空气似乎凝滞不动，无边的落寞在昏暗里恣意漫溢。平常日子里，少有人造访，唯有重重的落寞将老杨紧紧围裹，那滋味实在不好受。我直率地问道："老婆过世时，您刚刚50岁，为何不再找个老伴儿？"

老杨一个劲地摇头："老婆一辈子照顾我为我生儿育女太辛苦了，我们也一直相亲相爱，再去找其他女人，心里很过意不去。再说，我工资不高，到现在每月也只有1900多元，养自己差不多了，再多养一个人，就很难了。再有，倘真正再找个老伴儿，两家的孩子难以相处，我也不愿儿子们受委屈。如此这般，就一直拖着没找，到现在就不想找了。"

说到这里，老杨声音哑了下来，停了停，深吸了口气，才接着说道："当然，这样过最大的苦恼是生活没有规律，想吃时不想做，兴冲冲地做了又不想吃，常常吃得马马虎虎。白天时间好打发，晚上就难过了，只能看看电视听听歌，家里的歌碟都有百多张呢！

"别看我穿得整齐，有说有笑，但我从不请人到家里来做客。家里太乱，又打不起精神收拾，我的苦恼旁人也无法体会。"

"习惯吗？"

"你说我习惯不习惯？告诉你吧，怎么能谈得上习惯呢？可不习惯也得习惯，习惯也得习惯。唯一的好处是有自己的空间，有自己的自由，少些麻烦！想我走南闯北大半辈子，当年哪里会想到晚景如此孤单呢？唉，要是老婆还在世就好了！"

就在我们聊天时，有人在外喊道："老杨，快来呀，打牌了，就差你没来了！"老杨笑了笑，解释道："是外面居家养老中心的牌友在喊我！这段时间天气太热，太阳太毒，我就天天去打牌！"

我们赶紧起身告辞。老杨很过意不去，反身装了一袋新鲜的梨子给我们，依依地送我们到大门外，直到我们上车了，才反身走进养老中心。

宋祖汉夫妻：不给女儿找麻烦

毕竟离大武汉只有几十公里，蔡甸区在很长一段时间，有不少大工厂，只是近十多年来那些昔日神气的工厂渐渐改制或破产。汉阳氮肥厂始建于20世纪70年代，80年代正风光无限，在汉阳是数一数二的大厂。不光建有大片大片厂区、整齐的宿舍楼，还建有能容纳1000多人的大礼堂，有露天灯光大球场。

可曾经整齐的宿舍楼，现在已然陈旧斑驳。从杨荣照家出来，横过一条大马路，就到了旧日氮肥厂宿舍院子。当年满面喜色地搬进院子，谁知快过去三十多年了，房子是越来越旧，人也是越来越老。

1978年冬，宋祖汉从河南开封某空军部队转业到厂里时，正是二十六七岁的好年华，人又长得高大帅气，自是春风得意。当时氮肥厂

144

属国有中型企业，有1400多名职工，主要生产碳酸氢铵，厂子效益好，月月有奖金，还经常发放物资，过年更有10斤油10斤肉10斤鱼10斤鸡蛋。宋祖汉多才多艺，在厂工会干得如鱼得水，他忙于办墙报板报简报，忙于自学新闻写作及厂里的对外宣传报道，还忙于每晚到大礼堂去开关那台19英寸的进口电视机，每晚附近的居民就早早地摆好了小板凳呢。

到1981年年底，他经人介绍与在汉阳县床单厂上班的陆荣华结婚，第二年就搬到了厂里新建的宿舍楼，新式的两室一厅。第三年年初，女儿宋婷出生了，更是令他们欣喜万分，生活向他们展开了灿烂的笑容。

1986年，汉阳氮肥厂依然红火，并实行了全面转产，是全国首批转产生产尿素的厂家。1988年兴建新型生产线，到1991年建成投产，厂名也改为武汉化肥厂，一时声名赫赫。可市场形势转瞬万变，1994年厂子竟因负债经营，不得不停产整顿，一时陷于僵局，1400多名干部职工每人每月只拿70元生活补助。

此时，宋祖汉刚刚四十出头，一直好学上进，不光上过湖北大学成人教育学院，他的通讯报道、理论文章还时常见诸省内外报刊，一时无法适应工厂如此危机，乃至惊慌失措。

为了谋求活路，企业进行了改革试点，到1996年改制为武汉龟山化工股份有限公司。干部职工人人有股份，依然主攻尿素生产，企业形势略有好转，宋祖汉这才松了口气。

可好景不长，到2000年下半年企业因无法贷款，陷于重重危机，不得不宣告破产，由3个福建老板买下了。此时宋祖汉还不到50岁，扣除养老保险之类，仅仅以4000多元买断，精神与生活再次跌入低谷，跌得比以往更低更重。

而老婆陆荣华一直在汉阳床单厂当修理工，从月工资20多元，干到1997年病退，每月也只有200多元。她们厂是小厂，早在2002年就破产了。

1994年成了一道残酷的分水岭。之前生活平稳平静，乖巧漂亮的女儿一天天长大。可此时武汉化肥厂突然停产试点改制，宋祖汉每月只能拿回70元钱，陆荣华其时每月也才100多元，一连几年都如此。且不说昔日的优越感跌至了低谷，上有老下有小，生活随之陷入了困境。

眼见生活无着，陆荣华无奈于1998年另谋出路了。既没有多少积蓄，也没有什么过硬的关系，夫妻俩思量来思量去，便跑到汉正街批发些袜子、鞋垫、床单、被套等，第二天陆荣华就当起了四处赶集的小商贩。

蔡甸四周有不少集镇，最近的也有上10公里路，最远的则有二三十公里，陆荣华每天轮流去赶这些集镇的早市，除非天下雨或下雪。每天深夜两点多钟，他们夫妻俩就起床了，赶紧将头晚早就捆好货物的大布包搬到楼下，绑在载重自行车后座，陆荣华骑着车出发了。到达目的地时，一般还只有五点多，天刚麻麻亮。

她顾不上吃早点，赶紧找好位置，摆好地摊。一直蹲到上午9点或10点的模样，早市上人渐渐少了，才开始收拾摊子。待精疲力竭地赶回家时，已是上午11点多了，又得赶紧清点货物。运气好时一天可赚100多块钱，可一般只能赚到10多块钱。

虽常累得东倒西歪，车也时常翻倒在地，大冬天更是冻得手脚麻木，但大大缓解了家庭经济危机，令她很是安慰。

话说企业被福建老板买下后，还生产了整整5年，随后便摇身一变成了房地产公司了。可宋祖汉却是实实在在下岗了，女儿刚上完3年旅游中专学校，又考上了武汉地质大学经贸学院。别说每月的生活费，光学费就是一大笔钱，夫妻俩急得团团转。

总不能只靠妻子少得可怜的退休金过日子吧！总不能光靠妻子辛苦跑早市赚来的钱养家吧！宋祖汉这位文弱书生不得不鼓足勇气，放下身段，去买了辆三轮摩托车，与妻子一道当起了小商贩。一开始，他不敢吆喝生意，更怕昔日的同事知道，一旦遇见了熟人就面红耳

赤，过了好久还不习惯自己的新角色。不过，到底是两个人干活儿，又是薄利多销，生意做得比以往顺手了。往往两三天，最多四五天，就得去汉正街调一次货，跑得也比之前更远，生活因此不再成问题了。女儿大学毕业那年，他们甚至还将小小的套间房进行了改造，加建了厕所，还进行了简单的装修。

可2007年年初，陆荣华不小心摔断了右手，算来她已风里来雨里去地跑了10年。宋祖汉便让她在家里多休养，由他独自去跑。接下来的3年里，他翻过两次车，人也受过伤，虽说不太严重，毕竟受罪了。但他得坚持跑下去，家里还有那么多存货，不想方设法与新货一起卖掉行吗？不跑行吗？那可都是钱呀，都是养家糊口的钱呀！

到2010年年初，存货不是很多了，他也快57岁了，女儿说什么都不让他再跑了。他经人介绍到广东一家公司当起厨师，可刚做了一年多，就发觉自己得了严重的心脏病，只得回到蔡甸治病。

之前，当我走进氮肥厂老家属区时，大片陈旧灰暗的宿舍楼，在灿烂的阳光里，更显其苍凉与衰败。爬过老旧的楼梯，走进宋家时，倒有些意外。房子很小，不到80平方米的模样，家具不多，简单的装修也有些年头了，但整洁清爽。直到现在，女儿昔日的房里，墙上依然挂着两个大相框，相框里漂亮的女儿正在微笑。每天上午或下午，宋祖汉就坐在相框下的电脑前看看新闻，或与遥远的女儿视频对话呢。

想当初，女儿漂亮活泼，大学毕业后，在武汉大商场化妆品柜台找到了工作，先在欧莱雅柜台，后来又考上了雅诗兰黛推销员。那时，女儿天天晚边回家，一家人开心地生活在一起。可女儿竟然不听劝，非得与家在浙江海盐的同学谈恋爱。他们夫妻真不愿意女儿嫁那么远，凭女儿的条件在当地找个金龟婿都不成问题，可女儿铁了心，又有什么办法呢？

即使妈妈开诚布公地和她说，将来父母年纪大了，她又隔得远，谁来照顾他们？女儿只是很轻巧地说，现在交通这么发达，她离得再远也能很快赶回家，也能常常回娘家住住呢！

到最后，女儿终是义无反顾地嫁了，与女婿一起回海盐发展去了。现在外孙都4岁多了，依然在家里带孩子，光靠女婿一人拿工资，日子过得并不宽裕，最多过年时才回家来住一两天。

这么多年过去了，女儿房里她过去那张小床一直闲着，哪能兑现过去所说的常常回娘家看看！算是白养了她！

说起女儿，夫妻俩又是怜爱又是叹气，当初担心女儿怨恨父母一辈子，尊重了她的选择，现在他们则尝尽了其间的苦滋味。

2012年3月14日，宋祖汉因心脏病住进了武汉市十三医院，此时陆荣华也觉得心里发慌发闷，两天后试着到武汉亚洲心脏病医院做心脏CT扫描检查。这下可吓倒了夫妻俩，陆荣华的心脏病更严重，且不适合做心脏搭桥手术，得小心呵护，得每天按时吃大量的药，光医药费每月就得1000多元。

之前，夫妻俩每月最多150多元医药费，住院也有职工医疗保险报销部分，现在每月如此多的医药费却不能报销，自然成了沉重的经济负担。

　　暂且不说医药费，近两三年来，宋祖汉每年得住一次院，陆荣华至少得住两三次医院。每次住院，他们都不忍心告诉女儿，一是离得太远，来回不方便，二是外孙还小，手头又紧。即使告诉了女儿又有什么用呢？什么忙也帮不上，只能干着急。

　　当夫妻俩轮流住院时，看着别人家儿女在跟前跑上跑下时，也曾背地里暗暗流泪。经济再困难，他们也不能跑生意了，保命要紧。好在宋祖汉从2008年就领退休工资了，住院不成问题。到现在，他每月退休工资涨到了近2000元，陆大婶每月也有800元，除去住院费和每月医药费，生活倒是能对付过去。

　　在他们看来，只要身体不出大毛病，不给女儿找麻烦，就是他们最大的心愿了，也是他们当前最大的事情了。

　　为此，他们早上5点多就起床，一同来到江滩公园，陆荣华随意散散步，宋祖汉则与舞蹈队队友练练舞。一个多小时后，再去买些菜回家。陆荣华在家里静养，宋祖汉则出去练练舞。吃过午餐后，俩人都得午睡，到下午陆荣华打扫卫生，宋祖汉则上上网，看看国内外新闻，听听歌。吃过晚饭后，俩人又一同去散散步，再看看电视，9点多就上床睡觉了。

　　如此小心翼翼，只是为了尽可能地养好身体，尽可能地不给女儿添麻烦。他们也去察看过几所老年公寓，公办的费用低些，但太难进。私人的则太贵，每人每月差不多得2000元钱，他们又住不起！真是左右为难，忧心忡忡。

　　当然，从另一方面来说，他们虽有病痛，比起院子里有些老人还算好。就在他家对面，住着位60多岁的单身老汉，老婆去世上10年了，身体很不好。儿子在武汉打工，都30多岁了还没结婚，也经常不回家。倘有三四天没见他人，他们就去敲敲门。而他家另一侧的邻居，情况更是糟糕，老夫妻都70多岁了，都患有严重的心脏病，还得相互扶持着过日子。大儿子快40岁了，小儿子也有三十四五岁了，一个在武汉打工一个在蔡甸打工，房子没买婚也没结。

岁月不饶人，一辈子打拼操劳，恁是不甘心，到老了身体便毛病重重！那么，子女们的照顾与安慰，于老人而言，自是极大的慰藉！但子女们往往为了养家糊口为了事业发展，常常将年老多病的父母或祖父母搁置一边，父母非但没有怨言，反而时常担心给子女增添麻烦！多么伟大朴实的父母呀！

广而言之，为人之子女或孙子女，你为父母为祖父母担忧过什么？回报过什么呢？此时，我想起了前不久读过的文友海涛的《清明致祖母》，如今找出来再读，便读出那种"子欲养而亲不在"的痛惜，乃至怅惘不已。

去年清明你还在
我强拉着你去医院。你说到这个岁数了
什么都看开了
其实我知道你并不想撇下我们
我很惭愧，都八十四了
你还有两个最大的心愿
就是看着我结婚、生小孩

今年我只能写下这些文字
就当是隔空对你的告慰
今年的雨还没有下
可我期待下一场雨
并非我喜欢下雨
如果没有雨，我不会那么悲伤
甚至可能将你遗忘
只有下一场雨，我才会进入到古人的境界
我才会找到清明的气氛

一家子又聚在了一起

和去年你走的时候一样齐

那时我们从四面八方赶回来

那时我们把什么都放下了

工作、时间、距离、得失……

太多次，我们因为这因为那不能回家

你心里在想着什么我们都知道

我们都说要多回家，多回家看你

但也只有你走的时候我们才聚得这么圆满

当我们满满一大桌坐在一起

才发现是最不圆满的时候

人生中有很多无奈

也就是那个时刻

我们才彻底明白，有些事情再不能圆满

朱汉连：在酒里可以找到安慰

到蔡甸的第二天上午，我来到了蔡甸街敬老院。这是一座沉静的大庭院，但见树木葱郁，有前后两排二层楼房。就在后栋厨房前，我见到了正在帮厨的雷副院长，她热情地迎了上来。原来胡院长生病住院了，这段时间由她代理院长呢。雷院长领着我来到前栋三楼，这里只有一个大房间，前半间是办公室，放着4张办公室桌、1个药柜，隔开的后半间是胡院长的卧室。

这时，楼下突然传来高声的叫嚷声，吓得我从椅子上跳了起来。雷院长却笑笑对我说，没什么，是楼下电视室里的声音，老人们大多耳朵不好，总是将电视机声音开得大大的。我听了听，才放心地坐下来。

　　说来雷院长都是敬老院的元老了，她早在1990年就来了，那时敬老院还叫劳保福利厂，有十多个人，采取以厂养院、以院办厂的形式，她当时在厂里当会计。到2001年时，福利厂改制了，成立蔡甸街敬老院，她就留了下来。到2003年上半年敬老院搬到了这里，由当地五星小学改建而成，有100多人的规模，由当地村支书胡家村当院长。

　　胡院长对老人很好，不停地为老人忙碌与奔波，想方设法改善敬老院的条件，老人们也很亲他。之前还租用了院前一块地当菜地，胡院长常带领老人们种菜养鸡养猪以改善生活，但随着老人们年龄的增长及土地被征用，也就放弃了种菜。到现在，敬老院里只有70多人，集中供养57人，代养24人，年岁都大了。除了看看电视、相互串串门聊聊天、早晚在院子里散散步，或者到蔡甸街上逛逛超市，偶尔打打小麻将，老人再没有其他活动了。

　　宿舍由旧教室改建而成，每间房间进深长，空间也大，住着两位老人，却不带厕所。厕所分别建在大楼两侧，与洗漱室、洗澡房建在一起，老人们自是不方便，有人来往还得拄拐杖。

　　床位却供不应求，代养者每月只需交500元，倘需护理每月另交400元到500元，即便是全护理每月也只多交800元到1000元。至于集中供养则由区、街道财政负责，之前每位老人每月300元生活费，另有120元零用钱，敬老院会每月发给老人20元。从今年7月起，每月生活费涨到了450元，零用钱不变。

　　可敬老院包括院长在内，只有8名工作人员，每人都身兼数职呢。比如，前后栋各一名服务员，除了打扫卫生之外，还得负责有些老人的护理工作，还得到厨房帮厨。一直以来，就没有专门的医务人员，也没有专业护理人员。老人病了，先吃些院里常备的常规药；再不行，就送到院外几百米的五星村医疗室看病；倘是大病，便将老人送到区红十字会医院治疗。

　　集中供养老人所有医疗费都有新农合医疗报销，有时老人所在村也可以报销部分，但日常保健则任其自然了。至于代养者，倘平日行动不便，就另外请人护理，我在此见过两三个由附近村民充当的护理员。她们无非就是照料老人的日常起居，且一般一人负责两三个老人，费用由老人家属自己掏。

敬老院工作人员的工资也低，院长每月1600元，副院长每月1300元，其他人每月1100元，真是令我惊讶。也因此，除了院长常住院里，每晚留两人值班外，其他人每天晚边都回家。

就在这天下午，我在电视室里看到了朱汉连，他光光的脑袋，穿着干净的白色背心，灰色西装短裤，一个精致的老头。可当我与他一起来到电视室隔壁他的房间里，我才发现他左手拿着一条条纹的小毛巾，不时擦拭左边嘴角流下的涎水，说话也有些含糊。他的床在左边，简洁整齐，床下还放着一两双擦得干净的黑色皮鞋，床尾则放着一张黑色藤躺椅。而右边的床位则凌乱不堪，床尾堆着一堆衣服被单等物品。

老人神情黯然地告诉我，去年10月他中风了，左边手脚都不能动弹，他当时可真伤心。之后，住了10天院，手和脚才能动弹，拄着拐杖也能走路，才转忧为喜。出院一个月后，依然觉得行动不利索，只得又住了10天院。住院费大都由新农合医疗报销了，剩余的也由他所在的华陵村报销了。

经济上没有什么负担，但心理负担可重呢。他痛苦地发现，第二次出院后，他不再需拄拐杖了，但左脚行动再没有以往灵活，左嘴角也老是流涎水。怎么吃药，也不起作用，他只得多买几条小方巾备用。事实上，他这个7月正好满78岁，除中风后遗症之外，朱老看上去比实际年龄年轻。

他是华陵镇人，上过小学，20岁时就应征入伍，当上了雷达兵。在河南郑州部队一待就是5年，1961年退伍回到老家。按说他是见过世面的人了，人又长得精神，可竟然一辈子单身，真有些委屈他了。

有什么办法呢，家里穷，房子少，他兄弟6人，他是家里老小。

轮到他时，家里再也无房无钱为他找老婆了。附近的姑娘看上他的人，却看不上他的家。当他从部队回到老家当农民时，婚事更是无望。

拖到1977年下半年，他都41岁了，终于花200元积蓄买了个老婆。老婆是四川人，只有22岁，还带着一个两岁的儿子。他不在意她带着儿子，只希望她从此安定下来，一起过平淡安稳的生活。可大家的日子实在太紧巴了，队上坚决不同意给他老婆及孩子上户口，也不让他老婆出工，还不分给他老婆及孩子粮食。

他那时已干了十多年的生产队会计，也算是个能人，但在当时那种环境下，他没办法给她和儿子办户口。她也无法出外去打工，只能留在家里做些家务活儿。于是乎，他一个人挣工分，却得养一家三口。日子眼看着越过越艰难，老婆自是郁郁寡欢。

朱汉连便知道，如此下去，老婆迟早会走。某一天，他郑重地对她说，你要走，就当着我的面走，我不怪你；你如果偷偷地走，我不会找你的！

老婆却不置可否，令他心生一线希望。他多么希望她能与他一起熬过这段艰难的日子，今后总会好起来的。

就在第二年年底，一天晚边，当他累得精疲力竭地回到家里，却到处悄无声息。他便知道大事不好！他独自在空荡荡的屋子里转了一圈，原本简陋的家，除了母子俩不见了，母子俩的衣物不见了，什么也没少。

站在昏暗的屋子里，他缓缓地蹲了下来，流下了心酸的泪水。他紧紧地抱着双腿，恨不得缩成一只蚂蚁，他好想钻进地缝里藏起来。但他终是做不到，也不知过了多久，他摇摇晃晃地站起来，摸出瓶平日里珍藏的散装酒。他眯着眼睛，将酒往嘴里倒，喝个底朝天。他酒量不大，醉得不省人事，倒在地上睡了一晚。

后来，他才听说，那天上午他上工后不久，老婆的哥哥就来了，之前他就是从这位哥哥手里将老婆买来的，没多久三人就提着简单的包裹走了。旁人以为他老婆只是去走亲戚了，也就没在意。

老婆跑了，他觉得脸面尽失，颓废了很长时间。他从此染上了酒瘾，似乎在酒里可以找到安慰。

到1982年，在大队介绍下，他来到武汉阀门厂当上了临时工，清理刚刚锻造过的阀门。技术含量并不高，工资也不高，每月拿回60元到队上买工分之外，便所剩无几了。但他庆幸自己逃离了压抑的环境，十分珍惜这来之不易的工作，也尽量节省以求存些钱，只是因为喝酒常常打破了计划。

1984年推行责任制，他因腰肌劳损腰痛得厉害，人也有些悲观。他清楚地知道，他这辈子只能孤身一人了，干脆放弃了村里分给他的山岭与田土。

到1989年，朱汉连已在阀门厂干了6年，依然没有多少积蓄。这时，他三哥嫁到永安集镇的姑娘，筹谋开家小百货店，邀他前去入股帮忙。朱老很乐意，将2000元存款悉数拿了出来，与侄姑娘合伙开了家小店。

毕竟是亲人，朱汉连全心全意地帮侄姑娘打理生意，倒年年略有盈余。6年之后，侄姑娘的两个孩子都上小学了，镇上也新开了几家小百货超市，生意难做了。朱汉连趁机提出要回老家，侄姑娘倒还讲情义，分给他12000元，且让他住到自己娘家的房子里，也就是他三哥家。

虽说有了安身之所，总不能坐吃山空。朱汉连接任了村上的会计，负责收农业税、水电费等，每月有100元工资。也有人劝他找个老伴儿，他却摇摇头，年纪大了，自己养活自己都困难，怎么养活老婆？

当然，看着别人家儿孙满堂，他也有些黯然。尤其是在三哥家住了近8年，搬到村委会大楼去住之后，更是觉得孤寂。白天还好过，跑东跑西收收水电费，到别人家红白喜事帮帮忙，甚至也凑去打打小麻将、喝喝小酒，人多也热闹。到了晚上，回到空寂的小屋里，无边的孤独不屈不挠地缠绕过来，令他喘不过气来。

不由自主地，他摸出柜子上放着的沱牌酒，就着酒瓶，连连几口。好在有酒，几口下去，带着醉意倒头便睡。

到60岁，他觉得精气神弱了，便辞掉了村上会计，索性每天打打小麻将，喝喝小酒。每每喝到微醺时，时间容易过多了。他真是对酒难分难舍了。

2003年上半年，当蔡甸街敬老院成立时，老朱被安排来到了这里，当时他已67岁了。之前，当他60岁后，每月有100元的补助，到了2001年每月又增加了村干部补助600余元。在这里有众多的同伴，逢年过节侄子侄女也来看他，甚至接他回老家去住，倒也有慰藉。

可敬老院并没有什么好活动，他之前最大的爱好，就是逛超市。每天吃过早饭，几个老人相约到不远处乘公交车，搭到城中心下车，然后去逛中百大超市。也不敢乱花钱，就是买些日用品，最多买一两瓶沱牌酒带回去。超市大，摆着琳琅满目的货物，实在好消磨时间呢。

说到这里，他放低了声音，悄悄地告诉我，这么多年来省吃俭用，他手里已有8000多元的积蓄，心里就有了一种踏实感。

隔壁的电视机一直大声地响着，我看了看一身干净利索的老朱，不由冒昧地问道："大叔，您看上去很精神，应该有女人会喜欢您呀！"

老朱面露羞涩，笑了笑，看了看我，欲言又止。

我又笑着问他："您在村子里有喜欢的人么？你回去会去看她么？"

不想老朱却满脸严肃了：姑娘，过去太穷，虽只有过短暂的婚姻，是时代耽误了我！我不怨任何人，但我也是一个正常的男人呀，也想拥有自己的家自己的老婆自己的子女！我在阀门厂打工，在镇上做小生意，甚至在村上当会计时，都遇到过彼此喜欢的女子，甚至也偷偷相好过，但就是没有条件走到一起！

村子里有我相好的女子，但她的子女反对她再结婚，她只得听从子女！我伤心过痛苦过，但后来年纪大了，也就放弃了一切想法！我只得自我安慰，一个人过有一个人过的好处，少些麻烦吧！现在我每次回到村子里，她都会来看我，我们就坐在一起聊聊天，也觉得挺满足。

我怕他难受，便想岔开话题，就让他坐在藤椅上，说给他拍照。老朱一听乐了，赶紧从床上拿起一件黑白条纹的短袖上衣，要我等他穿好再照。我正给他拍照，电视机声突然停了，一个矮矮胖胖的老人进来了，原来该吃晚饭了。我一看时间，才四点半呢，怎么就吃饭？哦，原来，老年公寓早上六点半吃早饭，上午十点半吃中饭，下午当然得早些吃晚饭呢。

我正准备告辞，老朱却提出让我到楼下给他拍几张照片，到时寄给他。我满口答应，一起匆匆来到楼下。

老人外面披着件黑白条子短袖衬衣，露出里面的白色背心，临时又换上了黑皮鞋，站在洒满阳光的院子，满脸含笑。我赶紧给他连拍几张，他满足地朝我摆摆手，转头上楼去拿碗去了。

后来，我将相片洗好了，专程跑到邮局寄给他。可半个月后，相片被退了回来，回单上退回来的理由竟为：查无此人！怎么会这样呢？我真是想不明白！是邮递员不想去多问，还是朱汉连老人离开了？不过，这是后话了。

其间，有不少老人手端着饭盆，从我身边走过。我看了看，晚上又是一个菜，好像是煮丝瓜。而中午也只有一个水煮豆腐，没有放辣椒。看来限于条件，老人们吃得简单，真担心营养不够！虽说大厨房侧边还备有间小厨房，老人们谁要加菜，都可以去做。但有些老人怕麻烦，也就不会自己加餐了。我在老朱房里，就没有看到自购的小高压锅之类的炊具。

就在我随雷院长往外走时，老朱一手端着饭菜往回走了，我与他挥手告别，他笑眯眯地说道：姑娘，再见！记得给我寄照片呀！我笑了笑，转身坐上雷院长的摩托车，往城里走了。

就在路上，雷院长告诉我，老人们大都来自附近的农村，老朱能

工农社区居家养老中心人满为患，看电视打麻将打扑克下象棋聊天，想干什么就干什么

说会道，性格也好，每每有单位来慰问，他都作为老人代表致答谢讲话呢。只是他太贪酒，在敬老院里住了十多年，天天要喝酒！去年一不小心中风了，闹得如此模样，也是不听劝呢！

看着大街上那些熙熙攘攘的人群，我没有回答，倘老朱内心没有深刻的孤独，也许不会喝那么多酒吧，所谓一醉解百愁啊！

谁不害怕孤独？就在头天，我去社区居家养老中心找老杨时，那套一百多平方米的套房内，竟人满为患。在凉爽的空调房里，有老人在打麻将、打扑克、下象棋、看电视，还有老人在聊天看热闹。据说这些老人都是上午九十点钟就来，玩玩就回去做午饭，午饭后又来。有人甚至午饭就和老杨一样吃几个馒头打发，直至下午四点多才回家。人多就热闹，就好打发时间。

人老了，自然需要子女赡养，但又不能简单地放羊式的赡养。事实上，生活在子女身边也好，在敬老院也好，或者独自过日子也好，老人们内心的孤独无法避免。

而内心的伤痛，往往催生身体上的疾病，何况劳累了一辈子，身体上的疾病早就蓄势待发。

文小兰：人老了，只要身体好就好

就在那天上午，我坐在蔡甸街道敬老院前栋楼下李后珍阿婆房里，与几位婆婆聊天时，纱门吱的一声开了。一个高个子女子右手端着左手，趔趄地走了进来，看了看我们，在李阿婆身边的矮凳子上坐下来。

我看了看她，相貌端庄，却蓬松着一头花白短发，穿着黑底白色细条纹T恤黑色长裤，默默地坐着，怔怔地听我们说话。

她看上去并不老，左边行动不利索，是不是生病后住进来的？见我不时地看她，80岁的韩芝婆婆忙介绍说，她叫文小兰，刚来一个月，和我一个房间。从冠亚养老院转过来的，她女儿送过来的。她女儿刚生小孩不久，不能照顾她，她是院里最年轻的。

文小兰知道在说她，看了看我。这时，又进来一个婆婆，却是照顾文小兰的护工。她还同时照顾另外两位老人，家就在敬老院附近，每人每月收600元护理费，倒是比院里的护理员工资还高。

我总觉得文小兰有些异样，转过来试着与她聊天。她也有心与我说话，虽说反应有些慢，话语有些含糊，倒也能顺利地聊下去。

她是蔡甸黄陵镇人，今年刚刚52岁。她女儿毕业于武汉一家职业技术学院，在武汉一家广告公司打工，2000多元一月。因刚生孩子不久，还在家带孩子。女婿人不错，在武汉一家地产装修公司当项目经理，一月能拿8000多元。女婿原本坚持送她到冠亚养老院，那里条件好。女儿生孩子后，负担重了，只得将她转到这里。

说来她也是苦命呢，4岁时父亲过世，16岁母亲过世，就留下来她们三姐妹相依为命。她是老二，姐姐大她两岁，妹妹则小她两岁。她呢，初中毕业后，进了大集镇汽配厂当工人。就在汽配厂，遇见了她后来的丈夫，厂里质检部的技术员，于1983年8月结婚。婚后不久，女儿出生了，小日子虽平淡倒也温馨。

可渐渐地，她对丈夫经常在外玩牌不拿钱回家养家非常不满，夫妻俩便时有矛盾冲突。也许是自小受过苦吧，小兰很要强，为了建新房与丈夫及家母吵了不少架。她觉得家母看不起她，嫌她是农村户口，硬是让她将新房建在老屋的后面。这里前没有出路，后面则是人家的厕所与自留地。丈夫则不光当甩手掌柜，也不帮她说半句话，任她独自忙得脚不沾地，任她独自伤心受气。

新房建起来了，夫妻感情却淡漠了，到1997年下半年，女儿上初中不久，她与丈夫离婚了。事实上，文小兰离婚时，汽配厂已不景气了，她还得自谋生路。

说起往事，文小兰不由得泪眼蒙眬，我却关心她什么时候成了这个模样？

她却说，丈夫只知道打牌，不拿钱回来养家，她找他说理，他却比她更凶。后来，女儿学美术，学费多了，我当时没多少钱，让女儿去问她爸爸要！她爸爸却说："这事不要找我，我不管！你妈妈有钱！"女儿哭哭啼啼跑回来了，真是气人啦。

女儿结婚时，女婿家给了1万元彩礼钱。她爸爸竟跑过来吵闹，说女儿他也有份儿，蛮横地要去了5000元！我只得再添钱给妹子买嫁妆！

之后，她直直地盯着我问，你说，这样的人，我能不和他离婚吗？

此时，我才发觉她的思维有些问题，旁边的婆婆们都摇摇头叹息，她呀，脑子不行了，病坏了。于是，她们争先恐后地和我说起文小兰的遭遇及她的病。文小兰坐在那里看看这个看看那个，仿佛在听别人的故事。之后，不知什么时候她悄悄地走了。

正在聊着文小兰，忽然门外传来喊声：打饭了，快来打饭！我看了看时间，惊讶地问：怎么就吃饭，才十点半！屋外不时传来锅勺丁当响，几个婆婆都往外走。我也来到外面，只见老人们端着饭盆纷纷赶来，孩子般围着走廊外一只小推车。推车上搁着一只大盆子，盆子里装着水煮豆腐，淡淡的酱油色，什么辣椒姜葱都没放，另有一个方形盆子盛着打散后的米饭。

就吃一个菜么，真是有些简单！老人倒没有惊奇之色，看来对只有一个菜习以为常了。至此，我才明白之前为什么90岁的李后珍婆婆一直守着自己的小高压锅。于是，我又走进去瞧瞧，李婆婆正坐在小高压锅旁边静静地吃饭，锅里搁着一碗青皮豆蒸肉，右边是她放东西的小方桌，放着碗刚打来的煮豆腐。

这时，雷院长来找我吃饭，我随她来到后栋食堂。食堂不大，里面摆了十来张桌子，有桌子上搁了几只大冬瓜。我就坐在厨房门口的小方桌子边，雷院长端来一碗水煮豆腐、一大碗油炸鱼，还有一小碗米饭。她说她们已吃过，两三个人都站在旁边看着我吃。

说实话，水煮豆腐的味道实在一般，甚至有些难以下咽。厨娘又端来一碗油炸薯条，我依然吃不下。勉强吃过几口饭，我放下了碗筷。雷院长关心地问，是天气太热了，还是菜不好，你吃不下？我借口说，我很少这么早吃午饭！雷院长笑了笑说，也没办法呢！老人起床早，又没什么活动，早上还只有六点就跑到厨房里看有没有饭吃。于是，每天早上六点半吃早饭，上午十点半就吃中饭！

一时间，倦意席卷而来，我觉得特别累，随雷院长来到后栋二楼右边值班人员寝室。见进门那张床还干净整齐，铺着凉席，倒下来便睡，很快睡着了。

待我醒来时，房间里异常闷热，隔壁房里雷院长她们早就忙活去了。我又往婆婆们的房里走，不想走进了文小兰她们的房间。进门处床上陪护还没醒，文小兰躺在床上睁大眼睛看天花板，韩芝婆婆则躺在床上摇扇子。房间里没装空调，自然热得很。

见我来了，韩芝婆婆坐了起来，我走过去坐在她的身边。韩芝婆婆用扇子指了指文小兰说，她呀，真是造孽，造孽！这么年轻就中风了！

文小兰也坐了起来，忧伤地看着我，且不停地用右手去揪左手。我问她，这是在锻炼左手吧？她告诉我，她只想左手左脚行动灵便些，不用请陪护了，女儿就可少花些钱！说到这里，她叹息道：谁知什么时候才能好起来呢？

我费力地朝她笑笑。

原来，当初扎花圈只能聊以糊口，她托关系在乡下承包了30亩鱼塘。她是农村长大的，不怕苦不怕累，一心扑在鱼塘上。到了年底，鱼儿大都有了七八斤一条了，不过还得养一年才好卖。可买饲料请人帮忙还有承包费等，都欠了好几千元钱了，过年前总得还上吧。她哪里有那么多钱？情势所迫，她没向姐姐妹妹说起，就将鱼塘草草地转包了。到第二年年底，对方倒是一下赚了10多万元。也是无办法的事。

她呢，只得另找谋生之路，眼见汉正街当时服装批发红红火火，几番考察与思索后，她决心办个承接童装加工的作坊。妹妹见她艰难，主动借给她1万多元钱，她另借了上万元，起手本钱凑齐了。随之，她没日没夜地忙开了，从别人那里买了10多台旧机子，在偏僻处租了间大房子，雇了几个缝纫工，小作坊匆匆开张了。

她倒是懂得经营之道，比如一件上衣加工费2元的话，她就给缝纫工1.5元。自己赚得虽然少，但大大调动了缝纫工们的积极性，头年她就净赚了1.5万元。她看到了希望，只留下5000元生活费，其他都拿去买了几台新缝纫机，小作坊由此气象一新。

就这样，今年换几台机子，明年换几台机子，到后来累计投资10多万，有了30多台新机子，规模比之前大多了，业务量也不断增多，小厂办得有声有色。

2010年她中风病倒后，只得请姨妈家儿子媳妇来负责。到底是年轻人，舍不得下功夫，在利润分配上又要占大头。同样2元一件的加工费，自己得1.5元，雇工只得5毛钱。雇工们纷纷离开，短短两年时间，只剩下了七八个雇工，闹到小厂无法再办下去。

当她身体略微恢复后，姐妹们陪她来到厂子里，眼见曾经热火朝天的两间车间空荡荡的，她不由黯然落泪，真恨自己身体不争气啊！

之后，她听从姐姐的建议，含泪贱卖了那些设备，30多台机子只卖了五六千元，空调则只卖200元一台。她有什么办法呢？自己都病成了这样，还不知猴年马月才能恢复。

说到这里，文小兰默默流泪了，我们也听得心情沉重。突然，她谁也不看，起身就往外走，说她要去看电视了。

我们直直地看着她开门，然后门嘭的一声响，她走了。

这时，陪护她的婆婆叹了一口气说，她呀，就是太要强，当初要是不离婚就好了，说不定也不会得病！

见没人答话，她自顾自地说下去：当初她前夫还等了她几年，她在镇上开花圈店时，还时常去帮忙！见她无意复婚，才又结婚了！

她呢，就在蔡甸街上找了个家教老师，结婚都10年了。后来，那个老师中风了，她精心照顾了他3年，他的身体总算基本康复了。可轮到她文小兰中风了，对方却从没来看过她，也从没打电话来问候。她自家女儿呢，孩子还小，自己顾自己都顾不上，很少打电话过来问候她，也没来看过她。

她心里苦呢！有时她半夜猛地坐了起来，一动不动，也不吭声，就默默地流泪！

这时，我看到她床头小桌上，有一盒醒脑再造丸，药盒已沾满了灰尘。陪护婆婆叹了口气说，这是她的药，她不肯吃，她什么药都不肯吃！她说，她已经这个样子了，再怎么做康复治疗再怎么吃药，都好不了！不如省几个钱，女儿的孩子还那么小，不容易呀！

韩芝婆婆也转过头对我说道，你看，你看，这个妹子呀，真是造孽，有病不好好治，今后还不知会怎么样。我不由暗暗叹息，人呀，有时真是无奈，如此一个好强的女子，因为病魔的袭击，不得不放弃苦心打拼来的事业。辛辛苦苦拉扯大的女儿也照料不了她，也许她今后只能如此在养老院里了此残生。

我想我能懂得文小兰的苦衷！

王再祥：我是没有明天的人

到达蔡甸的第三天，天降大雨，我们一行来到了索河镇。境内有悠悠索子长河萦绕其东南，巍巍嵩阳山脉纵贯其西北。索河镇，顾名思义，因境内索子长河而出名。索子长河全长约30公里，涨水季节与周围的湖汊连成一片，枯水季节变成一支细长如索的河流。有趣的是，索子长河向南从青滩口入侏儒河，经东荆河流入长江，向北经龚家渡入汉阳河，后流入汉江。索子长河上有众多的洲子、小岛，一洲一故事，一岛一风情，自是引人入胜。

至于嵩阳山，则相传隋末之时李渊率子世民南征，进驻汉阳，遍寻诸山，发现梅子洞西侧一峰，是理想的瞭望台和制高点，便在此安营扎寨。因此山地处索河之北，汉江之南，山高水低，光照充足，李渊一时兴起，改名为"嵩阳山"。贞观二年，李世民遣尉迟恭到嵩阳山监修一寺，并赐匾御书"嵩阳寺"。遗憾的是，昔日香火浓烈的嵩阳寺，现在只剩下杂乱的遗址。

正是仲夏之时，雨下得不折不挠，窗外绿色的田野清爽怡人。不时闪过一大片荷田，青青荷叶间，三三两两的荷花曼妙而立。路过金龙湖，更是荷塘成片，枝枝清丽的荷花在雨中风姿绰约，摇曳生姿，甚是动人。

驱车直往索河镇，这是个整齐的小镇，按规划今后这里重点发展旅游业。但现在看来并不明朗，不过这里生产劳保用品已有传统，有不少家庭作坊，经济较为活跃。也有外出打工或从商者，大都在蔡甸城里或武汉市区。

就在集镇，我走访了几位空巢老人。或新或旧的楼房，家用电器一应俱全，老人大多住一楼。上二楼三楼一瞧，都是空荡荡的房间，地上满是厚厚的灰尘，家具上大都盖上了布单。看来儿女们很少回家，老人们守着偌大的楼房，等着儿女们匆匆的来访。与之交谈，身体状况大都不怎么好，时时为身在外地的儿女们挂心，不过再怎么也得待在故土。

之后，来到梅池村，但见或新或旧的房屋散落在山脚下，自然风光赏心悦目，只是经济相比索河集镇要滞后。友人带我来到一家名叫乐和香草的私人会所，会所建在路边上的小山坡上，我在这里遇见了王再祥，会所请来的雇工，一位特殊的空巢老人。

王再祥刚刚六十，穿着深色的T恤黄色军裤黑色套鞋，并不显老。其时，他正在餐厅忙活，见我们来了，忙招呼我们在高高的长餐桌旁坐下，随后倒来了杯香草茶。略与之交谈，他低沉而迟缓的语调，显得暮气沉沉，心事重重。

他父亲有3个儿子，他是老二，初中毕业后，他只在生产队干了两年农活，便光荣地成为了一名空军后勤兵，驻地在陕西咸阳。5年后，他退伍回家了，进索河镇棉织厂当上了保管员。

他1981年年初回来，当年10月就结婚了。老婆程忠新漂亮贤惠，娘家倒是离得近，就在本大队。到1983年8月，儿子出生了，他在厂里当上了车间主任。老婆则带带儿子，做做家务，将家里打理得井井有条。夫妻俩精打细算，计划再存些钱，兴建一栋自己的红砖楼房。毕竟老屋太挤了，三兄弟三大家子都有些住不下了。

可命运在此时露出了残酷的面容。1993年8月，儿子刚刚10岁。那一天，调皮的儿子独自去爬屋后那根木电线杆时，因头天下雨了，电线杆很潮湿。小孩自然不懂湿的电线杆会通电，绝对不能去碰，更别说去爬了。他刚爬上去就触电了，被击倒在电线杆下，等人们发现时，已然停止了呼吸。

活跃可爱的儿子说没就没了，真是晴天霹雳，一下子把他们夫妻俩砸蒙了，世界一片漆黑。他背着老婆狠狠地哭了几场，老婆却只是呆呆的，也不知道哭。

他只觉得大事不妙，万万没想到，两三天之后，老婆竟然神经错乱起来。她白天晚上都不睡，什么也不吃，睁着亮闪闪的大眼睛，手里拿着棍子，只管往屋外跑。跑出屋外，在村里村外乱走，口里则高一声低一声地骂人，却又不知道具体骂些什么骂谁。

他只得辞掉工作，将老婆送到蔡甸区精神病医院治疗，期盼她能快快恢复正常。直到年关将近，整整5个月时间里，他医院家里两头跑，花光了所有的积蓄，还借了不少外债。老婆则时好时坏，从来就不肯吃药，吃了药则呼呼大睡。医生摇着头告诉他，只怕从此再难好了。

他含泪将老婆接回了家，每天监督她吃药，外出干活儿时就将她锁在家里。老婆依然时好时坏，好时就梳梳蓬乱的头发，洗洗衣服，打扫家里的卫生。很快，她就在家里找儿子，一个劲地喃喃自语：亮亮，你到哪里去了？怎么还不回来？说着说着，人又不清醒了。一转眼，她就跑到村子里乱转，四处骂人，随手扯人家的庄稼，扯人家的菜，甚至遇到谁打谁。

这时，王再祥丢下手里的活儿，赶紧去找人，狼狈地和人家道歉。总不能不干活儿吧，过后他只得又将老婆锁在家里，她却总是将锁锤开，跑了出来。他又得去找，她倒不跑远，只是他和他老婆时常在村子里上演猫追老鼠的闹剧。

之前，老婆每月得吃80多元的药。坚持了五六年后，眼见没有什么好转，王再祥便不再按时买药给她吃。吃了又有什么用呢？病没有半点好转，家里则堆满了老婆捡回来的垃圾。

眼见村里有人出外做生意或打工赚钱回来，他也想多赚些钱回来，治好老婆的病，再建一栋新砖楼。可他走了，谁来照顾老婆，她会饭都吃不上！他只得在周围打打零工，所赚的钱除给老婆买药之外，就所剩无几了。

到2000年上半年，他病倒了，腰椎间盘突出严重，走不了路，也干不了活儿。他只得跑去咸宁医院拿了些药，且在床上躺了半年，才有所好转。那半年，老婆的病也比往年严重了。他深深地自责了，自己病了不要紧，老婆就受罪了。

一晃20年过去了，老婆的情况一年比一年坏，他一年比一年老。偶尔他会想起年轻时的梦想，那时他在部队当卫生员，幻想着回来能当赤脚医生，幻想着儿子没出意外老婆没生病的情景。可面对现实，他只有更大的失落，他会狠狠地抽烟，就抽那种最便宜的红金龙牌烟，往往一天就抽一包多烟。然后喝酒，就喝那种最便宜的散装白酒，时常在家里喝闷酒。更多的时候，他闷闷地干活儿，直累得精疲力竭，饭也不吃澡也不洗，倒在床上就睡。

他不得不向残酷的命运低头了，除了顺应命运，他又能怎样呢？

此时，我不由看了看坐在对面的他，他脸色看似平静，眼里却满是泪水。

我心酸了，站起来问道，你什么时候到这里打工，多少钱一个月呢？

他终于忍住了流泪，硬着嗓子说开了，这个庄园有30多亩地，于2011年年初建好。他当年就来了，负责打理庄园，种花种草种菜，兼守园子。之后，庄园又建了3栋平房，增加了不少菜地，还有一口大池塘。那些老板总是周末或假期来此度假，多的时候有五六十人，少时也有三四人。有时要住几天，有时玩玩就走。

那么，你晚上也住在园子里么？你老婆怎么办？我都替他难受。

他苦笑着说，当时老板请我时就强调必须守园子，每个月给我1000元工资呢！我只得将她锁在家里，一日三餐送饭给她吃。再说，她晚上一般不乱跑，让她独自在家也不会有问题。

当他告诉我，他家就在对面不远，也便于照顾老婆。我提出要去看看他老婆时，他迟疑了一会儿，还是答应了，带着我往外走。

到底是雨后天晴，田野上庄稼长势喜人，空气新鲜，一条水泥路直通他家。

我们边走边聊，他告诉我，他一直睡眠不好，去年起就老咳嗽，甚至哮喘，吓得他将烟戒掉了。现在哥哥、弟弟全家都搬出去了，一个在索河镇一个在蔡甸城。他想，再往老走，不光没有人照顾他，他还得继续照顾生病的老婆呢！

当然酒还是无法戒掉，至少睡不着时，喝几口还可多睡一会儿。

没走多久，就看见几栋楼房，就在一栋旧旧的楼房侧边，依着一栋更破旧的低矮的土砖房。他停住了脚步，指着土砖房告诉我，那就是他的家。

我甚是惊讶，只见小小的窗户紧闭，大门也紧闭，门前长满了高高的杂草及灌木丛。

我转过头来问他：门前都没有路，你怎么进屋？你老婆在房子里么？

他点了点头，她就在里面！她现在比以前安静多了，我怕她从大门出来跑到邻居家去，一般从后门进出。

我走上前去，却无法靠近他家的大门，侧边那栋旧楼房也已人去楼空。我侧耳听了听，四处一片悄然，土砖房内也一片悄然。

我很想进去看看，忙让他带我走后门进去。他却站在那里不动，也不说带我去，也不说不带我去。我猜想他非常不愿意我去他家。

果然，他犹犹豫豫地说，从后门进还要绕很远的路，不方便！见他如此为难，我也左右为难，两人便站在那里大眼瞪小眼，这时庄园

王再祥的老婆就生活在这栋旧土砖屋里

168

方向传来呼喊他的声音。

他如释重负地对我说，主人们来了，他得赶过去！说完就丢下我，匆匆往回走。我只得随他往回走，不甘心地频频回望那栋土砖屋。

那么多年过去了，曾经年轻的媳妇现在是怎么一副模样，是蓬着头发坐在脏乱的地上，还是喃喃自语地在堆满垃圾的房子里游走？不知不觉间，有泪滑过我的脸颊。

他好似有些愧疚，也不回头，却有一句没一句地和我说话：早在十多年前，村里就给老婆办了低保，之前每季度只有40多元，现在每月可领到200多元钱。5年前村里又给她办了病残补助，每季度也有250元钱呢。从2006年起，他们俩入了农村合作医疗，他老婆吃药的钱已不成问题。只怪他不争气，不能赚大钱，只能将她关在黑屋子里，也是没办法的办法！他老婆这辈子命太苦，他的命也苦！

他说不下去了，停住了脚，回过头来看我。我抬头看了看他，他的脸上满是痛苦，眼里也蓄满了泪水。我不忍心再让他难过，不敢再提她老婆的病。

临告别时，我认真地对他说，你也不要多想，好好珍惜现在这份工作，尽量爱护自己的身体，也尽量照顾好老婆！

他点了点头，快步朝山庄走去，那里正有一大帮人在等他。

我只得怅然地离开，就在回城的路上，眼前不时闪现他茫然的眼神。他曾再三对我说，他是没有明天的人！他早就没有明天了！

罗贻斌：我与孙子相依为命

走进公安县东南醇牛肉食品公司的养牛场时，走过那些高大的牛棚，一头头壮实的大水牛全都安静地看着我。就在左上角，一辆小型推土车正在翻拌饲料，停下来时，几位老人忙手持大扫帚，将摊开的饲料往前扫。友人指了指身穿灰布上衣的瘦老头，我明白他便是我要

说起孙子，罗贻斌流泪了

采访的老人。随后，友人赶紧上前去与灰衣老人打招呼，附在他耳边说了几句，老头激烈地摇摇头。友人却不由分说地扯起他的臂膀，拉着他往休息室里走，我赶紧尾随而去。

员工休息室在进门处摆了一张长条木沙发，另有两三张矮凳子，大部分空间让几辆摩托车及自行车占住了。灰衣老头让我坐在木沙发上，他就坐在矮凳子上，背依着辆自行车。我看了看他，花白的短短的头发，穿着灰色T恤深蓝色长裤深绿色浅口胶鞋，T恤套在他身上显得又大又长，裤子上沾满了灰尘，裤角边上更是沾了些湿牛粪。他苦着脸，佝偻着背，局促不安地坐在那儿，不时呆呆地看着门外的田野。我强烈地感觉到他的压抑，好在我找他说话时，他还是有一句没一句地接我的话。

老人叫罗贻斌，公安县夹竹园镇新港村六组人，今年65岁了，家就在不远处加油站隔壁。他2012年年初来东南醇公司打工，主要负责铡草、喂牛、清理牛粪、打扫卫生等工作，头年一月只有1600元，现在每月有1800元钱了。他是个勤快人，活儿不是很累，但必须从早忙到晚。

事实上，他这辈子就没清闲过，老婆于1980年刚刚29岁就过世了，抛下他和一双年幼的儿女。三十多年一晃过去了，原想辛辛苦苦拉扯儿女们长大，他的苦日子终会熬到头。谁知他年岁渐高，依然孤苦无依，估计还得依然操劳下去。

不是么？女儿于1973年出生，上过小学后就回家干活儿，嫁在对河的村子里。她有两个小孩在上学，也就没出去打工，只是逢年过节回家看看就走，不知道给老父亲买些吃的穿的，也不知道拿些钱给父亲。

儿子今年还不到40岁，就在孙子不到两岁时，也许是嫌家里条件不好吧，儿媳妇抛下一切离家出走了，从此杳无音讯。媳妇就是不远的毛家湾人，去问她娘家，却一问三不知。儿子从此心灰意懒，没钱时就去附近的工地上打打零工，手里有些钱时就游手好闲。也不怎么回家，也没有半分钱拿给他，更不管一老一小在家怎么过日子。

如此现状，如此瘦弱的老人，只得四处找活儿干，以维持他与小孙子的生活。孙子今年13岁了，下半年要升初中了，生活费、学杂费之类会更多，老人真是感到了沉重的压力。可只有一亩二分水田及不多的菜地，光靠他种田种菜，绝对养不活他和孙子。且随着年纪增长，再打零工身体就吃不消了。后来，他在附近黄金口摆了个小菜摊子，乡邻们都来照顾他的生意。他看到了大家的好心，便振作精神去种菜去收菜去摆摊卖菜，节衣缩食地维持着祖孙俩的生活，承担起孙子上学的所有费用。

小孙子与他相依为命，对他很依赖，从小就很听话，只是不爱说话。他也看出了小孙子内心的不痛快，毕竟爹从不理他，娘更是不知所终。从小学三年级开始，小孙子就上寄宿，周末才会回家。一回来就待在家里，也不去与伙伴们玩，有时他会扯着爷爷发问：爷爷，为什么爹妈都不管我，为什么妈妈总不回来？她到底去了哪里？

每当这时，看到孙子的盈盈泪水，他会莫名地心痛。他牵起孙子的手，好言好语地安慰孙子说：你还有爷爷呀！爷爷一定会管你！你要好好读书，为爷爷也为自己争口气！

但生活总是一点点挤走了他脸上的笑容，让他防不胜防。就在2007年上半年，那天晚边收摊后，他挑着空空的菜担往家里走，突然，后面冲过来一辆摩托车，狠狠地将他撞倒在地。车主吓坏了，赶紧将他送到了公安县人民医院，一检查左腿被撞骨折了，得赶紧动手术！

　　且不说手术的痛苦，儿子也不来医院，他最担心的还是6岁的孙子没人管。令人气愤的是，做完手术后仅仅半个月，车主便一去不见踪影。他当时还不能走动，院还得住下去。住到50多天时，他不顾医生的反对，硬是坚持出院了。他说他是贱命，腿总会一天天好。他都借了五六千元钱了，再也不能借下去了，不然孙子读书怎么办？

　　可毕竟左腿内搁了块钢板，他不能挑担了，可菜摊还得摆下去。他慢慢地提着菜篮，挪着去市场，能卖一点就卖一点吧。有些菜农见他行走艰难，干脆帮他将菜送到市场，这令他万分感激。

　　腿一天天好起来，虽说一到变天，就隐隐地痛，但毕竟还能支撑着菜摊的正常运转，至少他与小孙子的基本生活还有保障。孙子渐渐长大，他却日渐苍老，他倒觉得再苦再累也值得了。

　　这几年在养牛场干活儿，有了固定的收入，他的生活也比之前有规律了。他想只要这样干下去，供孙子到初中毕业，情况就会好多了。

　　可厄运依然不肯放过他，就在今年6月中旬的一天，那天是周六，天热得很，孙子放假在家。他交代孙子好好在家做作业，就赶着上班去了。到中午下班时，他匆匆朝家赶，他得回去做饭给孙子吃。到家时，一楼租用他家做防盗窗的几个小伙子正在忙碌，切割机发出尖锐刺耳的声音，听了令人难受。待他走到二楼，却赫然看见孙子躺在地上，脸色苍白，一股隐隐的农药味在飘荡。

　　巨大的恐慌席卷而来，孙子这是怎么啦？他吓得腿都软了，忙东倒西歪地跑上前去，扶起孙子的头，语无伦次地问："孙孙，你这是怎么啦？可不要吓你爷爷呀！"

　　孙子的脸都青了，眼睛欲闭未闭，挣扎着对他说："爷爷，你怎么不小心把农药弄到了我口里呢？"说完，头朝一边歪去，嘴角也泛起了白色泡沫。

　　孙子竟喝农药了！刹那间，他全身抖得更厉害了，拼却全身的力气，凄厉地叫嚷道，快，快叫急救车，我孙子喝农药了！

楼下的小伙子闻声跑上来，打电话的打电话，抱孩子的抱孩子，他则恍如呆子一样跟在他们身后。直到救护车呜呜驶来，他才清醒过来，哀哀地哭泣着，眼泪大颗大颗地滴落。他不知道他孙子还有没有救？可怜的孩子呀！

说到这里，老人一直苦着脸，串串泪水缓缓流下，他说不成话了。我的心隐隐地痛了起来，一个年仅13岁的孩子竟然自杀，该承受过多么大的压力呀！

所幸小孙子在重症监护室里抢救了9天后，转危为安，整整几天几晚没合眼的老人才睡了个安稳觉。

孙子救过来了，但一天得5000多元的治疗费。除去当地好心人捐助，加上他之前的些许积蓄凑了1万多元，老人又背上了4万多元的债务。孙子的爸爸却没有因此反思，依然四处游手好闲。

孙子出院回家后，老人更是小心翼翼地照顾孩子。眼见孩子渐渐精神起来，他才放下悬着的心，只是苦恼不能与孙子沟通，不知道孙子为什么自杀，也不敢在孙子面前提起此事！

前不久，放暑假了，他担心孙子独自在家乱想，花了1000元将他送去上了老师开的暑假班。此时，我不由惊讶地看了看老人，不由问道：您都欠了那么多债，怎么还花钱送孙子上暑假班，差不多是你每月工资的一大半？他却平静地回答我，只要孙子好，我有什么不舍得的？至于那些债务，慢慢来吧！

聊着聊着，不觉快中午12点了，下班的员工都跑到休息室来推车子了。我提出想去老人家看看，老人没有推辞，只说他还得去干会儿活儿，让我在休息室等他，说完他就走了。

看着他匆匆而去的身影，我不由深深地为老人担忧。这时不时在休息室走动的大婶告诉我，老人实在可怜，他是个老实人勤快人，就是命不好！老婆死得早，拉扯儿女长大不容易，他竟靠养猪养鸡种菜等积了些钱，20多年前就建起了当地少见的红砖小楼！

可女儿不体恤他，儿子更是不争气！打牌抽烟什么都来，人又懒，乃至老婆都留不住！他倒好，也不思悔改，反倒变本加厉，嫖赌逍遥，没钱了就偷家里的粮食家里的油去卖！老子儿子都不管，只管在外面快活！

我看了看大婶严肃的脸色，甚至还有愤怒，知道她这是在为老人抱不平！回想老人刚才自始至终都没有抱怨儿女，只是抱怨自己的命运，更深地理解老人的苦衷，儿子不争气，除了承受又有什么办法？

过了好一会儿，老人还没来，我赶往养牛棚，但见他正在卖力地扒牛粪。我叫住他，说中午饭的时候到了，还是先去他家看看。老人不好意思地说，这些是他上午的活儿，刚才没干完呢！怕老板会怪罪！我笑了笑说，今天例外，老板不会怪你！

老人随之放下手中的工具，朝门外走，他的自行车在门外，他得骑自行车！之后，老人在前骑车，我们的车缓缓地跟在后面。到了大马路上，我们的车超过了他，直接往加油站方向开。

加油站旁边有几栋楼房，也看不出哪栋最旧，便停在对面等。隔了好大一会儿，才看见老人在大太阳底下吃力地蹬着车，急急而来。

▌瘦弱的罗贻斌得靠打工养活他与小孙子

他朝那栋门外摆放了不少防盗窗的楼房奔去，那是栋老式楼房，外墙倒贴了浅色瓷砖，二楼还安了封闭式阳台，看上去还不错。我不禁疑惑了。

见老人站在门前张望，我忙跑了过去，一楼厅堂里摆了大台子和不少工具，都成了制作防盗窗的工作间了，有两个小伙子在忙碌。老人带着我往二楼走，他告诉我，房子租给做防盗窗的老板两年了，每年租金1200元。我以为听错了，老人解释道，他家的房子都是老板装修好的，还留给他们一间房子住，附一楼的房子也留给他们用呢！老板人好呢，上次孙子住院就借给他2万多元钱，帮了他大忙！

走进二楼中间那间房，虽说铺了地板，墙壁也涂得白白的，可房内就并排放了两张木板床，靠床内侧放了个铁架子，其上挂了一排衣服，床前有一张电视柜，搁了台老板淘汰下来的旧电视机。除此之外，什么也没有，窗帘也没有。老人说，平常就他和孙子一起睡，儿子回来了，也睡这里。

我们再往附一楼，对着楼梯口是一间厨房，四周墙壁黑黢黢的，左边棚子屋里搁着一只红色塑料大盆子，里面泡着些衣服。看来老人早上去上班，还没来得及洗衣服。

这么一个瘦弱的老人，等他累了半天回家，还得自己做饭自己洗衣服自己种地种菜甚至照料孙子，真够他受的！

站在楼梯口时，我不由得问老人："这么多年您肯定很辛苦，为什么当初不趁年轻再找个老婆呢？"

老人叹了叹说："你看我这个条件，拖着两个小孩，又没什么钱，谁会看上我呢？"

看着老人黯然的神色，念及他一路来所遭受的苦痛，不由大胆地问道：您那时还刚刚30岁，难道不想女人么？这可是人之常情呀！

老人看了看我，干脆地答道，我不想，我生活都成困难，有什么资格想女人呢？我倘是给了她钱，我自己就没钱生活下去！即使有人愿意嫁给我，我家的小孩能和她家的小孩相处好吗？我养两个儿女都

175

吃力，哪有能力再养老婆与其他孩子呀？

老人的话令我心酸心痛，再次看到他眼里的泪水，心里叹息道，天底下如此父亲真是太委屈自己了！

临告别时，老人还是低声地说道，姑娘，我是过一天是一天！之前我一直控制自己不去想女人，而现在我是抑制自己不去多想今后的日子！

我不忍再听下去，朝他摆摆手告别，快步离他而去，也不敢回头再看他。

但走出了好远，我的后背还火辣辣的。我知道，老人还在看着我呢。

徐上发：想老婆早些回家

之前在古代文学课上接触过"公安诗派"，也由此知道公安县。四百多年前，"公安三袁"袁宗道、袁宏道、袁中道三兄弟皆为明万历朝进士，以"独抒性灵，不拘格套"的文学主张，创立了中国文学史上重要的文学流派——"公安派"，一扫晚明文坛复古之风。而公安置县始于汉高帝五年（前202年），时名孱陵县。汉建安十四年（209年），刘备领荆州牧，立营油江口，取左公刘备安营扎寨之意，改孱陵为公安，公安县由此而得名。此地与洞庭湖平原一衣带水，与荆州古城一桥相连。既然来了，便直奔三袁故里——孟家溪镇三袁村，在明朝时此地称为"长安里"。

自然要去荷叶山，系袁宗道、袁中道的合葬墓。所谓的"荷叶山"现在不过是一个稍高的岗地，过去周围可能全是荷叶莲池吧。正是阳光炽热之时，站在高地环视四周，视野间都是绿色的田野。回望那大大的土堆墓及墓前竖立着的高大的碑，却有些荒凉。

袁宏道的墓地在何处呢？袁宏道是"公安派"领袖，为三袁文学成就最杰出者。一问，他的墓尚在数十里外的白鹤山。1958年被毁，1990年初期村民才在昔日墓地发现袁宏道及其夫人合葬墓碑，据说有计划修复。

想当初袁宏道弃官回乡，在斗湖堤西南买地，植有万株柳树，建起了柳浪馆。当时的文人雅士多聚集于此，读书，吟诗，参禅，悟道，好不风流。一问，也沦为遗址了，不由无限怅然：陌上花开蝴蝶飞，江山犹是昔人非。再放眼四望，毕竟是三袁故地，碧绿的田野翻滚着不凡的气象。

一同前来的村支书告诉我，此地虽贵为三袁故里，有760户3800多人，人均还不到1亩地。年轻人大都出外去了，或在集镇做生意，或跑短途运输，或在建筑队里干活儿，当然也有南下去广州深圳等地打工。

一路走来，一栋栋楼房大都建得很气派，走到徐上发家旧平房前还是有些惊讶。徐上发中等个子，黝黑的皮肤，穿着深蓝底细白条纹的T恤深蓝色七分短裤，看不出已是66岁的老人了。其时，都下午两点多了，他刚从孟溪镇赶集回来，正在厨房里忙着做饭，还没吃午饭呢！

都快下午两点了，忙碌了一上午，徐上发还得自己做饭

老徐有三个儿女，却多年孤身一人在家。大女儿1969年出生，就嫁在十多里路远的泉溪村。之前，一直在深圳打工，今年在家里建新房，她儿子要结婚了。她最多逢年过节回来看看父亲，从不在家里住。

二女儿生于1973年，大学毕业后也曾去过深圳，后来夫妻俩都在沙市造船厂上班，外孙在沙市上大学了。二女儿虽在公安县城买了套房子，可每年最多过年时回来看看父母。

儿子最小，今年才36岁，初中毕业后就随当地年轻人一起出外打工。跑过许多建筑工地，先后在西安、山东、武汉等地干过，现在在湖北襄阳一个工地当小包工头。他早早地结婚了，孙子两岁多时又离婚了。10年过去了，儿子东不成西不就，没有再结婚。老徐夫妻一直承担了照顾孙子的重任，之前，老夫妻带着孙子在老屋里住着，孙子就在孟溪镇上幼儿园，生活简单而温馨。

待到孙子6岁时，儿子说什么都要奶奶带着孙子到县城上公安实验小学。老徐虽不乐意，但培养孙子毕竟是全家的大事。于是，两位老人分开了，一个独守老屋，一个带着小孙子住在二女儿买来的房子里。

奶奶六十多了，身体并不好，天天得接送孙子上下学，为孙子买菜做饭洗衣等，忙得团团转，还挂心着独自在乡下的老徐。所幸孙子懂事乖巧，学习成绩好。他爸爸还特地为他请了家教老师，周末也得上英语、美术等培训课，也就很少回乡下了。孙子回不了乡下，奶奶也就没时间回乡下陪陪老头，老徐只得独自留守在老屋。其实老徐完全可以也住到城里去，怎么就没去呢？说来就话长了，就在我们聊天时，原本开朗的老徐绷起了脸！

儿子一直只是个打工仔，他的工资除了缴孙子上学及祖孙俩在城里的开销，也就所剩无几了，也不可能再给老徐什么钱。老徐呢，只是个土生土长的农民，除了种粮食种菜种棉花，打打零工，也没有其他额外的收入。倘跑到城里，靠什么生活呢？在乡下毕竟开销小。所幸身体尚好，每年4到10月，他可以天天去附近河沟里打鳝鱼和虾子，然后拿到孟溪镇菜市场去卖，日常开销就足够了！多干些活儿没事，钱节省着用也没事，但独自在家的孤独难以忍受！

说话间，老徐指了指远远近近几栋楼房说，你看，那些楼房建得漂漂亮亮，但人家都出去打工去了，有些老人小孩也一起带走了，一年到头都锁着大门呢！干活儿时时间容易过，一旦闲下来就想找人说说话，可能说上话的或没在家或没时间，我孤老头一人在家，也难得有人来串门！我一个孤老头子，也不好随便上别人家串门呢！

实在太想老伴儿孙子了，就打打电话，甚至跑到城里看看他们。却只能来去匆匆，当天去当天回，不放心家里养着的鸡鸭猪狗呀！

想想看吧，老徐不打牌，每天早早起来，一上午就在市场上忙碌，赶回家时都中午一两点钟了。随便做些饭菜，吃完后，稍事休息，又跑到田里地里干活儿去了。吃过晚饭后，便是他一天的黄金时间，他得去打鳝鱼。待回到家里，则差不多晚上九十点钟了，匆匆洗漱就上床睡觉。

一天就这样过去了。一天天就这样过去了。独自忙碌着，独自辛苦着，独自孤独着，痛苦与欢乐都几乎没人分享。

孤独，孤独，还是孤独。老徐无可排遣，只得常常寄情于酒。早上要骑车去镇上市场，就忍着不喝酒了。但中餐晚餐，他得喝二三两酒。一般都是买来的谷酒，再买些中药泡在酒里，制成了药酒。

酒是好东西呀，有了蒙蒙的醉意，时间就容易过，还可以除除湿气。

说起老徐最大的愿望，我问是不是建新楼房呢？他果断地摇摇头。见我疑惑，他解释道，这栋平房还是他1976年建的，1998年当地涨洪水后进行了维修，也实在需要拆了重建。可物价在不断上涨，头几年建一栋三开间的二层楼房只要20多万元钱，现在得30多万元！到哪里去找30多万元钱呀？

而儿子早已不习惯乡下的生活了，早就想在公安城里买套房子，到时他这个当爹的还得支援呢！

至于他最大的愿望，则是希望儿子赶紧找个老婆，赶紧重新组建新的家庭！到时，老伴儿就不用再在城里带孙子了，他们老夫妻就可以安安心心住在乡下，安度晚年了！

至于愿望能否实现，他没有把握！一时间，他陷入了茫然。

而我则在想，人总是说老就老了，行走不便时，就得拄起拐杖。子女能当拐杖？曾经以为子女就是拐杖，临到老时才发现，往往是竹篮打水一场空！

就在回城之时，已是夕阳西下，坐在车上，远远望去，207国道两旁的水杉树整齐而又漂亮，笼罩着淡淡的诗意与淡淡的忧郁。回望我走过蔡甸走过公安的日子，那些我走访的空巢老人一一在我眼前闪过。我心酸地发现，谁也未曾在我面前开心地笑过。

但我真切地知道，他们也曾开怀大笑过，也曾微笑过，只是生活的棱角将他们的笑渐渐磨去。当然，他们并不卑微，只是未曾料到人老之时，孤独与无奈也随之降临，乃至老无所依。

采访时间

蔡甸区：2014年7月9日、7月10日、7月11日、7月12日；公安县：2014年7月27日、7月28日、7月29日

采访后记

就在离开三袁村到镇上的路上，三袁村村支书告诉我，村里小学撤并时，有位小学教师便带着老婆及儿女去武汉打工，任70多岁的父母留在家里。十多年过去了，他硬是没有回过一次家，更没有寄过一次钱。要知道他父亲一只眼睛瞎了，母亲则患有精神病，两位老人仅靠村上及邻居们的接济艰难地过着日子！这日子又怎么过得好呢？

村支书的话令我们陷入了悲凉与深思，面对那些体弱多病又无依

无靠的老人，光倾注同情显然不够，每月区区的55元钱也不够，就是再加上低保也显然不够。此时能指望子女的良心发现么？倘没有子女怎么办？子女本人生存都困难又怎么办？有人会说，城乡赶紧建立系统的养老保障体制，至少得让老人能住得起敬老院，能看得起病，能过平静安心的日子呀！那么，仅仅有养老保障体制就行了么？老人们就能安享晚年了么？

第五章

川渝行：年老就是可怕的病

公元701年，武则天将该年年号定为"大足"，谓"大足天下，天下大足"。57年后，其曾孙唐肃宗颁令设置大足县，其地位于四川盆地东南。晚唐至两宋近400年间，大足一直是昌州府府治所在地。宋人沈立《海棠记》：天下海棠无香，惟大足治中海棠独香，故大足又称"海棠香国"。大足县于1975年分为双桥区和大足县，至2011年撤销双桥区、大足县，设立大足区。

大足地处成渝经济区腹心，是驰名中外的"石刻之乡""五金之乡""鱼米之乡"和"鲤鱼灯舞之乡"。域内遍布摩崖造像，时间跨度从公元9世纪到13世纪，这些石刻以其艺术品质极高、题材丰富多变而闻名遐迩，从世俗到宗教，鲜明地反映了中国这一时期的日常社会生活，而弥足珍贵。

我投奔友人小燕而来。她写过一本《大千大足》诗集。时在9月，一下飞机便发觉重庆细雨霏霏，甚是凉爽。小燕与夫君驱车两个多小时，来机场接我。

曾宪昭：何处才是我真正的家

小燕是大足电视台的编导，向我提及前几天在大足闹得沸沸扬扬的一则新闻，80多岁的老母生有3个儿子，却无家可归，借住在娘家侄子家。

这天下午，我们租了一辆的士，直驱这个故事的发生地——邮亭镇东胜村。

一条斜路入村，村头立着几栋土墙旧屋，处处不见人影。循着低低的说话声前行，来到一栋小平房跟前，但见厅屋内两个老年男女在聊天。小燕上前询问：曾宪昭婆婆住在哪里？穿大红T恤的瘦老头赶紧迎了上来，热情地走在前头，给我们带路。走了大约100米后，就停住了，指了指对面田垄里一栋红砖外墙的两层楼房：就住在那栋房子里，你们自己去吧。谢过他，继续往前走。再回头看时，他早已不见人影。

田垄里水稻长势很好，飘荡着成熟的稻香，四周依山散落着一栋栋漂亮的楼房，一片安宁。来到那栋老式红砖楼房侧边，但见前坪里野花野草长得茂盛，门前那条小路一看就是有人刚刚重新清理出来的。大门虚掩，一推就开，一位老婆婆闻声从右边房里走了出来。原以为她已弱不禁风，谁知她看上去挺精神，齐耳短发，声音洪亮，身材壮实高大，腰板直直的，穿着桃红色花衣黑色裤子黄色跑鞋。得知我们的来意，婆婆并不觉意外，赶紧搬出几张椅子让我们坐在厅屋里。

曾婆婆今年82岁，19岁嫁给了本队的陈能圣，第二年生了大女儿，随之，夫妻俩又生育了三儿两女。大儿子陈显传，今年59岁，已从许家沟煤矿退休了，现住在荣昌县他女儿家。因陈家大哥没有儿子，显传20岁时就过继了大伯，大伯当时在许家沟煤矿工作。按当时政策，显传22岁时就顶职到煤矿上班了。近几年来，倒是这个过继的儿子照顾她最多，照顾最好。二儿子陈显华只有小学毕业，是个地地道道的农民，今年55岁了。他老婆早在十多年前就外出打工，他一双儿女也在外打工，他却待在家里干干农活儿。三儿子陈显富今年45岁了，有两个女儿，大女儿已结婚了。因他修汽车技术好，收入颇丰，已在邮亭镇步行街金地阳光小区买了套100多平方米的大套房。至于3个女儿，大女儿二女儿都嫁在附近玉龙镇，小女儿嫁在高升镇，都在外打工。

早在25年前，丈夫突发脑溢血过世后，儿子们就分家了。小儿子刚刚20岁，曾宪昭就伴着他住在陈家老屋。几年后，小儿子结婚了，曾宪昭就独自生活。她那时还不到60岁，身体硬朗，地里家里的活儿都能对付。

当小女儿生了第二个儿子后，就将母亲接了过去，帮她料理家务带带孩子。一住就是5年，儿子们并没有拿生活费给她，花销一概由小女儿承担。小女儿女婿先在附近打工，后来双双到广州打工，他们希望母亲就伴着他们过日子。

小儿子却打来电话要曾婆婆回去，之后干脆将她接了回来。可回来后，曾婆婆依然独自生活在老屋里，毕竟年纪大了，身体大不如从前，胃疼、脑血管硬化等毛病都来了，有些活儿也干不了。如此一来，儿女们商定每家每月给老母亲40元钱，所有儿女都按时拿了钱，但小儿子一直没拿一分钱。

就在6年前，几个儿子一商量，每人拿出了1200元钱，给老母亲买了份社保。到今年年初，曾婆婆每月能领到1200元社保金，每月还有70元养老金，儿女们每月40元钱就不再拿了，她倒觉得如此挺好。

可就在此时，儿女们又决定让曾婆婆到3个儿子家轮流吃住，每家一个月。之后，抓阄确定了大儿子小儿子二儿子家的轮流顺序，轮到哪家曾婆婆要拿出400元钱，3个女儿则每人要拿200元钱。也就是说，这1000元就当作曾婆婆的伙食费看护费。

从4月1号开始，曾婆婆住到大儿子荣昌的家里，在此安安稳稳过了一个月。大儿子不光没要她拿钱，还带她检查了身体。曾婆婆甚为安慰时，小儿媳却偷偷地将乡下的五间半老房子卖掉了。至于卖了多少钱，曾婆婆及其他儿女都不知道，只有生气。

到了5月，曾婆婆就住到了小儿子在镇上的家里。事实上，曾婆婆最想独自过。在她看来，子女多了，有时免不了听空话，且她一向独自过惯了，住在儿子家想吃什么吃不了，还得看媳妇的脸色。

就在5月，只因有个女儿迟迟未交200元钱，小儿媳妇脸色很难看，曾婆婆也颇感委屈。有一天，隔壁婆婆来串门，赞叹道：你真是好福气，有人轮流养你！曾婆婆正心事重重，随口答道：有什么好，就像吃讨饭！隔壁婆婆竟随即就将此话过到小儿媳妇耳朵里。

小儿媳妇为人好强泼辣，早就对婆婆过去没帮她带孩子而耿耿于怀。到吃中饭时，就在饭桌上，小儿媳妇不停地说她骂她，曾婆婆伤心得连饭都没吃几口。之后，媳妇天天给她脸色看，天天指桑骂槐，令她度日如年。

直至月底时，二儿子来接她，她才如释重负，但她什么也没说。

在二儿子家过了一个月，她又来到了大儿子家。大儿子给她买了不少药，天天监督她吃，她的身体状况好多了。该去小儿子家前，大儿子又给她买了一堆药，依依不舍地将她送上了回邮亭的汽车。

车至邮亭时，曾婆婆在车站等了好久，不见小儿子来接她。都下午了，天气热得实在受不了，她只得前往离车站不远的熟人姚家歇息。小儿子一直没来接她，她只好在此住了两晚。随之，在林家住了一天，又去附近东皇庙里住了四天四晚。就这样，曾婆婆背着行李在邮亭镇东一家西一家游荡了13天，小儿子应该知道她回来了，却始终没有来找她，令她万分难过。

到了第十四天，曾婆婆无法可想了，一大早背着铺盖来到了东胜村村委会，找到村书记诉说她的困境。村书记赶紧给她小儿子打电话，让他过来接老母回家，可等到下午都不见他来。村书记又给小儿子的干爹打了电话，让干爹去劝劝他。

终于，到了晚边，小儿子开着车来了，没好声气地将她的行李搬上车。一路无话，却将她送回了他在村里的旧楼房跟前。旧楼房很久没人住了，儿子打开了偏屋的门，满脸怒容地说道，你就住这儿吧。曾婆婆很生气，这偏房是家里以前养猪的地方，虽说早就没养猪了，但毕竟气味不好，下雨天还会漏雨。小儿子才不管母亲高兴不高兴，从正屋里搬来一张老式床，摆放在偏屋中央，随手拿了些被子床单之类搁在床上。之后，什么也没说，锁了大门，扬长而去。

闻讯赶来的邻居都气愤了，叽叽喳喳地议论开来。曾婆婆却欲哭无泪，正屋她进不了，什么米呀油呀菜呀，甚至柜子椅子之类都没有，她的日子怎么过呀？二儿子也来了，默默地帮她料理了一下屋子，却没有带老母亲回家。他吞吞吐吐地说：他一个人也不好做主让老母亲到他家里住，还没轮到他家！

邻居们都摇摇头，纷纷离开了，留下曾婆婆面对散乱的场面。曾婆婆原本就是不服输的人，她想她每月有社保金，不如就顺应现实，过几天清静日子吧！后来，大足电视台记者不知怎么得知了她的遭遇，竟前来采访她，并随即播放了。

如此一来，一石激起了千层浪，小儿子与小儿媳怒气冲冲地回来了。小儿媳不客气地质问她："你竟然让电视台来采访你，现在闹得天下都知道这事了，你再也不要在这里住了！这是我家的房子，你赶紧给我滚！"

见儿媳跳起脚在骂，曾婆婆也不搭话，独自站到了屋外的台阶上。媳妇也跟着来到屋外，看了看地坪角落里长势良好的南瓜藤，明知故问道："不是结了好几只南瓜吗？那只大南瓜呢，哪里去了？"

曾婆婆只好说："什么菜也没有，我煮着吃了！"

媳妇这下骂得更凶了，如大街上骂街的泼妇，根本不顾老母亲的感受："你丢了我的面子！我也顾不得你的面子！谁叫你吃，是谁叫你吃，我情愿拿去喂猪，也不给你吃，你给我赶紧滚吧！"说着，跑进屋内，拿起了老人的衣物，想也没想，就通通丢到了地坪里。

村书记与几位亲戚闻讯赶来，邻居们则远远地站在路边看热闹。当着村干部的面，小儿子一声不吭，小媳妇则依然骂声不断，骂老人厚此薄彼，从来没帮她带过小孩，她生小孩时也没吃过老人的鸡蛋；骂老人为老不尊，随便在外面说她的坏话；骂小姑子不守信用，不拿老人的生活费……

在高一声低一声的骂声里，曾婆婆就如泥菩萨般一动不动地站在台阶上，眼里满是晃晃的泪水。平日里，就是这个小儿媳妇挑起兄弟姐妹的矛盾，而小儿子却随她去骂去吵，怪只怪小儿子听信老婆！旁边的亲戚们实在看不下去了，就一个个上前劝小儿媳妇不要再骂了，当娘的毕竟是当娘的。也有的劝小儿子赶紧拉走自己的老婆，再骂下去就不像话了。

村书记眼见情势不对，赶紧一一给另外两个儿子打电话，找他们商量办法。大儿子说，他从来没拿过老人的钱，反倒花不少钱给老人买药。他毕竟是过继了，只能当出嫁的姑娘对待！二儿子更是退避三舍，他说，他会按约定来养老人，轮到他家他会尽责任！

村书记也没辙了，怕老人太难过，就将老人劝到邻居家。这边小儿子小儿媳恨恨地锁了门扬长而去。眼看着小儿子的车子急急而去，村干部劝老人先搬家再说，然后再起诉儿子们不尽赡养义务！

说搬容易，可搬到哪儿呢？

老屋让小儿媳卖掉了，大儿子二儿子家也不能长住！

最后，曾婆婆想起娘家侄子家的钥匙一直放在她这儿。他们都在外打工，他家房子除了过年回来住几天外，都十多年没人住过了。

实在顾不了那么多，给侄子打电话说了一下，侄子爽快地同意了。第二天一大早，也即9月1日，曾婆婆就开始搬家了。她先去侄儿家打扫卫生，砍掉门前那些杂草。娘家嫂子也来帮忙了，二位老太太足足忙了一大上午。

待下午正式搬东西时，大足电视台又闻讯来跟踪采访。眼见着八旬老母凄怆的模样，记者们便带着她去找她的小儿子，看能否有转机。刚好她小儿子与儿媳都在家。眼见记者来了，小儿子使劲地推开镜头，小儿媳却不停地咒骂，骂老母亲更骂记者，那么多贪官不去报道，怎么报道我们小百姓的小事，要知道她从来没替我带过小孩也没有给我煮过鸡蛋……自始至终，婆婆只是呆呆地默默地坐在沙发上，好似眼前的情景与自己无关，眼前的亲人也与自己无关。最后小儿子再次去推镜头，记者们只好带着婆婆离开。

我们来时，曾婆婆已在侄子家住了两晚。头晚找不到电源开关，摸黑过了一晚。第二天一大早，打了侄子的电话，才找到了电源，开始做饭了。

婆婆独自住在没有电灯的旧房子里时，她想到了什么呢？是否睡得安稳？我不由问她：住在这里还习惯么？

婆婆脸阴了，连连叹气说：有什么习惯不习惯，这房子虽旧，至少有个安身的地方！

问到有没有吃饭，婆婆指了指厅屋正中那张大圆桌。我一看，桌上摆了不少炊具，有电磁炉、高压锅、铁锅、碗筷等之类。

婆婆说，她就用电做饭炒菜。她还手脚麻利地揭开一只蒸锅给我看，她今天中午蒸了粉蒸肉呢，味道不错。

再看桌边，靠墙摆了四五只塑料桶，桶里盛了清亮亮的水，靠房门则摆着一只小柜子，柜子上摆了些茶壶茶杯之类。

征得她的同意，我来到她的房间，但见对门摆着一张三门柜，门都坏了，装满了侄子家的衣物。衣柜旁边摆着一张木床，堆了些婆婆的衣物。另一张简易床靠内墙放着，正对着窗户，床上铺着凉席，随意地摆了枕头被子等。房间自是简陋，也没有窗帘。

处处整洁，处处干净，我由衷地赞道：婆婆，你真能干！

曾婆婆却摇摇头说，不行了，到底年纪大了！身子没以前好，记性不好了！说着，她从小柜子上拿起一大包药，你看，这是我大儿子给我买的药，可我不记得该怎么吃，回来后就一直没吃！

见婆婆满脸悲伤，我忙另找话题，问道：婆婆，您这个月应该去二儿子家，怎么不去呢？他没来接你吗？

婆婆又摇摇头说，今天上午二儿子就来过，但我不想再和他们一起住。搬来搬去，真像讨饭的！

我急了，您都80多了，身边总得有人照顾，可不能再独自住了！

婆婆愣了愣，坚决地说道，我不想吃轮饭！村干部说要是没儿子愿意照顾我，就让我去住敬老院！我也不想去敬老院！

为什么不去敬老院？敬老院至少有地方住有人做饭，也有老人做伴，比你现在独自住在这里好！您看您上厕所都得到隔壁家！

婆婆苦着脸说，敬老院里不自由，你看我有时要去赶集去走亲戚，有时要去看老朋友，有时还得去庙里住几天，住进敬老院了就什么都做不得了！

可接下来的日子该怎么办呢？婆婆一片迷茫。

我们也一片迷茫。

龙先忠：年老就是可怕的病

从大足县城往东，坐一个小时的汽车，就到了回龙镇，西面紧邻宝顶镇和智凤镇。至于智凤镇，便是大足石刻创始人赵智凤大师的故乡。从回龙街东头出去，一条弯弯曲曲的水泥路，行不多远，开始上坡。顺着陡峭的山路爬上去，就到了母猪坡。再顺着弯弯的山路，拐下山麓，半山腰又生出一个小坡坡，叫登干坡——登干是方言，即鬼。登干坡顶有一个小土地庙，供着浑身是泥的土地公公和土地婆婆。方圆十里的乡亲，逢年过节，都会到这儿烧香膜拜，许愿还愿。顺着登干坡继续往下，很快就到了蒲家店。下得车来，环视四周，竟是一道长长的山冲，为走马村六组，小燕的娘家。

是否曾经真有过蒲家店？小燕也不太清楚，但就在山脚下大路边，一栋旧式青砖楼房里真的开了家小商店，没多少货品，铺面就由面向台阶的窗户改建而成。看店的老人龙先忠正在忙碌，他老婆梁美芬呆坐在厅屋大门边。

我们原本想去访问孤寡老人娄银法，他就住在对面路边那两间石头墙的平房里。小燕说，他年轻时长得高大帅气，且很能干，是个石匠，农活儿也做得好，还会杀猪、修灶、修房子。但他父母过世早，家里穷，硬是没找到老婆。40多岁时，他捡了个刚出生没多久的小女孩，当成孙女带。现在孙女出嫁了，他独自过活。但他家大门紧闭，一问隔壁的老婆婆，他出外钓鱼去了，不知啥时会回来。

只得往回走，站在大路上，但见四处都是小山坡，圆润，温顺，满是绿意。小山坡顶，半山腰上，山脚下或者山凹里，零星地分布着一些村舍和农家院子。大都是一栋栋鲜亮的楼房，外墙贴着亮闪闪的瓷砖，有铝合窗有金晃晃的大门，一派贵气。只是路上行人稀少，偶尔有老人妇人走过。而龙家的楼房由青砖砌成，工艺不错，当年应该风光过，但现在明显落伍了。

龙先忠71岁了，他家门前这条路，自古以来就是通往宝顶、国梁、回龙、大足等地的交通要道，之前是石板路，后来改为公路。龙先忠的叔公新中国成立前是大地主，就在此地开设了大型客栈，还在外做大生意。之后，龙先忠家也被划为中农，在村子里饱受歧视，日子自然不好过。他小学毕业后，只得回队上参加生产劳动。他舍得花力气，不仅样样农活精通，还是远近闻名的瓦匠。

不死命干活儿行吗？家里就是几间旧木屋，只怕老婆都找不到，何况还得常常受摊派多干活儿。到1963年6月，他终于结婚了，老婆梁美芬比他小一岁，娘家离此只有二三里路。4个孩子接踵而来，令他们甚为欣幸，也令他们陷入辛苦劳累的境地。

大儿子龙孝福生于1964年，初中毕业后在家干了几年农活儿，20岁时随村子里的同伴前往云南楚雄打工。结婚后，将老婆也带去楚雄做生意，留下一女一子让他们夫妻带养，直到孙女龙梅考上职业学院，龙冬考上重庆的大学。现在大儿子在楚雄生意做得好，龙梅已在楚雄某广告公司打工，龙冬刚刚大学毕业，也去楚雄找工作了。他们一家算是在楚雄安下了家。

小儿子龙孝生今年40岁了，初中毕业后在家待了几年，按捺不住也打工去了。曾辗转于云南、广东、贵州、浙江、新疆等地，在建筑工地做过小工，开过小店，在工厂做过管理人员。在外面转了一圈，虽有父母在家帮他带孩子，依然没赚到什么钱。回到了老家后，在回龙镇边上租了间小门面，另租了间小套房，做起了鞭炮生意，生意做到了云南、贵州、四川等地。两个孙女都还不大，一个在镇上上初中，一个上小学。小儿子不时会骑摩托回来看看父母，只是来去匆匆。

至于两个女儿，都嫁得不远，大女儿龙孝兰在家养黑山羊，在当地很出名，还是大足区人大代表呢。小女儿之前常年出外打工，今年刚刚42岁，就在家带孙子了。女儿毕竟是女儿，她们一般只逢年过节生日时回家看看父母，买些吃的穿的用的给父母，仅仅打个转，吃顿饭，有时连饭也不吃，就走了。

当再次走到他家地坪，瘦瘦高高的龙大叔应声从房里出来了，搬来两张长条板凳让我们坐在台阶上。龙大婶依然静静地坐着，面朝着大门外，一动不动。但见她胖胖的，留着齐耳短发，穿着深灰色罩衣深色长裤，光脚穿双白色凉鞋。只是呆呆地看着我们，不喜也不怒。

小燕告诉我，美芬大婶10年前就中风了，已经半身不遂了，话也说不清楚。还有，龙大叔也中过风，你没发现他行动不便么？

刚才龙大叔在搬凳子，只觉他行动有些趔趄，现在靠墙坐在我对面，倒看不出什么。他满是皱纹的脸有些苍白，胡子也没剃，穿着灰蓝色衬衣，外面罩件白棕格子西装上衣，深蓝色的长裤则有些短，光脚穿双蓝色塑料拖鞋。那件过时的西装甚是扎眼，不光有些长大，领口袖口口袋边都嵌着棕色布，都洗得起毛了。

如此一来，他精神不济，穿着一身旧衣裳，左手扶着根长长的干竹棍，背衬着旧的青砖墙，实在有些凄怆有些落魄。

当我将视线投向他家里里外外时，厅屋里井然有序，货架上不多的货物也排放整齐，台阶上、地坪里也扫得干干净净。想想家里就只有两位老人，一个无法行走，一个行动不便，不由隐隐有些担忧。

为了操持这个家，龙先忠夫妻俩应是费尽了心力。20世纪80年代初，当地就已分田到户了，要侍奉老人要养育4个儿女，又没有其他收入，其艰难可想而知。但他们铆足了劲，龙大婶负责种菜喂猪喂鸡等家务活儿，龙大叔则在干好地里的活儿之外，加班加点做砖做瓦，筹谋着砌一栋新房。

短短两年时间，龙大叔硬是做好了所需的砖瓦，烧了整整三大窑，10多万口砖呢。一栋漂亮的青砖瓦房建起来了，令当地人赞叹不已。

当然欠了债，还欠得不少。此时一直开在他家左边厢房里的公社供销点开不下去了，他硬着头皮接了过来。他是精明人，之前从没有经商的经验，自然有些诚惶诚恐。但儿女们眼见着长大了，要用的钱越来越多，为此他豁出去了，地里的活儿家里的活儿要干，生意也要做。每隔一段时间，他就挑起箩筐去回龙镇上进货。来回20多里路，每月至少跑一两趟，用尽心思进货不说，更是累得他精疲力竭。

在他们看来，累也值得。不光还清了之前的债务，维持了家用日常开支，包括娶媳妇嫁女等大事的花销，还渐渐有了节余。

他们当然希望儿女们能留在身边，但待在家里又怎能挣到钱？眼见着儿女们一个个出外打工，龙大叔夫妻有些失落。谁知随着大孙女出生，随后6个孙子孙女外孙接二连三地出生，都一一交给他俩扶养了。这下他们可忙得不可开交了，田里的活儿地里的活儿店子里的活儿，加上孩子们的活儿，将夫妻俩淹没了。

当然，最累人的活儿还是带孩子，子女们远在天边，孙子孙女们要吃要喝要穿还要教育，而儿女们认为父母经营小店有收入，从来不给他们钱。

事实上，自从门前那条公路1994年拓宽整修后，人们来来往往便利了，小杂货店生意就差多了。龙大叔向子女提过要付些孩子的生活费，可谁也不吭声。没有任何回应，只得作罢。

也许是积劳成疾吧，到2004年年初，龙大婶在家里忙劳务时摔了一跤，当即不省人事。送到大足人民医院一检查，大婶已是多年的高血压，这下不光跌到了医院，还跌成了一个半身不遂。

那大半年，店没开了，小孩没带了，龙大叔全身心地照顾老婆。老婆跟着他劳累了一辈子，临到老了还经受如此折磨，他心里有愧。

住了大半年的医院后，花掉了五六万元钱，花光了他们所有的积蓄，还借了不少外债。龙大婶的病却没有多少起色，看来不可能好转了，只得出院。

此时，孙子孙女们最小的都到了上学的年龄，龙大叔不再种田也不再养猪，只是尽量开好杂货店，尽力维持这个家。谁知到了这年年底，他的双腿膝关节痛得走不了路，到大足人民医院检查，才发现严重的关节炎已令他膝关节变形，也无恢复正常行走的可能。他这次一住院就是大半个月，又花去了两三万元钱。

如此一来，一个半身不遂无法行走，一个靠拄拐杖行走，即使是相互照顾，也勉为其难。但两个儿子除了答应从此每人每年支付2000元生活费，不让老人再带小孩之外，过了年之后依然一走了之。

日子还得过呀，4000元一年所有费用包干，算盘打得再好也是徒然。龙大叔只得撑着根细竹棍照顾老婆，料理家务，还得料理杂货店及菜园子，店里早已只卖些矿泉水、饮料、烟之类了。且不说内心如何，老婆衣着整洁干净，家里整洁干净，旧房子旧家具两位老人，来来往往的人至少看他们顺眼。

一晃10年过去了，龙大叔越来越瘦了，走路更吃力了。就在今年年初，几位子女商量决定，每个儿子负责父母半年，日常生活开支、添置衣物、看病买药等轮到谁谁拿钱，由离得近的大女儿去采买去安排。

龙大叔是个好强之人，但身体不争气，只得任由儿女安排。聊到这里，我禁不住问："那您还种菜么？吃菜怎么办？"

龙大叔摇摇头说："没力气再种菜了！大女儿倘没及时送菜送米，就自己买点吧！年纪大了，吃不了多少，一个菜可以吃一天呢！"

我急了："您与龙大婶都需要保证营养，如此随便怎么行呢？"

龙大叔叹了叹气说："我们每人每月有80元养老金，小卖铺每月也有点儿收入，倘不吃药打针倒勉强可以对付过去！"

我不由看了看龙大婶，她依然安静地坐在圈椅上，时不时将痰吐在右边的铁桶里。这时，我才发现她左边旧竹躺椅上放了些塑料瓶，瓶里装了些花花绿绿的糖果，还搁有两只纸盒，盒里放了一只只果冻。见我看着那些塑料瓶，龙大叔忙低声解释道："有时我忙去了，孩子们就可到她这里买呢！"

一个瘫痪病人还得做生意！酸涩涌上我的心头，我不敢再看龙大叔涩涩的眼神，我站起来，边走边说：龙大叔你真了不起，家里里里外外都这么干净。即使没有回过身，我也知道他在笑。

我看了看他们的卧室，一床一柜一书桌，整洁；厅屋左边，一台冰箱一张桌子，桌子上摆着电磁炉铁锅两只电饭煲，还有一张新轮椅，整洁；店铺里有两张货柜，摆放些矿泉水、旺仔牛奶等货品，整洁；还看了后面的客房及厨房，整洁。

但处处荡漾着落寞与沉闷，空气也好似有些浑浊，看来他的儿孙们应是很少或几乎没有在家里留宿了。

当我重新坐到他对面，便问道："大叔，你家儿女平时没时间陪你们，过年过节总会回来住几天吧？"

龙大叔忙低下了头，苦涩地笑了笑说："大儿子之前几乎不太回来，近两三年每年过年回来看看，却住在镇上或县城宾馆！至于小儿子现在就在镇上，一月至少回来一次，倒不在家里住。女儿们嘛，逢年过节我们生日都会回来，离得近，就不住了！"

"那么，龙大婶完全靠您照顾么？她洗澡怎么办？起床怎么办？上厕所怎么办？想出外怎么办？"要知道龙大婶看上去胖乎乎的，而龙大叔却高而瘦，还腿脚不灵便。

龙大叔嗫嚅地说："她不是完全没有知觉，能动一点点！只是近两三年我的身体也弱了，搬动她就累了！她倒体谅我，见天气好才提出坐轮椅出去走走！"

哦，这时小燕站在路旁，与熟人说得热火朝天。龙大叔看了看说："我与小燕的爹是从小玩大的朋友，他可好呀，后来考上了小学老师，现在子女凑钱给他们夫妻在城里买了套房子！"

他眼里满满的羡慕与向往，我想安慰他，却无话可说，赶紧转移话题："对面那个娄银法老人生活可好？"

"他呀，好得很！又享受五保，又享受低保，又享受社保，一个月有四五百元钱。何况他身体好，常常四处钓鱼，还到出嫁的女儿家里住住！比我们这些有子女的老人还过得好！"龙大叔如此坦诚地赞叹，令我大为意外，一时不知如何说起。

龙大叔接着竟说道："如今这个社会是好社会，孤寡老人国家照顾很好，只是我们有儿女的人还比不上孤寡老人的日子过得好！"

我一时愕然。龙大叔这么多年生活实在辛苦，干不了什么活儿，小店几乎没有收入，连看病都困难。村上在前二三年还给他们俩安排了低保，每月有一百三四十元钱，今年却取消了。我不禁问道："怎么取消了？"

龙大叔沉默了好大一会儿，才幽幽说道："有人举报了，说我两个儿子都条件好，特别是大儿子在楚雄开店赚了钱，够不上吃低保的条件！"

哦，我又一次无言以对，看来之前龙大叔的感叹是发自内心的！

龙大叔撑起竹棍，撑起了两个老人的家

我看了看时间，快中午了，在他家待了两个多小时了，路上很少有行人，更没人到他家买什么东西。龙大叔挽留我们在他家吃中饭，怎么能让他受累呢？我们连忙告辞。龙大叔硬是拄着拐杖，送我们到了路边。

就在回城的路上，聊起了龙大叔生活的窘迫，小燕有些气愤地说道，刚才与村人聊天，龙大叔与大婶之前先后带大了6个孙子孙女外孙，子女都未曾拿过一分钱！后来，夫妻俩都得了病，照顾自己都有困难，两个儿子才一年拿2000元，村上还给他们办了几年低保。

可大儿子在外做生意赚钱了，多少年都不回家，据说在云南、重庆、大足城里都买了房子呢！小儿子虽说在外打工，赚的钱不多，但日子也过得不错！他们对父母实在太吝啬了！

小燕是从村子里走出去的，她的评判应该比较客观，而我只是默默地看着那些一晃而过的村庄。

就在那天晚上，我来到小燕父母的新房里，房子不大，但收拾得干净温馨。小燕告诉我，父母身体不好，住在身边，随时可以来照顾照顾父母，也就安心了。

小燕父母正在静静地看电视，见我来了，都客气地起身相迎。说起龙大叔的境况，爸爸想了想说，他家之前成分不好，家底子薄，夫妻俩一直就舍得吃苦，日子也过得抠！特别是那女人，很泼辣很厉害，得理不饶人！倘她家鸡鸭闯进别人家地里，她绝对不会说半点道歉的话。而别人家的鸡鸭吃了她家的庄稼，她就会跳起脚来骂！她还爱看别人的笑话。过于争强好胜，可能让子女受累了吧！

难道这就是子女对龙大叔龙大婶长期不尽心照顾的缘故么？

刘淑玉：他们拿一点，我就用一点

小燕的老家在回龙镇幸福村九组，之前却称走马村，我们决定再去小燕婶婶家看看。她在前头带路，走上了大路边上的一条杂草路。

打头是一栋大门紧闭的青砖旧平房，台阶上堆满了干枯的柴火，再过去是一栋贴着白色墙砖的新平房。两栋房子前都是满满的一坪草，草长得很茂盛，路也若隐若现。

我疑惑地问小燕，你婶婶是不是没在家，怎么草都盖住了路？小燕不顾那些潮湿的草丛，一个劲地边往前走边呼喊，胖乎乎的花白着头发的婶婶迎了出来。

婶婶名叫刘淑玉，今年正好70岁，是小燕的大婶婶。丈夫何云术是老三，兄弟四人里性格最温和。那时何家很穷，大伯在协和乡当干部，家里三间房屋，在家的兄弟便一人一间。婶婶娘家家境较好，她倒是上过学，还是当时大队的文艺骨干，唱歌跳舞演戏样样行。经人介绍，她嫁到了何家，丈夫勤劳节俭，稳重体贴，日子虽苦犹甜，让她从此甘心情愿地当起了小媳妇。

结婚5年后兄弟分家，夫妻俩已有两个女儿一个儿子，却只分到了一间屋，她什么也没抱怨。之后，又接连生了3个女儿，最小的女儿生于1974年，负担重得有些令人喘不过气来。在老屋里生活了整整10年后，孩子们渐渐大了，实在住不下了，夫妻俩才东挪西借，于1977年在路旁建起了这几间青砖平房。

很自然地，生活的重担磨去了刘淑玉昔日的欢声笑语，她成了忧思深重的农家女子。天天忙完了地里忙家里，忙完了白天忙晚上，没有片刻的消停，日子依然过得紧巴巴的。但夫妻俩都有一个共识，那就是日子再苦，穿得再破旧，一定要让孩子们念书。为此，6个孩子，除了五姑娘因耳朵不好，小学没毕业外，所有的儿女都念到了初中毕业。也因此，就靠夫妻俩从地里刨食，家里总是拆东墙补西墙。

1981年当地分田到户后，有了自己的新房子，有了自己的自留地自留山，三叔叔婶婶更是铆足了劲，坚信凭自己的双手能过上好日子。于是，婶婶每天早上四五点钟就起床了，除了到地里坡上干农活外，除了洗衣做饭等家务活外，还养了一头牛两头猪一只大母猪。那只大母猪最金贵，每年至少生两窝猪崽，小心翼翼地将猪崽养大，就可卖到现钱，便成了还债的保障儿女们的学费家里的开支呢。

原以为日子会渐渐地好起来，可现实总是够不上梦想，日子依然磕磕绊绊。到1984年，当地年轻人纷纷出外打工，前往云南、贵州、广州、成都等地的建筑工地做木匠或泥瓦匠。唯一的儿子20岁那年也随着大姐夫去了云南弥勒县打工，结婚后在弥勒县城里尝试着开了家小店，做皮带、五金生意。

生意并不好做，能维持一家人的生活就不错了，儿子又接连生了两个女儿一个儿子，超生了，罚了1万多元钱。这1万多元钱，实在不是小数目，交了好多年才交齐。于是，大孙女何晴晴4岁时送回来了，二孙女何雪娇小孙子也先后被送回来。老夫妻带着3个孙女孙子在家过日子，好让儿子媳妇在外安心做生意。

也许是劳累过度吧，渐渐地，三叔叔及婶婶的身体不行了。三叔叔一上60岁，风湿病就越来越严重，至于婶婶的毛病就更多了。她不光有胃病，有严重的冠心病，还时常流鼻血等，还莫名其妙地越来越胖，胖得走路都费劲。三叔叔在世时，她都在大足人民医院住过两次院，一住就是十多天。那时，都是三叔叔亲自去照顾，且动用了老人自己的积蓄交住院费，还借了些钱。即使如此，种好责任田之外，婶婶依然得打起精神做家务养猪养牛，三叔叔呢，还时常得去打零工。儿女们都没钱拿回来，不靠自己怎行？

至于女儿们呢，大女儿一家之前在云南做生意，后来又到新疆打工，几年才回老家一次，偶尔会寄些吃的穿的过来。二女儿，在达州做五金生意，只生了一个儿子，家里负担轻，店里经营好，经济状况很不错。也因此，婶婶这几年平日里的医药费都由二女儿负责，这笔开销一年也不少呢。四女儿嫁在协和乡，家里修新房贷了款，只得出外打工来还债。五女儿，原本身体就有缺陷，前几年离婚了，好不容易再婚了，却因超生小孩罚款，欠了一屁股的债。六女儿，想不到也离了婚，再婚后又生了小孩，被两边的小孩拖着，自顾不暇，哪里有精神哪有钱来给娘家父母呢。

如此一来，除了二女儿情况好多拿些，其他女儿最多过年时拿一百二百给父母，再就是买些水果、衣服等回娘家。

再说儿子，在云南做了那么多年的生意，一直没赚到什么钱。眼见二姐一家在达州做生意很顺，到1995年年初也就带着老婆到达州城里开店做五金生意，依然不尽如人意。不寻求门路怎行？

到2009年，眼见家里30多年的老屋子有堵墙松动了，儿子只得在老屋边上另建了一栋三开间的平房，借了不少钱。两年之后，老父亲又过世了，丧礼上收到的3000元礼钱，刚够还上父亲平时的欠债。其后，儿子干脆将店铺转让了，夫妻俩前往广州建筑工地打桩挣钱了。

大孙女刚从师范学校毕业，小孙女在南京上大学，小孙子在大足理发店里打工，且在大足城里贷款按揭买了套房子。他每月三四千元工资付房款，但首付得12万元呢，自然是父母帮他凑齐了。

于是，这两年里，婶婶独自在家，身体一直不好，能不住院就绝对不住院。但每次去买药至少都得100多元，她节省着吃药，每天只吃一次。熬到今年6月，婶婶的坐骨神经痛得不行，血压也升高，儿女们不得不将她送到大足中医院住院，住了整整10天，幸好有高考后在家的小孙女照顾。一算，医疗保险报销了6000多元，剩下的钱每个子女都分担点。

事实上，婶婶已将生活的需求降到了最低点，每餐就吃一个菜，比如今天中餐她就计划只吃一个咸菜。她当然有农村合作医疗，每月有80元养老金，儿女们都负担重，也不好意思老要二女儿拿钱回来。在她看来，只要有饭吃，吊着命就行了，其他的也就不多想了。

她身体虚弱，又太胖，都两年没去种菜了。只是常常坐在大门口，想想心事，看看来来往往的路人，只是路人也很少了。

就在这天上午，在婶婶家还没坐多久，一位扎着长辫子穿着黑衣裤的中年女子探头探脑来到了地坪里，一眼看到小燕才松了口气。中

刘淑玉老人的院子里的杂草

年女子说，现在村子里都是些老人和孩子，不久前村子里来了卖药的骗子，骗了不少老人。见几个人朝婶婶家走来，她忙丢下手中的活儿来看个究竟。

大家都笑了，我却笑不起来，满坪的杂草晃得我头发昏。婶婶独自在家，业已年老体衰，还满身是病，哪里有心思有力气去铲坪里的草呢？倘真有什么坏人来骗钱来偷东西，那后果可真是不堪设想！

当我最后问婶婶对子女有什么要求时，她默默地看了看地坪里的杂草，叹了叹气说：能有什么要求呢？他们拿一点，我就用一点，尽可能少用一点，总得吊住这口气！

婶婶无奈的话语，挟带着冷风迎面袭来，此时此刻，倘没有旁人，我定会泪雨纷飞！

黎昌成：是病拖垮了这个家

在重庆近1000个乡镇中，大足龙水镇是一个特例，是西部最大的建制镇。建置于唐乾元二年（759年），古有"昌州"之说，今有"五金之乡"美名，历来是大足工业中心、交通枢纽、经济重镇。截至目前，全镇集镇区域面积达10.61平方公里，辖区内有中国西部最大的五金专业市场及全国最大的废金属市场。

来到龙水镇，我惊讶于这里的繁华与热闹，友人小燕曾供职于镇上的珠溪小学，竟有3000多名学生，且大都是外来小商人的子弟。说到空巢老人，她想到她之前学校的一名学生，这个小男孩爸爸在监狱妈妈跑了，平日里与爷爷相依为命，但他懂事明理，成绩非常好。我觉得这爷孙俩肯定有些特别，便与小燕一起去寻找。因为小男孩已上初中去了，小燕联系上了他曾经的班主任，让她给我们带路。

一行来到废金属市场后面，这里是一大片裸露着泥土的建设工地，看来镇子还在不断拓展。沿着一条坑坑洼洼的水泥路，来到龙东村所在地，路两边立些灰扑扑的楼房，机器的嘈杂声汹涌而来。一看，每间门面都有小作坊，生产着各色各样的小五金。

走不多远，在一长排简单的两层楼房前停下来了，从后面顶头的楼梯间上二楼。走到右边的套房里，三房两厅，住了人，却还是坯房模样。厅里进门对面摆着一张长条桌子，上面摆了些炊具。再往里走，横空扯了两根绳子，晾了些衣物。有人吗？连问几声，四处寂然！

三间房门都关得紧紧的，老师模糊地记得，靠边那间房是祖孙俩的房间，一推就开。一看，房里凌乱得无以复加：大窗户对着门前那条破路，没有窗帘；靠窗摆着一张旧床，床上乱堆了些衣物；床尾靠墙放着双门柜，柜门大开，衣物仿佛要从柜里流泻而出；房子中间放了张圆桌，堆了些碗筷与炊具，蒙上了厚厚的灰尘；正对着房门的墙角地上还堆了些杂物。看来这里久没住人了。可人到哪里去了呢？

这时，进来一位五十多岁的婆婆，她肯定地对我们说，她们家租了黎家的房子，这段时间祖孙俩住到孩子的伯伯那里去了，周末就会回来。

好在还有男孩伯伯的电话，可伯伯不愿我们去采访。好说歹说，才让我们到某某小学附近，他就在路边等我们。

于是，重新上车，掉头往回走，再往前走，却来到镇子外面。在一个陌生的地方，我完全没有方向感。车终于停了，一位身着白色圆领T恤的小个子年轻人迎了上来，他便是黎老的大儿子黎国其。

小伙子在前，我们在后，沿着一条满是杂草的小路往前，来到一栋两层老式红砖楼房跟前。从外面右侧上楼梯，第二间才是他们租住的地方，老头正坐在门前，呆呆地看着外面。进得门来，房子中间摆着一张大圆桌，桌上摆些剩饭剩菜，而靠左墙一张书桌上则放了液化气灶与高压锅、铁锅等炊具。黎国其搬出几张高高的塑料凳，热情地让我们坐，从里面走出一个小男孩，怯怯地依着他，默默地看着我们，那是他的儿子。

还在路上，小燕就说到这个凄怆的家庭，奶奶去世了，大儿媳离婚走了，小儿子坐牢了，小儿媳早就跑了，就剩下三代大大小小4个男人呢！

我与老黎来到里面那间房子，进门处靠墙放着一张床，床上铺着凉席，简单地放了床被子，左墙地上则放着一台电视机，光光地堆了些衣物。老黎坐在床上，我就坐在他对面的塑料凳上。老黎名叫黎昌成，其实并不老，出生于1954年5月，刚刚60岁呢。他若有所思地坐着，我只有无话找话地自我介绍，我说我是浏阳人，想与他聊聊天。这时他的眼睛一亮，我到过浏阳！什么？你到过浏阳，到浏阳干什么呢？我惊奇了！玩呢，我和我老婆一起去的！我更惊奇了，他则似乎有了说话的兴趣。

就在2007年秋天，老黎带着他老婆从浙江出发，一路玩到湖南。到了韶山、长沙、浏阳等地，特别看了毛泽东故居、彭德怀故居、浏阳河。走了整整一个月。看来这个老头有些奇特，虽我问一句他答一句，对话还是顺利地进行下来了。

黎老原为大足石龙乡新生村人，1977年他高考失利，以3分之差回家，不甘心地成了一名农民。到1979年秋天，经人介绍，他与家在永昌的谢安明结婚了。第二年6月，大儿子国其出生了，1982年又有了小儿子。他虽是高中毕业，勤奋上进，却依然被困在土地上。于是，在他看来，有文化没文化都是次要的，最要紧的是多赚钱，让两个儿子过上好日子。

当南下打工潮刚刚兴起时，他让老婆先随她弟弟去浙江临海摩托车厂打工。眼见形势还好，到1995年年初，他让两个儿子都退了学，一家人直奔临海而去。两个儿子，一个15岁，一个13岁，先在当地鞭炮厂干活儿，一个月就有二三百元工资。

他则进了老婆所在的摩托车厂，老婆每月有1400元，他每月只有300元。可他舍得学，7个月就掌握了制作摩托车油箱的技术，做得又快又好。每天从早做到晚，他一天至少可做100个油箱，每只油箱5元钱，每天就是500元钱。偌大一个车间，最后只留下他一个人，就足够了。

为了尽可能地多赚钱，他一年只在过年时休半天假，每天除了埋头做油箱还是做油箱。后来，两个儿子也进了同一家摩托车厂做电焊工，还带出来了不少亲戚朋友。

一门心思赚钱，一家四口都铆足了劲，到2005年年底，他们已来浙江打工整整10年了，家里的老屋已然倒了，田地也让给别人种了，他家的存折账户上有了足足150万元。这么多钱，远远超出了他们的想象。

正当他们计划返乡创业时，厄运也悄然降临了。先是老黎，整整10年，他几乎没喘过一口气，从不关注自己的身体，也不关注孩子们的教育，他眼里只有钱。2007年国庆期间，他4号就到厂里上班了，那天他累了整整一天，晚边洗了澡就早早睡了。到第二天一大早醒来时，却愕然地发现自己竟然起不了床，急得哇哇大叫。工友闻讯赶来，将他送到附近的医院。他中风了，血压高达220/190。

他才刚刚53岁，无论如何都接受不了中风瘫痪的事实，痛苦万分地住了9天院。那是怎样漫长的9天啊，他都不知道自己是怎么挨过来的，内心满是不甘！

他倒是可以站起来了，但总归腿脚不灵便了，说话含糊，班是再也上不成了。无法可想之时，老黎带着老婆出外散心了，之前承诺过她，赚了钱就带她看看外面的世界。可临到终于成行，已是疾病缠身之时。

到2008年，老婆的身体也出问题了，一检查，肾炎已演变成了尿毒症。又是沉重的一击。命运真是无常，他们赚了钱，却丢失了最宝贵的健康。

儿子们的生活也令他们揪心。此时，大儿子与打工认识的四川内江姑娘结婚了，儿子都两岁了，媳妇就在家带带孩子。小儿子早在2001年当上了爸爸，与来自云南的打工妹同居了，可没过多久孩子妈就自顾自走了，从此不见踪影。

无奈之余，孩子奶奶只得安下心来带孩子，尿毒症却严重了，住进了浙江临海医院，光检查费就花了1万多元钱。于是，黎昌成决定回老家大足，好在早在两年前在龙水镇边上买了当地人自建的套房与门面。

说到这里，老黎无法再说，不管不顾地哭了起来。没有眼泪，也没有声音，只有痛苦的号啕，身子剧烈地颤抖着。我吓坏了，我从没有见过男人如此痛苦的模样。那是怎样深沉的痛苦呀！我的心隐隐地痛了起来。

说回就回，也顾不上装修房子，就送老婆住进了大足人民医院，这一住就是一年多。此时，她尿毒症已很严重了，一周得做两次透析。

见老婆痛苦的模样，想着他们夫妻相濡以沫，想着儿子刚刚成家不久，他想他就是砸锅卖铁也要治好老婆的病，什么药好就用什么药。

听说可以换肾，花费再高也得试试。可肾源实在难找，只得等，心急如焚地等。拖到2011年年底，老婆还是含恨离开了人世。用去了将近80万元钱，病没治好，人却走了。

说到这里，老黎又痛苦地号啕，浑身颤抖得更为严重。我站起来，走近他，却不知如何安慰他，又退坐到凳子上，等他渐渐平静。

略为平静后，他从T恤口袋里摸出了烟与打火机，连打几次，都没有火，就放弃了。之后，呆呆地坐着，沉入到自己的世界里。

这边老婆住院，那边大儿子开起了电焊加工厂，就在楼下门面里。儿子们都是技术纯熟的电焊工，早在浙江就有了开厂计划，于2009年年初一次性购买了10台焊机，花了10多万元钱。形势还好，过了没多久，又买了12台焊机。突然地，加工厂办不下去了，所有投资都打了水漂，加上老婆治病，原本150多万元钱全都用得光光的。

这时，平时有些骄纵的小儿子也出事了。原本只是谈恋爱，但女孩父母强烈反对，以女孩只有16岁为由，告他小儿子强奸，且被关进了看守所。大儿子放下一切为弟弟奔走，但依然被判4年徒刑，被关进了监狱，又花了大把大把的钱。

没过多久，大儿媳更因丈夫不管生意，主动扶养侄子，天天找他吵架，乃至离婚后一走了之，连自己的亲骨肉都不要了。一家人七零八落，只剩下老老少少4个男人，还有一个在监狱。

说到这里，老黎再次痛苦地号啕，大颗大颗的泪滚落到面颊上。

这时，他的小孙子进来了，默默地伴着爷爷坐着，幽幽地看着我。

我不忍与他聊了，原本一个好好的家庭，闹得家破人亡，就靠大儿子打工挣钱养家，租住在如此简陋的房子里。一个坚强的男人，在命运的接连打击下，唯有默默地号啕，真是太残酷了。

想想看，一个聪明勤劳的男人，就凭自己的劳动，在十来年的时间内，竟挣了150多

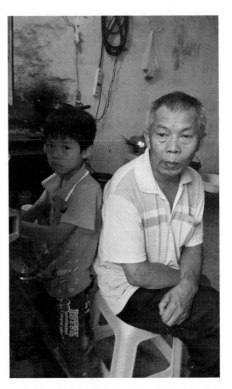

忧伤的黎昌成老人与孙子

万。而后，在短短四五年时间内，就变得穷困潦倒，家不成家。除了还有套没有装修的旧房子，除了还有浑身的债务及老老少少4个男人，什么都没有了。

而他昔日的健康不在了，除了今年开始有每月80元养老金外，什么收入也没有，乃至忧心沉重，乃至思维混乱。即使如此，他还一直照管两个孙子。

但我始终不明白，他儿子们当初做了什么生意，怎么就赔本了？我也不忍心再问他什么了，怕惹他伤心！

于是，我来到外屋，友人正坐在走廊上与黎国其聊天。就在来之前，友人还建议我今后资助老人的大孙子黎代天，那个品学兼优的小男孩，我自然乐意。刚才友人和他聊了此事，叔叔黎国其却不同意。他说他们一家现在是困难，但再苦再累，也得维持下去，今后的日子会慢慢好起来的。我不由仔细看了看他，他个子不高，一头浓密的头发，神情里更多的是倔强及精明。当我试着问他当年亏本的事情，他倒很坦率地说了起来。

他说，都是读少了书的缘故，做生意是需要智慧的。当时，为了给妈妈治病，全家人都回来了，妈妈住院，爸爸去照顾，他和弟弟就开起了电焊加工厂。因靠近废旧金属交易市场，因他熟悉这一行，多番思索之后，选择生产铁花锄不锈钢花锄等小园林工具，并很快与香港海锣外贸公司签订了供应协议。

2009年7月，他们按要求生产了第一批货，价值20多万，他亲自送了过去。对方公司验货后很满意，当即就付了5万元，还承诺货款一定会按约按时给付，并又订了一大批货。

他很兴奋，回来后就加紧组织生产，为了获得更多的利润，他也学着当地人偷工减料的坏习惯，原本8厘米的花锄只有6厘米多，6厘米的只有4厘米多，且厚度也不够要求。虽然如此，这批货也花去了四五十万本钱。当他兴冲冲地送至公司，一验收自是不合格。

他吓呆了，他家所有的身家性命都押在这里了，便和经理说好话求情。对方最终答应，他们想办法帮他销往非洲市场，销多少是多少。此时，他就是打破自己的脑袋都没用，他算是领教了合约的严肃性，好在对方将第一批货款都给了他。

可接下来弟弟出事了，妈妈的病更严重了，老婆吵离婚，黎国其疲于应付，也无力无钱再去恢复生产了。

当一切尘埃落定时，妈妈去世了，弟弟被关了，老婆走了，家里已是负债累累。不时有讨债的上门，可他拿什么去还债呀，他只得将老爸爸及侄子、儿子安顿在旧房子，自己去附近打工，另租住处躲避。

好在他有技术，一月也有五六千元，可除了一家人的生活开销外，他还得还债，只能晚上偷偷地溜回家里看看。他真想早日还了债务，正大光明地住在家里。到前年上半年，他在浙江临海承包到了一只货船的装修工程。当他组织一批人过去时，船主发觉他们只会焊不会装修，而另一支江苏来的队伍既会焊又会装修，竟不客气地悔约了。黎国其不光没赚到钱，倒亏了六七万元钱。

老黎得知这一切更是着急，待孙子们上学去了，就常常独自坐在房里发呆，默默地掉泪。无处发泄时，甚至捞起身边的东西使劲地往地上摔，家里常常凌乱异常。就在前几天，老黎坐在门口抽烟，猛地冲进房来，将家里唯一值钱的电视机摔坏了，一时也没钱再买了。

说到这里，黎国其看了看正在默默抽烟的老黎，老黎不知何时已悄然坐了过来。黎国其说，他正在俊华汽贸打工，正在研究如何减少摩托车排气管噪音。老板说只要他成功了，就会奖励他1万元钱，他对此充满了信心。

他计划晚上到离此不远的双桥开发区去摆夜宵摊，他已经考察了很长一段时间，夜宵摊去买要1000多元钱，他买材料自己做最多300多元钱呢。何况他弟弟今年年底也会回来了，到时两个人支撑这个家就会好多了，他爸爸与孩子们的日子也会好过些。

此时，已是夕阳西下，我看了看黎国其，他的脸上满是坚毅，他身边的老黎则满脸茫然，孩子呢，依然大睁着无邪的眼睛，警觉地看着这个世界。

我不由暗自祈祷这个历经重重波折的家庭能一天天好起来，一天天好起来。

肖奶奶：提着一只旧行李箱在儿女家流浪

去达州宣汉县三墩乡完全是个意外，一开始我计划去巴中市或雅安市。临到出发时，友人却有些犹豫，担心写空巢老人是负面报道。我犯难了，去四川的飞机票都买好了，只等出发了。那天正好去太一养生馆做推拿，给我做推拿的小肖知道我的难处后，大方地对我说，阿姨，我是四川达州人，我们老家年轻人都出来打工了，中年人留在家里的也极少，你去我老家吧！到我老家有两条路可走，一条由重庆到达州，再走宣汉县到樊哙镇，离我老家三墩乡燕河村就不远了！再不，你由重庆到万州，再经开县坐到樊哙镇的汽车，我老婆馨文的娘家就在路边，直接下车就行！

结束大足的采访后，那天早上6点钟我坐上了前往重庆的所谓黑车，赶到龙头寺汽车站，又坐上了9点钟前往万州的车。看着窗外的景色，应是越往万州山越多越高，许多人家落在大山之上，万州自然就是落在高山之上的城市。行经万州城时，坐在车上，一眼瞧见滚滚长江，滔滔的浑浊江水，我真是意外之至。但我却没时间去江边好好走走。

中午12点多到了万州汽车站后，随即坐上了前往开县的车。下午2点40分到开县车站，我赶紧跑到窗口去买车票，却被不耐烦地告知，可直接去停车场坐车。待我赶去，车刚刚开走了，今天再无车去了！

我很是沮丧，只得跑到车站外去打出租，得300元钱，至少也得260元。太贵了，也不知路程到底多远，转头看到如家连锁酒店，便决定今天就住下来，再搭明早七点半那趟车。

第二天我早早起床，七点半就坐上中巴车出发了。车过大进镇之后，又上山了。四周都是高大的山脉，所有梯田堰都由石头砌成，山上散散落落些人家，那些白色楼房在阳光里闪闪发亮。越爬山越高，来到永坪街，街边上还晒了些稻谷、玉米、花生、芝麻等等。车里的人并不多，或默默地看着窗外的景色，或静静地想着自己的心事，或呼呼大睡。

突然，一串电话铃声打破了车内的安静，一名女子哭了起来："仔仔，你们要听阿公阿婆的话，好好读书，妈妈过年回来给你们带新衣服呀！……"

我转过头去看，一位染着黄头发穿着暗红色连衣裙的女子正泪流满面地打电话，她在不停地劝慰电话里的孩子，要他帮着带好弟弟妹妹，过年会给他们买新衣服回来，明年暑假还接他们去城里玩……

好不容易电话打完了，女子仍在流泪，旁边的大婶关切地询问她情况。她只是模糊地说，她在东莞打工，将在她那里过完暑假的3个小孩送回来上学，真是舍不得呀！可舍不得又有什么办法呢？家里到处要用钱，她与男人只得拼命打工！说着说着，女子便喊师傅停车，她得回娘家去看看，下午得赶去重庆坐车呢！

女子下车了，我却久久无法平静，看看窗外，哦，到了漆树土家族乡，已属宣汉县境内，车开始走下坡路了。馨文电话里告诉我，快到她家了，她会在路旁拦我坐的这辆红色的旧客车。果真，车行20多分钟后，在一个转弯处停下，留着长发挺着大肚子的馨文站在车门口问，浏阳来的彭姨在车上么？我长嘘了一口气，赶紧奔下车，到了。

为了有人照顾馨文，小肖只得让她住在娘家，因为小肖父母也在外打工，他弟弟在外上大学，家里的房子空着。可馨文即使待在娘家，也是和她快80岁的爷爷奶奶住在一起，好在她从小和爷爷奶奶一起长大，感情深厚。

小肖的大伯娘及奶奶却还住在半山上，一个叫猫跳坎的地方，之前那一带住有好多户人家。阳光甚好，吃过午饭，稍事休息，爷爷就

带我上山去大伯娘家。爷爷挑了一条宽些的上山路，却杂草丛生，坑坑洼洼，看来走的人不多了。山势越来越陡，随处可见层层梯田，有些梯田也抛荒了。走着走着，爷爷有些喘粗气，我也有些吃力了。一抬头，但见前方有一栋土墙平房，爷爷紧走了几步，一眨眼就走进了屋子里。

我随后赶到，但见地坪里晒了满满一坪玉米和花生，一位身穿深蓝色衣服的婆婆正坐在屋前晒太阳。这便是小肖的奶奶，她赶紧随我一起走进了屋内。进去一看，曹爷爷早已坐在正对着门的沙发上抽烟，还有一位身穿黄色花衣的大婶背对着门坐着，在剥玉米，正是小肖的大伯娘。

曹爷爷招呼我坐在沙发上，肖奶奶搬了张椅子坐在我对面。我惊讶地发现，大伯娘家只有两间正房，眼前这间屋子进门这端当客厅，另一半便是厨房与伙房。往右出去是一间杂屋，往左是卧室，而厨房的四面墙都熏得黑乎乎的。也许是在山上，清新而柔和的山风吹过，坐在屋里凉快极了。我看了看肖奶奶，她衣着整洁，神情谦卑，说话细声细气，一看就是个老实勤快的山里女子。

倘曾宪昭婆婆属豪放型，肖奶奶则是婉约派，能忍辱负重的类型。从眼前的玉米说起，话题便拉开了。肖奶奶名叫张艳芝，今年77岁了，有三儿三女。27年前丈夫过世后，作为一名普通家庭妇女，这么多年她就依仗儿子们聊以度日。

　　大儿子肖正直60岁了，出外打工已十五六年了，辗转东北、福建等地修铁路，今年在延安铁路工地上干活儿。他老婆就是眼前的大伯娘，今年58岁了，没上过学，一直在家料理农活儿，很少与人交往。他女儿30岁了，嫁在不远的江阳县，也在外打工，最多过年回来看看。儿子呢，都27岁了，初中毕业后就前往成都理发店当学徒，在成都开了家小理发店，还在成都按揭买了套小房子。之后，他结婚又离婚，已有个7岁的儿子，判给了女方扶养。他很少回家，也不管父母日子过得如何，自然不会顾及到肖奶奶。

　　二儿子肖正权，便是小肖的爸爸，今年46岁了。先后在宝鸡、云南、福建、广元等地修铁路，最近几年大胆地参与承包铁路建设工程，今年就承包了四川广元境内的铁路项目。儿子们在老家上学时，老婆就坚持留守在家。近两三年她也出外承包过贵州、江西境内的铁路建设工程，现在的工地在江西赣州。大儿子小肖在太一养生当按摩保健师，是个有理想有追求的小伙子，说起他奶奶满是感情，觉得奶奶要享享清福了。小儿子在上海上大学，平日里生活很节俭。他们夫妻同心，儿子们上进，早在2009年就花了12万多元在三墩街买了一个门面一套100多平方米的房子。现在一家人都不在家，山上的老房子街上的新房都锁着。

　　小儿子肖正六，今年满40岁了，也只有小学毕业。肖公公过世后，几兄弟分家，肖奶奶便带着15岁的小儿子一起过日子。就在这年，小儿子就出外修铁路去了，先后转战宝鸡、海南、云南等地，现在在宝鸡铁路工地上。结婚后，他与老婆就一直在外打工，两个儿子自襁褓中起就丢给老母亲。整整15年，肖奶奶独自将大孙子带到15岁，小孙子带到8岁。

说起那些年，肖奶奶叹口气说：住在山上，带着两个孙子，一旦孙子们生病了，不听话了，真是喊天天不应叫地地不灵，她也不知怎么熬过来了！

可小儿子还不满意，大儿子二儿子近10年来每人每年给她700元钱，小儿子一直不给，最多将家里的人情钱、孩子们的缴用钱按实给她，最多在年初给她买好油买好米。

肖奶奶很节俭地过日子，可小儿媳妇总是责备她用多了钱吃多了油浪费了米，回来就没有好脸色，令她难过不已。随着年岁的增大，住在山上爬上爬下辛苦，孙子也越来越调皮，更是苦不堪言。大孙子从小就性子犟，不爱上学，放学回家也不做作业，常常一转眼就不见人影了，害得她常常担惊受怕。

5年前小儿子花五六万在三墩乡街上买了套房子，她带着孙子们住过去了。生活是方便多了，可大孙子竟常常偷她的钱，跑到网吧里打游戏。辗转地去找，还转过来骂奶奶，坚决不和她回家。大孙子上到初一就不愿再上学了，只得送他到成都老大那里学理发了。小儿媳妇反过来责怪肖奶奶教育不力，还就此借口怕她误了她小儿子的前程，转而将自己的娘接过来守家，还送小儿子到宣汉县城去上寄宿学校。

毕竟70多岁了，肖奶奶身体一天不如一天，得常年吃药，干活儿也越来越不行。就在刚搬到三墩街上那年，肖奶奶得了胆囊炎，痛得她在床上打滚。小儿子只让她在附近小诊所打打针，后来在小肖爸爸的坚持下，才将她送到宣汉县城人民医院。当地农村60岁以上的老人都没有医疗保险，小儿子不愿意缴住院费，最后3个儿子平摊了事。

到今年过年时，小儿子强烈提出来要让老母亲吃轮饭，大儿子二儿子对他之前让母亲带孩子做家务现在甩包袱很有意见。三兄弟争执了好久，才确定按农历以3个月为期轮流，医药费则按实平摊。

肖奶奶知道他们三兄弟为了养她的事吵得很凶，既伤心又无奈，还得按儿子们的安排吃轮饭。当然，嫁出去的女便是泼出去的水，3

个女儿嫁得并不远，但家境不好，除了逢年过节过生日给她些零用钱，也无力支持她什么。还得继续照顾小孙子上学，从农历三月开始，先轮小儿子家。到六月就到了大儿子家，与大儿媳待在这山上家里。

说到这里，肖奶奶已两眼含泪，说起话来嗓子哽哽的。她镇定了好久，才长叹一声，低低地说：人老了就不值钱了！老了最好不生病，生了病日子就不好过！

我心里沉甸甸的，父母为子女付出无怨无悔，子女回报父母却是斤斤计较！

我站起来走走，但见卧室内只有一张床一张旧书桌几把旧椅子，及床架上那排密密挂着的衣服！肖奶奶与大伯娘睡一起么？大伯娘告诉我，奶奶住正房里，旧书桌上那只行李箱，是奶奶带过来的。

这是只深蓝色的箱子，并不大，旧旧的，还满是灰尘。也许是哪个儿子出外打工时用过，现在却用来装老母亲简单的衣物。养育儿女长大，老了却只能提着一只旧行李箱在儿女家流浪，说来也凄凉！

厨房的阁楼上，则光光地放着大伯娘的床，挂着旧蚊帐。

看起来，家里值钱的便是放在厨房里的那台冰箱了，或者是那台小电视机？

说来奇怪，就在我与肖奶奶曹爷爷说话之时，大伯娘始终在剥玉米，偶尔问她也会说几句，可始终绷着脸。这么多年来，她由留守女人演变成了空巢老人，就守在山上干农活做家务。儿子近在成都，十多年来只回家两三次，也没钱寄回来给她。而为了支持儿子买房，她只得住在山上的老屋里。丈夫远在外地打工，不到过年不回家，也没有钱寄回来，温情又不能邮寄，日渐淡薄。女儿是小棉袄，却嫁在外地，即便过年都难得回来。她内心世界如何？她身体如何？有谁关心她？当她累了病了，靠什么疗伤？

肖奶奶来了，大伯娘终于有伴了。但大伯娘沉闷惯了，该干啥还是干啥。肖奶奶呢，只要洗洗自己的衣裳，打扫打扫卫生，做做饭，大多数时间独自待在屋子里。有时，她出门往右走，走过地坪，来到二儿子家旧屋前；再往右走，便是小儿子已然倒塌的旧屋；还往右走，上上下下还有几栋老屋，都是人去屋空。想着昔日的青春年华，想着昔日儿孙们在一起的热闹，想着而今老弱的身体，不由暗自伤感：时间真是过得快呀，说着说着就老了，就不值钱了，也不知自己还能活几年？只愿身体安康，不给儿女们添负担！

可事与愿违，就在20多天前，眼见着大儿媳在地里忙活，她得做午饭了，便去屋前摘丝瓜。不想却一脚踏空，跌倒在地。人没滚到堰下，但她的尾椎痛得厉害，也无法移动。待到大儿媳回到家时，肖奶奶都不知自己躺在地上多久了。

虽说她个子小，大儿媳将她背到下面公路，也是费尽了九牛二虎之力。后来才央求过路的熟人骑摩托车将老人送到三墩乡卫生院，一检查竟摔伤了尾椎骨。住了几天院，花去了1000多元，肖奶奶顾不上痛，倒是自责万分。

过去那么多天了，她依然只能弯着腰走路。说到这里，肖奶奶又满眼是泪。

再过十来天，她二儿子就会从广元回来，将她接到三墩街上三楼的家里。到时，是她独自在家，还是与孙媳妇馨文在家，她都不知道。再之后，小儿子如何安顿她，她心里更没有底。

她就是落叶，飘到哪里算哪里吧。儿子们的家，只是儿子们的家，她没有家。她的家就是那只小箱子吧。即便有儿有女，肖奶奶又比昔日的廖婆婆强到哪里去呢？

肖奶奶的叹息，令我想到了宝顶山的石刻——《母恩重经变相图》。从佛前乞子开始，共雕刻了十恩十一组群雕，真实生动、细腻感人地描绘了父母含辛茹苦、养育子女的过程。第十幅图远行忆念恩，更是刻画了儿行千里母担忧、父母送儿远行的场景。经曰："死别诚难忍，生离实亦伤，子出关山外，母忆在他乡。日夜心相随，流泪数千行，如猿泣爱子，寸寸断肝肠。"

我的友人小燕则在《大千大足》中写道：我无法清晰地说出/大方便佛报恩经变相/我只知道/我们呱呱坠地/我们蹒跚学步/我们牙牙学语/我们在父母的叮咛中远行/我们在父母的泪光中归来/没有三春晖/哪得寸草心/生命何其浩荡/慈悲/怜悯/宽容/所有的善意和恩泽/从红尘出发/到生的深处去/又从生的深处回来/我们要像释迦那样/做妈妈的眼睛/做妈妈的拐杖/做妈妈的粮食/甚至把自己的生命/献给她/一代一代/生生不息/生生不息

崔婆婆：只要不饿我们，不冷我们

我一到曹爷爷家，就有一位婆婆跟着进来了，笑了笑对我说，来客了！随后，拖了张圈椅熟门熟路地坐在大门口，苦着脸，呆呆地看着门外的公路。公路上不时有一辆棕红色的载重汽车一闪而过，我疑惑了：婆婆，怎么会有这么多模样差不多的载重汽车？她木然地摇摇头。

还是馨文告诉了我，因为此地煤矿资源丰富，修通公路以后，不少开县人就到三墩乡开煤矿，煤矿大都沿思扬峡排开，思扬峡口就在三墩乡集镇边上，运煤的车便从门前公路来来往往。

馨文还告诉我，屋后那条燕河之前水量可大了，自煤矿采煤以来，水就少了，有一段时间当地人饮水都成问题了。而她之前随母亲到地里干活儿时，就听见过地底下传来隆隆炮声，把她吓得不轻。

这时，婆婆也转过脸来，附和道，我在地里干活儿的时候，也常常听到地下炮响呢！听说这些山都挖空了！说完，她侧耳听了听，匆匆走了。我望着她蹒跚地走过公路，走进了斜对面灰扑扑的楼房里。虽然楼上窗户安好了铝合金窗，楼下三间门面也安了卷闸门，但并没有贴墙砖，比旁边那栋楼房要矮。

馨文告诉我，婆婆姓崔，她的儿子媳妇都不在家，就她与老头在家。老头早几年中风了，靠拄拐杖走路。那间卷闸门半卷起的门面，

就是她与老头的住房。哦，门面成了住房。

当我从肖奶奶家回来时，崔婆婆又坐在馨文家大门口，正在和曹奶奶说话。她说，老头躺在床上两天了，一口饭也没吃，刚才给他开了一盒牛奶，吃一口吐一口，如何是好？曹奶奶问她，请了医生没有？崔婆婆忧心忡忡地回道：上午就给三墩街上诊所里的医生打了电话，医生说他太忙了，没工夫来！说到这里，崔婆婆抬手用衣袖擦了擦眼睛，满眼是泪。

我看了看她，花白的头发盘在脑后，依然蓬乱着，脸上哑哑的黑黄色，额头上满是皱纹，穿着件已旧成灰底的小花衬衣蓝色运动裤黑色旧布鞋，蓝色裤脚卷了几层。

一副忧心的模样，一副打不起精神的模样，一副病恹恹的模样，一副孤苦无助的模样。

之后，她侧耳听了听，又匆匆地起身，朝公路对面的家走去。

时候既然不早了，馨文奶奶开始做晚饭了。我站到门前，见崔婆婆正坐在她家门口洗衣裳。面前一只大塑料桶，身边还有大小两只脚盆，盆里堆了几件衣服。她缓缓地搓洗着手里的一件衣服，之后行动迟缓地晾在卷闸门前的绳子上。她再坐下来，从盆里拿起一件衣服，放到桶里，再缓缓地搓，有气无力。

待我吃过饭再站在门前，天还没完全暗下来，崔婆婆家第一个卷闸门前已晾了一排衣服。如此看来，一件白衣让她洗成灰色也就不奇怪了。

一到天黑，曹家门前来了六七位老人，曹爷爷扯亮了外墙上的灯。老人们在门前坪里圈起一个打枪棍的圆圈，有曹奶奶、许中学及老婆等。他们边唱边打枪棍边转圈圈，旁边坐了些看热闹的老人孩子。崔婆婆也来了，只是呆呆地坐着，呆呆地看着，所有热闹好似与她无关。

他们唱着古老的曲调，我一句也听不懂，看看这个也看看那个。崔婆婆脸上的苦色，令我心惊，也不知崔爷爷晚上吃了东西没有？医生来了没有？一会儿之后，她悄悄地回家了。她就像一尾夏天池塘里的鱼，时不时浮出水面透透气。

第二天一大早，天有些凉了，崔婆婆家的卷闸门半开了，她正坐在门前圈椅上，多加了件绿花的围裙。我走到她跟前，她朝我笑了笑。我问她，崔爷爷吃了些东西没有？她说没有。我再问：昨天一天医生都没有来么？她答道：没来，医生说看今天下午有没有时间，有时间就来！

看来婆婆依然在为崔爷爷担忧。我朝屋内看了看，一眼瞧见靠后墙摆着一张简易床，床上架着灰色的蚊帐。现在蚊帐放下来了，崔爷爷躺在里面，悄无声息。床左侧靠墙排着一张旧书桌，桌上堆了些坛坛罐罐，还有些零零碎碎的药瓶药盒。床右侧摆着一张矮椅子，还靠着一根拐杖，那椅子像老人如厕的折叠椅。再看靠近门前，也依当地习俗摆了一圈布沙发，上面堆满了衣物床单之类，有淡淡的异味在屋子里飘荡。床往右，另一个门面的空间了，卷闸门关着，有些昏暗。只见一张长条矮架子上，放了个小液化气灶及几件简单的炊具，倒是有台小电视机还有台小冰箱。

如此一来，两位老人的生活便一目了然，无遮无挡：愁苦，落寞及潦草。

回到台阶上，看着依然苦着脸坐在门前的崔婆婆，我关心地问道：怎么不把爷爷送到三墩乡卫生院去呢？她摇摇头说：去小诊所用钱少多了！小诊所的医生常给老头看病，知道吊什么药水！

我在她跟前的矮凳上坐下来，问她，爷爷不吃东西怎么办呢？是不是病得严重？

不想崔婆婆的眼泪又上来：他三年前中风，干不了活，但平常撑着拐杖能在家里走动，有时还去别人家串串门。就在八月初六那天，他在自家屋前摔了一跤，扭伤了腰，只得躺在床上。馨文舅舅也是六十多的人了，见我搬不动他，就天天来背他起床上厕所，让他坐在门前看看热闹。但三天前，舅舅到地里收玉米去了，没来。我试着背他起床，不想将他摔到地上去了。他气得直掉泪，从此就不起床也不吃东西，也不说话！你看，这怎么得了呀？

说着说着，崔婆婆哭起来了。我也心酸了，试着安慰她。

崔婆婆名文芝，今年71岁，娘家就在不远的燕河坝，没有上过学。爷爷名叫邓光富，今年72岁，倒上过初中。按山里的习俗，他俩定了娃娃亲，到1963年11月就结婚。当时，爷爷家有七兄妹，是个大家庭，他是老大。那时真是苦呀，住在山上，只能种些水稻玉米红薯，从早累到晚，吃饭都成问题！

原本爷爷都成了公家人了，但为了多挣工分，硬是将他喊回了家，不然家里会饿死人呢！她怀的第一个孩子，就是因干了重活，又缺衣少吃，死在肚子里了！真是作孽呢！

说到这里，她指了指她家屋后远远的左上方说，我家之前就在上面的老鹰坡，是个大四合院，住了12户人家。现在都搬下来了。我前几天爬上去看了看，我家房子都倒了。家里那些旧家具，全都压坏了。真是老了，来回都花了我整整一个上午的时间！

想来那些老屋已然颓然倒塌，但依然令老人恋恋难舍，连崔婆婆如此行动不便的人都不时爬上去看看，毕竟那里盛满了他们的青春年华和酸甜苦辣。

崔婆婆生过4个儿女，但现在只有一儿一女。大女儿生于1966年，当时小学未毕业就回家挣工分，后来嫁到山顶上的人家，夫妻俩很早就出外打工，将唯一的儿子供到大学毕业，现在成都医院当医生，总算是成功地走出了大山。前两年就在隔壁建了栋三层楼房，欠了不少债。今年女婿在山西打工，因外孙媳妇怀孕在家待产，女儿就没外出了。女儿身体也不好，何况还得照料家照料媳妇，没多少工夫管老父老母了。

大儿子生于1969年，公路修了没多久，硬是靠自己的精打细算，也在公路边建了栋房子。为了还债，孙女出生后不久，夫妻俩率先双双到山西打工，崔婆婆和老头帮着照料小孩。

到孙女10岁时，大儿子脑膜炎后遗症复发了，一病不起。一开始在三墩乡卫生院住院，后来转到宣汉县人民医院。老头跟着去照顾他半个月，好好的一个儿子说没就没了。老头因此受了刺激，人蔫了，不时地责备自己当年没有彻底治好儿子的脑膜炎，也怨儿子那些年累得太狠，不然病也不会复发。

但又有什么用呢？后来，媳妇再婚了，招了上门丈夫，他们也只能听之任之。

孙女今年还只有24岁，却早早地招了上门孙女婿，生了一女一儿，大的两岁多了，小的也快1岁了。今年小夫妻俩打工去了，孩子也带走了。留下昔日的儿媳在家里，也顾不上来照料老夫妻。

小儿子生于1975年，也只有小学毕业，一直在外打工。他有两个儿子，大的17岁，小的13岁，都在宣汉县城上学。大孙子出生时，他们还在海南打工，崔婆婆就跟着去带了两年孙子。小的孙子在老房子里出生，也由她带到上幼儿园。

之前，小儿子夫妻也去铁路工地上打工，赚钱并不多，直到2009年才在路边起了这栋房子。近几年，小儿子也大胆地去承包铁路建设工程，挣钱才多了些。前年一咬牙在宣汉县城买了一套房子外加一间门面，首付就花了三四十万，就让媳妇在县城陪着两个孩子上学。

还在4年前，眼见老人的身体大不如从前，特别是崔婆婆因腰椎间盘突出，而闹得腰痛坐骨神经痛，小儿子让他们从山上搬到了这里。二楼归儿子媳妇孙子们住，他们就住一楼门面房，倒是方便多了。谁知2011年上半年的某天半夜，邓爷爷突然大声叫唤起来：快扯我的右手，我动不了，我起不来了！吓得崔婆婆赶紧用力去扯他的右手，果真一动不动，难道是中风了？

儿子一家不在家，女儿一家不在家，崔婆婆哭着跌跌撞撞跑到公路对面的孙女家打门。孙女怀孕了，刚好孙女婿在家，打电话喊来三墩乡卫生院的救护车。见邓爷爷右半身动不了，连夜送到了宣汉县人民医院。

一检查，竟是严重脑梗死导致右半身偏瘫，住了半个月，用去了七八万元钱。邓爷爷60多岁，没买农村合作医疗保险，他人病了心里清楚，吵着闹着要出院，他不愿小儿子多花钱。

说来邓爷爷不容易，是大山里少有的文化人，为了儿女劳碌了大半辈子，轮到儿女都成家了，他与崔婆婆住在山上老屋里，种地种菜喂猪喂鸡，身上衣裳口中食都靠自己。

原想老夫妻过几天安静的日子，却天不遂人愿。村子刚兴打猪草机时，邓爷爷就去买了一台，家里也可多养一两头猪。就在那年三月初四下午，邓爷爷正在打猪草，蓦地痛苦地大叫一声。崔婆婆跑过去一瞧，只见他满脸煞白，右手臂鲜血淋漓，吓得一动不敢动。邓爷爷只得抱着右手，跟跟跄跄往山下跑，一路血流不止，崔婆婆哭着跟在后面。

到了山下街口诊所，一检查，手臂上竟割了两条长长的伤口，都断了两根血管，缝了40多针。事毕，邓爷爷满头满脸虚汗，躺在简陋的手术台上昏了过去。

从此，他身体差了，右手不灵活，直至半身不遂。

如此一来，邓爷爷行动十分不便，地种不了，菜也种不了，猪也养不了，还得老婆照料。大儿媳小儿子每家每年给老人2000元，村上给老夫妻办了低保，每月有85元钱，加上每月每人70元养老金，倒基本能维持生活。

　　前年邓爷爷中风有加重的迹象，不敢再去大医院了，请人送到三墩街上小诊所住了10天，花去了1000多元钱。去年冬天，邓爷爷又在三墩街小诊所里打了十多天的吊针，瞒着没告诉在外的儿女们，将所有积蓄支付了医药费。而崔婆婆的关节炎、腰椎间盘突出也越来越严重，平日里硬撑着不吃药，但这次似乎撑不住了，几天前买了100多元钱的药。她吃了药有所好转，邓爷爷却因摔了一跤而躺在床上不吃不喝。

　　就在我们聊天之时，崔婆婆几次站起来，走到床边去察看邓爷爷。我也跟着去看看，邓爷爷已盖上了厚被子，头朝内墙，一动不动地缩在被子里，也不知睡着了没有。有淡淡的异味弥漫在蚊帐内，我疑惑地问道：倘邓爷爷要上厕所了怎么办？崔婆婆摇摇头说：连水都没怎么喝，就不必上厕所！姑娘呀，人老了，病多了，就活一天算一天呢！

　　我心绪莫名地沉重，问道：爷爷不愿治病么？婆婆抹了一下眼泪说：他是觉得活着太苦了，故意不吃不喝呢！说实在的，我们到三墩街上吊水只要挂账，大儿媳小儿子年底会去结账！但他们有他们自己的家，他们有他们的负担，不愿太花他们的钱！

　　我着急了，身体要紧，病当治还得治呀！崔婆婆又抹泪：人老了，病痛多了，身边没人照顾，活着也没多大意思！何况儿女们也说，我们现在能够自保，只要不饿我们，不冷我们，他们就算尽到了负责！

　　哦，我一时语塞。

　　到上午11点多钟时，崔婆婆正坐在曹奶奶家，忽见一辆摩托车停在她家门前。她忽地站了起来，脸露喜色地赶过去，医生来给邓爷爷打吊针了。

过了一会儿，我也赶了过去，但见崔婆婆静静地坐在床前，邓爷爷躺到床的外沿来了，床前正吊着瓶药水。我正想问候他，却猛然发现，他正在默默地流泪。我被他的泪水重重地刺痛了，多么无奈的泪水，多么心酸的泪水，多么痛苦的泪水！

好多天过去，龙大叔那根细细的拐杖，邓爷爷默默流淌的泪水，仍让我无法安宁。这些冷冷的画面，像黑暗里的匕首，常将我扎痛。那时，我想：当我老了，若我这般，当如何承受。

孝，最应大写的中国字，在一些角落却已然蒙尘。父兮生我，母兮鞠我，欲报之德，昊天罔极。我想起一部叫《楢山节考》的电影：古时的日本信州山村，一个因为贫困而沿袭的传统，因粮食短缺，老人年过七十依然健在，就要由子女背送入楢山，枯坐等死。如此悲剧，只因昔日生存艰难，而当人类衣食无忧时，就再也没有任何借口不善待老人。人若无孝，何必临世？父母倾力扶养过我们，倘能原谅他们如此潦草地活着，我们每一个人就可能老无所依。

就在前不久，我同学在微信上发了一条消息《佛山七旬老汉状告女儿不孝：她开奔驰 我无钱买药》，大意是说：佛山市南海区大沥人林伯年轻时创业，一手打拼出一番事业，至2006年已有几百万身家，两个女儿目前也是人到中年，一个相夫教子一个出国深造。原本应该含饴弄孙安享晚年了，但9月13日他却坐在原告席上控诉自己的大女儿林欢（化名）。他把辛苦打拼来的资产大多挂到了林欢名下，但林欢却对他无情，她开奔驰他却"无钱执药"，过年过节也只得他自己一个人过。

不清楚其间的起因，但自己拥有万贯家财，却不给老父买药，自是难以理喻。贫寒家庭为了奔生计，不会很好地照顾老人，如此富裕家庭也不好好赡养老人，是整个社会都病了么？乃至丢失了最起码的良知道德！身体发肤，受之父母，赡养老人本就是子女应尽的义务和责任，更是中华民族千百年以来优秀的传统。我们姑且不管老人做过什么，说过什么，但父母毕竟都是给予我们生命的人，扶养我们长大成人的人。

谁都会老，老龄社会正呼啸而来！据统计，2013年底中国老人数量达到了20243万，占总人口的14.9%，预计2023年将达到3亿，2033年超过4亿。那么，能忍心让劳累了一辈子的老人，身体已然衰弱的老人，孤独而凄然地走过最后的时日么？

采访时间

重庆大足区：2014年9月1日、9月2日、9月3日；四川宣汉县：2014年9月4日、9月5日、9月6日、9月7日

采访后记

因常去太一养生做推拿，我认识了这里的朝气蓬勃的年轻推拿师们。小肖瘦瘦的，毕业于湖南涉外经济学院，还在上大学期间就与同学合伙在长沙开了间服装设计室，运营平稳。到2010年10月，当他在网上无意中看到浏阳太一养生馆的招聘启事时，便心动了。因外公是祖传的医生，他自小对医学按摩针灸之类很感兴趣，也一直在看医药方面的书，便赶紧报名应聘。到2011年年初他就来上班了，跟着师傅学了几个月，便顺利上岗了，每月可以拿到六七千元。更重要的是，他在做他喜欢做的事，还在浏阳城河边按揭买了套80多平方米的电梯房呢。

为了有人照顾妻子馨文，小肖让她住在娘家，因为小肖父母在外承包了铁路工程，他弟弟在外上大学，家里的房子空着。可馨文父母哥哥嫂嫂都在外打工，她即使待在娘家，也是和她快80岁的爷爷奶奶住在一起。

爷爷叫曹仕安，今年79岁了，个子瘦小，皮肤黑且有些驼背。奶奶也78岁了，因直肠癌动过大手术，身子骨不太好。老夫妻有三个儿子两个女儿，老二最有出息，之前在内蒙古通辽县当兵，老婆在县烟

草局上班，后来他转业在县教育局建筑公司。几经打拼，竟当上了教育局建筑公司董事长。老大曹代田便是馨文的父亲，20世纪90年代初就出外打工，最先在新疆摘棉花，三年后便到通辽县建筑公司打工了，老婆也跟着去了。至于三儿子，夫妻都在新疆包种棉花种西红柿，将家也安在了那里。两位老人的生活费用都由老二承担，每年至少得给一二万元钱，吃的药与保健品也按时寄回来。但爷爷不愿去内蒙古，就在家种种菜养养鸡，养了好几十只黑鸡，奶奶则负责家务活。现在馨文回来待产，两位老人自是高兴，天天做好吃的。

他们家原来住在山上，至少得往上爬十多分钟，田地都在山上。到1994年，当地政府在山脚下修通了宣汉县至开县县城的公路，离湍急的燕河近了，馨文家爸爸率先在公路边修了栋两层高的房子，当时还用石头砌墙。事实上，燕河村由原燕河、艾河两个村合并而成，共有6个组600多农户，海拔高度1100米，交通不便，自然条件极其恶劣，之前是有名的贫困村。公路修好后，半腰山上的人家搬到了公路边，山上的则又搬到了半山腰。

现在形势更是变了，爷爷告诉我，村子里50岁以下的男女90%都

▌高山上依然有老人在留守

外出了，没外出打工的男人都在当地煤矿挖煤。往下走十多分钟便到了三墩乡街上，不光乡政府、乡中学、乡中心完小等都在街上，近几年建了好多房子，拓展成了好几条街，都可住三四万人，差不多全乡人口都集中到了集镇。集镇上没有房地产公司，一般是私人建五六层或七八层楼房，自家只留一个门面和一层楼，其他每层以三万至六万元不等的价格卖掉，门面则要十万元以上，沿公路新建的房子也以此方式出售。

于是，全乡绝大多数人家将打工赚来的钱到山下公路或到三墩乡集镇上买房子，也有到宣汉县买房，留在山上的人家很少了，几乎都是老人。而这些新房子里，也大都是老人与孩子留守了！

第六章

庆阳行：现实如此，怎敢奢望儿女

原以为庆阳离兰州很近，谁知竟离西安近。时候已是9月下旬，友人说，要来庆阳就早些来，再晚便冷了。

庆阳乃周先祖居留之地，因先祖公刘之子为庆节，至隋开皇十六年（596年）设州治时，以此取名为庆州。也有另一说，隋开皇十六年，诏发陇西兵讨伐党项，大破其众。党项情愿为臣妾，遣子弟入朝谢罪。隋于此时置庆州，有庆祝伐羌得胜的意义。庆阳古城位于环、柔两河交汇处，中为一不规则高厚大阜，黄土层厚约200多米，乃因阜斩削为城。古城处于二峪原之南、马莲河之北，山水俱阳，是为庆阳。

于我而言，这是一片神秘之地。这里有阔大雄厚的黄土高原，之前我未曾去过，廖婆婆应未曾听说过。

李顺虎：靠自己的双手过日子

到庆阳第二天，天放晴了，先去宁县。出了城，车窗外不时闪过大片大片的苹果园，苍青的苹果树上，串串红艳艳的苹果真是诱人。那大幅广告牌令我不禁会心地笑了起来：庆阳苹果果真好！谁想了这么好的广告词！李司机接过话头儿说，我们庆阳苹果虽不如山东苹果有名，但俏得很，在广东、深圳等地走得很快！话里满是自豪。

苹果园之外，还有大片大片的玉米地，宽阔的原野上，满眼都是

226

绿色，还以为是行走在江南大地上呢。但再看看，一座座四合院却是江南所没有的。那些或新或旧的四合院，简洁而整齐，院门正上方还有些大字：平安是福、吉祥如意、自在富贵、家和万事兴、耕读传家等等。昔日强悍的少数民族杂居地，直至现在都在倡导儒家精神呢。

渐渐地，过了董家原之后，景象不同了，时而沟底，时而塬上，却再也没有董志原的阔大。除了四合院，不时可见窑洞，有些窑洞已然废弃！令我最为震撼的是窗外掠过的壮丽的黄土高原景色，蜿蜒起伏的塬与深阔的沟气势恢宏，且处处郁郁葱葱。我们前往宁县盘克镇，半路上经过宁县老城，依然往前。

"九龙川里桃花香，梁公古治是吾乡。马莲桥下金龙见，飞黄腾达呈瑞祥。"宁县古称"豳"，是周先祖公刘迁居拓荒、创基立业的发祥地。据《庆阳府志》载："夏桀二十二年公刘迁豳"，在宁县城西庙嘴坪筑公刘邑，建古豳国，大展农耕，扩疆辟域。经10代400余年的经营和发展，成为西北最强大的部落方国。北魏末称宁州，宁者即安定和平之意。唐初，秦王李世民三战宁州，剪除割据势力，大败突厥兵，巩固了唐王朝的西北边防。唐中宗年间，宁州刺史狄仁杰"德政斐世"，"州人勒碑以颂"。此地民间更是流传着"狄仁杰斩九龙"

形赤村委会前面广场上聊天的老人们

227

的故事。

狄仁杰竟有如此英雄壮举，李司机与小周两人絮絮说来，听得我心潮起伏。车行至又一大塬上时，顺着一条大路往前，便到了盘克镇形赤村。路两旁都是平坦的田野，弥漫着丰收的气息，欣喜地看到了一大片成熟的糜子。靠路也有些院子，但不多。形赤村村委会也是个四合院，院前是广场，广场边栏杆上坐着不少老人，正边聊天边晒太阳。

杜主任坐上了我们的车，指了指村部右侧那条土马路，车继续前行。没多久，但见路旁一栋栋四合院，红砖青瓦，都有院墙。院子不大，但排列整齐。杜主任介绍说，前几年村子里修了这些院子，都卖给了村民！一路走来，四处悄然，只有几位老人坐在自家门口，或边择着菜边远远地聊天，或安静地晒着太阳。

再往前便是沟畔了，杜主任让我们在此等等，他得去找人。眼前正有两位老人带着孙子在门口，婆婆手握锄头在葱地里除草，老汉站在路边吸烟，孙子则蹲在地上玩石子。一问，才知道儿子媳妇出外打工了，老人就在家带孙子，大孙女上小学了，小孙子还只有3岁多，就带在跟前呢。

累不累？当然累，可少的不出去赚钱怎行？要维持家用呢！

我再往前走，来到沟畔，有土路蜿蜒往下。往下看，便发现近旁沟畔有不少旧窑洞院子，可大多已人去窑空！这时，杜主任站在另一条土路上，高大的白杨树下，远远地在喊我们过去，我们赶紧跑上前去。

跟在他身后朝下走，同行的还有位穿棕红色上衣的婆婆。也许走的人不多，土路坎坷不平，杂草丛生。行不多远，就在路下，有一院子整整齐齐的窑洞。转一个弯，就来到院门跟前。一进院子，一位瘦高的老汉迎了上来，身后的婆婆也赶上前来招呼我们。很快地，老汉和婆婆搬来几张小板凳，放在晒在院子里的核桃盘跟前，热情地招呼我们坐下，砸核桃吃。

我好奇地砸了一个，竟是新鲜的核桃肉，有些甜有些脆，好吃极了。老汉得到我的夸奖，坐在窑洞前悠悠地抽着旱烟，满脸得意，非常愉快地和我聊了起来。

老汉名叫李顺虎，77岁了，古铜色的皮肤，短短的头发，穿着件旧蓝色解放装上衣，精神而精明的模样。婆婆叫李惠英，比他小半岁，背微微驼，行动迟缓，看上去却比他老，如此好天气都戴了帽子。

李老汉有六兄弟，他排行老二，只有老三、老五及老六上过小学，他连学校门都没进过。1955年上半年，他才18岁，就成亲了，当时他家的窑洞还在沟底。第二年女儿李巧能出生了，让年轻的父母意识到自身的担子。李顺虎干活儿舍得花力气，农活儿样样拿得起放得下，且豪爽大方，是个大块吃肉大碗喝酒的汉子。但生活艰难，苦日子来了，人们填饱肚子就不错了。

处处都是浮夸风，北庄队之前的队长不得不随大流虚报粮食产量，且以此向国家交粮。1959年刚办大食堂时，男女老少每天还有一斤的粮食定量，定量越来越少，最困难时每人每天只有二两，再掺些黄萝卜、油菜梗等来充饥。许多人全身浮肿，生命岌岌可危。

就在这时，23岁的李顺虎被推举当上了北庄队队长，那可真是责任重于山。但初生牛犊不怕虎，他坚信只要多生产粮食，自备粮就多，就能吊住命。他得想办法吊住全队人的命。

于是，他带领大家加紧粮食生产，什么季节种什么，种冬小麦、玉米、糜子、黄豆等。如此一来，全队男女老少的命都让他成功地吊住了，他的威信出来了，一直到现在还让当地人服气呢。

到1962年，苦日子还没过去，儿子李怀志出生了。全家人喜出望外，而李顺虎则当成是上天对他的奖赏。他的干劲更足了，还抽时间学文化，渐渐地也能读书看报了。

说到这里，我由衷地赞叹老汉的气魄与能干，一旁当翻译的杜主任也笑着说，老书记是功臣呢！老汉严肃的脸上有了些许笑意，笑浅浅地在他瘦瘦的脸上弥漫开来，他的谈兴更浓了。

到1972年，他成了全县"农业学大寨"的典型，许多人慕名前来学习。也因此，他当上了大队书记，一直干到1980年当地分田单干。而他早在70年代，在沟畔靠近塬上，新挖了这一院子的窑洞，一家人过着简单而又温馨的日子。

分田单干后，他不再担任村支书了，依然干劲冲天，率领全家人种地养牛养羊养猪养鱼，不光一家人衣食无忧，且略有节余。到1982年，儿子20岁了，也就结婚了，且很快有了孙子。

当打工大潮涌来时，儿子想外出打工，但当爹的则认为还是留在家里干活儿好，一样能发家致富。当爹的权威大，儿子媳妇只得留在家里干农活儿，或到附近打打零工。五六年后，李顺虎给儿子盖了两间红砖瓦房，花光了所有积蓄，便去给宁县炼油厂看门。每月都几百元钱工资，强过在家种地，令他对打工有了新的认识。

到1994年年初，儿子、媳妇不愿再守在家里，将12岁的儿子与两岁的女儿留在家里，去投奔当初在银川机械厂工作的三叔，在郊区租地种菜当菜农。李顺虎虽不乐意，但也没再勉强。儿子媳妇舍得吃苦，在银川发展不错，几年下来，买下了一个大菜棚。

而老人都60岁了，依然在家种地养猪养牛养鱼养鸡，他自豪他们不靠儿子，不光带好了孙子大孙女，每年还能存下几千元钱。儿子与儿媳无暇顾及父母及子女，一年到头最多过年时回来，这也是当地外出打工者的规矩。

一转眼10年过去了，孙子初中毕业后，当兵去了，大孙女也去银川帮父母种菜了。至于小孙女，只在老家带了一年，早就让父母接去银川了。偌大的院子，骤然冷清下来，从此剩下两位老人留守，很长一段时间都若有所失。

就在孙子转业回来时，儿子之前所买下的菜棚被拆迁了，补偿了一套98平方米的公寓房，还赔了十来万元钱。儿子再凑上些钱，兴冲冲地买了台车，父子俩一起跑出租车，收入还挺不错。

眼见儿子真正在银川安定下来，李顺虎既高兴又失落。他是如此眷恋故土，原本希望儿子最后回归故土，现在看来不太可能了。此时，老夫妻都六十七八了，不再养猪养牛养羊养鱼了，但他闲不住，8亩地和2亩果园，还是亲力亲为。

老汉又转过头操心女儿了，女儿嫁到宋家庄，家里一直困难。两个外孙都大了，一直在外打工，但身处那个偏僻的山村，只怕找老婆都困难。正好此时村上兴建了一批小四合院，老人极力主张女儿来买一栋，还资助了她一万多元钱。女儿果真买了一座院子，离娘家近了，时不时地来照顾照顾老父老母。

外孙们相继找上了老婆，女儿女婿心里的石头落地了，却欠了不少债，也跑到银川种菜去了。此时，李老汉当上姥爷了，见老伴儿身体不好，将8亩地租出去了，乐呵呵地到银川给孙子带孩子。可儿子家房子不大，又在四楼，李老汉真住不惯，足足忍耐了4个月，还是回到了这座老院子里。

他住惯了窑洞，贪恋乡下新鲜的空气，何况老伴儿身体不好，他也放心不下。

就在我们聊天时，婆婆一直在忙，一会儿招呼我们吃核桃，一会儿在厨房里打扫卫生，一会儿又去将鸡赶开，铲院子里的鸡屎。我夸了婆婆几句，李老汉却满不在乎地撇撇嘴，那是她该做好的事，女人嘛！

我笑了，那您做什么呢？他低头点燃了一袋烟，深深地抽了一口说，男主外女主内，男人就是忙地里的活儿，就是赚钱回来家用！

我看了看李老汉，一脸认真，觉得他很可爱，提议给他照张相，他竟脸露喜色。待我去拿相机时，他却匆匆进了身后的窑洞里，出来时，烟袋挂在了脖子上，手里则拿着一副墨镜。

我让他坐在刚才的高凳上，他端端正正地坐好了，戴上了墨镜，还跷起了二郎腿，满脸严肃地看着我。我让他笑笑，他试了试，却笑不起来，看上去倒很酷。我赶紧抢拍了几张。

然后，我让婆婆一起来拍，让两位老人就站在窑洞跟前。老汉站得笔直，满脸不自然，婆婆也不太自然，只得给他们拍了张很严肃的合影。再坐下来时，老汉依然戴着墨镜。

　　说到两位老人现在靠什么生活时，李老汉一一给我算来，吃的粮食租户每年都给不愁，吃的菜自己种不愁，两亩果园每年有些收成，手头也就有几个零花钱。从去年开始，每人每月有60元养老金，也有些粮食补贴、退耕还林补贴等等，儿子每年还给上七八百或上千元不等，之前也有些积蓄。因此，节省着用，倒能对付过去。说到这里，老汉叹了口气，只是我当了20年的生产队、大队干部，却没有半点补助，当年没有功劳也有苦劳呢！

　　杜主任连忙解释，当年您的确辛苦了，可惜您老只当了8年大队书记，要是当上了10年，肯定有补助呢！老汉摇了摇头，脸紧绷着，陷入了沉思，甚至还有隐约的怒气。气氛一时有些僵了。

　　他当年实在用尽了心力，自然看重自己能不能被认可。杜主任忙赔上笑脸，凑上前来：您老当年可是威风，好人有好报呢，您看您现在可是健健康康。我也赞扬他说，您真是很酷，身板还那么直，谁也比不上您呢！老汉的脸色和缓了。

　　可他看看婆婆，却又眉头紧锁，叹了叹气说，我的身体一向很好，感冒都少！老婆身体可不行，她浑身是病，腰椎不好，还有血管炎！虽说农村合作医疗都实行五六年了，可平时零星买些药没有报销，就是住院也不能全部报销。你看，老婆前年在宁县住了一个礼拜的院，花了5000多元钱，只报销了1900多元钱，余下的钱还是儿子出的！今年在银川住了40天院，儿子又掏了几千元钱！

　　我趁势安慰他说："人老了，身体会有些毛病！你的儿子还不错，还能掏医药费呢！"

　　老汉又脸色严肃，说："养儿防老呢！那是他应该尽的义务！我早就和儿子说好了，我们现在能动不用他管。万一我们起不来，动不了，那就由他来管！"

老汉的自尊自信实在太有范了，且深深地震撼了我。我环视了一下眼前的院子。客观地说，这是座简陋的院子，不光窑洞陈旧，那栋平房也很旧了！老人一直靠自己的双手在过日子，生活很节俭，这也是他们引以为傲的地方！最后，当我的视线落在平房的窗台上，看到堆着的各色酒盒子，试探地问道："您爱喝酒么？那都是您喝酒留下来的么？"

老汉坦然地说："我现在喝酒很节省了，只每天早上喝一二两，开开胃，其他时间不太喝！我十天半个月才喝一瓶酒，那些酒盒子还可卖钱呢，就没舍得乱扔！"顿了顿，他一脸得意地补充道，"我可舍不得买酒喝，都是过年过节亲戚后辈们送的！"

当起身告辞时，他与婆婆也随着我们出来了。一直送到塬上，有些不舍。老汉依然戴着墨镜，向我提议说："我带你去看看我女儿的院子吧！女儿让我们住到塬上来，我才不来呢，住在自己家里才习惯！"说着，他推起之前停在路边的自行车，赶到前面去带路。

自行车看上去像女式自行车，我拿不准老汉推车干什么。他却边走边炫耀似的说："我每天九点多钟吃过早饭，在地里忙活一会儿，就到塬上来，就骑车去找伙伴们挖花花！"

挖花花是庆阳一带的一种纸牌，当地老年人都喜欢玩，我不觉得奇怪，可他还骑自行车就令我惊讶了！杜

天气好了，就出去走走吧

主任笑着补充说："老汉才知道过日子呢，每天都出来玩挖花花，玩到下午二三点钟才回家！有时还骑摩托车到镇上买东西或者走走亲戚！"

我想象着老汉戴着墨镜骑摩托车，奔驰在乡间公路上，其目不斜视的模样自是一道风景，真是个可爱的老汉。

他女儿的院子就在路旁那堆院子里，走进院门，但见前院里种了整齐的几畦辣椒，有前后两栋平房。在院子里走了走，处处整齐处处干净，还在院门边上看到了老汉那辆半新的摩托车。老汉特地打开了前栋中间那间房，是女儿女婿的房间，有一组柜子一张床一组沙发，不光摆放整齐，还盖着宽大的布。

想想吧，两位老人，照顾着自己，还替儿女照看着两座院子，活得从容而又平静，真是难得！

就在回镇上的路上，与杜主任聊天，他一个劲地赞道：村里现在有425户人家2300多人，80%的年轻人中年人都外出打工，大部分到天津厂里打工，到宁夏种菜或跑出租。老年人大都带着孩子留守在家，除了种地，料理果园，还养猪养鸡。很多老人手里没钱，常常得到儿女们手里讨，常常得受气！但李老汉才不呢，李老汉心态好，也精明！儿女们给他钱就接着，不给他也不要，你看他的腰板挺得比谁都直呢！

真是个有个性的老汉，一个黄土高原上有血性的老汉！

张绣芳：儿子把我的心挖走了

盘克镇形赤村北庄组，我还见到了张绣芳，一个苦命的女人。

杜主任指路，在村子里转了几圈，来到一块空地，说是到了。下车沿着一条巷道往前走，往右转来到一座绿树环绕的老院落前。走进院子，院子左边有几棵绿意盎然的柿子树，正对着院门是一栋红砖小平房，右边是三间仿窑洞模样的平房，却有两间已塌掉了前沿，地上

房子塌了，只有老人在家，该怎么办

堆了大堆砖头与泥块。从正屋里走出一位年轻的孕妇及一位三十来岁的女子，她们疑惑地看着我们，杜主任赶紧说明情况。从那间没塌前沿的屋子里，走出来一位瘦弱的老太太，忙上前招呼我们。

老太太个子不高，留着短发，满脸病容，好似一阵风就能将她吹走。她穿着黑色夹克黑色长裤黑色布鞋，唯一的亮色就是将花色衬衣领翻在外衣领外。也许是中午太阳最厉害的时候吧，她眯着眼看了我们一会儿，领我们来到平房左边屋子里。正对着门靠内墙放着一排组合柜，柜前搁着一张床，床前另一侧搁着张书桌。床尾不远处摆着一张四方桌及几条凳子，这是媳妇在家时住的房间。家具虽旧，但干净整洁。我们在桌子旁坐下。

这个走路有些打飘、说话有气无力的老人便是张绣芳，今年才61岁。但她一副苦大仇深的模样，瘦得黑黄的脸庞上都是褶皱，看上去至少有70多岁了。她坐在我的对面，只知道愣愣地瞧着我，我一时无从说起，气氛一时有些凝重。这时小周从外面走进来，问道：大娘，你家房子是什么时候塌的？可以申报你们当地民政部门的补助呢！原来大娘今天早上一起床，就发现房子塌了，吓了一大跳，赶紧打电话给小女儿和媳妇。她们也就急急地赶回来了。

当然得赶紧请人清理或修理好，至少得花上几百元钱，钱从哪里来？三个女人一时没了主意。一个大上午过去了，还任由那些砖与泥土堆在那里，一动未动。

说她命苦，还不如说她心苦。她娘家在合水县古城乡，22岁时经人介绍与小一岁的胡胜年结婚了。胡家条件并不好，当时还住在下面沟畔的三孔窑洞里，他之前的老婆因病过世了，还留下个1岁多的女儿。但在她看来，丈夫高大英俊，有头脑有见识，干活儿舍得吃苦，也还知冷知热，她很满意。结婚后，夫唱妇随，日子越过越好，孩子们也很懂事。她之前已生了大女儿和儿子，没想到1993年又怀上了，生了小女儿。

分田到户没几年，丈夫就建起这个院落，在院子周围栽了好多树。丈夫一直是村上的干部，1992年当上了村主任，算是地方上的能人了。到1999年上半年，丈夫又建起了这栋红砖平房。此时，儿子都有两个女儿了，大孙女快两岁了，放在家里让父母带着，他们夫妻则带着小的到北京打工去了。

原以为欣欣向荣的生活，却向她展现了残忍的面孔。1997年3月，儿媳刚刚生下大孙女之时，大娘却因子宫肌瘤住院了，不得不切除子宫，身体受到了很大的伤害。到2001年正是春光明媚之时，那天早饭后，还不到4岁的大孙女与小孙侄女一起到家附近的地里，开心地玩起了寻猪草的游戏。想着地里平坦，也没车来车往，爷爷奶奶就没陪着去。谁知她俩玩着玩着，许是那些野花野草太惹人了吧，竟比赛着吃地里的野花野草。未曾提防，地里竟刚刚让人打过农药，两个小女孩当时就倒在地里口吐白沫。待她们爷爷闻讯赶去时，两个小女孩已然没了呼吸。她爷爷心急如焚，试着进行人工呼吸，却无济于事。她爷爷一直是个能干好强的人，深深地谴责自己没照顾好孙女，觉得无脸再面对儿子儿媳。跑回家里找到农药瓶，一口喝了下去，也就一命

236

呜呼，随孙女而去。

这真是个黑色的日子，短短的时间内，就失去了两个至亲至爱的人。张大娘急火攻心，眼前一黑，昏厥了过去。她只愿就那么昏迷过去，从此不再醒来，偏偏又醒来了。想到已然故去的两位亲人，她大声地哭，哀哀地哭，呼天抢地地哭，哭得背过气去，惹得身边的人都掉下了心酸的泪水。

渐渐地，当理智步步回归，想着小女儿还小，想着媳妇肚子又有了孩子，张大娘还是强自振作起来。第二年，儿子到银川给人开出租车，媳妇待在家里带孩子，请人修好了院子，砌好了院墙及大门，家里才渐渐有了生气。

之后，2003年年初，儿子儿媳带着一双儿女到银川了，她就带着小女儿在家，母女俩相依为命。2004年非典盛行之时，儿子花2万元钱买了辆旧桑塔纳轿车，在合水县跑车，媳妇就带着孩子在家。

到2008年儿媳又生了个小孙女，一家人挺高兴的，有些缓过劲来了。就在这年，为了一双儿女上学，儿子儿媳决定长期在合水县城发展，离老家也近。她呢，虽然身体不硬朗，但能种菜养鸡养猪养牛，女儿也初中毕业了，计划到延安去打工。

原以为接下来总可以过几天平静的日子，谁知到2010年5月，儿子感觉腹部有些不适，一检查竟是肝癌晚期。三个月之后，儿子含恨撒手人世，一家人陷入了巨大的苦痛之中，世界暗无天日。张大娘更是痛不欲生，生不如死，在她来说，她虽活在世上，却只有一口气吊着。

说到这里，大娘早已泣不成声，她哽咽地说：儿子把我的心挖走了，我再也缓不过气来了！

另一间房子里也传来低低的抽泣声，那是她儿媳及小女儿在哭。我心里异常沉重，不由暗地里责备自己惹她们伤心了，赶紧站起来，拉了拉大娘的手，大娘的手很凉：大娘，对不起，惹您伤心了！大娘无力地摇摇头，极力忍住满眼的泪。

我默默地看了看她，不敢再惊动她。于是，我来到院子里，沐浴在温暖的阳光里，心里的压抑才略微散去了些。

看看院子左边那棵柿子树，枝繁叶茂，个个柿子如小小的灯笼在绿叶间闪烁，树旁几行韭菜却好似刚刚钻出地面不久，嫩得可爱。往左，越过院墙，不想别有洞天，是个围起来的长方形小菜园，靠内有几棵苹果树，叶子蔫蔫的，稀稀疏疏挂了几个苹果，看来是老品种了。菜地里没种什么菜，也没杂草成堆，光光的，倒清清爽爽。

事实上，大娘虽然经历重重磨难，身体状况每况愈下，但她极讲清洁。精神再不济，无论如何家里一定要整洁干净。前几天一直下雨，今天一出太阳，她就拖着病体洗被子，院子都晒了四张被单床单。其实，自小女儿出外打工后，她就独自留守在旧院落里，犯不着洗那么多床单。

不是么？大女儿一家都在天津，开了家小理发店；二女儿嫁在合水县段体乡，在家带孩子，女婿在天津打工；儿媳带着3个孙女孙子在合水县城，买了辆奇瑞QQ跑客；小女儿在延安打了几年工，去年才结婚，婆家离娘家很近。今年就在家待产，女婿就在新疆打工。

这么些年来，她身子骨虚弱，患有心脏病、胆囊炎、高血压等，真是疾病缠身。身上的疾病还不够击垮她，是滔滔不绝的伤悲令她心上身体上千疮百孔，她无时无刻不为儿子丈夫及大孙女的离世而伤悲。每天晚上9点钟就躺到炕上了，但一合眼就仿佛看到丈夫儿子或孙女，一夜辗转反侧，无法入眠，一到早上6点就起床了。也因此，她已没有力气种菜养猪养牛了，家里9亩多地，都是儿媳回来安排人种与收，有时还得帮她种点菜。

儿媳胡书琴今年刚刚36岁，皮肤白皙，看得出往日的美丽，也看得出她是个好儿媳。她带着3个孩子租住在合水城里，大的今年17岁小的还只有5岁，就靠她跑跑黑车赚钱。丈夫离世已经4年了，一个年轻女子要拉扯3个孩子，又没有固定的工作，真是说不出的艰难！

但婆婆身体如此不好，她再苦再累再有委屈都只能咽到肚子里去。婆婆在家有什么事她总是随叫随到，今天早上一接到婆婆的电话，就赶紧回来了！

当我再走进房间时，大娘还坐在那里伤心，我只得对她说：大娘，辛苦您了！您先去休息休息吧！我和你媳妇聊聊！大娘缓缓地站了起来，缓缓地朝那排平房走去。之后，当我与这位悲情的媳妇坐在桌前回忆她家的往事时，她也满脸是泪。去年上半年婆婆查出来得了慢性胰腺炎，在镇上医院住了十多天院，除了农村合作医疗报销外，还花去了3000多元。好在大姐给了2000元，二姐给1000多元，不然她怎么会有3000元钱呀？

不久前，婆婆胰腺炎又犯了，在村卫生室吊水吊了14天，就近住在亲戚家，又用去了1000多元钱！又好在村上去年给婆婆办了五保，每月有280元钱，养老金每月也有60元钱，医药费报销也多了。不然，她真是无法可想。

想当初丈夫刚过世时，自己悲痛欲绝。儿子又突然犯糊涂，动不动就用头撞墙。她丢下一切，独自带着儿子跑庆阳西安北京看病，甚至还四处求神拜佛。儿子却时好时坏，辗转了整整3个月，眼泪都哭干了。绝望到极点时，儿子突然间好了，正常了，全家人转悲为喜。她心头的大石头终于落地了，她又活过来了。

自此，她也坚强起来了，她就是再苦再累也要带好3个孩子，以慰丈夫的在天之灵。但今年年初以来，合水县城整顿城市环境，打击黑车，不好挣钱了。现在家里的房子塌了，她看来只能将院子里的砖与泥块清理好，等她手里有了些许余钱再来修房子吧！

你说我们以后怎么办？我不知道该怎么办，急也没用，到时再说吧！过一天是一天，事到临头再说吧！

真是贫贱家庭百事哀呀！就在我感叹这家人的遭遇时，我看到书桌上靠着两大镜框相片，忙凑过去看，书香也过来做解说。我看到了她昔日高大稳重的公公的相片、她大姐和二姐一家的相片、小妹结婚时的婚纱照、她和她几个小孩的相片，甚至还有她死去的大女儿的相片、张大娘昔日的相片，但就是没有她丈夫的相片。

她摇摇头告诉我，不能放这里，她婆婆一见就会哭。我再三看了看张大娘的相片，但见昔日的大娘，穿着水红色的上衣，手里捧着花，站在野外，一副恬静而从容的模样。书香说，还是公公在时照的，那时婆婆年轻多了，也是这十多年来太多磨难了。

就在我们告别时，张大娘从厨房里跑了出来，手上沾满了面粉。原来她在为我们做面条，想留我们在这里吃饭，真是仁义的婆婆。见我们一再谢绝，她只得无奈地送我们走出大门。

当我回头张望时，灿烂的阳光正好投射在老少三个女人身上，身后立着排高大的绿树，如一幅油画般美好。但愿她们的日子越来越好，没有病痛，没有忧愁，唯有平安如意！

石志孝：我为女儿还贷款

到达宁县的第二天，我们来到春荣乡，离县城比盘克镇要近多了。

春荣乡政府院子，一看也是个简单的四合院。乡上民政干事，一个瘦瘦的小伙子，坐上了我们的车，行没多久，来到了路户村大庄南组。

远远地，只听见前方鼓乐齐鸣，看来是有人家在办丧事。正想问问路，一个高大的中年汉子站在路边上挥手，是石组长在等我们。待打过招呼后，转身领我们朝路边一户人家走去。

这户人家只有简单的两栋平房，呈丁字形排列，没有围墙，但见前坪里、墙边摆满了蓬蓬的棕红色铁扫帚草，有两位老人正蹲在前坪一丛铁扫帚草前忙碌。见我们来了，两位老人费劲地立起身来，笑笑地招呼我们，来了，赶紧坐坐。

他们刚才在捶打铁扫帚草，地上有些黑黑的小粒种子。一问，他们想把这些种子送到药店去，还可换几个钱呢。铁扫帚草晒干了，还可扎扫帚呢。石组长不以为然地说，又能换几个钱？犯不着这么去累！

老头只是笑了笑，从屋子搬来几张矮凳子，放在坪里，招呼我们坐下。

我看了看两位老人，真是老态龙钟。老头病容满面，穿着长长的黑色西装上衣灰色旧裤子黑色布鞋，行动迟缓。婆婆则蓬着灰白的头发，微眯着眼，花色上衣黑色裤子，微驼着背走路。同来的人抢着搬来两条长板凳，刚刚坐下来，闻讯赶来了几个看热闹的村人。也好，老头耳朵不好使，大家便七嘴八舌地帮他讲讲他的故事。可当地话太难懂了，只得让县民政局小雷当翻译了。

老头名叫石志孝，1932年9月出生，今年都82岁了。婆婆叫高玉兰，今年才71岁，比老头小了整整11岁。说到两位老人的婚姻，倒有一段传奇故事呢：老头家里底子薄，兄弟两个只有两孔窑洞，他上到初一就不得不回家干农活儿。他干过八九年队上记工员，也干过三四年保管员，大家都很信任他。

可到1962年，过苦日子了，他都30岁了，还没有找到老婆。忽一天，已然出嫁的姐姐跑回家来，说有个城里来的姑娘在她家，让他赶紧去看看，只是得花些钱。这个姑娘就是高玉兰，当时还是19岁的妙龄女孩，还是来自张掖县城的城里姑娘。石志孝自是万分满意。

且说高玉兰父亲死得早，她还有两个弟弟，一家人就靠在医院当护士的母亲每月32元工资维持生活，日子过得万分艰难。一位曹姓熟人找到玉兰家，说可以给她介绍在棉纺厂工作的男朋友，当着她母亲的面，还鼓动她一起去看看。不想却将她领到这穷乡僻壤，且对方还比她大那么多，心里很不情愿不甘心。

但待在城里又有什么出路？她母亲倒同意了。由此石志孝花了40元钱，娶到了城里姑娘玉兰。第二年，她母亲带着两个弟弟报名下乡，迁到了附近的湘乐镇张皮村，她心里才踏实了。

玉兰没上过学，但她聪明上进，之前母亲在医院工作，她随母亲掌握了简单的护理业务，不久她当上了大队的赤脚医生，天天背着药箱走村入户给人看病。婚后第三年，女儿石照林出生了，这也是他们唯一的孩子。夫妻俩省吃俭用，手头渐渐有了些积蓄，在塬上挖了几孔新窑洞，日子虽然清贫，倒也平静踏实。

到1984年年初，给女儿招了个上门女婿。女婿是沟底九龙川人，他家兄弟多，境况不好，人倒是老实人。女儿生了两个女儿一个儿子，大孙女今年30岁了，孙子是老二，今年也28岁了，小孙女则今年25岁。现在两个孙女早就结婚了，孙子也于头两年成家了。这么多年来，两位老人帮衬着这个家，帮助女儿带大了孙女孙子，也算是功德圆满。

见我只是问些石公公及婆婆的故事，旁人渐渐地散去了，就剩下我们几个及石组长，场院里安静了。我看了看简单的院落，两排平房都是三开间，横排的偏左那间是老人的住房，没盘炕，他们也就任其空着。竖排靠内这间，靠窗盘了炕，炕头便是老人做饭的地方，平日的衣食住行几乎都在这间屋子里。看来石家经济状况不怎么好，没有楼房没有围墙没有水泥坪，只有些简陋的家具，连电视机也坏了好多时日。

石公公听力不好，婆婆又老是打断话头儿，只说女儿女婿好，对话就显得有些吃力，但两位老人这么多年的生活情况还是清楚了。到底是上门女婿，一直以来，对两位老人有些疏淡。之前，女婿趁农闲时节在周围打打零工，也常去山里当伐木工人，女儿则在家里种地，两位老人帮衬着料理家务带带孙子孙女。

后来，一开始，只是女婿到山西运城水泥厂打工，到2003年夫妻俩都去了，将孩子们丢给了老人。后来，大孙女初中只上了一半就去了，孙子初中毕业跟着去了，小孙女初中毕业后也去了。他们一家人在山西运城团聚了，大孙女甚至还找了个山西女婿。

如此这般，直到6年前小孙女走后，两位老人才消停。此时，年纪大了，身体也出毛病了。但女儿女婿，乃至孙子孙女们，一年只过年时回来一次，何曾注意过老人身子骨越来越弱！

孙子孙女在家时，女儿每年还会给父母四五百元钱，近五六年就再没给过一分钱。前几年过年时，老头犹豫了好久，要女儿给些钱，手里实在紧张。

女儿脸当即就沉了下来，并没有吱声，也没给他钱。到晚上，女儿郑重其事地和两位老人算账：每年种地收入多少，每月养老金多少，粮食补贴多少，退耕还林补贴多少，计划生育补贴多少？如此算来，女儿便说："政府给了你们那么多，你们有钱，在家里用不了多少钱，不需要我们再给！"

见老人沉默了，再三重复地说，他们在外有多么多么难，挣钱多么多么不容易，听来还恨不得老人倒给她钱呢！老头什么话也没有说，但心里真不是滋味，有苦也只得往肚里咽。

老头有高血压，原本应该天天吃降压药，但只要略微舒服些，他就省着不吃。这几年身体日益虚弱，加之脑动脉硬化，常常头发晕，走起路来都没劲，还得强打精神去种地种菜拾柴火。

至于婆婆，虽是赤脚医生出身，但早在二十多年前，她就没再给人看病打针了！村里人依然找她，她也进些医头痛感冒的药在家里，算是给村人方便吧，并不能赚多少钱。五六年前，她眼睛有些蒙了，就不敢再替人打针了。事实上，她一年到头小病不断，有支气管炎、肠胃炎等，病痛已使她老得不成模样。为了尽量节省，常买来药水自己打针，每年得花1500多元钱医药费。

家里有十多亩地，两位老人只种了3亩地，其他以每年每亩100元租了出去。今年请人打粮食，有十多袋，足够两位老人一年吃了，最后请小孙女的公公帮忙才搬回了家。

说起这些，婆婆也叹气，她说道："女儿也不容易，她也是没办法！"

此时老头瞪了她一眼，转身走进屋子里，然后抱着一只小小的铁盒出来了。谁也不看，板着脸，一屁股坐在门口的小板凳上，从口袋里摸出一沓纸片，自己卷烟抽呢！老头一声不吭地抽着烟，两眼茫然地看着地上那些铁扫帚草，脸膛上那些病态的潮红更扎眼了。

气氛有些沉闷，我无话找话："孙子可好，结婚了吗?"

老头不吭声，依然默默地抽他的烟。婆婆就说："孙子2010年年底才结婚，之前，女儿女婿于2006年将原来的窑洞填了，在原地建了两栋小平房，也花了七八万呢! 到孙子结婚时，还贷款五六万元付了彩礼!"

老头面无表情，这时忽地插话了："你怎么不说为了贷款，将我们的粮食补贴折子都抵押在银行了!"

轮到婆婆也不说话了。石组长倒接过话头儿说："就是因为粮食补贴折子抵押在银行，那些粮食补贴、退耕还林补贴、高龄补贴、计划生育补贴等老人都拿不到，都被扣去还贷款了! 老人这几年就靠每人每月65—70元的养老金过日子。到今年上半年女婿还清贷款，交给老人时已是一张空折子了。"

我听来有些气闷，年轻人不管老人的生活，还得将老人的钱都用掉，实在有些过分。最气愤的还是石组长，他兼了村干部，对两位老人的生活状况十分清楚。

临告别时，站在路边上，见婆婆还在絮絮地和我说起女儿的难处为女儿开脱，石组长气呼呼地扯住我们说：我这个姐姐真有些过分，只管自己的小日子，就不管父母怎么过了？她一家四人的农村合作医疗、养老金还得老人先垫交，老人又拿不出钱，常常害得我跑五六次才能拿到钱，都是老人省下来的一沓零碎票子呢! 直到老人手里真的一分钱都没了，才会将钱寄回来!

为什么为难自己的父母呢？村上前几年就想给两位老人申报低保了，但想想存折没在他们手里，申报了也只是还贷款，就没给他们办。直到今年才申报，6月份一申报民政部门就批准了，现在正在公示呢! 希望这些钱多少可以改善老人们的生活，至少能天天吃上降压片!

见石组长说得激动，两位老人先是呆立在路边，静静地听着，然后才默默地相携着，颤颤巍巍地往回走。那些铁扫帚草现在看来竟有些可亲了，好似闪烁着老人们星星点点的期盼。

244

看着老人迟缓的背影，我追上前去，将差点忘掉的红包塞到老头手里。

老头的手很凉，还莫名地颤抖着。他看着我，眼神有些无辜，想说什么却什么也说不出来。

我朝他摆摆手，不由满心酸涩：老吾老以及人之老，该是人应有的恻隐之心！

我想起电影《桃姐》讲述的故事：桃姐作为用人，照顾罗杰一家三代。即使其家人均移民加拿大，只剩罗杰一人在港，她依然继续细致周到地照顾他的生活，直到她不幸中风。出院后，桃姐坚持搬到老人院去生活，而罗杰念及桃姐的恩情，经常去看望她，直至最后给她送终，让她平静而温和地走完了她平凡的一生。在罗杰看来，桃姐侍候了他们罗家数十年，她得了大病，她离世了，就应无怨无悔地去照顾她，安顿她。

父母一辈子全心全意地为子女，子女更应回报父母的养育之恩，至少不能一味地向父母索取！

这铁扫帚草扎成扫帚，也能变几个钱嘛

侯重贤：都八十多了，还得住出租房

那天中午我们就在春荣乡机关食堂吃饭，没想到偌大的机关食堂只有两三桌人吃饭，大概都下乡去了吧。中午就吃面片，一人一碗，还有三四样凉菜放在桌上。一大碗面片，都让我吃完了，实在是味道好，清爽敦厚。之后，也不休息，就决定去找一个特殊的老人，都82岁了，却独自租住在乡政府附近的集镇上。

打老人的电话，没有人接。由乡民政办小伙子带路，就一路找过去吧。春荣乡集镇很简单，就是一横一竖呈十字形的两条街，上午我站在乡政府大门前，还看到对面小广场上有不少老人蹲在那里聊天。

出乡政府大院往右拐，走入左边的一条小巷，走进一个大大的院子。小伙子却说，记错了，再过去一条巷道就对了。穿过院子，从后门来到另一条巷道，对面又是一座院子，有铁栅门。小伙子看了看，肯定地说，就在这里，我之前来过他家，就在进门左边那排房子里。

一看，院子左边，一排简陋的平房，前面拉着一根绳索，稀稀地晾了些被单衣服，打头两间还有粉色花纹的门帘。小伙子在院子里转转，悄无人声，只得大声叫嚷起来：侯重贤，侯重贤！

一个老头应声从顶头那间房子里出来，哦，一位留着白胡子戴着蓝色帽子的高个子老头，将我们引进第二间房子。

房子不大，呈长方形，光线昏暗。靠内并排摆着两张床，床头间摆着一张小桌子，两床之间仅供人走动。进门靠窗摆着一张书桌，上面搁着小电视机。书桌旁边靠门搁着几件简单的炊具。三四个人一走进房间，空间就陡然膨胀起来，赶紧床上坐两个，另两个坐在小板凳上，老人看了看就坐在我对面床上。

侯重贤本是雷畔村汪东组人，他说的土话我一句也听不懂，他还耳朵背。于是，大家都大着嗓子说话，小房子里响起了起起伏伏的对话声，前所未有地热闹起来。在这喧哗里，老人只是被动地回答着问话。

老人有两儿两女，大儿子侯伯祥快60岁了，到新疆看门去了，去年将全家人都带过去打工去了。小儿子侯炳涛40多岁，离婚七八年了。在西安打工，出去几年了，打过几次电话，人却没有回来过。留下孙女侯丽秀，一直由老人扶养长大，两年前初中毕业后就打工去了。

至于两个女儿，大女儿丈夫去世了，就随着她在宝鸡打工的大儿子生活了，很少回来。小女儿嫁在本乡铁王村，离这里只有20多里路，隔几天就会来看老父亲，住一两天。虽然不能给老父亲多少钱，但至少给老父亲做做饭洗洗衣服。所幸侯老虽年老体衰，但身体没有大碍。

说着说着，侯老从书桌抽屉里拿出一个红本本，摊开来了一看，竟是一张"光荣回乡支援农业生产证明书"，落款为：甘肃省平凉市人民委员会，1961年9月15日。看来老人还有段不平凡的历史呢，便提议老人讲讲故事。

老人却叹息道，你们看这明明是真的证明书，但我没有证明人。我那些同伴死的死病的病，还有人已不知下落，谁能给我证明呢？我跑了好多年，都没有给我落实政策呢。

说来话长，当年他家穷得很。到十六七岁时，为了混口饭吃，他就参加了当地自卫队。但他觉得在自卫队没出息，白军那么坏都不打，就偷偷地将枪丢在沟底跑了。后来，他辗转参加了红军石秀山的部队，当上了石秀山的警卫员。他人长得高大健壮，办事机灵利索，很得石秀山的欢心。

解放时，他随着石秀山到了平凉，家里老爹托人捎口信，家里已替他找好了媳妇，让他回去成亲。首长给他放半年假，但他革命激情正高，才不想理会呢。后来，家里一再催，首长又做工作，他才不情愿地回家了。

谁知媳妇不光长得漂亮，人还体贴贤惠，他觉得美得很。大半年过去了，他没回部队。一年过去了，他还是没回部队。首长回家探亲，特地绕道他家来看他，问他还愿不愿意跟着他回去，他支支吾吾地说不出个所以然。首长笑了，便征求他的意见，将他安排到宁县团委工作。

这里离家近，工作家庭可以兼顾，他自是感激首长。不久，他就到宁县团委上班，随后就入党了。

到1951年年初，正宁县全部、宁县全部、平凉一部分三县合一为平凉市，大搞建设，老人积极响应党的号召，报名支援平凉建设。先在平凉煤矿，后来又调到平凉市硫酸厂，还当上了副厂长，真是神气！

到1961年，苦日子来了，他爹过世了，家里儿女又小，就靠他媳妇支撑家，实在勉为其难！何况他每月工资只有32.5元，全拿回队上换家人的口粮都不够。于是，他响应国家号召，副厂长也不当了，回家参加生产劳动，从此又成了一个普通的农民了。

他原本就是农民，从平凉硫酸厂回来后，一直在家里劳动，也没觉得什么不好！他从队长干起，队长、大队长、大队书记，一直到1980年当地分田到户就没干了。他是豁达惯了的人，和老婆扶养儿女们长大，为他们成家立业而辛劳，不知不觉就老了。

两个儿子都没读什么书，也没什么手艺，到后来就靠打工养家糊口，也没有钱给父母。两位老人就带着小孙女留守在家，老伴儿绣绣花养养猪等，一年还能挣两三千元钱。他呢，至多种种菜，地就给了他兄弟种，每年给他些粮食，或者给他200元钱。于是，生活时不时地就困难，他想起自己还是老革命呢，当年也是响应党的号召回到了农村，便拿着那纸证明书跑到县上去反映情况。

可事情都过去那么久了，曾经三县合一，后来又一一恢复原制，之前的单位已不复存在，到哪里去找他的证明人证明材料？事情最后无果而终。于是，他当军人的经历没有认可，他当副厂长的经历没有认可，他以前所有的经历都没被认可。县民政局最后给他些补助。

老人很失落，他享受不了老干部政策性的待遇，村干部任职补助因中断过也没有，只得时不时地跑到县上拿两三百元补助回来。

可每跑一趟县城都很费劲，坐车至少要一个小时，还得跑到马路边上拦车。眼见他老态龙钟地站在路边，有些司机故意不停，知道他有时7元钱车费都掏不出，常常得连拦好几辆车才搭上车。到2008年，相濡以沫的老伴儿离他而去，他悲痛万分，却还得振作精神照料孙女呢！

就在去年7月时，当地连下了好几天大雨，他家里三孔旧窑洞都塌了，两孔成了危房，一孔还勉强可以住人。当时，乡政府干部强烈要求他搬离，他硬是不肯，说他死也要死在自家的旧窑洞里。后来，乡干部只得找到他当时在县城打工的大儿子，让大儿子做工作，并许诺一次性给他300元救济款，老人才住进了大儿子为他找的这间房子。

他搬来后就后悔了，毕竟离开了故土，离开了熟悉的邻居伙伴，喝的水吃的东西都不新鲜，每月还得掏120元钱租金。可他又能如何呢，已无处可回。事实上，他的生活时常陷入困顿，每月只有几十元的养老金，外加不多的高龄补助、粮食补助等。直到今年第二季度他评上二级低保户，情况才有所好转。孙女虽然打工了，也只能自己养活自己，哪还有钱给爷爷？

就在交谈时，老人眉头紧皱，嘴不停地动。我正暗自惊讶，老人竟从嘴里掏出了假牙。他放在手里看了看，又放进嘴里，动了动嘴，才安定了下来！

一时间，我百感交集，心里很不是滋味。老人却平静地对我们说："老了，牙坏了，今年上半年二女儿带我去配的，花了近300元钱呢，太费钱了！"

我不敢再看他，小房子里无处不在的悲凉早让我坐立不安了。于是，我转过头去，看到床头桌上摆了排大大小小的空酒瓶，还有一支旱烟袋及满满一小木盒烟蒂。我想老人喝酒抽烟都挺厉害，询问老人时，老人不好意思地笑了。

屋子太小了，一个人呆久了就心慌，便喝上一两口酒。每天早上简单地吃过之后，赶去街头广场，那里是附近老人聚集的地方。在广场，他与其他老人聊聊天，或挖花花，总得想办法磨时间！玩到下午两点多钟，老人们渐渐散了，他也回到冷冰冰的家里。简单地吃几口，忍不住又喝一两口酒，之后，看看新闻联播，乘着酒兴躺下睡了。

亲戚孙辈送的酒并不多，他常常去买那种便宜白酒，只要是酒，他来者不拒。烟呢，有钱时偶尔会买盒子烟，平时都抽烟袋烟。可别小看了一杯酒一支烟，硬是比人都懂得安慰人！

老人说来随意，我听来却无限凄怆，小周几人也叹息不已。想他曾经为了拉扯儿女，放弃了城里的工作。临到老了，却居无定所。

眼见外面阳光正好，老人也累了，便提议他带我去看看老人聊天、挖花花的地方，我始终不知道挖花花是怎么一种游戏！老人脸上有释然之色，他站了起来，先摸起木桌上的烟袋，然后又摸到门边的拐杖，然后带头往外走。

出门的巷道是下坡路，是一条坎坷不平的泥土路，老人沿着左侧屋墙下平坦的地方走。他佝偻着背，边用拐杖探路，边小心翼翼地往前走，走起来有些迟缓有些沉重。

我的父亲还没等到老去就去世了，我想倘是父亲老了也如此孤独落寞，我心里该是什么滋味呢？我坚持走

▌侯重贤在屋里待久了，便会出外走走

在老人身后，走出巷道，走过店铺，来到街头广场，竟然有些喘气了。

走着走着，侯老停在路旁卖瓜子的小摊，摊主是个穿灰衣的老头，一旁的长板凳上还坐着三四个老头，正低头低声地交谈，手里都捧着烟袋在抽。侯老一屁股坐到了长板凳上，点了一窝烟，很快与旁边的老汉聊了起来，脸上笑意融融。看来，天气晴好，与老伙伴们聊聊天，挖花花，才是侯老最开心的时光。霎时间，我对那小摊对那几个老头有了莫名的好感。

倘天气一天天冷起来，寒风凛冽，老人又该到哪里寻找温暖呢？

王文哲：手里的钱都用在儿女身上

至于华池，却在庆阳东北部，也与陕西接壤。相比宁县，这里依然是高低起伏的黄土高原景色，梁峁相间，沟壑纵横，植被却不如宁县好。可境内石油资源丰富，长庆油田1970年开始在华池采油，目前开发区域已涵盖全县15个乡镇78个行政村，规模够大呢。

小周就是华池人，父母都从华池县城退休，城里还有房子。在她看来，油田并没有增加多少就业机会，倒是给当地环境带来了污染，有些地方的地下水都不能饮用了。且长庆油田的总部原本在庆城县，但后来搬去西安了。

随行送我的李师傅补充道，华池县城虽偏于一角，是国家贫困县，但因为石油开采，南来北往的人却多了，物价还高于附近县呢。钱不值钱，外出打工的人多！

当看到路边艰难流淌的柔远河时，浊黄的河水令我难受，便问小周：之前河里的水也这么少么？小周叹了口气说，小时候，河里的水才多呢，也没有如此浊黄！这一带是周先祖创业之地，之前肯定雨量丰沛，特产丰富呀！

说到周先祖，我不由精神一振，要求采访结束后领我去参观周祖陵。话题由此又转到了范仲淹戍边庆州，我不由大吃一惊，心忧天下的范仲淹还曾在此地金戈铁马征战边关？

话说庆历元年（1041年）五月，范仲淹任陕西环庆路（今甘肃庆城、环县）安抚招讨使，兼知庆州。他一到庆州上任，就检阅军队，选拔和奖赏了一批下级有功官兵，还招募沿边懂羌语、熟悉羌俗的壮丁为弓箭手（即民兵），打造了一支戍边劲旅。

随后，沿环州（今环县）至华池、合水、庆州一带一线，在宋夏交战地带构筑了坚固的防御体系。到庆州后第二年三月，下令夺回了庆州西北的马铺寨，在短短10天内，令其子率众在其地筑建了大顺城，并附设大顺水寨，给西夏军以致命打击，大顺城因而名留青史。庆历四年（1044年）七月，傲气的西夏王李元昊不得不臣服宋廷，遣使与宋讲和，仁宗册封他为西夏国王。从此，宋夏边境太平了十余年。

皇祐四年（1052年），范仲淹去世后，西夏又多次侵犯宋境宁、庆、原诸州，终因范仲淹所筑的城寨险要，将士勇骁，都被宋军所击溃。也因此，庆州人建了范文正公祠堂，彰其功德，永远缅怀他的功绩。

更令我意外的是，华池南梁竟是陕甘边区苏维埃政府旧址。1934年11月初，在南梁荔园堡召开工农兵代表大会，正式成立了陕甘边区苏维埃政府和革命军事委员会，习仲勋当选为边区苏维埃政府主席，刘志丹当选为革命军事委员会主席。边区军民浴血奋战，使根据地由华池扩展到甘肃的合水、庆阳、正宁、宁县和陕西的旬邑、彬县、淳化等18个县，与陕北根据地连成了一片。也因此，陕甘边区根据地为经历了二万五千里长征的党中央和中央红军提供了落脚点，乃至为抗日战争直至全国胜利做出了卓越的贡献。

就在华池县悦乐镇，同来的工作人员早就告诉我了，庆阳农村老百姓一般就吃两顿饭。早上起床就去地里干活儿，到了九点多才吃早饭，然后到下午三四点再吃一顿饭。一般乡镇干部也随着老百姓的习惯，就吃两顿。倘有县里来的干部或外地来的客人，就多安排一顿中饭，中午一般就简单地吃碗面条。去王文哲家之前，我们就在镇政府对面那家如家手工面店吃面，其间不时有县里来的下乡干部来吃面。

由集镇前行不多远，就到了店坪村店坪组，村支书在路边等我们。小周说，村支书是个精明的中年汉子，都当了多年村支书，对村子里的每家每户的情况一目了然呢。招呼过后，村支书在前带路，从公路边一斜坡上去，沿着一条土路，来到一个大大的旧院落。一字排开四孔旧窑洞，院子右侧还建有一栋三间平房，土围墙前栽有不少树，便是王文哲家。

听见说话声，王文哲从最右边窑洞里走了出来，他老婆则手里抱着个娃娃，还牵着一个小男孩，从平房里走了出来。正好院子里搁有两三只小板凳，大婶又从房里搬出几张凳子来，我们便坐在院子里聊天了，任温暖的阳光洒满全身。

王文哲，今年刚刚61岁，他脸庞晒得黑黑的，下巴胡子扎堆，戴着顶深蓝色帽子，穿着深蓝色T恤蓝色旧长裤，外罩棕色旧夹克上衣，裤子上沾满了灰尘，连脚上的那双破黑色布鞋也是灰扑扑的。也许他刚从地里回来，还没来得及换衣服吧，人也就显老相了，也有些萎靡不振。

老婆李翠兰比他小6岁，个子很高，盘着头发，穿着件花色鲜艳的薄毛衣黑色长裤，一副精明能干的农家妇女模样。不过，两个孩子倒都长得白白胖胖，穿得干净清爽，大眼睛滴溜溜地转，看来老人照料孩子应是尽心尽力。

夫妻俩共有二子一女，大儿子王明亮今年37岁，当年初中毕业后就去当兵了，24岁那年结婚。正是20世纪90年代初期，当地年轻人盛行外出打工，儿子儿媳也跑到银川一带打工去了。十多年过去了，大儿子不再替人打工，自己买了台车跑运输，就跑银川至天津这条线。平时最多打打电话，过年时会回来住几天。大孙女都13岁了，从3岁起就交给爷爷奶奶带，现在在柔远初中上学，周末才会回来。手里的小孙女9个月大了，儿媳忍耐着在家带到满月，之后就交给大婶带。小娃娃光吃牛奶，大婶一晚至少得起床3次给小家伙冲奶粉，常常睡不好。

大儿子虽然自己跑运输，进项不小，也没钱寄回来。大孙女的学费、寄宿费等都由爷爷拿，小孙女买牛奶的钱也由爷爷出，只好买当地28元钱一袋的吉象牌牛奶，甚至儿子儿媳每年的农村合作医疗款、养老金还得老爷子负责。

至于小儿子王明伟，今年33岁了，当年考上了兰州外语职业学院，几年读下来，光学费缴用就花了4万多元钱。好在还算争气，考上了国家公务员，在环县技术监督局上班。儿媳原本在环县木柏镇教书，今年也考到了环县中学当老师。小孙子今年两岁半了，当年他一满月，他妈就去上班了。任由爷爷奶奶带到现在，周末或放长假才会回来看看，带些孩子吃的穿的用的。

去年小儿子按揭在环县县城买了套电梯房，首付十六七万，老夫妻俩给了七八万。到现在还没有装修，小儿子回家就唉声叹气，闹得大婶心里难过极了。

原本我与王大叔聊天，他说的话我倒是能听懂。一路随行的小周不用再翻译了，她家女儿也才八个月多点，不由兴致盎然地逗着大婶怀里的小娃娃玩。后来，她发现大婶总是在旁边不时地插嘴，闹得大叔说着说着就不说了，有些僵了：大叔说给了小儿子七八万，大婶却说只给了三四万；大叔说儿子们都很少回家，大婶却说时常回来；大叔说农忙时太累都没人帮忙，儿子们最多打电话问问情况，大婶就说儿子们也回来帮忙。

小周到底是机灵人，一见围墙边那棵梨树上挂满了梨，忙问大婶好不好吃。大婶赶紧将小孙女丢给王大叔，自己转身去打梨，小周跑上去帮忙。之后，洗了洗，装了一大盘搁到我面前的小板凳上。我正口渴，不客气地拿起一只就吃，没想到青梨满是麻点，味道倒不错。

可爱的小男孩一直在我身边转来转去，我忙随手拿了只递给他。

院子老了，父母也老了！王文哲夫妻与孙子

可他不接我的梨，只管指着那只最大的青梨。我给他换了一只，他爷爷却不答应了，佯装着骂他，小男孩便一脸哭相。当我塞给他那只大梨，他当即破涕为笑，急急地咬了一大口，抱着梨，赶紧跑开了，惹得我们都笑了起来。

就在这时，大婶又抱着小孙女站在坪里，忽然手机响了。她从裤袋里摸出一只小巧的黑色手机，一接听，是小儿子打来的。只听见大婶一个劲地回答道，好着呢，好着呢！然后，朝小孙子走去，让小孙子听电话。小孙子接过手机，笨笨地将手机贴在耳朵上，脸上有了笑，却不说话。大婶可急了，你爸爸问你什么呢？你赶紧说呀！小孙子这才说，我在吃梨子！然后口齿不清地说，不想，不想！不想你！反身将手机还给大婶，自己却跑远了。

大婶试着再说几句什么，手机却挂掉了。我转过头来看大叔，他不知何时已经抽上烟了，脸上有些失落，可能是儿子没让他听电话吧！

这时，大婶怀里的娃娃哭了起来，看来是肚子饿了。大婶急急抱

255

着她进了睡房，看来是冲奶粉去了。

我朝大叔笑笑，现在安静了，我们还是继续聊天吧。

我环视了一下院子，问道：大叔，你家的窑洞外墙都乌黑乌黑了，建了多久？

大叔告诉我，他结婚时就住在这个院落里，当时的窑洞比现在更简陋。早在20年前，他当石匠做上门工夫积了些钱，重新将4孔窑洞拓宽了。后来，孩子大了，开销也越来越多，也没钱去翻修窑洞了。直到4年前小儿子结婚时，才花2万多元钱建了这3间红砖平房呢！当然，建新房的钱、小儿子结婚彩礼钱，都是他参我出的！

聊到这里，我觉得有些奇怪，儿子们都能挣钱，他们并没有给父母钱，反倒是父母时常支援他们，大叔大婶又从哪里挣钱呢？

从哪里挣钱？大叔苦笑道："我也是个本分的农民，还不是从地里刨食，既然儿女们需要钱，还不是将手里的钱都给他们，自己手里就光光的！你看，我的耳朵从去年起就有些问题，今年听力更是衰退严重，我真担心这耳朵会聋了去！要是手里有钱，我就赶紧去大医院检查，千万别让耳朵聋了，不然活得还有什么意思？"

这时，大婶也凑过来诉苦："我的脑动脉也有些硬化，经常有些头晕，都没去医院认真检查过。村卫生室给我开了些药，不舒服时就吃，但不太顶事！"

王大叔脸色黑黄黑黄，看来身体不太好，也许是平日里太累吧！于是，我转头问他："您到底种了多少亩地，还有什么副业？"

王大叔沉吟了一会儿，缓缓地说道："一共种了10亩地，除了自己吃的，每年还可挣两三千元；育了三四亩沙棘苗，育了五六年了，每年可以卖六七千元；还种了不少菜，养了猪养了鸡呢；另外，每月还可领到60元养老金，也有些粮食补贴等。"

他这么一说，我强烈地感受到他一直在辛勤地劳动，而且是繁重的体力劳动。但算来算去，我实在无法想象他还能建房还能为小儿子买房拿出六七万元钱。但看着他讳莫如深的模样，我知道再问什么也白搭。

这时，两位老人走进了院子，竟是王大叔的姐姐姐夫，就住在他家隔壁。老姐姐很突兀地指了指王大叔的手说：你看他那双手，粗得很，像要饭人的手呢！

我诧异地看了她一眼，她怎么对弟弟如此轻慢，也就没有接话。

他姐夫戴着宽檐帽，穿着西装上衣，倒挺有范，大大咧咧地坐在他旁边抽着旱烟袋，谁也不看。我一时闹不清他们两家亲戚是怎么一回事，没有轻易发话。

没想到他姐夫站起来朝外走，老姐姐也随之站起来往外走，临走时对我说，记者同志，我家就在下面，欢迎你来呀！我被动地点了点头。

此时，我清楚地意识到，王大叔应该隐瞒了什么，说起话来欲言又止。看来聊下去也不会有什么进展了，站起来与他告别，他抱着小孙女送我们到了门外。

当我们往回走时，见到了老姐姐站在路边，好似在等我们。果然，她一眼看见我们，就连忙热情地招手。同来的副镇长有些犹豫，我却对她有了好奇心，带头朝她走去。

沿一条斜路，来到老姐姐家，她家没有院子，有三孔简陋的窑洞，中间那孔窑洞口塌了，窑洞前堆了一大堆土，右边却有一间大大的红砖平房。老姐姐引我们来到平房，一间宽大的房间，内里盘着炕。

戴着礼帽的姐夫现在说话了，但他发音含糊，话语听不太清楚。他一会儿给我们表演写字，一会儿给我们拉二胡，最后拿出一个大笔记本，说他在搞科研。

难道他是返乡科研人才？我有些摸不着头脑。老姐姐则凑近我，从口袋里摸出些淡红色的豆子，说这就是夫妻俩的科研成果，用黄豆与红豆杂交，便结出了这种豆子，不过科研还不算真正有成果。两位老人并不说王大叔的事，只是说他们的科研，而我对此又一窍不通。

耐心听他们絮絮地说了好久，依然不得要领，我与老人无法顺畅地交流下去。只得告辞。

但我还是明白了，两位老人都是地地道道的农民，倒有科研的劲头。说来两位老人也是空巢老人，虽然不远处是他们大儿子整齐的新院落，但这个院子太破了，还有些不安全。

随之，我们赶到了支书家，就在大路边上。一进去，但见院子里堆满了刚采摘下来的玉米，已成了金黄的世界。进门处堆了三大垛高高的玉米垛，黄灿灿的，煞是好看。支书一家人老老小小坐在玉米堆前，正在努力剥玉米。见我们来了，支书迎了上来。待说明来意，支书引我来到他家小客厅，其他人便在院子观赏玉米了。

我直直地向支书说明我的疑惑，支书笑了，缓缓地说起王大叔的故事来：早在20世纪80年代胡耀邦视察甘肃，号召甘肃人民"种草种树，改造山河，治穷致富，要打它一场硬仗"！为此当时华池县林业局就在悦乐镇一带发动农户育苗，以育苹果、洋槐苗为主，好多人家都积极育苗，王文哲也加入到学育苗的行列。到2000年前后，全村有四五十户育了苗，共有300亩。苗子一多，就滞销，价格就低，还不如种玉米，有许多村民就不再育苗。

但王文哲等少数几个人坚持下来了，且根据形势改育沙棘苗。育沙棘苗技术要求高，他可耐烦呢，不光育苗技术高，还舍得用力气，天天守在苗子地里。他四五亩苗子年年长得好，成了抢手货。之前，他一年还只能赚两三万钱，近五六年每年每亩地都得赚两三万元，倘春秋两季都育苗，你算算他一年收入有多少？这么算来，近几年来，他一年少说也有十多万元进项。

可他家既没有建新房，生活也节俭，那钱呢？支书见我有些怀疑，笑着补充道：还不都用在儿女身上了？你看，他大儿子的大货车跑货时在高速路上与人追尾，人没事，车却报废了。大儿子又买了辆十七八万的大货车，他爹王文哲就一次性地拿了10万元钱。

大儿子几年前离婚了，再结婚再生小孩，都由他爹王文哲操办，又花了不少钱。大儿子呢，人很豪爽，过年时回来，大家常在一起喝酒抽烟，他抽的都是好烟，哪想到父母在家累得很又节省得很！

至于二儿子，上学结婚都是几万几万地花，去年买房他爹王文哲一出手就又是10万元钱。听说他没钱装修，到时还不又是指望他爹呀！

只是如此折腾来折腾去，王文哲现在真是没钱了，上次他还和我诉苦说，他耳朵越来越不行了，想到大医院治治都没钱！我说他呀，一直都是自找苦吃，哪能这样宠儿女，他们都是三十大几的人了！

支书的话令我豁然开朗，想想王大叔起早贪黑，所赚的辛苦钱都用在儿女身上，儿女们却坦然接受，未曾觉察到父母老了，身体不行了，更需要关爱与体谅！

就在我们前往华池县城时，再次见到王大叔，他正扛着锄头往地里去。我由衷地感叹道，王大叔都累成那样了，却舍不得说儿女半点不是！

这时，小周也说到一个细节，刚才大婶说给女娃娃吃的是吉象牌奶粉，但我在她房间桌上看到的都是雅士乐奶粉罐呢！

我们一车人不由苦笑起来，什么时候，为人子女能如为人父母一般，百般呵护和怜惜自己的老父老母呢？

李天荣：等儿女们早点回家

如果李顺虎老汉是强硬派，华池县的李天荣老汉则是温婉派，但他俩在某种程度上又如此相似，儿女没在身边，没有怨天尤人，打起精神过日子！

华池县在庆阳北面，与陕西交界，我先后去过悦乐镇和柔远乡。柔远乡离县城并不远，一出县城就爬坡，长长的上坡路。爬到高高的塬上，行没多久，车却开上了一条泥土路。路不宽，坎坷不平，且俯冲往下，坐在车上有些胆战心惊。就在我觉得心都要跳出来时，车停在斜坡上，路不行了，不能再往前开了。我赶紧跳下车来，站在路边定了定神。四周并没有人家，也没有田土，塬上坡上都是些或深或浅的灌木丛，隐隐有些秋天肃杀的气息。难道这荒芜的坡上也有人家？

沿着一条弯弯的土路，往前走不远，来到一排简陋的旧窑洞前，也没有院子，胖老太张兰英迎了出来。老太太已然81岁了，大白天独自守在家里，到晚边在县城打零工的儿子才会回来。媳妇去世多年，儿子依然独身一人。孙子也20多岁了，打初中毕业后，就一直在外打工，也没说上媳妇。也因此，老太太忧心忡忡，不爱言语，听力也不太好。略微聊了聊，交流有些困难，只得告辞。

太阳还没出来，天有些阴沉沉的，四周真是太安静了，甚至压得人心头沉甸甸的。走回停车的坡上，正准备上车，意外看到路边默默地站着一位瘦瘦的老汉，怔怔地看着我们。一见李主任，忙上前来找他说话，他说他出来放放风，正想找村上干部说个事。李主任悄悄地告诉我，老汉名叫李天荣，快80岁了，也是独自守着一院子窑洞。

但见老汉身穿深蓝色的衣服，戴着深蓝色的布帽子，说话声音不大，应是性情温和者。我不由对他充满了好奇，提出去他家看看，老人倒挺乐意。

说去就去。沿着另一条土路，去往坡的另一边。土路很平整，远远地看到李老汉家整齐的窑洞院子，院侧还有两只早已不用的破窑洞。走近一看，破窑洞前是一块烟草地，绿油油的一片，李老汉年年种些烟自己抽。立住脚，但见路边有几棵高树，前方山山岭岭只有些零星的绿色。沟底有庄稼地，对面塬上有不少院落，有简单的四合院，但大都还是窑洞院子。还有不少掘油机，有些在动有些不动，不时传来有节奏的响声。

一问，早在20多年前，长庆油田就进入当地开采石油，却没给当地人增加什么收入，倒是水越来越少了，近几年都得去附近水库水厂拖水吃。土院墙倒还整齐，却没有院门。穿过简陋的缺口，来到院子里，太阳正好出来了。清新的阳光里，偌大的院子干净清爽，有七八

260

只窑洞呢，只是最边上那只小窑洞不知何时已经塌了！这么大的院子，常年只有李老汉独自在家。

李老汉看上去瘦弱斯文，个子不高。说起话来慢腾腾的，思路却十分清晰。他6岁时父亲去世，母亲改嫁，便和奶奶生活。奶奶去世后，依傍着大伯伯过日子。父亲之前参加了当地自卫队，后来到了红军大部队，当上了连长。在一次战斗中负了伤，撤退时跑了许多路，累得吐血，只得回到家里疗养，没多久便一命归西。新中国成立后，政府发放了烈士证，但家里人没把它当一回事，也不知丢到哪里去了，也就没享受到什么优惠政策。

他19岁就结婚了，伯伯分给他两孔窑洞，他算是独立了。到1958年，他被招到华池建筑工程队学木工，过苦日子时，他还是毅然辞职回家了。都三个孩子了，正嗷嗷待哺呢，得多挣工分才能多分粮。从此，他成了一名乡间木匠，一直做到50多岁。

他与老婆一共生育了两个男娃五个女娃，可以想见负担的沉重，但他从来没有泄气，只是以他单薄的身躯默默地承受。凭着他闻名四乡的木工手艺，凭着他起早贪黑地干活儿，硬是扛起这个大家庭。他是勤快人，也是诚实人，忙时种地，闲时就四处做上门工夫。他手艺好，性情好，带的徒弟多，请的人也多。

到1973年时，大女儿都18岁了，孩子多了，两孔窑洞实在太挤了。他在此地新挖了三孔窑洞，一家人不由欢欣鼓舞，终于有了自己独立的家！到1994年小儿子结婚时，他又新修了四孔窑洞，还有一孔专门放粮食呢，这个院子就更整齐了。

其时，女儿们都出嫁了，儿子们也分家另过了，他刚刚60岁，想着与老伴儿过几年清静日子。谁知到2000年的一天，老伴儿正在厨房干家务活儿，忽然摔倒在地上，当即口不能言手不能动。等他和儿子们手忙脚乱地将她送到医院，就再也没有醒过来了。老伴儿一辈子跟着他，子女多，都没过过什么好日子。转眼14年过去了，说起往事，他依然伤感愧疚。

在他看来，儿女们有儿女们的事，得尽量不让儿女多操心。也因此，他将他与老伴儿的10亩庄稼地分给了儿子们，就独自一人过。可没过几年，大儿子出事了。大儿子李文贵是个平平常常的庄稼汉，闲时就到县城或油井上打打零工。就在2007年5月间，一天上午，他开着三轮车去县城。行至张湾组液化气站附近，与另一辆三轮车相撞了。当时，他靠外边行驶，连车带人滚到了河里。车报废了，人也没了。

虽说对方赔了4万元钱，3个孙子都还小，一家人都急得天昏地暗。好在媳妇不错，独自支撑起风雨飘摇的家，拉扯孙子们长大，近几年都出外打工挣钱了。现在，大孙子帮人开车拉砖，小孙子则是个电工，孙女则嫁到了西安。早在三四年前，孙子们在县城里租了房子，就将他们妈妈接出去了，也就难得回来了。

至于小儿子李文宝，今年都42岁了，一直和老父亲同住在这个院落里。之前待在家里，种种地，到油井上打打工。都十多年了，不少油井弃置不用了，就没有额外的收入了。初中一毕业，两个孙子就迫不及待地出外打工。一个在上海电子厂，一个在杭州电子厂。大孙子找了个来自河南的打工妹，都结婚了。

小儿子的负担就重了，他家还没有建楼房，还有小孙子没讨媳妇。两年前，小儿子带着老婆随亲戚到银川葡萄园打工去了。头年在别人葡萄园里打工，今年年初就自己租了个葡萄园，规模不大，事情却多，忙得电话都难得打回来。

院子外面那个空置的小院子是大女儿家的，算来大女儿今年都快60岁了，女婿一直在县城翻砂厂当工人，结婚时就在丈人家侧边挖了三孔窑洞。后来，儿女们大了，女婿前几年在城里买了一个小院子，一家人就在城里扎下了根。留在老家的窑洞，三四年就塌了，院子也破败了。

如此一来，热热闹闹的院子，骤然冷寂了下来。那一段时间，李老汉无论白天还是晚上，都愣头愣脑的，呆坐在院子里，耳畔却还响着儿女们的说话声。时不时好似有人在喊他，他赶紧站起来，应答着迎到院子外，却四处悄然。

二女儿、三女儿、五女儿都嫁得不远，逢年过节生日时也会回家来看看他，陪陪他。但最疼惜他的还是四女儿，四女儿已经45岁了，嫁在悦乐镇小川沟。后来，她在华池县城南雅商场租了门面，已做了多年服装生意，丈夫则在井队上打工。她人长得秀气，又精明又热情，赚了不少钱，但就是太忙。事情再忙，过不久就会回家看老爹，老爹的衣服鞋袜都会按时买来，还给他买好吃的，接他到城里去住。老人一想到四女儿，心里就很舒坦，是他真正的贴心小棉袄。

至于花费，大儿媳肯定没钱给他，小儿子一年最多给他七八百元钱。女儿虽多，却做不得儿子用，她们也艰难，最多一年给他两三百元零花钱，或者给他买些衣服鞋袜，零碎吃食。一问，养老金每月60元，低保金一季度174元，退耕还林款、粮食直补每年也有几百元，算算数目并不多。

老人却平静地说，人老了，有两个零花钱就行了！

我抬头看看老人瘦瘦的脸，倒真没有不满意的神情。又见他身体并不结实，说话轻言细语，不由问道：身体可好？

老人笑了笑，倒是没有什么病，一辈子没吃过药没打过针，去年中医院到村里上门来检查时，啥毛病都没有！但还是有些担心，有时觉得精神不好，力气弱！

说到这里，他指指最边上那只小窑洞说：前几天下雨，放粮食的那只窑洞塌了，都晴了几天，却没有力气去整理！村子里也叫不到年轻人，只得任它去！

说到生活，他说，小儿子外出时，都会给他备好几袋面粉，吃完了才去买！其实粮食家里仓库里有，却没有精神弄去加工！喝水更是困难，他指了指我们跟前的井口说，你看，儿子走时，用三轮车去山下城边水塔拉了两三车水，都倒在水窖里，我得用一年呢！

哦，是水窖么？我还以为是水井呢？我跑上前去，几个人忙将石头井盖移开，果真不是井，是水窖！我才意识到这里毕竟是黄土高坡！看着晃晃的水，我心想，喝一年，那水不会变质么？

旁边小李接过话头儿说，村里有210多户1150多人，住得分散，沟底塬上都有人家。因油田开采的缘故，当地水里都有油腥味，且地下水下沉，即使打井也不来水！于是，年轻人外出时，都会提前到城边水库里将水拉回家，贮存在水窖里，留给老人孩子用。此外，一到下雨，用盆用桶接水，就可用来洗衣服呢！

老人自然也如此，平时很节省地用水，不用时则小心地将井盖盖好。他一人在家，水的问题还不是问题，最成问题的便是孤独，难言的孤独！

他的生活是如此简单。每天早上七八点钟起来，简单地吃过早饭，去菜地里转转，料理料理菜地里的菜。之后，就在家里看看电视。到了下午两三点钟，随便吃过午饭，便出外转转，遇上熟人就趁机说说话。见天晚了，就回家看看电视，早早睡下了！如此周而复始，日子一天天过去。

我问他："怎么不去串串门？至少还可聊聊天！"

老人叹息地说，住得分散，出门便是沟，上坡下坡不容易，最多去岭后面老姐姐家拉拉家常！至于晚上，他得看家，还养了两只狗！即使有四女儿来接他，他也两三个月才会去一次县城，去大超市里买些盐、烟等。

哦，都聊了这么久了，都没见老人抽烟，他却不好意思地说，怕熏了我！

我笑着说："不用怕，我是被人熏惯了！单位上男同事大都抽烟，开会时尤其抽得凶！"

老人微微笑了，从口袋里摸到了烟盒，摸着一根烟点上了，陶醉地抽上了一两口。抽过几口烟，老人谈兴更浓了。他告诉我，他只抽7元一包的兰州烟，或者抽自己栽种的叶子烟。酒是每天要喝的！也不多喝，天天早上起来喝两三口，晚上睡觉前又喝两三口，都喝成习

264

惯了，也睡得快些！酒由女儿们买来，是当地的酒，不贵，都好喝！

我打趣他，您的日子还是过得蛮滋润呀！

不想老人脸上的笑意霎时没了，看了看院子外那一排白杨树。随着他的视线，但见白杨树叶黄了，天再冷些，只怕没几天叶子都会掉得精光。

我不由心里一缩，天冷了，老人连放风都不能了，独自守在家里，漫漫寒冬如何度过？

老人幽幽地说："老了，快80岁了，做饭不利索了！真希望每天都有人替我做好饭，有人替我洗好衣，那可是好日子，而现在却只能凑合着过！"

这时，老人从口袋里摸出一只黑色的旧手机，对我说："大孙子三年前买给我的，花了700多元钱呢！孙子告诉我，万一有事就打电话给他们，还将他们的电话贴在房里的炕墙上。可我很少打，今年都10个月了，才用了200元钱话费！不是不想他们，他们在外忙得很！"

再次看看晒在坪里的那两盘山楂，红红的，清爽喜气。我不由夸奖老人细致爱整洁，老人不好意思地笑笑，建议我看看他家的窑洞！

身后的窑洞，是老人住的窑洞，却是小儿子小儿媳的房间。进门右边墙上挂着小儿子一家喜洋洋的全家福，左边靠窗盘着炕，炕上的被单被子整齐干净。往内，摆放了书桌、电视柜及衣柜，还是老式电视机呢！

再过去，是大孙子的窑洞，炕上盖着布，右边几根木头上摆着两篮红红的山楂果，两扎刚采下来不久的烟叶。

再过去，是小孙子的窑洞，屋里靠窗有炕，炕对面靠墙木桌子上摆着三只棕色坛子，还有两只装满了鸡蛋的盘子。靠内旁边长条木凳上，整齐地叠放着一堆装满粮食的纤维袋，再往内还摆了一辆摩托车、一辆婴儿推车。

看着看着，我好似更懂得老汉了，心绪沉重起来了，忙退出来站在阳光里。儿女们没在家，孤独的老人，快80岁的老父亲，却用心地照料着这个空荡荡的院子，等着儿女们早早回家！

临告别时，我们站在院外，正眺望着对面塬上的人家。突然轰的一声，回身一瞧，院外另一只窑洞塌下来了，绿油油的烟地里霎时多了一大堆泥土！大家都愣了，老人也愣了，满脸苍白！

李主任不无担忧地对老人说：伯伯，赶紧请人来看看家里其他的窑洞，该修就修，您独自在家可要小心！

老人愣愣地站在那里，呆呆地看着那刚塌的窑洞，已然沉入他自己的世界。

突然间，我记起浏阳老县志收录了《杨孝子传》云：麻衣老爷乃唐朝天宝年间一名浏阳乡医，本姓杨名耀庭，又称杨大仙人、杨孝仙人。某年，浏阳四乡疫病横行，杨耀庭身背药箱，四处行医，救人无数。瘟疫过后，回到浏阳城东门外的家中，才知道在他外出期间，母亲已死于这场瘟疫。杨耀庭心生愧疚，披麻戴孝，悄然自沉于东门外一口水塘。3个月后，水塘中长出一株凄美的莲花，这株莲花竟长自水底一身麻衣的杨耀庭口中。此时，杨耀庭依旧面色红润，宛若生人。时人谓杨耀庭的孝心感动天地，已升天为仙，便筑庙供奉，尊为麻衣老爷。

在浏阳河源头的白沙古镇，还有邻近的萍乡、宜春、醴陵、平江等地，都有麻衣庙，供奉的都是麻衣老爷。中国人是个善于造神的民族，国中遍布庵观寺院。但是这些庵观寺院，要么供奉的是释迦牟尼、太上老君这些宗教始祖，要么供奉孔夫子、关将军这些历史名人，要么供奉土地、山神、城隍这些大自然的神祇。一个普通的孝子也能升华为仙人，让世人虔诚地去拜祭，应是以一种特别的方式在弘扬孝道的精神。

事实上，敬爱老人，弘扬孝道，永远都不过时，何种方式都不为过。

采访时间

宁县：2014年9月23日、9月24日、9月25日；华池县：2014年9月
26日、9月27日、9月28日、9月29日

采访后记

　　自从年初以来，我所有的心思都在老人身上，出外采访老人，在家书写老人，上网搜索有关老人的文字，或看有关老人的电影。一旦静下来，我的脑海里每每闪现某个曾经采访过的老人，一种悲凉的气息便会萦绕而来。我在想，老人的命运遭际的决定因素在哪里呢？在老人自己，在儿女，还是当今社会？实在不能一概而论，但现实却如此严峻。

　　搜搜网上，2013年2月，中国社会科学院发布了《中国老龄事业发展报告（2013）》。《报告》指出，中国将迎来第一个老年人口增长高峰，2013年老年人口数量突破2亿大关。2025年之前，老年人口将每年增长100万人。与此同时，劳动年龄人口进入负增长的历史拐点，劳动力供给格局开始发生转变。

　　中国老龄科学研究中心副主任党俊武是该报告的副主编，研究中国社会及农村老龄化问题已超过20年。据他介绍，劳动年龄人口从2011年的峰值9.40亿人下降到2012年的9.39亿和2013年的9.36亿人。2013年老年人口数量突破2亿大关，达到2.02亿，老龄化水平达到14.8%。老年扶养比从2012年的20.66%上升到2013年的21.58%，推动社会总扶养比从2012年的44.62%上升到2013年的45.94%。毋庸置疑，老龄社会已然来临，如何扶养老人？如何突破劳动力供给的矛盾？倘不积极面对，真不知是什么后果！至少令我胆战心惊。

　　那天来到华池县柔远乡，车先沿陡峭的路爬到塬上，然后又顺着一条土路往下开。我坐在车上紧张极了，当车停在半坡上时，便赶紧跳下来。当地村委会小李主任在前面带路，顺着那条小土路继续往下

来，蓦地一阵狗吠打破了四周重重的寂静。一抬头，一长溜平地跟前，一连排着六七只旧窑洞，连院墙也没有。

一位身穿暗红花衣的胖老太迎了出来。老太太名叫张兰英，都81岁了。她丈夫很早过世了，媳妇也过世了，孙子在外打工几年了。老太太年纪大了，已50岁出头的儿子不再到外省打工，就在县城打零工，天天不辞辛苦地骑着摩托车来回。整个大白天只有老太太独守这些窑洞，住在高高的塬上，邻居隔得远，倒真是得耐得住清静。家庭的变故，生活的艰辛，导致老太太身体不好，浑身都是毛病，忧心的事情很多。她最大的愿望是孙子早日成亲，单身的儿子也能找个伴儿。

可怜天下父母心呀！

回想起宁县的张绣芳，孙女死了，丈夫死了，儿子也死了，过重的悲痛耗尽了她的生机。而她年轻的儿媳，努力去跑黑车赚钱，扶养三个儿女长大，还时不时地跑回来帮婆婆一把。由此看来，倘心里有老人疼惜老人，还是会想办法离老人近些，争取就近照顾照顾老人。也就能支撑张绣芳们努力活下来了！

我想到一句有关爱情的话语：天若有情天亦老，人间正道是沧桑。

第七章

东莞行：老了的臂膀怎能再挑重担

300年前，樟木头还叫作泰安，作为交通要道，历来是兵家必争之地。传说清初年间，皇帝派官员巡视海防，途经泰安。巡按大人舟车劳顿，坐在一棵千年古树的树头休息。但见绿树满山遍野，阵阵凉风吹来，清香四溢。大人很惊讶，什么树木如此清香？向导禀告：是樟木，大人所坐的树头便是樟木头！大人哈哈大笑说，樟木树能驱瘴，樟木头能留人，真是个财丁两旺、人杰地灵的风水宝地。乃下令将此地易名为樟木头，一直沿用至今。

樟木头镇位于东莞市东南部，总面积118.8平方公里，常住人口约13万人。曾经是东莞市唯一的纯客家镇，客家先民大都于明末清初时自闽西、赣南、粤东、粤北迁徙而来。20年前，樟木头镇物价和劳动力成本相比香港非常低廉，且距离香港仅仅一个小时车程，对于北上的香港"淘金客"非常有吸引力。全盛时期，该镇曾吸引15万港人在此投资置业，"小香港"可谓声名在外。

我与此地结缘，乃因"中国作家第一村"。2010年9月，著名作家、评论家雷达出任"中国作家第一村"村长之职，先后吸引40多名作家入村创作，且成绩斐然。因雷达老师是我鲁院的导师，我于2011年年初慕名来到樟木头，当即在荔景山庄买下了景桐阁5B那套小房子，成为作家村的一员。由此拉开了我的文学视野，我在樟木头文广大楼10楼拥有了一间工作室，且有幸成为东莞市文学院第五届签约作家。

这几年往返樟木头，都是来去匆匆，就在城区转转，深刻感受其繁华。我的小房子在观音山下，也曾专程爬过观音山。其间飞着蒙蒙细雨，高大的观音像云遮雾绕，神秘而又风华绝代。就在来来往往中，我与樟木头镇日益亲近。在依然温暖的11月初，我回到这里，连续采访了几天，看到了不一样的樟木头。

许树德：香港东莞两边跑

樟木头镇敬老院位于樟木头镇中心区，始建于1984年7月，1994年镇政府曾投资2000万元扩建。到目前建筑面积7000多平方米，拥有168个床位，是全国优秀敬老院，院长蔡小琴还是全国敬老之星呢。

这天吃过早饭，王一丁老师陪我来到镇敬老院，宽宽的大门楼有些旧了，高高的门头上排着"樟木头镇敬老院"几个金色大字，矮矮的电动门大大地开着，只有简单的门卫室。一进门，抬头便见一栋厚实的高楼，一楼是老年康复中心。再看，院子呈长条形，就在高楼之侧，有并列的两栋三四层的老楼，楼与楼之间有走廊相连。老楼跟前，小型的锻炼场上铺了彩色的塑胶，摆满了运动器材。运动场靠院子边上，植有一排生机盎然的绿树，树下那些长条石凳上散散落落坐了些老人，好奇地看着我们走过。来到老楼对面的一楼院办公室，院长蔡小琴没在，护理部李主任在等我们。

李主任个子不高，穿着细蓝条纹衬衣蓝色长裤，约40岁模样，面相和善，话语从容而又温和。她在此干了多年，她说老人就是小孩子，要哄要用心还要有爱心，朴实的话语令我对她心生好感！院里很多老人在此住了很多年，平均年龄80岁以上，最大的都102岁了，大都疾病缠身。为此，老年康复中心有两名医生和一名护士，配备有药房和输液室等。医生每天主动到房间巡查，嘘寒问暖，跟踪老人的身体状况，很受老人欢迎。

因为樟木头毗邻香港，敬老院吸引了大批香港老人入住，是东莞最早向香港人开放的敬老院之一。为什么香港老人愿意住这里呢？李主任说，比如香港老人陈荣茂60多岁了，在此已生活了9年，独自住单间房。因为身体还算健康，不需要护工照顾，每月付2500元食宿费即可。而在香港养老院，且不说费用高于内地，得几个人共用一间洗手间，七八个人抢一台电视机。只是因为医保、社保都在香港，这些香港老人一旦生病就必须返港就诊，平日里也得定期或不定期返港看病，倒有些不方便。从1998年开始，敬老院安排工作人员全程义务陪同，解决了老人及其家人的后顾之忧。渐渐地，老人，包括香港老人，安心地住了下来，甚至将此地当成了自己的家。

可现在物价上涨了，护工越来越难找，一个护工每月得2000多元工资，还要买养老、工伤等保险。院里及老人的负担就重了，费用不得不涨。以前单间不配护工每月1600元，现在要2500元了，请一对二护工每月3500元，一对一护工则每月4500元。护工培训也是难点，经常有新手来，学过护理的人很少，得靠敬老院再培训，人力物力都有困难！

正在这时，一位戴眼镜的瘦高个儿大叔来到办公室，微笑地与李主任打过招呼，走进内屋交费。我见他穿着深蓝色夹克浅蓝色牛仔裤，整洁得体，根本没有半点老态，不由问道：这也是院里的老人？李主任点点头，这是香港老人许树德，刚来不久。采访如此老人应该更好沟通，我请李主任征求他的意见，没想到他爽快地答应了。他住在老栋四楼，因他有肺病就去高楼坐电梯，李主任则带我爬老楼楼梯走近路。

一层一层地爬，每爬上一层，迎面就有一个宽宽的平台，温暖的阳光透过大玻璃窗投射到平台上。阳光里，几位老人坐在轮椅里，静静地晒着太阳。一见李主任来了，那些呆呆的脸上有了笑意。李主任笑着走上前去，或拉拉手，或摸摸脸，或简单地问问好。如此自然，如此温暖，令我大为稀罕。

连上四层，每上一层就上演着如此动人的情景，我真恨不能如李主任那般与老人亲热，那些苍老的笑容是如此美丽。李主任还是那句平常的话语，这些老人都是小孩，需要呵护需要抚慰！这是我之前在其他敬老院未曾遇到过的情景，未曾听过的话语，我不由为这里的老人而庆幸，在人生的最后阶段，能享受到如此真诚的爱抚。

走进许树德的房间时，他已经在等了，书桌前已摆好了一张圈椅一张塑料凳子。一室一卫生间一阳台的格局，窗户大开，清爽豁亮。进门处靠墙横摆着一张床，桃红色被单被套枕套明丽而整齐，挂着白色蚊帐。床前右侧靠墙摆着一组柜子，左侧则靠墙摆着书桌，桌上一台老式电视机。除了蚊帐，屋子里的用品大都是敬老院配置的。床正对着窗户，窗外是阳台，晾着几件他的衣裳。新鲜的凉气从窗外徐徐吹来，大叔会讲普通话，李主任忙她的去了，任我和大叔聊天。

许树德原籍广东开平县，生于1949年11月，还算不上老人呢！当年刚刚解放，形势一片混乱。虽是穷人家，他父母也带着大哥逃到了香港，二哥、姐姐在广州上学，他随着奶奶待在老家艰难度日。大概是他八九岁时，某天村主任到他家走访，眼见祖孙俩凄凉的生活，劝奶奶将他送到香港父母那里去。奶奶想想在理，托人写信与他父母商量，父母爽快地答应了，然后村主任主动为他跑来跑去办手续。于是，1959年经政府批准，许树德前往香港与父母团聚了。

到香港后，他继续上学，初中未曾毕业，就边打零工边上了三年英文夜校。19岁之后，他就全靠给人打工为生。到1977年7月，他终于获得了一份稳定的工作，在房屋署上班，负责管理廉租房。此时，他已经结婚，妻子和他同岁，是香港本地人，在一家公司当会计。他俩有一儿一女，儿子1972年出生，女儿则小一岁。一家四口租住在政府的廉租房里，虽只有40多平方米，作为工薪阶层，倒也心满意足。抚育儿女长大，虽要精打细算，生活倒从容而平静。

也许是抽烟太多，到1998年他总觉得身体不适，略微干些活儿，就喘气不止。去医院一检查，他竟得了慢性阻塞性肺病。此病有些麻烦，必须静养，到2001年他不得不提前退休。他得到了一次性补偿70

272

多万元港币，拿出30多万港币将他们当时租住的电梯公寓房买了下来，公寓地处柴湾海边山上，终于有了稳定的住所。

儿子高中毕业后，当上了电工，算是有稳定的工作，却一直没结婚。女儿呢，从护理学校毕业后在一家医院上班，在外租房住，也迟迟不肯结婚。儿子总归是要成家的，到时房子会太挤，也不可能再买房了。眼见许多熟人回东莞买房养老，他动心了，找老婆商量。老婆同意了，还答应退休后与他一起回内地养老，令他喜出望外。

正好当时常平镇在做房地产推销，他随购房团到了常平镇，当即在紫荆花园定了一套二楼60平方米的小房子。再带老婆孩子来看，都觉得来往方便，小区环境也不错，还是精装房。当即干脆买下了，花了24万元人民币。

之后，许树德搬到常平来住了，离老家开平也不远，空气又好，相比香港的快节奏，更利于他养病。他呢，每个月回香港一次，坐大巴到深圳，过关后直接坐火车，再转地铁，前后三四个小时就到家了。他一般住两三天，检查病情，拿些要吃的药，又回常平的家，觉得如此亲情及养病都兼顾了。回香港更重要的，是去看患病的母亲，母亲辛苦一辈子，最后得了老年痴呆症。只得将她送到赛马云敬老院，今年上半年过世了。母亲走了，他才意识到自己成了无娘的儿，心里空落落的。逢年过节，他还会去肇庆看哥哥，去开平看望姐姐。行走在故乡，与亲人团聚聊聊天，是他最开心的时候。

此时，我看了看许大叔，他脸上的笑流淌着真诚，中国人就喜欢叶落归根，他从这片土地上走出去了，最后还是渴望回到故土。我十分理解他，问他："叶落归根，你没回故乡开平，是不是有些遗憾？"

他顿了顿说："没有！开平毕竟离香港太远了，得坐五六个小时的车，来往不方便。常平也是广东呀，也是故乡呀！我回到故乡养病，心里就很安宁。"

你说我在常平的日子怎么打发？很简单呢！每天早早起来，冲杯奶茶看看新闻，然后做早饭吃。早饭后，去外面散散步，去熟悉的茶楼里坐坐，与熟人朋友聊聊天，顺便买菜买报纸回来。在家做做卫生，洗洗衣服，看看电视。吃过午饭后，找邻居聊聊天，或去买些日常用品。晚饭后，坚持出去散散步，但一般7点钟就回家，9点钟一定上床睡觉。一天很快就过去了，生活平静，心态好，又按时服药按时回香港检查，病情控制得很好。

你说我老婆怎么没过来陪我？老婆是土生土长的香港人，还是不太适应内地的环境与生活，一到常平看我时，就不敢出门。她说内地人太乱，不讲交通规则不讲食品安全不讲环境卫生，退休后再也不肯来常平住了。后来，儿子终于结婚了，很快又有了孙子，她忙着带孙子，更不肯过来了。

为什么会搬到这里来呢？我在常平住了整整10年，住出感情来了，原以为终老常平。可要是在内地购房，就得退回在港所购的政府房屋。去年10月，我只得忍痛将常平的房子以27万元的价格转让了，住进了常平敬老院。听说这里好，今年年初转过来了，感觉不错，也就安安心心地住下来了。

我怎么不回香港？一是香港嘈杂喧嚣的环境不利于我养病，何况我的老家在内地，住在内地听听乡音，内心就是舒服。二是我每月退休金只有5000多港币，倘去住香港的养老院，条件不如这里，开销还要多，经济上会有些紧张！

想不想家人？当然想呢！我每天都和老婆通电话，通过电话心里才安稳。我也牵挂儿子女儿，他们一天工作也辛苦，我一般晚上8点钟左右打电话给他们，要不就发发微信！谁不想一大家人待在一起？可香港房子太小，我又得养病，不能两全其美！在这里我病情平稳，只遗憾帮不了老婆的忙，她退休5年了，基本上没怎么闲过！

今后有什么打算？许大叔想了想，叹了口气说，只能走一步看一步了！现在我还不是很老，能香港樟木头两边跑！再往老走，身体状况会如何？我估计不准，毕竟香港医疗保障好得多，看一次病40元全包了，住院也只需100元钱一天！倘今后我身体状况不好，只得去住香港的敬老院了！再不乐意也没有办法！

离开时，看着许大叔脸紧绷着，闷闷不乐的神情，我有些惶惶然，是我惹他不开心呢！我忙劝慰他，他的身体会越来越好，香港对老人的优惠政策说不定也能转到内地来呢！他才露出了笑脸，仿佛看到未来的希望，且坚持送我到楼梯口。

事实上，许大叔并没有经济上的困难，更多的是不得不与亲人分居两地的无奈，疾病缠身的无奈，无奈里夹杂着沉甸甸的孤独与失落。

张锦松：敬老院可能是我们最后的家

之后，来到高楼五楼504，我见到了张锦松老人。也是一房一卫生间一阳台的格局，挤得满满当当。一张床靠内墙一张床靠窗台，中间隔着原木色的小汗蒸间。床对面，靠墙依次摆着木柜、书桌、小冰箱，再过去就到了阳台。我走进去时，一位头发花白穿着黑白小格睡衣裤套着背心的老人，正坐在凌乱的床上看书，旁边还堆着几本厚厚的书，婆婆则静静地躺在靠窗的床上。

见我来了，老人忙站了起来，他个子不高且瘦，黑黑的脸上满是老年斑，用我听不懂的方言和我打招呼。我的心凉了，老人已是风烛残年，语言又不通，只怕沟通会很成问题。

好在院里的社工姑娘简单地和他说明了之后，老人又换了带口音的普通话，我才悄悄地长嘘了一口气。老人看了看我，笑着，湖南来的，毛主席的家乡人呀！我惊讶万分，老人在国外生活了那么久，竟然知道毛泽东！

老人原籍清溪镇柏朗村，于1924年春出生于南美洲北部苏里南一个名叫日计利的小镇。苏里南？我没听说过，只得插话问老人：苏里南在哪里？老人好脾气地解释：苏里南在南美洲，当时是荷兰殖民地！老人的记忆很清晰，用他独特的普通话为我一一道来。我在书桌前坐下来，面对着他，安静地听他讲过去的故事。

　　20世纪20年代初期，广东当地一些贫苦的农民为逃避繁重捐税或频繁的自然灾害，只得成为契约华工，被卖猪仔运至外国去开荒、采矿、修筑铁路，亦有华工被掳掠到马来西亚、东印度群岛等地。他年轻的父亲就被弄到了遥远的苏里南做苦力，倒因此积蓄了些钱。父亲回清溪与母亲结婚后，一起又去了苏里南，在那里生下了张锦松和大女儿。忽一天，父亲得了一场大病，全身疼痛，吃不下什么东西，只得整天躺在床上。荷兰有名的医生都束手无策，一个月后，却奇迹般地好了。半年后，父亲又病倒了，又是相同的症状，一连请了几个荷兰医生都无可奈何，反而病情日渐恶化，直到奄奄一息。就在这时，母亲遇到了陈安伯母，伯母在家乡遇到类似病情且知道治病的药方。经过一夜的用药治疗，父亲竟一觉醒来，且坐立自如，疼痛全消。如此一来，担心客死他乡，父母决定回国。

　　1930年8月，一家大小启程回国。由苏里南坐飞机到美国旧金山，再由旧金山坐轮船到中国香港，由香港回东莞清溪，一路辗转一路艰辛。当时国内的生活水平还很低，在苏里南有芝士、面包、牛奶做早餐，在清溪乡下能吃上粗茶淡饭就不错了，但有趣的农家生活吸引着年幼的张锦松。1932年年初，父亲将他送到邻村浮岗村文明小学上学后，为了一家人的生计，又独自返回苏里南。

　　卢沟桥事变爆发，村里人纷纷逃避战乱，母亲带着孩子们到越南投靠他婶婶一家。当时正处于第二次世界大战期间，父亲远在苏里南，无法从经济上接济他们母子，而婶婶家人口多收入少。于是，母亲托亲戚在越南金欧市另寻栖息处，直到1941年才回到清溪柏朗。

　　平静的生活仅仅持续了9年，如火如荼的土地改革开始了。父亲原本已回到老家，做小生意积累起来的财产却被说成是靠剥削得来，被划为华侨地主，家财全被没收充公了。张锦松虽已当上了小学老师，收入微薄，随着4个子女陆续降临，生活负担越来越重。念及还有叔叔在苏里南，36岁的张锦松和妻子将子女都留在了老家，依依不舍地前往苏里南谋生。

重回苏里南，张锦松做过许多工作，在杂货店打过工，在商行做过销售员，也在当地的华新日报社工作过。眼见赚钱不容易，又牵挂在家的孩子，张锦松就让妻子先回国，他留下来继续打拼。

到1971年苏里南独立了，苏里南币贬值了，一块苏里南币只值几毛港币，好多华侨都移民到了荷兰。张锦松和叔叔一家没走，他开了家杂货店，每天早上6点钟开门，晚上10点钟才收工关门，只为多赚些钱寄回老家。

当时苏里南生活条件比国内要好，张锦松好不容易做通了儿女们的工作，让他们移民到苏里南。大约在1985年，因大女儿年龄大了，儿子带着两个妹妹先到了中国香港，计划从此过境前往苏里南。

此时，中国香港刚好出台了过境可以申请居留的政策，中国香港如此繁华，儿女们不想去遥远的苏里南了，赶紧申请了中国香港居留证。张锦松只得遵从儿女们的意愿，到1987年他将老婆申请到了苏里南，夫妻俩终于团圆了。

毕竟老了，身在他乡思故乡，几番思虑，1990年10月，已经66岁的张锦松与老婆回国定居了。回乡后，张锦松欣喜地见到了世代靠农业生存的故乡，有了高楼大厦，处处有了工厂，成了一座现代化气息浓郁的小城市。第二年，他拿出多年的积蓄在清溪镇上建了栋三层半高的楼房，也就有了安身之处，儿女们偶尔会从香港回来看望他们。他呢，在家看书读报，或练练书法，或写写诗词，有人嘲笑他是老番客不懂得享受，他却如此满足。

夫妻俩过起了安静从容的养老生活，但也为身份苦恼：当年父母回国时，将他在苏里南的出生证卖给了同乡，他因此失去了苏里南国籍；后来在国外多年，也就没有中国居民身份。好在他1960年从中国香港过境时办了中国香港身份证，可因没连续住满7年，除了享受免费医疗外，其他综援、生果金等福利都没有。而婆婆则既没有中国居民身份，也没有苏里南居民身份，成了落在半空的人。

一开始，两位老人还能相互照顾，但困难随之而来，婆婆身体不好了，常常得吃药打针，干不了多少家务，花费也越来越大。两位老人除了每月房屋租金可收到5000元钱左右，再没有任何收入了。张锦松患有冠心病，每三个月回香港复诊、拿药，不要任何花费，但婆婆所有的医药费都得自己掏。

说起为什么住在樟木头镇敬老院时，老人神情黯然，脸阴沉沉的。他叹了口气说，人老了，病痛就多了！之前老婆风湿痛了几十年，痛到后来就走不了路。又因为老年痴呆，不光眼睛看不清楚，头脑都不清楚了！到2011年年初，我87岁了，也做不动事了，也需要人照顾！拖到这年5月，我们住进了这间屋子。

说到这里，他指了指满屋子的东西，你看，这就是我们最后的家了，都挤成这样了！至于汗蒸小房子，是我特地买给老婆的，因为医生说汗蒸对治疗风湿痛有好处！可老婆现在也用不了！

婆婆一直安静地躺着，不知她睡着了没有！这时，她却一声声地喊起来，听来却不知道她喊些什么。老人摇摇头："她就是喜欢喊几声，可怜她眼睛看不见，腿又动不得，心里难受呢！"

我看得出老人的痛心，赶紧转移话题："您每三个月回香港检查身体，是你儿子来接你么？"老人摇摇头说："不是，是敬老院安排专人陪我去陪我回！"见我疑惑的模样，老人坦率地说："儿子今年60岁了，每月会来看我们一次，每次会给我们六七百元钱，或者买些吃的穿的给我们！我们老了，吃不了多少，也穿不了多少！"

"那么您和婆婆每月费用多少？从哪里来呢？"

老人沉吟了一会儿，说："我们两人请了一个陪护，每月加起来得4600元，这还是敬老院照顾我们，不然至少得7000元钱！我与老婆都没有什么补助！好在清溪镇的房屋租出去了，每月租金拿来交敬老院的费用刚刚好！"

这时，有客人来了，老人欣喜地站起来迎接，却是一对夫妻来看望他，提来了一大包水果等礼物。他们是从清溪镇来的义工，每隔一

278

段日子就会来看望老人，陪老人聊天帮老人干干活儿。他们敬重老人的自尊自强及乐观进取的精神，为了回到故乡国籍都没有了，却无怨无悔。

他们告诉我，老人一直安静地过着清贫的日子，每天就是读书看报练书法。老人笑了，赶紧去婆婆的床底下找寻，拖出来两只大纸箱，里面装满了老人看过的书、报纸及练过的书法本。我拿出几本瞧瞧，都是老蓝色封面，一页页写满了小楷字或小草字，甚是养眼。再看看，他的床头及书桌上方都挂着书法条幅，都是老人自己写的。小冰箱上则放着一盘绿油油的富贵竹，给小屋增添了几分生机与书卷气。阳台门及窗户都开着，金黄的阳光照进屋子里。

这时，一位胖胖的红衣大婶端着两盘米饭，走了进来，是老人请的陪护。她笑了笑，又出去端来两碟菜，青菜及白豆腐。哦，才上午十点多钟就吃午饭了，我赶忙起身。老人摆摆手，着急地说，别急别急，我们有微波炉，等会儿再热热吃就行了！但我怎么好打扰老人呢，坚决地退了出来。

陪护大婶送我们来到电梯口，她是湖南衡阳人，在敬老院做了十多年陪护了。她告诉我，老人为人很好，每天早上6点起床，在阳台上做做操，白天就在房间里看看书写写字看看新闻，到晚上9点就上床睡觉，很少下楼。老人才要强呢，从来都是自己洗澡自己洗衣服自己打饭，尽量不麻烦她，有时还帮着她打扫卫生、照顾老伴儿。

后来，李主任也告诉我，两位老人就靠租金过日子，生活简朴，婆婆脑子糊涂了，但老头依然从容淡定！第二天上午再来敬老院时，我又特地跑去看他们，两位老人正坐在桌前吃饺子。原来是老头见婆婆口味不好，让陪护买来瘦肉与面粉包饺子。左右几家陪护正热闹地煮饺子，照顾老人们吃饺子呢！

张锦松老人见我来了，一脸笑意，赶紧站起来，邀请我一起吃饺子。眼见婆婆围着围兜，边吃边流涎水，我自是不能吃下任何东西。只得告诉他，时间尚早，我还吃不下呢！老头不再勉强，依然坐到桌子跟前，缓缓地吃，时不时地照顾对面的婆婆也吃。我不由暗暗地责备自己，怎么就会在意老人的涎水呢？我每每为老人们的境况而忧心，真正要我去天天照顾老人，我会比陪护更耐心么？我的内心风起云涌，两位老人依然在缓缓地吃饺子。我一时不知如何是好，转头一眼看到阳台角里有只小小的鸟笼，为了掩饰，我忙凑过去看。一只小小的鸟在蹦上蹦下，啾啾地叫，声音清脆悦耳。老头笑了，他告诉我，小鸟才有趣呢，叫声也好听，给他带来了不少欢乐！

我却心酸了！越鸟巢南枝，狐死必首丘。人老了总是期盼叶落归根，但面对现实，回故乡养老的愿望往往令人望而生畏。即便回了，比如张锦松老人，就是身在家乡的异乡人，生活在家乡却依然有这样那样的困难。

刘雪梅：我们活一天，孙女活一天

樟木头镇老街所在的圩一组组长是个胖胖的中年男子，他告诉我，老街上的房子都租给了河南人和湖南嘉禾人，人称老鼠街。河南人在此大多是收废品，嘉禾人则到附近打工或在租房里卖山寨货。他们大都带孩子过来了，但很少带老人过来。过年时一般不回家，到暑假了就会带孩子回老家。至于当地老人，大都和子女住在一起，他给我介绍一对特殊的空巢老人，来自嘉禾，靠打工赚钱给孙女治病。

下楼穿过一块空地，再沿着水泥台阶走过三排房子，最后一排楼房后面是长满荔枝树的山坡。这些旧楼房排得很密，大都三四层高，几乎都租给了嘉禾人了。站在最后一排楼房后面，敲了敲第二张小铁门，没有人应声。

组长往回走，来到倒数第二排房子前。就在第二个紧闭的大门前，使劲地拍门，边拍边喊：刘雪梅，刘雪梅在吗？过了一会儿，门悄悄地开了一条缝，出来一个矮个子女子，略微有些胖，蓬着头发，穿着黑毛衣深灰色裤子。

她就是小女孩的奶奶刘雪梅，在这家家办小学班干活儿，帮着做饭带小孩。她虽然满脸沧桑，不修边幅，但并不是很老。我随刘大姐往后栋走，去她家租住的地方。

走进屋内，光线为之一暗，再一看，一间大房子隔成了三小间，偏右留有过道。穿过过道，来到最内一间，应是她家平日里的饭厅。靠右墙搁着一套小孩旧课桌，墙上还贴着四张小孩的奖状，奖状下方挂着一块小木板，上面隐约有字。靠左墙放着一张床，光光地铺着席子。靠窗则搁着一台旧冰箱及一张旧书桌，书桌上那台液晶电视机，是屋子里唯一的亮色。窗外大概是厨房，由阳台改造而成。我们在饭桌前坐下来，当得知我也是湖南人时，大姐脸上有了笑意，话题很自然地岔开了。

刘雪梅大姐一家来自湖南省嘉禾县钟水乡湘溪村，普通的农民家庭。丈夫黄光亮，出生于1953年9月，上过小学，在老家是个有头脑会干活儿的农民，曾当过村干部。她比丈夫小了整整5岁，竟没上过学。大儿子黄中甲生于1981年，二儿子黄申甲生于1982年，两人初中没毕业，就回家帮衬父亲干农活儿，或在四周打打零工。

眼见儿子们都得成家立业，家里却一栋像样的房子都没有。几番思索，黄光亮于2000年5月带着她和两个儿子来到樟木头镇打工，心想至少能挣到建房子的钱吧。既是没有任何特长，黄光亮只能当搬运工，天天站到大街上等着人来雇，干些背水泥装货等杂活儿。两个儿子先后去学了开车，后来就帮人开货车送货。她则去老市场及新达中心打打零工，一家人随老家人在老街租了间房子，总算是在此有个简陋的家。

老黄带着一家人拼命干活儿，省吃俭用，一心想尽快多挣钱回老家建新房，给两个儿子娶上媳妇。到2002年，大儿子在新达中心给人开货车，每月可挣到800元钱，还找到了谈婚论嫁的女朋友。第二年11月，小孙女出生了。全家人非常高兴，爷爷给她取名美云，希望她能像天上的云彩一样美丽快乐。

可好景不长，小美云总是拉肚子，怎么打针吃药都不见好，且越来越瘦弱。一岁时，抱到樟木头医院检查，医生不太肯定地说，小美云可能得了白血病，还是去大医院再查查。老少夫妻都吓得不轻，第二天一大早就抱着她去广州儿童医院检查。经专家会诊，确诊为重型地中海贫血症，目前尚无根治的办法，除非做骨髓移植。如不治疗，多于5岁前死亡，而通常的治疗办法只有输血。

一家人如同掉进冰窖里，孩子母亲更是哀哀地哭了好久。老黄倒最先镇定下来，他想无论如何都得给孙女治病。只是没想到，这真是个漫长而又艰辛的过程。

从此，一家人轮流定期带小美云到樟木头镇人民医院输血。一开始，每次输1.5个单位，后来随着小孩的长大加至2个单位、3.5个单位，渐渐到4个单位。费用则从每月的500元，到2011年年底已达到每月住院2天，输血费用1500元。由于还需"去铁"治疗，加上经常感冒发烧，各种医药费用每月多达3000余元。对于靠打工为生的家庭来说，真是个十分沉重的负担。

其时，奶奶刘雪梅干脆在家负责照顾小美云，老黄则早出晚归地去揽活，每月也能挣1000多元钱。一开始，美云医药费并不算多，加上儿子媳妇再凑一点，基本上不成问题。可小美云一直未能上户口，医疗费用无法在嘉禾老家享受新农合医疗的报销。随着美云的医药费一天天增多，欠下的债务越来越多，家人的心理防线开始崩溃。

最先耐不住的，竟是美云爸爸，他原本一直给人开货车，赚来的钱几乎都给女儿治病了。在压力面前，到2010年他精神出了问题，忽一天竟割腕自杀，好在被老黄夫妻发现，慌忙地拦下了。此后，老黄夫妻就不敢催他挣钱给美云治病了，也就明白不能指望他了。眼见儿子对生活越来越失去信心，有时在家一睡就是一个星期，老黄夫妻很着急，但也无法顾及他。2011年一年，他都不怎么回家了，更别指望他能拿出多少钱了。

没过多久，4月的一天早晨，一直边打工边照顾女儿的媳妇刘会英，突然对老黄夫妇说道：我要离家去过自己的生活，给自己治病，孩子就交给你们了。之后，背起背包头也没回地就走了，从此不知音信，只是偶尔用座机打个电话问问美云的情况。想想最近一两年，她脸色越来越惨白，还得坚持去工厂上班。家里一直没钱给她看病，她提出要离家自己救自己，也在常理。老黄夫妻不由凄然。

至于小儿子，一直在镇上给人开车，小儿媳妇则时不时在天河商场给人打工。小美云一岁时他们就结婚了，且接连生了两个女儿一个儿子，奶奶刘雪梅帮着带了4年小孩。小儿子一家五口负担重，帮人开车收入不高，后来干脆去做小生意，辗转于周围集镇跑市场，没有办法也没有能力来帮着照顾美云。

于是，美云的重担就落在了年迈的爷爷奶奶肩上，念及将来能通过骨髓移植保住孙女的生命，老黄选择了坚持。他一方面向亲戚朋友们借钱，另一方面，更加卖力地干活儿。他常对人说："只要能治好孙女的病，我哪怕是累死也心甘情愿！"为此，他每天早上6点多就出门，在工地上扛水泥到晚上6点，每月勉强能挣到美云输血的钱。他曾再三对老婆说，我们必须撑下去，趁身体硬朗，能多做就多做！美云这么懂事乖巧，怎么舍得放弃给美云治疗呢？

小美云很爱上学，在前栋民办小学班上了二年级后，老黄找了几家民办小学，都不愿意接纳她，只发给她课本。到美云8岁时，治疗费用已花去了10多万元，老黄夫妻已是债台高筑，不堪重负。

可美云的病情越来越严重，除了尽量给她输血外，也拿不出多余的钱给她治疗。美云瘦弱不堪，从厨房走到大门口的力气都没有，天天躺在床上，不哭也不闹，也吃不下东西，最多看看电视。老黄看在眼里，急在心里，愁眉不展。一个村子的人几乎都租住在附近，见他们太苦了，当时有人劝道，老黄，美云都这样了，不要再给她治了，她苦你们也苦！但老黄无论如何都不肯放弃。

好在天无绝人之路，樟木头镇电视台记者不知怎么得知了小美云的遭遇，特地前来老黄家租屋采访，将老黄一家的困境进行了专题报道，呼吁大家都来帮助小美云！

一时间，樟木头镇政府、当地民众及嘉禾县总工会、媒体等，都闻讯行动起来了，看望的看望，捐款的捐款，且许多好心人纷纷寄钱到媒体公布的老黄的账户上。短短的时间内，捐款就达30多万元，老黄夫妻感激万分，赶紧带美云到医院彻底检查，调整治疗方案。

眼见着美云的病情得到了控制，当地博华小学也接收她上学了，老黄夫妇这才长嘘了口气，就将她妈妈叫了回来。之后，嘉禾县当地政府为美云开辟"绿色通道"，办好了户口，结束了她长达9年的黑户身份，住院治疗也就有了希望。

说到这里，刘大姐双眼通红，泪一串串地滚下来，乃至泣不成声，在昏暗的屋子里更显凄凉。我赶紧拉拉她的手，她的手粗糙而冰凉。小美云的病让这个家雪上加霜，社会捐助用于还债之后，都留着给她治病。

刘大姐告诉我，她们全家人依然在为给美云治病努力打工：老黄61岁了，依然在街头揽活儿，从早到晚帮人搬货，每月会有3000元左右的收入；美云妈妈在白果洞一家工厂打工，下班后就天天回家，帮着照顾美云，给美云打去铁的针，每月还会拿出三四百元钱；她呢，从去年下半年起，就在前面的民办小学班里打工，每月也有1300多元钱。只是美云爸爸情况令人忧心，去年好不容易振作起来了，在镇上市场帮人开车，可今年上半年送货时出了车祸。新车没上牌照，不光赔了些钱，驾驶执照也被吊销了。没办法，只好让他回嘉禾老家，老家还有美云姥爷，还可到附近石灰窑里打工，也就不指望他什么了。

说到美云的未来，刘大姐拭去夺眶而出的眼泪，说："自从有了好心人的捐款，就送美云到东莞东华医院治疗、输血。经过调理后，20天才输一次血，每天还能给她吃一次去铁嗣片，打两支去铁针。她的病好多了，人也轻松多了！"

"那么，今后你们怎么办呢？"我问刘大姐。

刘大姐的眼泪又出来了，指了指那台电视机说："你看，这电视机还是去年花了1000多元钱买的。美云不能出去与小伙伴们玩，之前那台电视机坏了，我们咬牙买了一台新的，让美云还能看看电视！医生告诉过我们，美云的病真正要治好只能做骨髓移植手术，至少得50万的医疗费。我们哪有那么多钱，也不可能经常让社会捐助！她爷爷说，我们在一天，就一定想办法给她治病，延续她的生命！我们活一天，她活一天！"

也想过带美云回老家，不光给她看病不方便，更重要的是，在家里光靠种地不挣钱，怎么给她治病！前些年我们回家的路费钱都没有，就很少回老家！现在情况好些了，一年还可回老家一两次！出来11年了，所有打工挣来的钱都给美云治病了，我们却老了，你看我的白头发够多的吧，她爷爷更是满头白发，背都累弯了。

至于今后怎么办？真的没想过，也没办法想，过一天是一天吧！老家还有她姥爷，姥爷是小学退休教师，年纪大了，可根本就没管过他，也很少回去看他，真是过意不去呢！

刘大姐带我看另外两间隔间，放了一张床之后，转身都困难了！出来后，打开侧边那间小铁门，里面一片漆黑。开灯一看，是一间小房间，一左一右放了两张床，是美云与她妈妈的房间。今年刚刚加租的，每月70元钱，却没有窗户，空气有些浑浊。我看到进门靠墙堆了堆黑乎乎的东西，刘大姐忙说，那是美云妈妈搬回来的书，都是些讲菩萨的书，常常拿给周围的人看。她常给人说，还是要信菩萨，菩

刘雪梅去家办小学班上班

285

萨能带给我们希望与安慰！信菩萨不是坏事，她还刚刚30岁，只是希望她能高兴些！不要天天愁眉苦脸！

临别时，我又握了握刘大姐冰凉的手，她蓬乱的头发深深地刺痛了我的心！

杨子平：是吸毒的儿子拖累了我

那天上午我再次来到敬老院，正与李主任站在办公室外面聊天，一眼看到一位瘦高的中年汉子推着轮椅从大门口急急地进来，轮椅上坐着个胖胖的老头。胖老头穿着花睡衣黑白细条纹长短裤，花白的头发剃得极短，手里抱着一对拐杖及一只装满东西的塑料袋。李主任看了看老头，叹口气说，这老头好可怜，有个吸毒的儿子，不得不躲到敬老院来！

我一听，忙上前去问老头，愿不愿意和我聊聊天？轮椅停下来了，我注意到塑料袋里满是大大小小的药盒，而他的右脚被绑在轮椅上！老头朝我露出了友好的笑脸，含糊地答应了。哦，看来老头中风后，不光行动不便，口齿也不清楚了。我有些着急起来。

跟在轮椅后面，来到高楼后面一楼，楼前有一个三角形的小花园，花坛里开满了星星般的紫色小花，满是勃勃的生机。推轮椅的欧大哥并不是老头的护工，而是敬老院的花工，但老头喜欢叫欧大哥推他出去晒太阳、去超市购物或者去药店买药。欧大哥总是有求必应，无疑也是善心人！

于是，欧大哥将老头推到小花园里，停在花坛前，又给我搬来一张小椅子，招呼我坐下。他则站在轮椅后面，依然手扶着轮椅。看着静静地坐在轮椅上的老头，浑身沐浴在金色的阳光里，圆圆的胖脸浮着孩子般的天真。难道老头因为中风，而不知忧愁为何物了么？老头说话含糊，好在欧大哥在一旁当翻译，交流依然顺畅。

老头名叫杨子平，今年66岁了，是东莞清溪镇人。当初被推荐上

286

了东莞工业学校，后来分配到了东莞自来水公司上班。他30岁才结婚，老婆比他小两岁，在清溪食品站上班。夫妻俩用心经营着小家，很快有了一儿一女。而老杨一直用心钻研，安装技术娴熟，后来调到了广东粤港供水有限公司，在深圳公司上班。

儿子于1981年出生，中专毕业后在清溪镇当上了交警，高大帅气，很讨人喜欢。女儿生于1984年，医学院毕业后在清溪镇医院当医生。到2001年，儿子刚刚20岁就结婚了，儿媳漂亮贤惠，在一家外资公司打工。第二年就添了个可爱的孙子，老杨甚为高兴，让老婆全心全意地帮着带孙子。两年之后，老杨退休了，在深圳办了家汽车修理厂，生意做得风生水起，赚了大把大把的钱。

也许儿子自小被视为宝贝吧，一直娇生惯养，当了父亲之后，依然有父母为他担当着许多责任。儿子既是轻松自在，家里经济条件又好，打小就特别爱玩也会玩，交了一大帮社会上的朋友，却不幸于28岁时染上了毒品。从此一家子没有了安宁，灾难降临了。

说到这里，原本说话不顺的老杨竟然喘不过气来，索性眯着眼睛，张大嘴巴，哭了起来。他扭曲的脸上满是痛苦，而他压抑的哭声，如声声巨雷炸响。我为之惊愕，愣愣地看着他，仿佛已然随他一道掉入了万丈深渊，被无言的绝望所缠绕。

欧大哥狠狠地瞪了我一眼，我正想悄悄地溜掉，老杨却睁开了眼睛，直直地看着我。我试探着问，您没事吧？要不要进屋去休息休息？他倒是有些不安有些歉意，对我摇摇手说，你别在意，我们继续聊天吧！我犹豫了，既想知道接下来他的遭遇，又有些害怕知道！不等我发问，老杨继续与我聊起他的儿子。

当儿子刚刚染上毒品时，一家人苦口婆心地规劝他，单位上也警告他，他都不听，越陷越深。只得狠心将他送到大朗戒毒所，在那里戒了整整一年，眼见有些效果，才让他回家。谁知没多久，那些朋友又找上门来了。儿子抗不过，又吸上了，单位随之将他开除。当爹的心真是凉透了，灰心到了极点，痛心疾首之余，将蒸蒸日上的汽车修理厂转让了!

说着说着,老杨又眯起眼睛,仰起头,大张着嘴巴,哀哀地哭了起来!男儿有泪不轻弹,我是如此懂得他的痛苦与深沉的绝望。我再也坐不住了,万分难受,站了起来,不知所措地摇了摇他的轮椅。

欧大哥大声地责备我说,问够了吧?开心了吧?!我实在无意揭这位老父亲的伤疤,默默地站在那里,等着他平静下来。阳光很好,我浑身却凉飕飕的,胸口闷闷的。我打定主意,就此打住,不再问老杨任何问题。

一会儿后,老杨恢复了正常,沉默了一会儿,又歉意地对我说,让你见笑了,我们接下去聊吧,我难得和人说说我这些年的苦楚呢,说说也许能让我轻松一些!

他这么说,我倒不好意思说走了,转而问他在敬老院可好。老杨微微笑了笑,说,在这里没有烦恼,小欧还经常推我出去走走,晒一晒太阳呢。退休之后,每月社保发3000多元,单位补助2500元,后来每月还有800余元补助。与另一位老人合请了一个护工,每月只需交3800元钱就行了。钱倒不成问题,还用不完呢!

我每月都将用不完的钱给老婆,老婆当初下岗,工资不高!何况她年纪大了,身体不好,还得在家照顾孙子!孙子都13岁了,上初中了!这么多年都是他奶奶照顾他,管他吃管他穿管他上学,他奶奶不管谁管呢?之前,我还可帮帮他奶奶的忙,但现在我这个样子,只能让她挂心,怎么能帮她呢?

说来也是儿子不争气呀,当年复吸被开除后,我再送他到大朗戒毒所,又足足住了半年,花了不少钱,只希望他能从此改邪归正!但出来后没多久,他第三次复吸了,天天在家里吵着要钱,或几天见不到人影!无论如何,我郑重地警告他妈妈和老婆,只能给他饭吃给他衣穿,绝不能另外给他钱!他妈妈有时会偷偷地给他些钱,他转身全拿去买了毒品。

如此一来,他故态重萌,时不时吵着我拿钱给他!我狠心不给他，家里人也不敢给他，他就四处去借钱，但凡借到了钱就跑去买毒品。没过多久，那些债主，纷纷来找我还钱。他这不是找死么？我真是又气又急，糖尿病、高血压越来越严重，闹到一年前中风了，在广州南方医院住了半年多院！命是保住了，但我的双脚却瘫了，再也不能走路了！我的命真是苦呀！怎么落了个这样不争气的儿子！

他越说越激动，把手放在腿上，眯起眼睛，仰起头，大张嘴巴，哀哀地哭了起来！我真是觉得自己罪大恶极，让欧大哥赶紧送老杨回房间，我不敢再面对他！有子如此，实在悲哀到了极点！

我无言地坐在阳光里，久久沉浸在老杨的绝望里，一时有些恍然。这时，一位身穿老红色外衣的大婶走近我，朝我笑了笑，她说她是老杨的护工，刚才看到我与老杨聊天。问及老杨的现在情况，她也叹叹气说，老杨这么高大的一个人，现在行动不便，只能坐在轮椅上，也真是不幸呢！他思想负担很重，天天早上6点就起床了，常常闷在房间里看电视！不看电视就坐在房间里发呆，从来不凑到人多的地方，晚上八九点钟就躺下了！

这时，送汤的来了，大婶匆匆过去了，眼见她进了老杨的房间，拿了一只碗出来盛汤，随后又从隔壁房里拿一只碗出来盛汤。之后，她又来到我身边，她说她去年腊月才到这里，这里有十多个湘阴老乡，她呢就照顾老杨和他隔壁的老头。

我看了看大婶，个子并不高，疑惑地问她：老杨那么胖，他行动不便，你能扶得动他么？大婶笑了笑说：老杨人好呢，尽量自己扶着椅子、床、墙壁甚至拐杖走动，实在不行，才让我帮他！

他情绪还稳定吧？我问大婶。大婶想了想说，他不爱说话，每天就看电视，看着看着，就眯着眼睛哭！哭哭，停停，又擦泪，又哭哭！如此，再三反复。我听了依然难过，大婶也就没说了。

过了会儿，大婶又说：老杨不爱回家，他老婆有时带着孙子来看他，他脸上满是笑！儿子却常常独自来来去去！儿子一来，老杨就板着脸，还会让我出去一会儿！当儿子走了，他又眯着眼睛哭，第二天血压肯定升高！

远远地，见送午饭的来了，我看了看时间，快11点了，大婶得去打饭了。之后，我来到老杨房间，房间里倒不凌乱，空气也还清爽。老杨换了条蓝色短裤，坐在轮椅上，正在看电视呢！我上前向他告别，他赶紧转过头来，朝我笑了笑，笑得很率性很单纯。念及刚才他的哀泣，我摆摆手，赶紧退了出来。

一眼看见李主任，我赶紧叫住她，谢谢她这两天给我的支持！李主任忙问我采访老杨情况如何，我说老杨心思很沉呢！李主任叹了口气说：老杨的确很悲观！当初他中风出院回到家，儿子天天吵他要钱，他只好住到这里来，谁知他儿子还常常追过来讨钱！他躲又不能躲，只能任他吵！儿子走后，他就呆坐在房里，电视也不看了，坐着坐着就哭！他曾经和我说过，他这一辈子什么希望都没有了，什么想法都没有了！只愿多过几天平静的日子！

老了便是老了，老了的臂膀怎么能挑重担呢？天下为人子女者，应该明白并懂得这一点，不要非得等到父母逝去那一天！

黎易珍：都这么老了，怎么过都一样

那天下午，我又去了樟木头镇圩镇社区圩一组，原本还想找找当地的空巢老人，却见二楼办公室大门紧闭，组长到社区开会去了。我站在楼下发了会儿呆，电话响了，一看是叶红柳，不由一喜。她是当地房地产中介老板，有几家门店呢，当初我就是通过她在樟木头买到房，当即请她帮我找个当地的空巢老人。

她爽快地答应了我，一会儿就开车来接我，说到金沙社区去，那里有关系好的熟人呢！我常常分不清东西南北，只知道到了新区后，继续朝前走，就是郊区了。没多久，到了一处人声鼎沸的集镇，进了路边一个大院子，一看，大楼顶上几个金色的大字：金河社区。

将车停在院子里，叶红柳打过电话，一个戴眼镜的瘦个子年轻人

在樟木头圩一组遇到在打牌的老人们

走了出来。他上前来问过我的要求，便说，那就采访我叔奶奶吧。

往外走，走过喧嚣的街道，来到街对面一条小巷，又是一番天地，这里藏着一排排老排屋呢！沿着一排老排屋，往前走不远，年轻人立住步，叫了几声，一位满头白发的老太太闻声走了出来！

老太太名叫黎易珍，83岁高龄了，独自住在旧排屋里。老太太看上去清清爽爽，齐耳白发用黑色发箍箍得整整齐齐，穿着暗色花衣，黑色长裤，光脚穿着一双浅色塑料拖鞋。屋里也干净整齐，进门右厨房左洗浴房，中间是厅屋；厅屋靠左墙放着一张床，铺着席子，床头靠墙摆着桌子，桌上搁着台白色的电脑式电视机；再进去是正房，木隔墙，木色已呈深栗色，上为阁楼，下为卧室。

进得屋来，老太太坐床上，我们几人面对着她坐着。屋子里光线灰暗，毕竟11月了，有些阴凉。我看了看她的光脚，问她冷不冷，她摇摇头，说都这样穿惯了！之前之后，我采访的东莞老人不管男女，都喜欢光脚穿凉拖鞋。在他们很自然的事情，却令我惊讶，我总是担心如此容易着凉。当我们聊开时，欣喜地发觉老太太精神好，且心胸宽广。

老太太原本是广州城里人，当抗日战争扩展到南方时，她8岁了，已上过一年学了。形势越来越糟，粮食缺乏，物价上涨，人心惶惶。为了还能吃上一口饭，父母将她卖到惠州沥林李姓人家当丫鬟。可李家也是普通人家，她在这里做牛做马，缺吃少穿，还时不时挨打。既是举目无亲，无处诉苦，只能默默地流泪。

　　万般艰难地熬到了15岁，她想总有一天她不是累死，就是被打死。于是，趁李家没防备，在一次外出干活儿时，她撒腿就朝北面广州方向跑。也不知跑了多久，也不知跑了多远，到天黑时她累得再也走不动了，又累又饿又怕，急得坐在路旁哭。

　　路边邱姓人家发现了她，好心地收留了她，她才知道已跑到了樟木头镇。当得知她的悲惨遭遇时，邱家深深地同情她，让她留了下来。此时，邱家女儿邱玉娣刚生孩子，她便去帮她带小孩，来到了不远的金河蔡家。

　　可孩子刚刚两岁，玉娣姐姐过世了。为了自己，也为了孩子，17岁的易珍与玉娣姐姐的丈夫结婚了。丈夫蔡运新比她整整大10岁，只是个老实的种田人，但却是她此时唯一的依靠。

　　丈夫此时视力竟急剧下降，四处求医问药，喝了整整一年中药都没有什么效果，到第二年眼睛就瞎了。丈夫的哥哥、嫂嫂也在一年之内先后过世了，留下15岁的女儿及3岁的儿子。易珍真是欲哭无泪，自己还不到20岁，丈夫干不了多少活儿，一贫如洗的家里又添了两张嘴。总得找条活路，她只得与丈夫带着3个孩子，前往樟木头镇上砖厂做砖。做砖是体力活，为了家里的5张嘴，她可是没日没夜地干活儿，常常累得腿发抖。不久，樟木头解放了，一家人回到了村里。

　　一连多年，黎易珍都没有怀上孕，看过医生后，才知丈夫当年喝多了某些中药，乃至影响了生育能力。女人谁不想拥有自己的孩子？有人好心地劝易珍离婚算了，但念及当年邱家收留之恩，念及继女乖巧懂事，心地善良的她做不到就此撒手不管！

　　已经嫁人的侄女，也由她拉扯大，见她从早累到晚，忙了队上的活儿忙家里的活儿，和丈夫一道迁回了娘家，帮她一起来照顾这个摇摇欲坠的家。易珍更是全心地来维持这个家，坚持供继女上学，坚持扶养侄子长大，坚持给侄女带小孩。

当孤立无援时，她日夜思念远在广州的亲人，偷偷地寄信到了广州她家的老地址。哥哥竟然回信了，信里满是亲人的牵挂，令她喜极而泣。可她没有路费钱，还得到队上开证明，硬是回去不了。后来，哥哥找来了，易珍不由悲喜交集：她找到了亲人，不再是独自漂泊的浮萍。可父母早在1947年就离开了人世，她都未能见上父母最后一面，她伤心地哭了很久，觉得有愧于父母的养育之恩。

后来，继女考上了师范，当上了老师，嫁到了深圳横岗，再后来就调了过去。侄子也长大自立了，侄女的3个孩子也先后上学了，黎易珍肩上的担子终于轻了。到实行责任制时，黎易珍夫妻分到了一亩八分田。她都50多了，可她还得振作精神，种好地之外，还开荒种了不少菜，每年还至少养4头猪，日常开支都在猪身上了，日子过得紧巴巴的。

1987年丈夫过世时，她都56岁了，继女提出让她跟着去深圳。她没有答应，她觉得还是守在金河老屋好。可独自守在老屋里，总是有种种艰难，到20世纪90年代初，村上将地收回去了。每月只有40斤粮食，也没有多少分红。可除了做做家务，她再也做不动重活儿了，只是挣扎着种些菜。

身体渐渐不好了，心脏时常不舒服，脑血管也有些硬化，不吃药还不行。女儿也有自己的家，能每年给她两三千元，还时不时地回来看她，就很不错了。

见老人佝偻着背坐在竹床上，从她满脸的笑容里，我还是感到了无言的落寞。念及她对这个家的奉献，我不由满是敬佩："您这么多年来，为这个家庭操劳了那么多，是不是有些后悔？"

她笑笑说，这就是我的命！人不能不讲情义，当年他家收留了我，我怎么能一走了之？

我看了看她，她脸色平静，看来她对自己的付出心甘情愿。我不由得关心起她当前的生活："继女现在还来看您吗？您靠什么生活？"

她犹豫了一下说：继女、侄子也快70岁了，侄女年纪更大，他们也不能多管我了！养女这二三年回来得少了，外孙工作忙也来得少了！近几年我主要靠每月550元养老金生活。继女有她自己的家，即使没钱给我，我也不会去问她要，尽量减少开支吧！

此时，老屋里光线更暗了，我依然看到了老人闪闪的泪光，不由恻然，赶紧转换话题，问她一天都忙些什么。

老人一一作答：早上6点就起来，料理好家里后，就出去散散步。村子里老人常聚在一块打牌，她却只是站在旁边看看热闹，她知道自己输不起，手里的钱可不敢乱花，不然买米买菜都会困难。到上午10点多钟就回家了，看看电视，洗洗衣服，就又得做午饭了。下午也会出外走走，但她晚上绝对不出门，她怕自己摔跤，摔伤了就没人照顾她！

想着她孤独的身影，走在热闹的街市上，在老屋独自忙活，自是触目惊心，有丝丝凉意袭上身来。我站了起来，让她带我看看她的卧室。毕竟是老式房子，房间小，窗户也小，屋子里黑乎乎的。扯亮了电灯，一张老式床，挂着旧蚊帐，床对面一张矮柜子，几乎没有什么家具，老人甚至将衣服挂在窗户旁边的那排钉子上。再环望厅屋里，也没有什么值钱的家具或电器，一问，电视机还是外孙几年前买给她的！

老人辛苦了一辈子，女儿外孙远在深圳，娘家哥哥早已不在人世，近旁就是侄子侄女来帮帮她，但身上衣裳口中食都得靠自己。就如此孤单地生活，万一身体不好又怎么办呢？我试着劝她：婆婆，您年纪大了，还是住敬老院好呀！她苦笑地说：都八十多了，就等死了，有什么必要去敬老院呢？这一刻，我是如此懂得她的辛酸，依然劝她：敬老院有许多老人，相互间还可聊聊天呢？她叹叹气说，都这么老了，怎么过都一样，没有什么想头了！有饭吃就不错了！说完她陷入了沉默，愣愣地坐着，沉入到自己的世界里，不再搭理我们。

屋子里的光线昏暗，她脸上的表情有些愁苦。我不忍再聊下去，倘惹得她心底的辛酸泛滥起来，实在是罪过呀，忙起身告辞。当我快走出巷口，情不自禁地回头张望，她正倚在门框上看着我，想笑未笑。

唐明：国学给我带来了慰藉

整整一年时间，既是上班一族，我只能偷空外出。每到一地，除了走访老人，我总是要走访当地敬老院。之前，我所走过的敬老院大多以集中供养为主，老人们大都过着单调的生活，很少有陪护。

而此次来到东莞，不管在樟木头敬老院，还是东城区敬老院，也许是地处南方沿海，得风气之先，抑或此地经济活跃，与内地敬老院有所不同：其一便是代养为主，代养人数远远超过集中供养；其二是院里雇请了一批护工，再由老人们自由雇请，敬老院不时会对护工进行培训；其三还有政府委派的社工，虽只有一二人，但协助并指导敬老院为老人举办手工、运动会、郊游等活动，给老人们的生活增色不少。

于是，走进敬老院，一种平和安静的气息弥漫而来，那个下午我走进东城敬老院时，此种感受尤为强烈。

东城区敬老院地处东莞的繁华地带，却藏于居民区之后，院子并不大。精明干练的钱凤明院长在院子里等我们，带我们来到中间那栋二楼她的办公室。办公室光线充足，落落大方，与钱院长的气质很相近。钱院长是本地人，五十多岁的人看上去最多四十来岁，个子不高，留着短发，白色长袖衬衣黑色短裙黑色高跟鞋，笑容亲切而明朗。她丈夫开有公司，家境富裕，有自家的别墅与豪车，但她依然看重自己的职业，从社区妇女主任干起，直至当上敬老院院长。

聊天时，钱院长的双眼熠熠有神，思路也特别清晰。从1999年起，作为一院之长，她就一直为敬老院操劳，在12亩的土地上建好了这座温暖的大院子：1999年，改东城区中心小学近1000平方米6层宿舍楼为敬老院公寓大楼，得带卫生间的单间房40间；2002年中心小学正式搬迁，改小学教学楼为近1000平方米的公寓大楼，得带卫生间的单间房35间；2008年，拆迁中心幼儿园，新建7000平方米的敬老院公寓新大楼。

一座规模敬老院矗立起来了，院里集中供养14位老人，代养则达130位老人，平均年龄83岁，最大的98岁。刚开始，当地老人认为自己有儿女，说什么也不来住。她不急不躁，努力将敬老院的事情做好，经常举办些有趣的活动，还有护工可以自由雇请，可以一对一，可以二对一，可以三对一。老人在这里不光住得舒服，还可时常参加有意义的活动，入住的老人越来越多。

聊到院里的100多位老人，钱凤明的脸上始终笑容满面。讲到92岁的庚浩团老人一家三口入住的情形，讲到她的三国联线，讲到爱学国学的唐明老人，她都如数家珍。当走出办公室，天差不多黑了，她说她要领我们去看看唐明，一个很特别的老人。

路过楼下的活动室，见灯光明亮，有的老人在打扑克、打麻将，有的老人在看电视，竟还有几个坐在轮椅上的老人。往新大楼走去，一路上碰到了不少护工推着轮椅上的老人出来走走。一见钱院长，老人脸上就绽开了笑脸，亲热地喊着院长院长。钱院长则赶紧迎上去，或拍拍老人的脸，或拉拉老人的手，笑着说着，是那么自然而又真诚。一如我在樟木头敬老院看到的场景，我又一次深深感动了。

我想是对老人的爱激励着她们全心全意为老人服务，还是一种新的理念催促她们去爱护老人呢？倘所有人都能如此爱护老人，老人最后的生命旅程又会多多少温暖呀！

唐明老人住在九楼，她正戴着眼镜，坐在书桌前看报纸。见我们来了，她赶紧笑着站了起来。钱院长拉了拉她的手，她笑得更欢了。但见她满头白发，穿着红艳艳的上衣黑裤子，光脚穿双塑料拖鞋，很瘦但很精神。房间不小，中间用一排矮组合柜子隔开了，进门这边是简单的会客区，另一边是卧室。再往前是卫生间，最后是大阳台。

我们在客厅的长木沙发上坐下，老人讲的东莞当地话，我一句也听不懂。但老人很会说话，记忆力又如此好，讲及她之前的故事，叽里哇啦，一讲就是一长串。钱院长不得不蹲在老人跟前，温和地拉着老人的双手，提醒老人回到正题上。

如此温馨的举动，老人意识到跑题了，不好意思地自嘲地笑笑。我们都笑了，任由她再讲下去。

老人出生于1922年12月，是东莞万江人，今年都92岁了。行动还如此敏捷，思维还如此清楚，真叫人不敢相信！钱院长偷偷地对我说，老人特别精明，想敷衍她可难呢！

1938年10月，她16岁了，正在广州上学，参加了广东青年抗日先锋队。到1939年3月，她在广东省妇联组织下的红十字会训练了一个月，被派到了广东救济队，救济战时难童难妇。到抗日结束，她回到东莞老家，当上了小学老师。

这时，来了个北大学生，也是抗日先锋队的队员，发动她加入了中共地下党。随后，党组织就安排她到深圳沙井学校教书，积极从事地下工作。到1949年3月初，她回到了东江纵队，为积极迎接东莞解放而奔波。哦，还是个革命老人呢。

东莞解放了，她调到当时区政府工作。不久，因她在沙井小学时迫于形势加入了国民党，被人怀疑她的历史，进而被当作国民党余党清洗了。她感到万分委屈，跑到广州去找当时的介绍人诉苦，才得以平反。随后，她自愿到洪罗坜小学教书。

老人真是健谈，时而眉飞色舞，时而忧心忡忡。钱院长不得不笑着打断她，让她讲简单些。老人顿了顿说，也许是刚解放时被误为国民党余孽，她心有余悸，也因此耽误了婚事。到1961年她已39岁了，才与虎门中学的一位老师结婚。丈夫比她大4岁，有两个女儿，一个16岁，一个14岁，都在上学。她并不在乎，倒庆幸有了自己的家。

谁知"文革"一来，她首当其冲。因为昔日战友，那位北大学生被打成了反革命，她也成了右派，被反复批斗，只差没被开除了。丈夫及女儿们倒没嫌弃她，多少让她有了些许安慰。到了1978年，她终于平反了，还没来得及高兴，丈夫第二年就过世了，此时两个女儿都已结婚。

　　到1980年，她也退休了，独自生活在东莞北正街丈夫留下的老宅子里。女儿们偶尔会回来看看她，她身体还好，还有离休工资，经济上不成问题，只是难耐孤独寂寞。

　　也许是独自生活久了，她的脾性有些怪，许多事情她都看不惯，也不太愿意与人沟通。到75岁时，她还精神抖擞，在奥南路又盖了一栋新房子，地皮是丈夫留下来的，钱却是她节省下来的。

　　她在新房住了将近10年，到2008年她都86岁了。年纪大了，做家务做不动了，更是太孤独了，主动申请住进了东城区敬老院。到底是大气之人，临去敬老院，她分给两个继女一人一栋房子，令她们甚为意外与感激。

　　到了敬老院，她一开始与旁人相处不好，天天有看不惯的事，动不动就跑到钱院长办公室告状，情绪激动：楼上老人的脚步声太吵、隔壁的老人不讲卫生等等之类，楼上楼下左邻右舍都让她告了个遍，闹得关系极为紧张，大家也孤立她。

　　钱院长见她时常心绪不宁，脾气也不好，有些着急，试着劝她：唐妈妈您是敬老院里最爱学习的老人，去上上老年大学吧，学学国学！这可说到老人的心坎上去了，老人喜欢看书读报，那么多孤独寂寞的日子都是靠看书读报打发的。

　　老年大学离敬老院很近，钱院长亲自陪她去参观，老人一去就喜欢，赶紧报了国学班。这一学，就学出了兴趣，她读《易经》，读《老子》，读《庄子》，生活骤然有了意义与色彩。渐渐地，她的性情也有了很大改变，不再挑剔别人，眼里的光芒也日渐柔和。

　　这时，我抬头看了看沙发旁边，一只大红花瓶里插了一束漂亮的塑料花与植物，增添了喜庆与温暖。在小书桌上，除了小电视机外，还整齐地摆着一垛书与报纸，旁边是眼镜、放大镜等阅读工具。老人兴致盎然地一一给我展示，她都读了些什么书报：《中国老人报》《中华读书报》《易经》《庄子》等，甚至还有《东莞党史》等革命读本。

老人特别让我看了看桌子玻璃板下压着的一张合影，那是老年大学国学班学员的合影，我在第一排找到了老人，老人开心地笑了。她由衷地说，国学班真是好，让我读懂了许多国学经典，也让我明白了许多人生哲理。钱院长朝我眨了眨眼，偷偷地笑了。

一个白发老人，身旁没有亲人，却活得从容不迫，真是难得。老人每天早上五点半就起床了，在阳台上做做运动，料理料理花盆里那几株花草。吃过早饭后，去老年活动中心上国学课，或者在院子里打打门球，下午在房间里看看书，晚上就不出去了。一日三餐，都只需去楼下食堂吃，甚至有专人送上来。老人都90多岁了，爱干净爱整洁，坚持自己的衣服自己洗。直到现在，她还没请护工呢。

这时，我看到隔台上放了不少瓶瓶罐罐，都是些螺旋藻之类的保健品，木沙发上也放着几袋刚买回来的保健品，五颜六色的包装很打眼。钱院长笑着告诉我，你看，老人很懂得保健，都买了这么多保健品！老人却不好意思地笑了，有时去听保健课，不小心就买回来这么多！而我却在老人的笑里看到寂寞，也许在她孤独的生活里，保健品成了她精神的安慰！

相比其他老人，唐明老人工资高，每月都有8000元左右，身体状况也还好，但真正关心她的又有多少人呢！国学也好，保健品也好，给她带来了安慰，让她日子过得充实，她从此得到了素养的提升及心灵的平和！我想，毕竟去日苦多，今日能安度余生也是好事！

郭扶娣：千万不要问她儿子的事

　　说来真是孤陋寡闻，未到东莞之前，我知晓不少地方在提倡居家养老模式，但真的未曾听说过社工。一开始，樟木头敬老院年轻的社工姑娘带我拜访老人时，我还以为社工与义工差不多，只是叫法不同而已。

　　当结束了樟木头镇的采访后，我与友人丁燕找到东莞市民政局了解关爱空巢老人的工作，莫科长强烈推荐我去中堂镇看看，看看镇里推行的居家养老模式。第二天一大早，吴家涌社区的社工巧依就来东莞文联接我，驱车不到半小时，就到了吴家涌社区。巧依是东莞本地女孩，个子不高，瘦弱朴素的模样，说话细声细气。一下车却来到市场之前，穿过一个个摊位，来到菜市场，过道两侧一块块颜色各异的塑料布上，整齐地摆着白菜、白萝卜、苦瓜、南瓜、大蒜、葱等各式各样的菜，摊位后小板凳上坐着婆婆或大叔。婆婆大都留着齐耳短发，扎着红艳艳的头绳，光脚穿着双拖鞋，却不吆喝，只是期盼地看着走过路过的人。巧依说，这些婆婆都是当地人，都很勤快很节省。我不由加快了脚步，觉得不买菜真对不起那些卖菜老人，一抬头就看见前面一栋灰色的大楼，上面有"吴家涌社区服务中心"几个

▌吴家涌菜市场上卖菜的老人

大字。

巧依说，社工中心就设在一楼，老年人活动中心也在此！大楼面前小广场上，有不少锻炼器材，有老人带着小孩在玩。走进老年活动室，房间很大，进门靠左墙放着一长溜多功能按摩椅，再过去摆着几排长沙发，对面墙上挂着台大电视机，正在放着热闹的电视。屋子右半边摆着深棕色长条形会议桌，四周围着椅子，而右墙上则张贴着色彩缤纷的宣传栏。

屋子里已有二三位老人躺在按摩椅上按摩，还有几位老人坐在沙发上，边看电视边照红外线灯，电视声音很大。我们来到会议桌旁坐下，巧依的助理也过来了。助理姓吴，留着齐耳短发穿着浅绿色背心，我们自然而然地聊起了中堂镇的居家养老话题。

中堂镇地处东莞市西北部，地理位置得天独厚，素有东莞"北大门"之称。面积60平方公里，下辖20个村（社区），户籍人口7.21万人，新莞人6.44万人。东江支流环绕四周，常年气候温和，雨水充沛，土地肥沃，物产丰盛，曾是著名的"鱼米之乡"。之前一直以农业为主，后来中堂镇也如其他镇一样，建起了大批工厂，集体经济有了积累，人们的观念也随之改变，对居家养老也越来越重视。

2010年5月25日，东莞普惠社工服务中心向中堂镇社会事务办派驻16名社工，建立起社工服务点，尝试为全镇老年人、残疾人、青少年、单亲及特困家庭提供多层次、多样化的服务。渐渐地，居家养老服务成了社工服务的重心，先后组织社工三次赴香港取经，拜访了香港大学、香港中文大学、香港理工大学和香港城市大学先进高校知名专家，并和香港协青社、香港仁爱堂、香港路德会新翠长者服务中心、香港圣雅各福群会等社会组织进行了深入探讨，探索"社工+社工助理+护工+义工"四工联运居家养老服务模式。从此，年轻的社工们理念焕然一新，对老人有了更多的体恤，干起活来从容不迫。

开展三年来，重点为中堂镇1500多位80岁老人提供全方位贴心服务，其居家养老服务在东莞首屈一指。而中堂镇在东莞并不是经济最

吴家涌社工们在走访老人的路上

好的镇，却能如此重视养老事业，看来东莞市民政局推荐我来此镇是对他们工作的极大认可。

　　巧依是个温和的女孩，我们侃侃而谈，小吴也不时补充，我对吴家涌社区整体居家养老模式便有了较为清晰的认识。2011年全镇20个村只有5个社工、5个助理，到现在有社工8人，助理8人，护理师3人，营养师2人，康复师2人。而吴家涌社区60岁以上的老人400多人，80岁以上的老人70人，于2012年1月开始对此70位老人提供居家养老服务。拥有社工1人，助理1人，护理师1人（负责6个村），营养师1人（负责10个村），康复师1人（负责10个村）。另有护工19人，负责上门为老人进行家居清洁、个人清洁、精神抚慰、心理疏导、陪同就医、购物等。一名护工负责8位老人，一天服务4位老人，护工都是中堂镇农村妇女。居家养老实在是件好事情，受到了老人们的热烈欢迎，但推行起来也是困难重重，麻烦重重。好在推行一段时间后，社工与老人与老人家庭安全度过了磨合期，一切都朝好的方向发展。

　　在中堂镇简单吃过午饭后，小吴开车送我们前往马沥村。行不多久就到了，一下车，但见一棵大榕树底下，一栋灰色的楼房，门前贴着红红的对联：巧曲唱开百花艳，英姿舞得万马欢；横批：老有所乐。原来是到了马沥村居家养老服务站，门前还挂着块"马沥村曲艺社"，走进屋内，左边铺着红地毯，其上摆了些乐器，说是老人们平时练唱的地方。右边呢，几位老人坐在长条桌前看电视，电视机挂在墙上高处，靠内有四位老人正在专心打牌。我们未敢惊扰老人，马沥村的社工小刘从楼上跑了下来，问了问我的要求后，想了想说，那就去郭奶奶家，郭奶奶还是老革命呢，人极精明。

一出门，才发现屋前一口很大的池塘，池塘边有几棵大榕树，有几位老人坐在池塘边的榕树下聊天。走服务站左边小路，走上一条巷道，立住脚，眼前满是或新或旧的楼房，却没有古老的房子。其间小巷纵横，看来是聚族而居。

小刘边朝前走边说，马沥村于清朝康熙年间（约1662—1722年）立村，村民有14姓，其中梁、徐二姓较大。相传马沥初名"漕溪"，有"漕溪学社匾"为证，因村形似一匹卧水骏马，故换名马沥，取骏马沥水之意。郭奶奶名叫郭扶娣，今年86岁了，她曾是村里的医生，极爱干净与整洁，从来都穿着整整齐齐见人。但她命运不济，两个儿子都死了，现在住在小儿子的旧房子里，等会儿不要轻易问她儿子的事情呀。

沿着小巷没走多久，来到一栋普通的三层旧楼房前，但大门紧闭。小刘在门外喊了几声，里面也无人应答，也不知老人在不在家。小刘说，之前有人来访时提前告诉奶奶，她会一晚都睡不好，从此有事再不和她提前说了。从门前窗户瞧了瞧里面，也看不出所以然。

正在这时，村上的护工组长来了，她说老人在家，应该在午睡。小刘看了看时间，都快下午两点了，上前将门拍得嘭嘭响，边拍门边叫奶奶。终于，从拍门声的空隙里，传来弱弱的声音：谁呀？小刘忙答道：奶奶，是小刘呀，请开门！

不一会儿，门悄无声息地开了，悄无声息地走出一位瘦小的婆婆，边扣上衣的最后一粒纽扣，边谨慎地左右张望。看见了我们，脸上也没有什么表情，回转身朝内走。

花白的短头发整齐地贴在头上，穿一件浅灰色对襟上衣，其上的褶痕清晰可见，一条深蓝色的裤子，光脚穿着双棕色拖鞋。她站在屋子中央，真像个小老头，表情有些无辜有些无助，愣愣地看着我们。

小刘赶紧上前将她搀扶坐在小桌旁的椅子上，我们几个都纷纷找地方坐下，我与燕坐在靠右墙的木沙发上。小刘用地方话大声地与奶奶说话，每一句奶奶都会连问几声。看来她的听力不行，且声音竟如此低沉，亦如小老头般沧桑。

我环视了这间小厅屋，除了靠左墙摆了组旧组合柜之外，再就是一张小矮桌子、一张旧木沙发、几张旧椅子而已，简陋而又灰暗，似有浓郁的寂寥弥漫不已。而组合柜真是有些年头了，颜色灰旧不说，有几个格子都坏了，就任其坏在那里。可奶奶是个极爱整洁的人，每每看到那些破格子是不是心里发慌呢？应是苦于自己无法修理，也无人关注此等小事罢了。

奶奶终于明白我来采访她，却一言不发地进了厅屋后的房间，过会儿捧了一个旧笔记本出来，放在桌子上。翻开来让我看，说是她当年抄写的经书。我看了看，那些小楷字真是写得漂亮，还用红笔做了些标记，看得出当时她抄经念经的虔诚。她信佛么？在小刘的翻译下，我与奶奶的对话艰难地开始了。

小时候她家境很富有，家里送她去上了私塾。不想私塾郭先生是中共地下党员，经先生介绍，16岁的她加入了东纵游击队。她并没有直接上战场，而是跟着先生的老婆四处收鸡蛋，趁机四处张贴共产党传单，或送送密信。当时看似平静，其实是危机四伏，远远地看到有鬼子或白军走过来，就赶紧钻进路旁的草堆里，倒也躲过了不少危险。

如此担惊受怕的日子一过就是几年，到20岁时家里人催她成亲，她只得回来。郭先生此时却受组织委派当上了东莞法院院长，希望她一起去东莞城里继续革命。但她已为人妇，丈夫虽只是个农民，倒善良体贴，也就不能狠下心离开，那就认命吧。

随着儿子们的降临，她陷入了繁复的家庭生活中，辛苦着快乐着，浑然不知时事的大起大伏。到1957年年初，因着郭先生的过问，当地推荐她当上了赤脚医生，还送她去东莞培训了一年多。

她珍惜自己的岗位，尽心尽力地为乡亲们治病，尤长于接生，名气越来越响。她太懂得女人的痛苦了，不管夜有多深，不管下雨刮风，她都会以最快的速度赶到医务室。孕妇只要看到她温和的笑脸，心就安了。几十年间，附近几个村子经她接生的前前后后有5000多人，也算是功德无量了！

说到信佛，起缘于她生活在新加坡的姑姑。姑姑是虔诚的佛教徒，于20世纪80年代末回到老家探亲，见她退休好几年了，就带着她云游世界。她跟随姑姑辗转到上海、杭州、苏州等地寺庙，抄经念经吃素，丧子丧夫的巨大痛苦才渐渐淡了些。但她还是牵挂家人，两三年后还是回来了。

您儿子到底怎么样呢？我还是忍不住发问了。

谁知奶奶神情立刻紧张起来，紧紧地闭着嘴巴，僵直了身子，手却莫名地抖了起来。小刘盯了我一眼，那一刻我真是恨自己。奶奶却生硬地开口了："忘了，我什么都忘了！"

护工组长是当地人，她简单地解释道：奶奶的大儿子20多年前在村里的水泥厂做工时摔死了，死得很惨。小儿子3年前死于癌症，给已垂垂老矣的奶奶又一沉重的打击，她因此病倒了。至于她丈夫什么时候过世的，她说不上来，只是倘有谁在奶奶面前提起丈夫与儿子，她就会嘴唇紧闭，双手发抖。

那是怎样一种深沉的痛苦呀！眼见奶奶神情凝重，我一时不敢再打扰她。我悄悄地站了起来，在一楼走走看看，除了厅屋之外，还有一间卧室、一间厨房及一间厕所。因为有护工隔天来上门服务；倒是整洁，但看到她的卧室之后，我不由满心凄然。一张简易木床，挂着已然旧成黄色的蚊帐；床前一张小桌子，放着些药瓶药盒；一张木躺椅上，堆了些衣裳。如此寒碜如此灰暗，如老人孤独的日子吧。

再上二楼，空空荡荡的。三楼，依然空空荡荡。下楼时，我仿佛行走在荒芜的古道上，四周阒然四周灰暗，而我的脚步声如此空洞。我想奶奶应该很少上楼，楼上那些空房只会令她黯然，又或许她有事无事都要上楼看看，伤感地回忆儿孙们昔日的欢声笑语。

下得楼来，小刘正和奶奶聊天呢，奶奶的神情放松多了。很多年以来，奶奶独自生活，之前住在祖屋内，13年前才搬到这里。她当时只是镇卫生院管辖的乡村医生，没有正式编制，也就没有退休工资，每年倒是会发放不多的补助。她主要靠每月350元养老金、480元优抚金、高龄补助等生活。媳妇们只是家庭主妇，生活不宽裕，不能支持她。孙子们哪能顾及到她呀？每年逢年过节生日给她一二百零用钱就不错了。

想来郭奶奶也是精明人，还在1997年时，她快70岁了，村里一直想将之前被毁的北帝庙建起来，可三次行动都以失败告终。这时，奶奶站了出来，她拿出一张白纸，每家每户去募捐，让人家在纸上将款项写出来，竟募到了几十万元钱！庙很快就重建起来了，村民们实现了愿望，对奶奶也敬重有加！而奶奶事后就退到幕后，依然过自己简单的日子。

这么多年来，她的日子岂止如灰色般简单，更如灰色般抑郁。每天早上5点起床，吃过早饭后，她就会去买菜。然后就会去祖屋上上香，去媳妇家里看看，或者去老人院或老年服务站看看电视，坐坐按摩椅。好在这几年镇里推行居家养老服务，隔天有护工上门来看望她陪她聊聊天，做好清洁卫生，甚至陪她去看病购物。

但她极清醒极爱清洁，坚持自己买菜自己做饭，也坚持自己洗衣服，到晚上7点就躺下了。她睡眠并不好，想想前世今生不由黯然，但就是不敢想儿子丈夫，那是她的禁区，不然她的眼泪都会流干，她得尽力让自己生活得平静些！

好在还有她80岁的弟弟还牵挂着她，还宠着她。弟弟不时地买来鱼肉鸡等送过来，还带她去看病，他怕她没有营养也担心她的身体状况。

说着说着，奶奶陷入了沉思，呆坐着一动不动。小刘悄悄地对我说，奶奶今年身体衰退多了，有些动脉硬化，也有些高血压。今年三四月间在外面还摔了一跤，将假牙都摔掉了。好在有惊无险，在床上躺了几天就好了。

这时，我看看依然在发愣的奶奶，想想这么偌大的一栋楼房，只有她独自一人晃来晃

郭扶娣老人不舍我们离开

去，邻居们的喧哗嘈杂漫溢而来时，她是什么滋味呢？我想我们该告辞了，奶奶倒有些依依不舍，跟着我们走到大门外，眼巴巴地看着我们走远。

聊天时，小燕不知什么时候出去了，我以为她到了老年服务站。可进去看了看，没见到她的身影，赶紧出来，一眼看到她沿着门前大池塘缓缓而来。我迎了上去，她兴奋地说，她在前面的祠堂里看到了大龙舟呢。龙舟？我不由疑惑了。护工组长笑着解释：在中堂镇，人们过端午节比过年还隆重，这一天，每家每户都会邀请远方的亲戚、朋友过来做客，一起过端午节，包粽子、吃龙舟饭、看龙舟赛。龙舟节期间，镇里的中堂、斗朗、蕉利、槎滘、东向、潢涌、江南、马沥、下芦等地每年都举办龙舟"景"，每年到此观"景"的人多得不得了。农历五月初八便是马沥"景"，马沥村的龙舟队常常在龙舟赛

307

上获胜，名气大着呢。

正聊得高兴，我一转眼看到郭奶奶朝我们走来。见她步履飘飘的模样，我忙赶上前去，伸出手扶住她。她却握住了我的右手，她凉凉的手令我一惊，任由她握着。那一刻，我一动也不敢动，唯愿时光就此停留。

当不得不挥手告别时，奶奶痴痴地站在路旁。我没有见过自己的奶奶，母亲也很早就过世了，是不是我身上渴望温情的气息令老人捕捉到了？我怜惜着她，她倒反过来怜惜我！刹那间，我灵光一现，郭奶奶不就是我隔壁的廖婆婆么？一样的形单影只，一样的郁郁寡欢。一样的瘦弱清凉。

事实上，老人们身上的气息如此相似，在这么多老人身上，我或多或少地嗅到了廖婆婆的气味。令我叹息，令我流连，令我沉思。

采访时间

樟木头镇：2014年11月2日、11月3日、11月4日、11月5日；东城区及中堂镇：2014年11月6日、11月7日、11月8日

采访后记

走访樟木头圩镇社区时，遇到了社区干部黄赐鸿，他是本地樟木头围人，戴着眼镜，看上去很帅气，说起当地的历史掌故、风土人情娓娓道来。他特地带我去看了那些保存下来的客家排屋，大片大片排屋整齐划一，其斑驳的青砖、锈迹斑斓的门锁、灰黑的屋檐浮雕自是沧桑落寞。行走其间，那些石板路上或杂草丛生或垃圾成堆，几乎都已人去屋空，偶有几家住着老人或租给外乡人。黄赐鸿边走边感叹，一门就是一家，有老围有新围，原来才热闹呢。现在人们都搬到新楼房去了，留着这些老房子可惜了。

接着，他又带我来到樟木头老街，民主街和胜利街，都是些老骑楼。那些骑楼灰扑扑的，有些破败，街上也很安静，时光仿佛已然停

滞。而早在20世纪七八十年代，这里却是樟木头镇的中心，最兴旺发达的地方。就在街口，还特地让我们看了人民旅店。这是一幢四层高的大楼房，其外形是当时时髦的苏式设计，有很多窗户，外墙呈土黄色。据悉，"人民旅店"约始建于1958年，20世纪60年代至90年代末40年内，一直在经营。由于旅店所在位置就是当时的樟木头圩，随着"赶圩"的老百姓口耳相传，很快就成为在东莞乃至整个惠阳地区知名度极高的"樟木头大厦"。那时港人欲返内地探亲，先与内地的亲友互通书信，双方约定具体时间在人民旅店碰面。通常，港人会从香港带回米、油、白糖等食品给内地亲友，甚至有港人直接从香港煮了一煲饭带到旅店与内地亲友一起吃，时人称之为"香港饭"。而今，人民旅店已然人去楼空，黯然站在老街口上。

而这样陈旧的樟木头与我往日看到的高楼林立、车水马龙的樟木头太不一样了。随后几天，我走访了几户当地老人，在如此经济发达之地，他们依然生活在困苦之中，更令我意外与深思。虽说在江浙、上海一带，在北京、广东大部分地区现在在推进居家养老社会服务事业，中堂镇居家养老服务中心的那些护工及助理在尽心为老人们服务，看来如何让我们的老人有尊严地度过晚年，还任重而道远呀！

在东莞所有的区镇里面，中堂镇的居家养老中心的工作，是做得最好最到位最有特色的。我在中堂镇吴家涌社区，与社工巧依及助理小吴聊起居家养老的话题时，她们也感慨良多。说到居家养老服务的推行，在中堂镇也不是一帆风顺，社工与助理们克服了种种困难，甚至还经受了不少委屈，也有不少感悟与思索：一是老人身体都不好。推行居家养老服务，不能光为老人打扫卫生、帮忙干活儿，更要关注老人的身心健康，也就需要护理、营养及康复等方面配合；二是传递了正能量。老人大多比较悲观孤独，正因为社工、助理及义工等上门与老人聊天，疏导内心情绪，从而引导老人们渐渐开朗；三是体现了一种人文关怀。之前，老人，特别是五保老人，很少有人过问，但现在社工们不时地走访老人，过生日及节日都会及时送去问候，去陪伴他们，让老人感觉满心的温暖。

不过，在她们看来，推行居家养老服务也因此导致了儿女们有了依赖性。有些子女不再去履行照顾老人的义务和责任，更加撂担子，任由护工去照料老人。还有儿女们对父母不孝敬，老人的住院手续都由护工去办理。护工只是隔天才会去服务，子女却要求护工天天去。那些痴呆老人更是可怜，子女就丢些吃的喝的在桌上，从不管老人到底吃了还是没吃，甚至老人拉在身上拉到床上都不太管！相比之下，护工总是料理老人吃喝，料理老人卫生，老人们至少吃饱了，干净了。

吴家涌社区并没有很好的集体经济，分红并不多，大概每人每年2000元左右，最多还给村民买好农村合作医疗。大部分家庭经济状况并不好，还得去打工或做生意，也因此疏于对老人的照顾，甚至不管不顾老人。

说到这里，我问巧侬，从你们的工作实践来看，为什么有人不能很好地照顾老人，甚至置老人于不顾？巧侬与小吴相互看了一眼，又沉思了一会儿，谨慎地说道：我们也曾经多次探讨过此类问题，大概有以下几种原因：一是子女文化水平低，未能意识到照顾年老体弱的父母是自身责任；二是子女收入不高，负担又重，自顾不暇；三是子女思想认识有问题，只顾自己的小家庭，哪会管父母？四是父母年轻时对媳妇不太好，潜藏了家庭积怨，到老了就爆发出来了。

在巧侬说的过程中，还不时地与小吴沟通与印证，说过后依然若有所思。我不依不饶地问道：你们认为主要问题在哪里？巧侬与小吴倒不约而同地回答：主要是家庭矛盾，之前父母不帮着儿子媳妇照顾小孩，对待子女有偏心，还有就是重男轻女嫌弃当初媳妇生了女儿。我看了看巧侬她俩坦诚的眼光，我想这是她们在工作中的强烈感受，质朴而又真切。

在之前的采访中，我还从来没有如此与人直接谈论老人与子女矛盾问题。子女不能很好地照顾父母，应有种种因素，家庭矛盾只是其中之一。当人们为了生活辛苦忙碌时，只会沉浸在自己的小世界里，相互间为利益斤斤计较，家庭矛盾日渐加深，少不养老还振振有词。念及于此，再看看眼前在做按摩在看电视的几位老人，真觉得他们情绪低落。

我收回视线，看到右墙上花花绿绿的宣传栏，忙站起来走近去看，竟是居家养老服务的宣传栏。就在红色的底板上，精心地贴满了老人们活动的图片：有上门走访老人图片，组织老人活动图片，有老人过生日图片，为老人上健康课图片等等之类，红木棉老年艺术团活动的图片令我眼前一亮。

一问，顺应老人们的要求，吴家涌社区早在一年前就成立了老年艺术团，隔壁房间就是训练场所，摆满了乐器。老人们坚持在固定的时间里训练，不光在村内演出，还赴外村进行交流演出，在附近一带很有名呢！

巧依告诉我，吴家涌社区老年艺术团的最大特色是会唱当地民间小调，团长是位79岁的老奶奶呢！我一听，兴趣来了，问：老奶奶离

吴家涌社区的老人独自留守在老屋

社区近么？巧侬笑笑说，不远，走路不到10分钟呢。巧侬她们仨说带我去看看。

出门走市场后面，路边排着村民的楼房，惊喜地看到一栋古老的祠堂，大门敞开，厅堂内有老人在打牌或聊天，悠闲自得的模样。从祠堂边右转走上一条巷道，路两旁便是一栋栋或高或低的楼房，大都旧了，家家户户大门上都贴着红通通的对联，门框上还排着五只或七只红包似的纸片。四处一片安静，间或有一两位老婆婆坐在门前石头上聊天。见我们走过，全都停下来，愣愣地看着我们。

再往前，来到一条小圳边，圳边可见一些菜地，圳水却污浊不堪。过小桥往前，来到一座院子前，巧侬用当地话大声地喊，闻声走出一位高个子留着齐耳短发的婆婆，脸上满是笑意，将我们迎进了进门处那栋楼房客厅。老人看来与巧侬她们感情很好，坐下之后，只管亲热地与她们交谈起来。

我悄悄地打量着老人，她满头白发一丝不乱，穿着小花衬衣外套件深红色背心黑色裤子，黑色布鞋及白色袜子，说话声音洪亮，不像快80岁的人。我不由对老人充满了好奇，便也加入到她们的交谈中，巧侬她们争着做翻译。

老人叫吴玉英，就是当地人，父亲还是当地赫赫有名的地主，却很早就过世了。她今年78岁了，上过4年学，从小就喜欢唱歌，能唱许多地方小调。新中国成立后，她家被划为地主，地没了房子也没了，生活顿时陷入困境，靠她到附近砖厂打砖供弟弟上学呢。她呢，白天打砖，晚上就去学唱戏，即使后来她结婚了，也依然如此。到1962年当地政府不准唱了，她才不得不放弃。

谁知一放就是几十年，所有心力放在两儿两女身上。她大儿子是泥瓦匠，就在附近干活儿，院子里另一栋房子是大儿子的。她住的这栋是小儿子的，他在东莞供电公司上班，每个周末都会回家来住住。老人身体一直不错，每月有300元养老钱，小儿子每年也会给她几千元家用钱，自是衣食无忧。

但从今年年初老伴儿过世后，她陷入了无边的孤独之中，这才捡起了年轻时的爱好。买了个跟唱机，早早晚晚学唱歌，常常找巧侬她们上电脑找歌词，将歌词打印出来。巧侬她们干脆让她担任老年艺术团团长，她风风火火地将老人组织起来了，带领老人练唱排戏等忙得不亦乐乎，没想到深受老人们欢迎。

　　老人越说越高兴，从客厅矮组合柜上搬来一沓打印好的歌词，我翻了翻，许多歌词上还做好了标记呢，看来老人学得挺认真。我笑着请老人唱几首听听，老人一听乐了，站起来捧着歌本，站在我跟前，唱了起来，唱了《平湖秋月》《秋思》《换到千般恨》等等。我听不懂歌词，她忧郁而有民歌特色的唱腔却深深感染了我，我好似读懂了她无处排遣的孤寂。

第八章
中国式乡村养老之忧

据《2014年度中国老龄事业发展统计报告》发布的数据显示，截至2013年底，我国60岁以上老年人口数量已超过2亿，占总人口的14.9%，预计到2020年将达到2.43亿。家庭"空巢化"尤为严重，城乡老年家庭空巢率已超过50%，大中城市达到70%以上，农村留守老人5000多万人。全国老龄办副主任阎青春在出席"中国社会化养老·爱晚工程2014版纳论坛"时如是说道：2000—2010年城镇空巢老人比例由42%上升到54%，农村由37.9%上升到45.6%；65岁以上独居、空巢老人数量，将由目前5000万增到2050年的近2亿。并且随着城市化的发展和人们生活方式的变化，空巢老人的比例还将进一步增加。

《2014年湖南省老龄事业发展统计公报》也显示，至2014年底，湖南60岁及以上老年人口达1126.2万，占全省常住人口总数的16.72%。纯空巢老人340.09万，空巢率已超过55%（全国约为51%）。

至于浏阳，已拥有144万多人口，60岁以上人口约为22万，占人口比例17%。按国际上标准，老龄人口达10%以上则为老龄化社会，湖南在1996年就已进入老龄化社会，比全国提前3年，浏阳也毫无疑问已进入老龄化社会，预计将于2020年达到峰顶。

随着老龄化社会的到来，养老已成为备受关注的话题。空巢化更是打破了传统的家庭养老模式，老年人身边无子女和家庭成员赡养与照顾，以及老年人孤独、寂寞感增强和亲情的缺失，加重了养老责任的承担，给社会和家庭带来了巨大的压力。由此，"老有所养"已不只是家庭需要面对的问题，而是成为重大的社会民生问题。可由于中国传统思想的影响，"家庭养老"仍然是现在大部分老年人选择的养老模式，老年人的生活质量很大程度上也因此取决于供养人的素质和经济情况。截至2013年年底，全国各类养老服务机构42475个，拥有床位仅493.7万张，供需矛盾可见一斑。不仅如此，养老机构结构性短缺问题也十分突出，比如服务项目单一、养老服务设施功能不完善、照护人员缺乏相应的专业知识和技能等，与目前我国养老服务需求多元化的发展趋势极不相适应。

国家卫计委《中国家庭发展报告（2015年）》更是显示了目前养老服务存在着严重的欠缺：老年人日常的生活照料主要依靠自己和家庭成员，养老服务的需求集中在健康医疗方面，对社会化服务的需求较大。可只有27%城乡老年人接受了社会化养老服务，比重都很低，仅仅为身体健康检查、咨询，或者上门看病和帮助干农活、陪同看病。

多方数据显示，一方面各地60岁以上的老人在不断增多，另一方面社会与家庭对此却无法承受，乃至严重影响了老年人的健康水平和生活质量。为此，我决定就浏阳城乡养老现状，补充采访与养老相关的敬老院院长、乡镇民政办主任及民政局局长，来自基层的现状应该最有说服力。

民政办主任：还有很长的路要走

早在1997年，浏阳举全市之力，着手建设浏阳经济开发区。历经近20年发展历程，浏阳经济开发区已列入国家级经济开发区，一座现代工业新城成功崛起。洞阳镇是浏阳经开区的核心镇，也是工业新城建设的主战场，有长浏、浏醴、大浏三条高速公路纵贯全镇。2014年洞阳镇实现财政税收3108万元，较2013年3062万元还略有增长，至

2015年上半年，则财政总收入达1592万元，是浏阳市第三个财税过半的乡镇。

随着经济实力的增长，及依托浏阳经开区的发展优势，洞阳镇由之前单纯的农业乡镇发展成为工业、农业、第三产业协同发展的综合性乡镇。地方财力增长了，流动人口也大幅增长，全镇6个社区5个行政村拥有户籍人口3.9万人，流动人口则超过5万，给当地社会管理带来了巨大的压力。

就在阳光灿烂的9月，这个周一下午，我驱车从浏阳城区走大浏高速，赶往洞阳镇政府，我要采访的民政办主任周秋良大姐在等我。就在上午，我拨通了她的电话，说想与她聊聊基层民政工作，她爽快地同意了。一路上，青山苍翠，田野碧绿，不时闪过农家漂亮的楼房，不由神清气爽。不到半小时，就到了洞阳集镇，前方就是浏阳经开区，但见厂房林立，偌大的建设工地热闹而又嘈杂。集镇正在修路，我转了一个大圈，才找到了镇政府大院。上到三楼，我刚刚在镇纪委书记刘恋的办公室坐下来，周大姐就赶过来了。

之前，我并不认识她，但我知道她担任了多年基层民政办主任，是浏阳市乃至长沙市的优秀民政办主任。但见她高高的个子，略呈棕色的皮肤，略微有些胖，留着齐耳短发，穿着棕色小花的直身连衣裙。她上前与我打招呼，大方地与我握手，其精明干练的模样，一看就是一位多年在基层打滚的乡镇干部。再看，又如邻家大姐姐温和，目光里透着坚毅，令我心生好感。

略略寒暄之后，聊起农村老人养老，她的话语如滔滔江水涌来，其条理之清晰语速之快，让我真切地感受到她平日工作的大胆泼辣及雷厉风行。周大姐于1985年招聘到砰山乡政府，当上了一名普通的乡镇干部，在砰山乡一干就是10年。到1995年6月，撤区并乡镇之后，砰山乡与洞阳乡合二为一，她当上了洞阳乡（后升格为镇）民政专干。从2002年起，她就担任洞阳镇民政办主任，除了2014年抽调去负责其他工作，她都奋战在民政这条战线上，有着说不完的辛酸苦辣。

说到农村老人的养老，周大姐一声长叹，农村老人还真是可怜呢。她刚参加工作时，虽说已有民政专干，但包括基层政府和基层群众在内，对如何保障老人养老都没有概念，也没有任何优惠措施。对于普通老百姓而言，就是承袭千百年来的家庭养老，老人除非病得动不了，还得到队上出工，还得在家里帮着干家务活儿。硚山乡民政专干宋启毛是一位转业的营级干部，因党委委员落选，就负责乡民政工作。他没有专门的办公室，天天背着袋子走村入户，既为了熟悉老百姓情况，也是为了方便老百姓领取结婚证、办理财产保险、发放救济物资等。当然也有五保户，队上最多每年分几百斤谷，乡镇呢，逢年过节送些慰问物资。至于平日里的生活，什么砍柴种菜，什么洗衣做饭，还得靠五保户自己，甚至还得到队上出工。

到了20世纪90年代，情况就好多了，各级政府开始关注老人，有了促进赡养老人的举措。从1995年起，各乡镇纷纷建设敬老院，不少孤寡老人得以安置到敬老院，至少吃住穿得到了基本保障。更重要的是，县老龄工作委员会于1987年成立，随之在乡镇、村一级铺开来，且不断完善。乡镇老龄委由乡镇长兼任主任，设有专（兼）职副主任和委员。村设老年人协会，村主任兼任会长，至2001年全市有760个村（居）成立了老年人协会，占村（居）总数90%。老年人协会是老年人自我管理的群众组织，在宣传老年人权益保障法律法规和弘扬中华民族敬老爱幼等传统美德、在改善婆媳关系、在为老人操办丧事等方面发挥了不可估量的作用，还不时组织老年人外出集体活动及协助乡镇政府和村组调解有关老年人赡养、财产等纠纷，也因此深受老年人认可。但老年人协会毕竟是群众组织，各地发展并不平衡。

到了2010年，整个社会养老事业有了很大的改变，就在这一年，继2007年实行农村合作医疗保险，浏阳农村全面发放养老金，每位年满60岁以上的老人每月有60元养老金，洞阳镇当年就发放了5625名老人的养老金。从此，养老金发放数额逐年增加，从2011年至2015年，由每月70元起，依次增加到80元、90元、110元及130元。到2013年又实行高龄补助，90岁以上老人每月另外增补100元，百岁老人则每月另外补助300元。倘是低保户、五保老人——则80岁以上每月另外补助50元至80元钱。

就在聊天中，周大姐几次由衷地感慨，对于老人来说，2010年农村全面发放养老金真是质的飞跃。很长一段时期，受经济条件的制约，农村老人的日子过得很辛苦，一般就是伴着崽、媳妇吃点饭，身上很少有零花钱。崽、媳妇人好，素质高的，对老人还会有笑脸，还会问寒问暖，甚至还会给些零花钱。倘若崽、媳妇素质不高，之间又有过矛盾的，老人的日子就不好过了。即使老人身体不好，也得帮忙干劳务活，或者带小孩，有饭吃就不错了，别提什么零花钱了。有个头痛脑热，或者卧病在床，都得默默扛着，甚至忍着病痛也得干活儿。

当时的政策要求子女每人每年交纳100元养老保险，老人才能按月领取养老金。想想父母每月能领到养老金，大多数子女都交纳了养老保险，但也有子女故意不交。九溪村田庄组有对姓邓的夫妻，都70多了，有三个儿子：大儿子参了保，小儿子弱智没有能力参保，二儿子也按时参了保。当二儿媳听说他们参保，老父老母都能拿到养老金，竟然跑去退了保，还气愤愤地说：我参保，让这两个老鬼每月有钱拿，我说什么也不参保了！周大姐得知后，很是生气，忙表态说：这两位老人有一个儿子儿媳参了保，也符合发放养老金的政策，一定要给他们发放养老金！后来，她还让村组干部回去教育这个刻薄的儿媳，不能如此对待老人。

到了第二年，周大姐下乡走访老人时，惊讶地发现，不少老人纷纷拿出自己节省下来的钱为崽、媳妇交养老保险，说这样自己就能领到养老金！那一刻，她心里真不是滋味，她真想骂那些不主动交养老保险的崽、媳妇，当年他们理直气壮地朝父母伸手要钱，现在怎么好意思还要老人掏腰包呢？可不少老人依然很满足地对她说：现在真是党的政策好，只要坐在家里，每月就能拿到钱！哪一个儿子能拿这么多钱给我！手里有了钱，就可以做自己的人情！这样的好日子，真是要争取多活几年！

老人每月有养老钱，是不是老人生活就好多了呢？周大姐想了想说，养老金毕竟数目不多，老人生活依然面临种种问题，且不说不能病，病了大都没钱治，或者不够治，久病床前无孝子呢！就拿洞阳来说，靠近浏阳经济开发区，园区有不少企业，相比其他地方就业机会更多，但依然有30%—40%的年轻人中年人出外打工。子女外出打工，六七十岁的老人除了生活自理外，还得诚惶诚恐地照顾孙子孙女。老人到了七十多八十岁，崽、媳妇大都会留一个在家，顺便照顾照顾老人。倘有几兄弟，又会因赡养而争高低，乃至纷争不断。有的子女干脆不赡养父母，置父母于不顾，只管过自己的小日子。今年7月，砰山村丽珍婆婆苦巴巴地找她诉苦：婆婆年轻时丈夫自杀，留下年幼的三个女儿一个儿子，只好再婚招了一个上门丈夫，帮她一起养育四个儿女，也算是功高苦大。可由于她平时脾气大，与儿子有了嫌隙，儿子辉妹就让老母养父住在旧屋，什么也不管不问，甚至很少看望他们。养老金毕竟太少了，平时生病了还得女儿拿钱给他们治病。周大姐不禁为老人抱屈，将镇派出所、村组干部都叫到辉妹家里，费了九牛二虎之力，才让母子基本达成了谅解，辉妹勉强答应每月付些生活费给他们。

洞阳乡政府（当时还没改镇）于1998年年初搬到现在的集镇上，老政府大楼就给了乡卫生院，并将乡卫生院改建为敬老院。2000年年初，敬老院投入使用，五保老人却大多不愿来，好说歹说，才有18人住进了敬老院。到了2002年年初，周大姐刚当上民政办主任时，全镇3万多人口，有300多名五保老人，每月只有20元钱。而低保户就少，全镇只有100多户，最多年底一次性补助三四百元钱及少量慰问的物资。此时，敬老院发展不好，只剩下16位老人了。之后，十多年来，最高峰时，敬老院有过50多位老人。可到今年全镇有292名五保老人，只有30位老人住在敬老院。

为什么老人不愿住到敬老院呢？周大姐略微想了想，从容道来：

其一，受传统观念的影响，有子女的老人，即使子女不在身边，绝对不愿住到敬老院，怕丢了子女的面子。其二，靠浏阳经开区的村组，土地、房屋大都被开发区征用了，有些五保老人因此得了10多万或者20多万元的补偿款。手里有钱了，就想过宽松自在的日子，也担心去了敬老院，手里的钱就得上交，就不想到敬老院去，再怎么做工作都做不通。其三，那些身体好生活还能自理的五保老人，每年打打零工或砍些树种些菜去卖，还有几千上万的收入。且散养五保老人每月有260元补助，平时又自由惯了，没病没痛，也不想到敬老院。

事实上，随着社会对养老事业的重视，镇里财政收入的增多，镇敬老院的条件年年在改善，但运转起来却困难重重。说到这里，周大姐有些忧心忡忡，还不时与在场的纪委书记刘恋交换意见，讲了敬老院发展的三点困惑。这次她语速慢了，有时讲过了，还回过头来求证刘书记的看法。

一是住到敬老院来的五保老人80%以上有病，乃至敬老院负担沉重。具体到洞阳敬老院，每月老人们的医疗费用都有四五万元之多。仅仅今年6月，院里老人们的医疗费用，除了农村合作医疗、保内费用报销外，最后剩余不能报销的费用高达3万元，当然最后得由镇财政买单。即便如此，还不能从根本上解决问题，老人病重了，最多到浏阳市人民医院住院治疗，一般情况下就在乡镇医院拿药或住院。倘若病再重，就无可奈何了，只能一个拖字。

二是敬老院护理人员严重缺乏，乃至老人得不到很好的照顾，更别说平日的康复训练了。据今年年初统计，洞阳镇失能半失能老人104人，五保户有54人，这些五保老人并没有都到敬老院来。敬老院里有30名老人，只有一个院长一个厨师还有一个种菜的帮工。种菜的帮工还是个哑巴，又是轻度精神病人。而30位老人中有几个精神病人，几个皮肤病人，几个中风病人。每月至少三四人住院，最多时每月有六七人住院，这下可急坏了院长。包括哑巴在内，在院里可以帮忙护理的只有3个老人，还有一个不想干，最得力的是60多岁的吴西爱。洞阳这个地方零工工资高,请人看护病人每天至少得150元钱,敬老院请不起。住院人不多时,就让吴西爱一人在医院料理,再多就让哑巴帮着去照顾,每人每天给50元钱就行了。住院老人一多,再请不起护理工,也得咬牙请来。如此照顾住院老人,也是没有办法的办法,真是心有余而力不足。

三是五保老人大多性格孤僻,需要人们关爱他们,需要敬老院工作人员用心为他们服务。毕竟多年接触老人,周大姐太了解老人特别是敬老院的老人了。五保老人几乎全是孤寡老人,他们性格孤僻,生活习惯不好:吃饭不排队,时常动不动就吵架打架,不冲洗厕所,不讲个人卫生,衣服乱丢等等。在她看来,老人们很可怜,那些头脑有些糊涂的老人更可怜。每到敬老院去看老人,她都会一一到老人房间嘘寒问暖,询问老人们的身体及生活中存在的困难,手把手地教他们打扫卫生、冲洗厕所、整理房间等等。十多年来,每年大年三十她都先到敬老院与老人吃完团年饭,再回家与家人团聚,老人们都很亲她。每年大年初一,她接到的第一个电话就是敬老院老人的新年祝福:周主任,我们都很好,你太辛苦了!过年了,你安心休息几天吧!她感动之余,自是深刻地意识到,对待老人要耐烦,要以心换心,要真心地对待老人们!

说完敬老院,周大姐又是长叹一声,两眼黯然:农村老人实在很可怜呢!我注意到她几次为老人们叹气,我想她一直与老人们打交道,看到的听到的故事太多,乃至为老人们的际遇而焦虑吧。而在我看来,时代在进步,老人的境况应该有所改善吧。当我向她求证我的看法时,她还是轻轻地点了点头说:相比20世纪80年代,经济发展了,人们手里有钱了,一般的老人得到的家庭温暖也多了,至少吃、住、穿等有了保证,生病了也能及时得到治疗。五保老人得到了更多的保障,每月有生活费,看病有报销,还可住到敬老院。

现在各级政府在社会救助方面加大了力度,民间社会救助力量也在不断增强。随着近四五年地方财力的增长,洞阳镇对困难老人几乎有求必应。就在前一段时间，九溪村邓祥林老人双眼莫名其妙地又肿又红，手头没钱，硬撑着没去看病。大儿子经济条件不好，对老人从来没有什么支持。小儿子夫妻原本在外打工，却双双得了不治之症，已家徒四壁，小儿子只得带着老人到镇上找她。她一看就急了，赶紧找到主管领导汇报，特批1000元给老人治病，父子俩千恩万谢地走了。而她却很难受，倘是镇上财力雄厚，至少得送老人去住院呀！再想想还有那么多老人，只因手头没钱，还得默默地承受着病痛的折磨，她更是坐卧不宁。

对此刘恋书记也颇有同感，她虽然只有三十来岁，但已在多个乡镇担任领导职务，对农村老人的生活现状也非常了解。我也是从农村走出来的，从小耳闻目睹农村老人的生活状况，自是能够想象到农村老人现世生活大多艰难。三个女人，坐在简朴的办公室里，不时叹息、焦虑及气愤。刘恋翻开手机给我看一张照片，但见一栋旧房子跟前，坐着一个白发苍苍的老婆婆，穿着碎花衣蓝裤子，清瘦整洁的模样。这是前不久她们党小组前去镇里九溪村走访困难户时拍的。老婆婆姓吴，90岁了，丈夫很早过世了，就她与智障儿子相依为命，艰难度日。智障儿子今年65岁了，除了能做些种菜等零星粗活儿外，家里就靠她维持。镇上做工作让他们母子住到敬老院去，她担心儿子受不了约束，不肯去。她在竭力维持着这个家，天天做饭给儿子吃，但她并没有破罐子破摔，她一身干净整洁，儿子穿得也还周正，家里也收拾得清清爽爽。原本母子俩的土砖屋都快倒了，镇上将老人安排到她姨侄空着的房子里。眼见镇上干部去她家走访，她赶紧让夫家侄子去买来糕点招待，还絮絮地说，镇上的干部就是亲人，让他们母子俩每月都能领到生活费，能吃上一口饱饭！在场的人无不热泪盈眶，为老人的自尊自强，为老人艰难的一生，更为老人今后的生活而担忧。周大姐也认识吴老婆婆，她再次深有感触地对我说：要让农村老人真正过上有尊严的生活，最主要的还是要有强大的经济实力为后盾，看来今后还有很长的路要走！

回程的路上，已是黄昏，窗外那些美好的景色却不能冲淡我内心的沉重。我打开车上的音响，任许巍忧郁的歌声飘荡。我突然想起早上看到微信里朋友发的《孝经》纪孝行章第一句：孝子之事亲也，居则致其敬，养则致其乐，病则致其忧，丧则致其哀，祭则致其严。当时我还读了几遍，此时想来，更是字字惊心，古人都明白的道理，难道今人就不明白么？倘若明白，为什么任我们的老父老母在风雨中飘摇？

敬老院院长：我不后悔

胡前芳，浏阳高坪镇敬老院院长，我早在6年前就认识他了。当时，他是政协浏阳市第八届委员会新委员，而我正好联系包括高坪镇在内的东区6个乡镇政协工作，因此大会期间分组讨论、下乡看望委员、工作督查等都会见到他。他是个沉静稳重的年轻人，发言倒是很积极，多次谈及他对敬老院老人及高坪自然环境的担忧与思考，很有见地，我因此对他心生敬意。

到2014年初冬，我特地去了一趟高坪敬老院，过了高坪集镇，还得往山冲里走，离镇上有二十来里，有些偏远了。到了才知道，敬老院由老船仓乡政府改建而成，是个长方形的院子。打头是一栋旧旧的大楼，大楼之后有十来栋农家模样的两层小楼房，大楼右侧还有一栋两层楼房，为食堂与办公室。

那天天气好，胡前芳说他要带老人在院子里种菜，任我自己去采访老人。我随几位老头走进了第一栋小楼，与他们坐在厅屋里聊天，不久来了好几个老人。说起院长来，老人们全都笑容满面，对他称赞有加。快到中午饭时，有些老人就坐到食堂跟前的椅子上晒太阳，而胡前芳带着几个老人在食堂侧边那片菜地里挖土。老人们留我吃中午饭，还说伙食不错，一桌有8个菜，可不想给他们添麻烦，急急地走了。那次我与胡前芳没怎么聊，倒是真切地感受到了院里清贫而又平静的生活，有些大家庭的味道。

到2015年7月底，我完成了《空巢：乡村留守老人生活现状启示录》的再次修改，觉得该试着梳理一下中国乡村养老模式的特色，又去高坪找胡前芳。原计划是去敬老院，可之前负责民政的胡明辉大姐将他叫到了镇上，于是，我们坐在镇政府四楼某间办公室。

胡前芳还是瘦瘦的，晒得黑黑的，穿着普通的格子T恤浅色长裤。他比前几年憔悴了，且多些苍凉的味道。都是熟人了，聊起来就很随意，在他淡淡的话语里，我依然能强烈地感受到他对敬老院对老人深厚的情义。

他是土生土长的高坪人，今年42岁，到敬老院担任院长13年了，资历够深了。我自2013年年底采访以来，走访过不少敬老院，如他这般年轻，又干了这么久敬老院院长，应是第一人了。

1992年他中专毕业，在高坪偏远的马鞍小学当代课老师，一当就是10年。他教了8年六年级的数学，教学成绩在全镇一直名列前茅，乃至2001年毕业班的家长们自发买来水果糕点带着孩子们来到学校，组织了一次茶话会以感谢他。但没过多久，国家下文规定，所有的代课老师一刀切。虽然当时他拿的月工资只有300元，但他舍不得学校，舍不得他的学生，更舍不得他辛辛苦苦整理的21本教学笔记变为废纸。后来一个老师休病假，让他代了一年的课，心里才多少有些安慰。

2002年元月，正值年关时节，时任高坪镇党委委员的胡明辉大姐找到他，说高坪敬老院现任院长严重不称职，惹来全体老人抗议，希望他能去敬老院当院长。第二天一大早，胡大姐就领胡前芳去敬老院，简单地向老人们介绍他之后，说他将接任敬老院院长，就让他讲讲话。胡前芳傻了，他还没半点思想准备，但当他看到老人眼里的渴求与温暖，暗暗下定了干下去的决心。就这样，刚满28岁的他被推上了敬老院院长的位子，是当时全市最年轻且学历最高的敬老院院长。

那时敬老院只有12个老人和1个孤儿，养了几十头猪，养了些鸡，还种了些菜。经费来源有哪些呢？老人每人每月30元伙食费、10元医疗费，上级民政局每年拨四五千元经费，镇民政办每年调剂来四五千元经费，养猪养鸡蒸酒每年最多可卖四五千元。如此一来，老人能吃得饱穿得暖就很了不起了，眼见着就要过年了，院里什么过年物资都没有准备。胡前芳急了，且不说管理敬老院没一点经验，更急的是院里养有上百头猪，他以前从未养过猪，连猪一顿吃多少饲料多少谷粉都搞不清楚，给猪治病更不会。他是个实诚人，既然答应了当这个家，他就得将这个家管好。他只得住进敬老院，白天购买过年物资，打扫卫生，粉碎稻谷，混合饲料，晚上就找老人谈心，了解院里之前的管理情况、老人的生活状况及院里存在的问题。他到敬老院的第一个除夕夜是在猪舍里过的，一头母猪只有14个乳头，却生了16头小猪，他和宋斯明老人一整夜没睡，将小猪分成两批轮流喂。那个春节他都未能睡一个安心的觉，白天晚上他每隔4个小时就得给小猪换乳一次，一个月下来，他整整瘦了6斤。

　　当时很多朋友对他很不理解，劝他再去找其他工作，他只是笑笑了事。有直爽者曾笑话他说："你到敬老院那样的环境工作，拿的是每月250元工资，比当代课老师的工资还低，真不知道你到底想得到什么！你真是一个二百五呀！"

　　面对朋友好心的责难，他不知怎么回答，心里却有些不痛快。就在那年8月，一所中学校长打电话请他到学校当生活老师，给出的待遇比敬老院高出许多。第一次打电话给他时，他毫不犹豫地回绝了。后来，该校校长又打电话给胡大姐和他，校长的一句话让他动摇了，他说，"胡前芳呀，你不要以为我们学校请不到老师，今天来我这应聘的老师就有200多人！我不要你笔试和面试，你只要来就行了，你那边的工作，我打电话给你们领导请他们帮助解决。"当时，他真的挺感动，忙打电话给主管领导胡大姐，大姐沉默了一会儿后说道："无论是从工作上还是感情上，我们都不舍得你走，但我们也不想妨碍你的个人发展。"

关卡通了，思想通了，他要走了。那天，当老人们帮他收拾行李时，他突然发现几个老人眼巴巴地看着他，眼里闪动着晶莹的泪花。他心软了，拨通了校长的电话，抱歉地说："对不起了，我不能来了，没有理由。"就在此刻，他才意识到，他已经与老人们不能割舍了。

十多年的敬老院工作，他脑子里装的是老人的衣食住行，心里面记的是老人的喜怒哀乐。在他看来，要管好农村敬老院，确实不容易，其一就要管理好老人。管好老人即管好老人的吃（吃饱、尽量吃好）、穿（穿暖、干净、得体）、住（舒畅、卫生、整洁、安全）、拉（方便、干净）、病（有病能及时、适当治疗）、玩（适宜、开心、愉快、增强体质）、教（教其爱院、爱集体、爱别人）、葬（平时协调好村组与亲戚的关系，保证每个老人入土为安）。简单的7个字，做起来却费心费力还费时，让他吃尽了苦头，但却是最起码要做到的。

其二就是要耐得烦。一是要耐得烦听。老人有什么就想讲，就让他讲，不要计较其方式（啰唆、反复）；二是要耐得烦看。有的老人几十年在家形成的某些生活习惯不好，大多不讲卫生，有些事看上去很障眼。就耐心帮教，纠正其不好的习惯，变难看为好看；三是要耐得烦讲。发现老人有什么问题要进行纠正，和老人讲话要声音小一点，语气客气一点；四是要耐得烦做。老人大多身体不好，护理老人要周到细致实在，切忌简单粗暴。

其三要区别对待、区别管理。老人的经历不同、文化程度不同、脾气性格不同、身体状况不同、年龄大小不同、性别不同等，对他们的管理就应有所区别，有所不同。只有区别对待，老人才会感觉到自己受到了重视，才会心服口服，院里的氛围才一天天好起来。

如着了魔一样，他无时无刻不记挂着敬老院的老人，他从来不打牌，从来没有节假日，每晚坚持住在院里面。他干脆将家搬到院里，送老婆去参加培训，让她在院里干护理员。而他在院里什么活儿都干，凡事以老人为先，为老人服好务：他是饲养员，得养猪养鸡还得养蜂；他是兽医，得给猪给鸡看病；他是勤杂工，得带领老人种菜整理院子等；他是修理工，得修理院里的电脑、水管及电路线；他是护理员，得帮着护理重病号，甚至去医院陪护；他是家长，得跑院里的运转经费，得操心院里所有的工作安排及所有老人的身体与心理，调解老人们之间的矛盾与纠纷。

也因此，不管平时怎么忙，他都会抽出时间，陪老人们聊天解闷，从而了解老人的思想动态。每新增一个五保老人，他都会找时间去询问老人的过去，了解老人的喜好，并一一记下来。每当天气变化的时候，他都会尽早提醒老人多加衣服；每当老人外出时，他都会嘱咐老人要注意安全，早去早回，并且要老人到达后第一时间就打电话给他报平安；每当老人有什么不开心的事情时，他都会想尽办法，耐心开导。一次，邓元松老人过生日，老人早早准备好了酒菜，可亲戚朋友一个都没有来。老人赌气将所准备好的饭菜全部送给其他老人吃了，一连几天都闷闷不乐。细心的胡前芳赶紧与他聊天，劝老人说："他们是有事去了，您别生气。"老人却苦着脸回答说："他们不要我了，他们不要我了。"胡前芳忙偷偷地给他的亲戚朋友打电话，让他们来敬老院看望老人。当他的亲戚陆续来过院里以后，老人才解开了心结，重新恢复了往日的欢愉。

志民村的孤寡老人刘雪梅患猪婆疯，精神不正常时，几天就会乱跑一次。最为严重的是一个夏天的下雨天，晚饭前胡前芳发现她不在院里，打电话给她亲戚也没下落。他和工作人员没顾得上吃晚饭，穿上雨衣骑着摩托车就出发沿路去找。到了晚上10点了，他们沿路找遍了敬老院方圆5公里的范围，依然没找到老人，也没有线索。透过手电筒的灯光，看着蒙蒙的细雨，胡前芳一时茫然。他突然想起前几天老人说要砍根竹子给敬老院做拖把，灵光一闪，对其他人说："走，到她家的自留山去看看。踏着泥泞的小路上山找寻，他们终于找到了摔伤腿的老人，其时，她手里抓着一根楠竹，半躺在一棵大树下，神志已然不清。看着浑身淋湿的老人，还有她用手扭断的楠竹，胡前芳又气又怜，赶紧将她背到背上。老人用手捶着他的胸膛，嘴里念叨着，"院长，你看得起我，院长你看得起我。"刹那间，泪水和汗水模糊了他的双眼，所有的辛劳不翼而飞。待他和工作人员帮她洗完澡处理好伤口，匆匆吃点冷饭冷菜充饥，已是晚上12点多了。

有时真的很气，但看到老人孤独无助的目光，他心就软了，老人们无依无靠了，他们靠的就是敬老院呀！他默默地忙碌着，宽容地理解着。在敬老院工作这些年来，他送走了100多位老人，有26位是瘫痪病人。其实，这些年来，他最苦的不是累到一个月瘦几斤，而是不愿看到与他一起共同生活几年甚至十几年的老人生死离别。不少老人在弥留之际，死死地拉着他的手，就像拉扯着最后一根救命稻草。78岁的刘本良老人弥留前夕，他守在老人床前，老人颤颤地从怀里摸出一个包了几层布的包，里面有900元钱，这是老人一生最后的积蓄。他艰难地说道："院长，800元钱留下给我办理后事吧，另100元留给你！你对我这么好，今生不能报答了！你的生日我怕是等不到了，这100元钱算是我送给你的生日礼物和对你的谢意吧。"那一刻，看着老人苍白的脸，他早已泪流满面。这么多年来，他的汗没有白流，他的青春年华没有虚度，因为老人们已把他当成生命中最重要的人了！

聊到这十多年来养老事业的发展，胡前芳深有感触地说，虽然步伐不快，但整个浏阳乃至长沙农村养老事业一直在朝前走，院里工作人员增加了，工资也在上涨，不少孤寡老人还是享受到了老有所养的福分！大概从1995年开始，浏阳全市范围内掀起了利用闲置的小学校、乡政府院子等，建设乡镇敬老院。高坪敬老院由老船仓乡政府改建而成，建筑面积3000平方米，60间单间房子，没有配卫生间。到2004年长沙市民政局提出创建万福镇敬老院，高坪镇敬老院当年新增了十来栋小楼56套房子，院里的老人增加至80多位，增加了4名工作人员。至2009年老人的生活费用增至每月100元，以后逐年增加，依次为每月120元、150元、270元、350元，至2014年则每月600元，另有每人每年300元门诊医疗补助。每次增加费用，他都为老人们高兴，老人们的生活水平又可以提高了。

也因此，在他看来，2007年以前，人们认为五保老人只要有房子住有饭吃有衣穿就不错了，也就是说，只要解决老人的温饱问题。到2007年，各级政府与民政部门开始在农村推行敬老院模式，鼓励五保老人尽可能住进敬老院，要求老人住得安全、方便和卫生，且要求单间房配有卫生间。高坪镇在全市首家成功创建百福敬老院，一直维持了80多人的规模。到2010年，对敬老院的理念又有了很大改变，民政部门推行敬老院星级评定，有二星、三星、四星、五星等级，要求老人住得方便、舒适，讲求保健、文化娱乐活动等，特别要求敬老院要有卫生间配套设施、无障碍设施、残疾生活配套设施、保暖、消防安全等设施。

随着人们理念的更新及现实的需要，虽然乡镇囿于财力，对敬老院没有多大投入，但只要是建设项目，总能得到上级民政部门的资金支持。2007年高坪敬老院新建住房14栋56套，光社会资助就有30万元；2008年院里新建了厨房及食堂，长沙市民政局拨款20万元；从2005年起作为长沙市示范性敬老院，长沙市民政局每年都会下拨2万至4万元补助。另外，还有院里绿化及路面硬化，还有当前院里的扩建，各级民政部门都有专项资金呢。

但说到农村敬老院的现状及今后发展趋势时，胡前芳脸上神情严肃了，话语里透着些悲观。他说，作为他是出于一种爱心一种责任感在努力当好敬老院院长，但他不能讲福利待遇，老人也只能说过上了安全和温饱的日子，不能讲有尊严地活着。目前发展中国式养老模式，依然没有提到重要议事日程，依然问题重重：一是存在明显的城乡差距。农村敬老院集中供养居多，有子女的老人不到万不得已不会到敬老院去。一则经济上有困难，二则也受旧观念的影响，认为老人到敬老院里养老，子女面子上就过不去。城市老年公寓则不同，因城市老人大多有退休金，没有经济上和观念的困惑，越来越多的城市老人更愿到养老机构去过老年。

二是东莞等沿海地区今天的养老模式是内陆地区养老模式的明天。沿海地区因为领风气之先，也因为经济条件好，有条件在机构养老之外，还大力推行居家养老服务。东莞等地的居家养家模式更适合老年人对亲情的需求，老人借助社会力量得到了很好的照顾，老人的幸福指数自然高多了。

三是敬老院急需引进专业人才，留住专业人才。现在浏阳全市37所乡镇敬老院，且不说任何编制，连院长也是定编不定人，且待遇太低。他作为院长每月1900元，只买了养老保险。至于工作人员工资更低，只有每月1400元，什么养老保险、医疗保险等五险一金都没有。也因此，实在难以招到急需的医务人员、专业护理人员等，不能满足老人养老的现实需要。

四是敬老院不要总搞建设，要扎实提高服务水平。敬老院是老人养老的地方，历经几年的建设，大都条件很不错了。敬老院不要光讲面子上好看，搞建设总归花钱太多。不如从实际出发，节省某些没必要的建设经费，用来多招几个护理人员，并提高他们的工资待遇，真正造福于老人。老人不需要多少钱，他们的身体总有这样那样的毛病，不少老人中风偏瘫、精神障碍等，需要专业护理人员来帮助他们加强保健及康复身体。且老人更需要精神上的抚慰，陪伴是最好的孝敬。倘工作人员从内心上关心他们，多与老人进行心理上的沟通，老人的幸福指数才会真正提高。

我们的谈话不时让陡然响起的手机铃声中断了，胡前芳只得抱歉地朝我笑笑，再匆匆拿起手机跑到走廊上接电话，大都是院里什么人询问事情。院里正在扩建，胡前芳忙得都一两个月没回家看老母了，既如此我不好意思多耽搁他时间了。当胡前芳匆匆走后，我与胡大姐还聊了会儿。胡大姐骄傲地说，她当年没看错人，胡前芳有爱心有责任心有思想，对内爱护老人，对外舍得跑上级民政部门争取支持。高坪镇偏于一角，经济实力相比其他乡镇有差距，但敬老院越办越好！胡前芳面对现实，不等不靠，自力更生，大力发展种养业，尽力改善老人的生活条件。仅2009年院里的庭院绿化和路面硬化工程，他带着工作人员及老人们一起干，比包工包料就节省开支3万多元。院内现已开辟4亩多菜地，保证了菜地四季不闲，小菜自给自足。近几年来出栏生猪300多头，年均纯利润达1万多元。他还积极组织老人做加工等，每年为敬老院创收1万余元。所有的费用都用在老人身上，做到了每餐有荤有素。每月初一、十五会餐，节日有酒宴，生日有庆贺，每逢传统佳节，都准备传统小吃等，让老人们感受到了家庭的温馨。

这一切，老人们看在眼里，记在心里，也感动了他们。他们以自己力所能及的行动，也在默默付出，为了他们这个共同的家。2012年8月胡前芳因胃出血过多，在敬老院晕倒两次后，被送去浏阳住院。他早晨7点被送到浏阳市人民医院，昏迷到9点才醒过来，竟一眼看到钟细秋和汤远煌两个老人站在他床前。想着他们拄着拐杖，两个小时换乘三部车跑70多里路来看他时，他的眼泪止不住地流了下来。他连忙叫妻子打通工作人员的电话，要他们及时向老人们报平安，不许再让老人到浏阳来看他了。他住院的10天时间，每天都有老人打电话来询问病情，就像平时他每天打电话向住院老人询问病情一样。

就在回城的路上，沿着蜿蜒的浏阳河一路前行，清亮的河水让我想起了胡前芳清澈的眼光。他说他其实也有困惑，也有过犹豫，但现在他坚定了信心！他说，前不久，他上初一的女儿忽然问他，"爸爸，你会一直在敬老院工作吗？"他当时呆了呆，心痛了，对女儿说：敬老院工资低，爸爸不一定能给你很多钱，不一定能帮你上很好的学校。但爸爸相信一个好的品德比金钱更重要，更何况敬老院的爷爷奶奶们还等着我们和社会各界人士更多的关心与帮助！你说，爸爸能走吗？女儿懂事地点了点头，他却悄悄地流泪了，说不清是愧疚还是感动。

是的，敬老院工作环境差，地位低，但他从未放弃对理想的追求。他始终相信不管在哪儿工作，只要用心地去做，一定能让平凡的工作变得不平凡。

民政局局长：未来还是充满希望

周学文，浏阳市民政局局长，已过知天命之年，先后在区公所、住保部门、自来水公司、政府办等多个领导岗位上历练过，担任民政局局长已达10年之久。他中等个子，戴着眼镜，衣着得体，一派亲和儒雅之气。他行事从容不迫，乃为严谨务实者，工作上颇有建树。早在2015年7月初，我找到他希望他有时间和我谈谈浏阳养老事业的发展，他爽快地答应了。谁知，一个多月过去了，我们才有时间坐在一起，且不知不觉就聊了一上午。之后，当我将我们的聊天整理了出来，好似窥见了浏阳乃至整个国家养老事业发展的轨迹及困惑。

1. 作为一名基层民政局局长，你怎么看待改革开放三十多年来国家养老事业的发展？

说起这个问题，国家还是越来越重视养老事业。按说养老应纳入大保障大福利范畴，国家应给老年国民提供良好的福利和保障，但无论从过去还是就目前来说，无论从国家层面上来说，还是从浏阳来说，都做得还很不够。大体经历以下几个阶段：

一是沿袭传统的家庭养老。新中国成立以后，在相当长的时期内，大多数地区就是沿袭家庭养老传统。浏阳偏于湘东，地方财政依赖传统农业，实力不强。人们的观念依然为传统的养儿防老，有子女的就靠子女养老送终，没有子女的五保老人，则由所在的村民组（生产队）负责。每位五保老人每年调剂600斤谷12斤茶油，万一卧病在床当地就安排人轮流送吃送喝及看护。

二是开始有了养老的意识。以《农村五保供养工作条例》发布为标准，五保老人供养标准得以明确与提高，农村养老事业进入新的历史时期。该条例于2006年1月11日由国务院第121次常务会议通过，并规定自2006年3月1日起施行。条例明确规定：乡、民族乡、镇人民政府管理本行政区域内的农村五保供养工作；老年、残疾或者未满16周岁的村民，无劳动能力、无生活来源又无法定赡养、抚养、扶养义务人，或者其法定赡养、抚养、扶养义务人无赡养、抚养、扶养能力的，享受农村五保供养待遇；农村五保供养包括下列供养内容：（一）供给粮油、副食品和生活用燃料；（二）供给服装、被褥等生活用品和零用钱；（三）提供符合基本居住条件的住房；（四）提供疾病治疗，对生活不能自理的给予照料；（五）妥善办理丧葬事宜。特别地，农村五保供养对象未满16周岁或者已满16周岁仍在接受义务教育的，应当保障他们依法接受义务教育所需费用。农村五保供养对象的疾病治疗，应当与当地农村合作医疗和农村医疗救助制度相衔接。

三是养老事业得到真正的重视，并有了具体的措施。第一大标志，2010年社会养老金全面发放，农村60岁以上老人一律每月发放养老金；第二大标志，2013年高龄老人补贴，城乡90岁以上、百岁老人皆发放补贴；第三大标志，2015年基本养老服务补贴，对失能半失能老人每月发放100元，用于补贴照顾老人费用；第四大标志，养老服务设施体系建设，2013年国务院下发35号文件明确了"以居家养老为基础，以社区养老为依托，以机构养老为补充"，1000名老人要达到拥有32—40床位目标。至2015年长沙市政府1号文件进一步明确"9064"标准，即90%居家养老，6%社区养老，4%机构养老。

正是因为这些政策的推进，促进了浏阳农村养老事业不断发展，目前已进入养老事业的春天。

2. 农村养老需要关注的主要问题是什么？浏阳已有哪些举措？

浏阳农村养老正由过去简单的保障"五保"对象的福利补缺型，向服务全体农村老年人的适度普惠型转变，努力实现老有所医、老有所养、老有所乐、老有所终。一是下大力气建设了35所乡镇敬老院，除集里街道、柏加镇之外，所有乡镇都拥有或大或小的敬老院。总共拥有3000多床位，入住老人几乎都为集中供养型五保老人，已有官渡、官桥、淮川等敬老院开始接纳代养老人。二是民办养老机构有了发展。至2014年全市有四家民办养老机构：西湖山（城区）康复托老院、君孝天下（北区赤马湖）养老院、东区托养院（原古港银杏托养院）、康乐（北区淳口）养老院，还有在建的博文老街坊（城区）托老中心，有300个床位。三是社区养老有了起色。全市有19个居民社区，到目前为止已建成4家社区日间照料中心，算是填补了居家养老服务的空白：依托淮川老年公寓建立了淮川居家养老服务中心，面向整个淮川街道老人，运行经费由街道负责，有所选择地提供无偿服务；淮川西正社区居家养老中心，由西湖山康复托老院进入该社区，提供低价位的有偿服务；致恒居家养老服务中心（淮川朝阳社区），由致恒养老义工组织进入社区，无偿提供上门服务；长兴社区居家养老服务中心，此社区新近征收，依靠其强大的经济实力，出资为社区所有60岁以上老人提供上门服务。

值得一提的是，社区居家养老在浏阳还刚刚起步，处于探索时期。应该说，居家养老很有市场，其四家居家养老服务中心代表四种不同的服务主体，却未能发挥多少作用，也不知道能坚持多久，远远未能形成气候。浏阳民政局也为此做过很多努力，看来一时半会儿还没有什么有效举措：一是此项工作由社区工作人员来做，不专业，也不知道要做什么；二是社区、街道没有很多精力来做；三是没有财力来做，无论是街道这块，还是浏阳财政，都财力有限，投入也有限；四是落实配套建设政策不够。按照国家相关政策，相关楼盘、小区建设时，应该配套建设老年活动场所及服务设施，但浏阳几乎所有楼盘都没落实，导致许多大的楼盘、小区根本没有老年活动服务中心。

至于广大农村，则推行了农村幸福院的建设，农村幸福院其实就是老年活动中心，倒是产生了良好的实效。湖南省民政厅于2012年提出"幸福院"的概念，到2013年又提出全省30%的农村要建设幸福院，长沙市则提出全市60%的村要建好幸福院。浏阳市民政局积极行动，全市382个村已建成234个幸福院，实现了三年时间覆盖60%村的目标：2013年30个，2014年100个，2015年104个。之前在农村老人看来，人一辈子就是做到老做到死，现在老人们不光开始讲究养生，讲究娱乐，还渴望能出去走走看看世界。因此，从老人们的需求出发，在每个村幸福院因地制宜地配备了阅览室、休息室、活动室、健身场所等，老人活动有了固定场所，又能热热闹闹地聚在一起，很受老人们的欢迎。

当然，促进养老机构发展，最好还是从实际出发、采取民办公助的形式，既可以激发广大社会力量投入养老事业，又能促进养老事业走上良性发展道路。现在淮川西正社区居家养老中心、致恒居家养老服务中心都已列入民政局日间照料中心（居家养老）经费补助行列，按其设施、面积、软件等分为一类、二类、三类等，并按类实行补助。一类机构每年可获得长沙、浏阳各3万元补助，二类机构每年可获得长沙、浏阳共4万元补偿。

3. 作为养老事业的执行者及推动者，目前还存在哪些困难？

客观地说，现在国家养老政策很好，但具体到基层则许多政策无从落实，出现了令人尴尬的局面：民办养老机构条件好，服务好，老人想去，但价格高，去不成，导致举步维艰。公办养老机构，硬件设施相当不错，但服务与康复都跟不上，五保老人不愿入住，也导致敬老院运行艰难，空置床位不少。比如君孝天下（北区赤马湖）养老院，有300个床位，只住了20—60个老人；东区托养院（原古港银杏托养院），有80—100个床位，只住了60多人；康乐（北区淳口）养老院，有65个床位，只住了20多人。如此低的入住率，民办养老机构能维持现状就不错了，哪能谈什么发展？全市有1万多五保老人，乡镇敬老院共拥有3000多床位，却只入住了2000多位老人，空置1000多床位。

为什么会这样呢？最主要的原因，就个人来说，一是受传统观念的影响。大多数老人认为自己有子有女，住到养老院或敬老院去很丑，丢子女的面子。五保老人则担心在敬老院受管制，不自由，将来过世了要火化等，也就不愿去。二是受经济能力的制约。有些老人可能手里有些积蓄，但舍不得，要留钱给子女。更多的老人是手头没有钱，要靠子女掏钱就有些困难。

就政府而言，要让所有老人得到的关怀、保障、实惠更多，要让养老设施、养老机构真正发挥作用，真正造福于老人。而老人不愿入住敬老院，或者入住不了。一是敬老院服务水平不高。就浏阳来说，敬老院不光人手不够，几乎没有专业护理人员，导致服务水平低，不能很好地满足老人们的实际需求。二是财政投入不够。每年财政预算并没有明确比例，财政强调每年投入敬老院建设1000多万元、高龄补助几百万元，总额算来不少。但大多投在设施建设上，具体到支持社会养老事业经费、敬老院运转经费、养老服务人员经费等还远远不够。现在是养老需求来推动养老事业的发展，并不是从事业发展的高度来不断加大投入力度。三是对民办养老机构扶持不够。一直以来，人们都认同公字号养老观念，体制内养老机构做了才是真正做了。至于民办养老机构，发展得再好，都是从利益出发做了他们该做的。为此未能认识到其是养老事业有力的社会补充力量，未能将其与公办养老机构等同看待，未能很好地落实加强管理加强扶持的相关政策，乃至其生存艰难。四是公办养老机构未能做到开门养老。随着社会的发展，人们的观念在慢慢改变，有些老人愿意去养老机构养老，有人聊天有地方娱乐，但敬老院未能适时改变观念，仅仅向五保老人开放。从实际需求出发，敬老院只要守住底线，提供安全、舒适的环境和服务，保证五保老人妥善得到供养，其他方面要有足够的自由度，要改变职能对接社会养老，从而走上良性循环的道路。比如淮川老年公寓，集中供养包括淮川、集里在内的五保老人10多人，另有100多名社会供养老人。但在投入方面主要精力放在集中供养的五保老人那一块，未能看到其在社会养老方面所做的贡献，乃至淮川老年公寓未能得到很好的发展，服务水平并不高。

凡此种种扼制了浏阳养老的长足发展，对社会养老事业发展不利，造成了老人想去养老机构养老却犹豫不决，而养老机构的床位却又闲置。

4. 你认为改革开放以来，整个农村的发展趋势对空巢老人的冲击主要表现在哪些方面？

随着社会的发展，从20世纪90年代起，年轻人纷纷出外打工，新型农村空巢老人越来越多，乃至演绎成了一种社会现象。到目前为止，具体到浏阳民政事业这一块，对此关注还很不够：一是没有什么政策来维护空巢老人利益，更不要说保障空巢老人的生产生活。二是无力推行东莞居家养老模式，东莞等沿海及江浙一带经济发达地区推行的居家养老模式，对空巢老人实行送服务上门模式，真正造福于老人，值得在全国大力推行。但其必须以强大的经济实力为依托，估计一时还很难在全国推广开来，在浏阳也暂时没有推广的可能。三是养老金城乡差距大。城市老人大多有退休金或养老金，而农村老人近几年来才发放养老金，且双方数额差距大。农村老人，包括空巢老人，养老就无疑受到很多的限制。

5. 养老事业的明天将会如何？能否真正实现让老人有尊严地活着？

一方面，养老事业的明天应该充满希望，8至10年之后，就会进入一个新的时代。到那时20世纪60年代出生的人，进入老年期，因享受到改革开放带来的红利，这批人有一定的经济基础，有一定的积蓄，特别是观念大大改变了，他们更愿意选择机构养老。

另一方面，随着社会的进步，随着政策更趋开明与开放，各种养老机构都会得到关注与扶持，其覆盖率将会进一步扩大，居家养老服务事业将会因地制宜地发展起来。到那时，在平等竞争的氛围里，养老机构必定会优胜劣汰，养老事业步入良性发展的道路，不断促进广大老年人过上有尊严高质量的老年生活。对此，我们应该充满信心！

采访时间

浏阳市：2015年7月29日、8月31日、9月4日

采访后记

到2015年7月底，我撰写的文稿以《人去村空》为题在《芳草·潮》杂志连载已然结束。我再次将所有的文稿都梳理了一遍，回头再看看，看到最后，觉得还有些许欠缺。我决定就以浏阳为代表，来看看城乡养老事业的发展现状。浏阳居于内陆地区，浏阳养老事业的现状，应具有一定的代表性。于是，我前往浏阳市民政局，找到我曾经的同事、现民政局副局长王朝晖，他向我推荐了几位乡镇民政办主任、敬老院院长。

毕竟还有自身工作，我今年负责征集、编辑浏阳抗战文史专辑《浏阳人的抗战》一书，工作任务重，且还得赶时间。由此对我完成最后一章及之前文稿的修改，都有很大的冲击。我内心很焦虑，但也无可奈何，我得干好本职工作之后，才能去采写。

采访倒是很顺利，就浏阳当下的老人生活现状及所做的种种努力，与几位基层民政工作者进行了探讨。由此跳出个体老人的命运，来看待当下整体老年人的生存现状，我的心渐渐凝重。基层民政工作者，一直奔走在广阔的城市及乡野，为那么多老人送去了温暖及关怀。但仅仅有这些温暖，又怎能令普天下的老人，生活平稳身体康健内心平和呢？想想我一路走来，那些在人生风雨中飘摇孤独甚至挣扎的老父老母，我自是坐卧不宁！

恰在此时，友人向我推荐蕾秋·乔伊斯的《一个人的朝圣》，我顺手拿起来就读，一读就被深深打动了。哈罗德，一个已经退休了的65岁老人，"他既无朋友，也无敌人，退休时如他所愿，连告别会也没有举行"。在这个世界里，他微弱得就如尘埃，没做过什么惊天动地的大事，甚至很少与同事交谈，他就像是一个隐形人，很少有人会

注意到他的存在，更不会关心他的存在。在接到好友奎妮·轩尼斯身患癌症即将离世的消息之后，哈罗德终于做出了他这辈子做过的最勇敢的决定，用走路的方式去激励奎妮·轩尼斯活下去的勇气。于是，一路向北，哈罗德有过无数次的放弃，但他坚持走了下去。终于，他从英国最西南一路走到了最东北，横跨整个英格兰，到达了目的地贝克郡。他看到了肿瘤大如头、身材瘦弱的奎妮，送去了自己一路带来的礼物。奎妮带着哈罗德送来的温暖，带着最后的安详，离开了这个世界。

这世上有许多人每天做的事就是不断将一只脚放到另一只脚前面，日子久了，生活显得暗淡无光。然而每个人的生活又是如此独特，每个人都走在不同的道路上，每个人都在追寻自己的圣地。1个人，87天，627英里——哈罗德穿越时光隧道的朝圣之路，是如此打动人心：世上有多少个朝圣者，就会有多少条朝圣路。每一条朝圣的路，都是朝圣者自己走出来的，只要你的确走在自己的朝圣路上，你其实并不孤独。

回望从2013年年底到眼前，快两年的时间里，我的足迹遍及江西、湖北、甘肃等8个省市，一次次走近不同的老人，一次次忧心于老人们人生际遇的曲折及晚景的悲凉，一次次感动于老人们生命的顽强及积极向上！他们为儿女为这个世界几乎奉献了毕生的精力，他们即将走向人生旅程的终点！他们对社会对子女没有抱怨，也无从抱怨！他们只是普通的老人，也如哈罗德般卑微如飞扬的尘埃，但与他们相遇，走进他们的内心，便会得到纷纭的人生启示，包括人生的意义与价值。

我想，我走向老人之路，也是朝圣之路。曾让我心力交瘁，也曾让我感慨万千，还曾让我欢欣鼓舞。终于，我走过来了。

最后，谨向中国作家协会、湖南省作家协会及东莞文学艺术院对我的大力支持表示诚挚的谢意，还有一路关心及帮助我采写的众位朋友！

续 章
敢问路在何方

这是一些活生生的人，"一些"仅仅是我去探访过的，有病的，抑郁的，准备自杀的，总之都是很孤独的老人们。

说"一些"是不尊重的，有点模糊，似乎也准备遗忘。但其实不是这样的，我采访过的所有孤独的老人，我都记得他们的名字，只要想起，我都看得到他们活生生的样子。

不管我们怎样忽略，或者还不准备重视，那些巢都空在那里。良心、道德、责任感，这些大词在这个时代并不空，空的是那个"巢"。空的，还有"我们"——我们在此时是作为一个集体选择性或遮蔽性的"无主"集合。

然而，我相信，"我们"都要回去，回到一个一个独立的我，回到为人子，回到真正的家，回到心灵的故乡，回到孕育我们生命的那个"巢"。

我们都是一只只离家出走的"青蛙"

前不久，在朋友圈里，80后友人小潘一条特别的微信令我疑惑，他还没有孩子，他却如此说：过年了，你几个朋友都来家里拜年，你都玩了那么多天了，还不用回来啊？我很好奇，就问他：怎么发这么一条信息？他笑着告诉我，他在玩一款旅行青蛙的佛款游戏，已经玩了一个多月了。我才知道，竟然有一只青蛙，最近走红起来。这一只青蛙，想什么时候出去，就什么时候出去。肚子饿了，过几天就回来拿点东西。在家里待一两天，又自己走了。他还特别告诉我，这只青蛙，你可以当自己的孩子，也可以当不听话的老公。

我不由得哑然失笑。想想，不如去网上了解了解。在这款名为"旅行青蛙"的游戏里，真有一只"特立独行"的青蛙，一只大眼睛无口的小青蛙，独自居住在一个石头洞的小屋里，屋外种着一片幸运草，屋里则是木头做的小阁楼。小青蛙平时就在被窝里看书，在桌边吃饭，或者做手工，过着十分"居士"的生活。当然，它最大的爱好，就是出去旅行。世界这么大，小青蛙也想出去看看。放下一切琐事，小青蛙背起简单的行囊，带上它的荷叶小帽子出发了。

玩此游戏时，大多数时间处于"无所事事"状态，每隔一两天去看看。能做的，就是在庭院里采摘三叶草，采来的三叶草可以拿来购买各种便当、护身符、水壶、碗具、灯笼等道具，用来给小青蛙整理出发的行囊。这些东西越好，小青蛙就可以走得越远，看到更多的风景。然后发现它一声不响地离开，再等它悄无声息地归来。偶尔，它会为你拍一两张照片寄回，让你知道它身在何处，甚至还寄来一些

"土特产"，给你些小惊喜。不过，你与小青蛙的联系也仅限于此，更多时候你见不到它，也不知道它在哪儿。也可能已经回到温馨的小家，更有可能还在被窝里看书，还没有出门的打算。

小潘强调说，这款游戏的流行，虽没有激烈炫目的画面，没有复杂的操作流程，只需一两天进去随便看看，没有什么好玩的，但却让人挂念，与时下盛行的"佛系青年观"颇为契合。不给包里放吃的，小青蛙就不会出去。不在家里桌上准备吃的，它就不会回来。可我很少玩游戏，我想这款游戏能让这么多人走心地投入，形成如此大规模的影响力，恐怕"佛系"的创意之外，更是游戏对我们的现实生活的深刻"隐喻"，引发了人们的内心共鸣。

不是么？养蛙，养娃。小潘给他的蛙，干脆取名为少爷。而相似的读音，勾勒出的是现实中相似的生活场景。看看你为这只小青蛙所做的一切，也像极了自己的父母。傍晚归家，推开家门，总会看到餐桌上摆好父母准备已久的可口饭菜。离开家乡，奔向外地，日益年迈的父母除了牵挂，能做的，也只是帮你整理行囊，多备些衣物吃食，将这份家的温暖尽力延续得久一点。父母辛劳半生、奔波忙碌，所希望的，也是多换得一些"三叶草"，让你获得更好的物质生活，更安稳的成长条件。这份真情的付出，这些默默的奉献，是游戏内外的父母深情。

只不过，这份深情常常被一种"空巢"的孤独所覆盖。前一晚你还看到"蛙儿子"在桌前吃饭、床上读书，第二天一早，房间里已不见踪影，空无一蛙。更多的时候，你只能面对空荡荡的房间，等待它的归来。你只能凭借它从远方寄来的一张张照片去想象"蛙儿子"过得怎样，现在何方。你不能离开这座房子，去陪它看外面的世界，只能守在原地等它回家。那份独自思念的寂寥，那份不知归期的守候，为人父母"空巢"之后的苦楚与不易，实在令人心酸。

小潘说：守着空屋子，采摘三叶草，扫扫地，将吃的放在桌上，等少爷回家。他的少爷蛙，给他的感觉，除了等待还是等待！他还说，他的养蛙生活，就是我《空巢》中写的"空巢老人"生活。

我不由得暗自感叹。他还太年轻，说起空巢生活，如此轻描淡写，但他的话却猛然击中了我内心深处的痛。

回想2015年10月，我的《空巢》终于交稿。持续的压力突然卸去，我以为我会如想象中的那样欢欣和轻快。我以为我完成了一件命中注定必须要完成的壮举。我以为从乡土的中国来到城市，然后又回到了乡村，情感或是生命，算是有了个完美的归宿。我以为《空巢》的出版，至少——我用心写过的那些老人从此都会变得不再让人那么揪心。

然而，刚刚睡了两三天踏实觉，我的心神，我的牵挂，就又完全地回到了每一个刻印在我心上的老人。我的脑海里依然不时浮现那些我采访过的老人，以及他们黯淡的目光、落寞无奈的神情。

从采访的第一个老人张水美开始，她仍旧孤独地坐在阴冷昏暗的屋子里，浮肿的面容，眼角浑浊的眼泪，饭桌上那些冰冷的饭菜；依然穿着肮脏外衣的延大爷再次从地上捡起了烟蒂；瘦弱的罗贻斌老人还是在努力买菜、打零工，艰难地抚养着孙子；张绣芳一说起死去的儿子立刻伤痛欲绝……

我无法释怀。我也没有答案。原来，我的采访还没有结束，我仍然和他们生活在一起，我好似已变成了他们的儿女，他们已是我全部的牵挂。事实上，从采访开始，我就进入了这些家，采访完，我的心就留了下来。如此看来，我大概就像游戏里那只随性的青蛙。

最终，令我坐卧不宁，我于是一次次地奔赴乡村，像一只青蛙一样地回到日渐冷寂的乡村里，去看一眼那些孤独的老人。我一次次地继续去看望他们，就像是必须要回到自己的家。

我无法跑远，就在浏阳东南西北四乡跑。在张坊大山深处，孤寡老人张老头，独自一人住在一栋土砖房内。他身体越来越弱，山村里人烟稀少，我的每一次拜访都成了他的节日，他赶紧去叫邻居为我们做饭。在偏远的西乡，付家老头已然80多岁了，他得了膀胱结石，却舍不得去住院治疗，还得种地还得养鱼还得到附近打零工。他矮小的老伴已然驼背，天天一身都痛，却挣扎着做饭洗衣。他们没有生育，代养了妹妹家的第四个儿子，从不到半岁起，抚育他长大成人，帮他娶妻生子建新房。当他们又辛辛苦苦将孙子带大，他们也老了，帮养子建的新房却不让他们住，养子媳妇将门一锁就外出打工去了。我们去了，两位老人欢天喜地，给他们的钱给他们的吃食及药，两位老人都推来推去。末了，老头酸涩地说：人老了，就没用了，你能来看我们，我们就欢喜了，不要带东西来呀！还有那位瘦弱的老船工，与一群老人住在昔日的船厂宿舍里，那些老平房简陋阴暗，仿佛已成了被世界遗忘的角落。可昔日浏阳河上驾船的好汉，老了浑身都是病，微薄的退休金无法维持老夫妻的生活，得不到儿女们的任何支援，只得靠做木船模型挣几个活钱。我还时常去城里一家养护院，这里大多是失能失智的老人，每间房里住两位老人，房内窗明几净，不时有工作人员来查房。但无论和哪位老人聊天，说着说着，老人就伤心就落泪就说想回家，我左劝右劝都起不了作用，只得落荒而逃。

我依然忘不了张水美，偶尔会去探望她，不过得鼓足很大的勇气，我害怕她委屈与浑浊的泪水。虽说，这两三年去的次数并不多，但我每次去，她都一个人在家，她会和我絮絮地说她死去的丈夫她的病她儿子生活不易还有她的租户。她那套房有三间房，她住中间那间最小的房间，另两间出租给浏阳一中的学生，有学生出出进进，她觉得屋子里有些生机。可有的学生家长，见老太太常常一个人，就故意拖欠每月600元的租金。她说来万分委屈，我却万分气愤。这个春节正月初十，我特地去给她拜年，大约是下午五点的样子，宿舍区很安静。那四五栋宿舍楼模样相似，我只记得二单元二楼右门，竟然一时记不起在哪栋。我在楼下转了几圈，才遇见一位来倒垃圾的大姐，问她张老太太住哪一栋，她漠然地摇摇头。我干脆到头排一栋二单元二楼右门，敲门，却是一位年轻男士来开门。男士抱歉地说，不太清楚老太太住哪里。只得下楼，见一个老先生走过，赶紧上前扯住他。他知道老太太住哪，还说老太太是外地人，儿子混得不好，独自一人住着，也没力气搞卫生了，家里气味难闻呢。竟然是后排最左栋二单元二楼右门，我赶紧敲门，没人开门。我再用力敲门，边敲边喊，还是没人开门。我的声音应是响彻了整个楼道，却楼上楼下没人来询问，也无人走过。老太太是睡下了，还是没在家？打她的座机号码，久久没人来接。想去问楼上楼下，却好似站在荒漠之上，无从问起，只得颓然地离开了。

一夜辗转反侧，第二天我赶紧与之前社区带我去的小肖联系，她每季度都要去问候老太太。她告诉我，老太太常常脚痛，行动不便，依然独自一人过日子，去之前打她家的座机就行。过年前，她去看过老太太，她都几天没吃饭，不想吃。我长嘘了一口气，暗暗责备自己，未能多去看望老太太。一看都快上午十点了，就赶紧打电话过去，响了好久，终于通了。老太太那熟悉的外地口音传了过来，她已记不清我了，我与她约定下午两点去看她。

下午两点，我如约赶去，敲了一下门，里面答道：来了，来了！老太太依然满头银发，笑着问：来了，你是哪一位？老了，什么都不记得了！我四下里看了看，客厅里增加了一张长条沙发，好像也新换了一台电视机，两边的房间却空荡了许多。老太太招呼我坐沙发，她说沙发是儿子过年时给她买的，孙子带着老婆孩子回来了，给她买了一台新电视机，她晚上又可以看电视了。我一见家具上满是灰尘，就想着给她打扫卫生，她却不肯，要我坐下来和她说说话。

待坐下来，确有一股浑浊复杂的气味弥漫而来，但至少老太太的精神比之前好。我忙询问她昨天晚边在家么。她告诉我，她昨天下午四点钟去超市买菜，回来累得不行，就赶紧躺下了，根本没听到我敲门。后来，到很晚了，才起床做了半碗米粉吃了，今天早饭没吃，中午又是半碗米粉。我听了，真是万分担忧，她都87岁高龄了，又是外乡人，在此地没有亲戚朋友，独自一人待在屋子里，艰难地做饭，艰难地洗衣服，几乎没人来看她。儿子去年得了一场大病，现在已到乡下帮人养牛了，很少回城里来。孙子考到湖北某地当老师去了，一两个星期打次电话，也会寄些东西给她，但一年能回一两次就不错了。老太太只管絮絮不止地和我说话，她这个年过得好，儿子回来陪了她三天，孙子带着曾孙来看了她，还请她去外面吃了餐饭。

说着说着，她的脸又苦了。可惜孙子只待了两三天就走了，根本没住在她这里。因嫌弃她房子有气味，房子去年下半年就没人租了，她每月少了1200元收入，现在只有每月400元养老金了。听到这里，我忙建议，这里的房子好租，不如将这房子全部租出去，一年至少能租3万元，自己住到养老院去，有人照顾。她坚决地摇摇头，养老院我不去，我在家里自由，我不吃辣椒，我的日子也快到头了。看着她行动迟缓的模样，她满面的苦涩，我一时不知从何说起。我突然强烈地意识到，老太太是多么需要有人陪护，倘有东莞中堂镇居家养老上门服务模式又该多好呀，或者附近有老人日间照料中心也行，至少老太太有个说话的地方。当然，最好的方式，还是她的儿子不要再折腾了，能在城里找份工作，至少能天天晚上回到这个冷寂的家，能尽力照顾年老体衰的老母亲。

佛说，众生平等。我说，芸芸众生，说来也如蚂蚁般卑微与渺小。生命屡弱地生长，又悄无声息地逝去。人只是大地的一部分，人的生命没有高于一切。但如此珍贵，应该珍视应该爱惜。可什么时候，在我们各自的父母面前，我们不再是"娃"，真的都变成了一只只随性的青蛙。可这是一种非自然状态下的青蛙，是一只只一定要出走的青蛙。

相比张水美老太太的儿子和孙子，我倒想说说一些缓慢的变化。就在我所生活的浏阳，我结识了在浏阳太一养生苑工作的小肖。还在2014年9月，他推荐我到他的老家四川宣汉县樊哙镇采访，后来当我的《空巢》一上市，他就自己网购了一本，用心地读了，一有时间就找我聊他的心得。他说他觉得那些老人很可怜，他今后要好好孝顺父母和奶奶。他说他要帮着推广这本书，让更多的年轻人看看这本书。

有一阵子，我去太一时，他常常不在。原来，大概在2016年元月，他在外承包高铁工程的妈妈得了更年期抑郁症，可他要强的妈妈不承认自己得了抑郁症，只说自己得了颈椎病，不愿看医生也不愿吃西药。而那几年小肖已经成长为太一的顶梁柱，倘中途退出，肯定对他的事业不利。可在他看来，如果没有当年妈妈的辛苦坚守，他和弟弟就都成了留守儿童，也不会双双顺利地考上理想的大学。于是他就毅然辞掉太一的工作，带着妈妈，还有老婆孩子，义无反顾地回宣汉县樊哙镇老家了。

2016年上半年，是妈妈病情最严重的时候，也是小肖最艰难的时候，天天生活在担惊受怕之中。妈妈病情严重时，脾气很大，随时随地都可能发作，当地人竟然给她取了一个外号：张癫子。更严重的时候，身体难受的她一心只想轻生，动不动就跑到厨房找菜刀，吓得小肖手忙脚乱地阻拦。情急无奈之余，小肖只得跪在妈妈跟前，不停地磕头，哭着劝道：妈妈，别这样！别这样！待情绪激动的妈妈终于停了下来，小肖的额头早已红肿，妈妈就又心痛地抱着小肖哭了起来。如此场景不时上演，真令人心力交瘁。可妈妈依然不愿吃那些抗抑郁症的西药，小肖只得从中医上下功夫，采用服用安眠的西药、结合中药和他自己的针灸推拿，每天用心地给妈妈调理。

小肖始终相信，他妈妈是天下最好的妈妈，她一定会抵抗住抑郁症的袭击！2016年年底时，妈妈的颈椎就不那么痛了，情绪也平和了许多。可就在这时，他父亲在工地上被机器轧坏了脚踝骨，小肖只得先安稳好心急如焚的妈妈，再赶到父亲的工地上。在用心照顾父亲之外，就由父亲指挥，他代替父亲在工地上忙里忙外，还不忘天天打电话回去安抚妈妈。如此辛苦四个多月后，父亲的腿好了，工程没有受到半点耽搁。

但这一年多来，小肖也不知怎么挺过来了，眼见妈妈差不多完全康复了，他只觉得所有的付出都值得。念及妈妈身体还需巩固调养，小肖于去年5月在宣汉县县城租了房子，在一家培训机构当上了一名老师，并将奶奶、妈妈都接到县城一起住。到了6月，妈妈完全康复了，中标了云南大理施甸的高铁工地工程，高高兴兴地与小肖父亲一道去工地了。见此，小肖由衷地高兴，悬着的心终于放了下来。就在去年年底时，浏阳太一在上海收购了一家公司，计划将之发展成为太一在上海发展的排头兵。小肖安排好家里后，直奔上海而去了。

经历了如此众多的艰难困苦，小肖不仅没有消沉下去，反而磨炼成了一个坚强而理性的青年。他给我说，如果年轻人在当地能找到不错的工作，能养家的话，就不必都到外地打工，就会减少空巢老人，老人的日子就会过得好些。他自己有5年规划，把上海市场做好就回来，然后做川东和重庆地区的市场，这样工作和家庭就可以很好地兼顾了。如果他自己能更努力的话，还可以回报家乡，为家乡创造更多的就业机会，让在外打工的人也能在家附近找到工作。

一个20多岁的小伙子，满脸真诚地给我说着这些的时候，我竟一时大为宽慰起来，甚至振奋起来。我没有想到的是，我一直活在我采访过的空巢老人们凄苦悲情的氛围里，而一个就真实地肩扛着这些不幸与痛苦的年轻人，竟然在痛苦中，一步步地成长，不但把这些苦难全部承担，而且还把它酿造成了反哺社会的资粮！

也收到过一些读者来信，一样地，在《空巢》给予的慰藉里，我一边抚摸着自己的创伤，一边生长出力量。

这就是一粒种子，用人心，用天良，用好人的善意，一点点地，让一个家庭温暖起来，让社会醒来。我自己大概也就是在这个时候才明白过来，《空巢》是写老人们的，但不仅仅是写给老人们的，它是写给这个社会的，是写给我们每一个远行人内心的良知的。

在后续的不断地回访这些已被我视为亲人的老人过程中，我慢慢地也将自己变成了一个"社会人"——我不再简单地把自己当成一个人间疾苦的"收集"者，也不再简单地好像是代替他们本该得到的儿女义务。而是，社会这个有机体出现的问题，那就再交回到社会中去——通过全社会的力量，我期盼能找到缓解或是解决"空巢"的方法。

给空巢填空

在写作《空巢》过程中，我曾多次或电话或微信向贺雪峰教授请教关于乡村治理及建设的相关问题。贺教授是长江学者，著名三农问题专家，中国乡村治理研究中心主任。

作为社会学家，过去20年，贺雪峰每年至少有两个月住在农家，足迹遍布大江南北长城内外。早在2004年，他就主持成立了中国乡村治理研究中心，到现在已累计调研1000多个村庄，平均下来，每天有超过10个人在农村蹲点调研。《空巢》将要再版时，我再次就乡村老人的生活现状及其缘由、乡村养老事业及产业的发展趋势等问题，和贺教授聊了很多。同时，我也和北京大学老龄产业方向博士后、欧亚系统科学研究会老龄产业研究中心执行主任郑志刚聊到了乡村的窘境、系统建设及未来。

对此，我非常感谢他们的贡献，和他们的访谈令我渐渐看清这个社会更为广阔的现实和真相，还有暗暗生长的希望。

彭晓玲（以下简称彭）：中国农村发生巨变的关键节点在什么时候？前后有什么不同的表现？巨变后的农村有什么特点？

贺雪峰（以下简称贺）：每年春节，我都会给我的团队师生布置撰写"回乡记"的任务。寒假结束，我们还会办春节见闻报告会，交流回乡见闻。在这些交流中，我感觉到，那些小自己20岁的学生记忆中的童年与自己的童年没多大差别。我们共同的乡村记忆是在最近十多年里丢失的。

十多年来，中国农村经历的变化可真谓之"三千年未有之大变局"，时间点在2000年前后。在2000年之前，中国农村也出现了诸多方面的显著变化，但是依然是量变，没有触及到农村社会结构和观念的根本。2000年之后的变化，则是在之前的量变基础上，发生了深刻的质变，主要表现在以下几个方面：

其一是治理之变。2000年之前乡村社会遭遇了改革开放后新一轮的治理危机，表现为典型的"三农问题"，基层官员和学者疾呼："农民真苦，农村真穷，农业真危险"。当时农村的干群关系、党群关系和警民矛盾十分尖锐。虽然"村民委员会组织法"在1998年正式实施，但是村级民主的展开并未缓解村级治理的困境，相反在许多地方还因村级选举产生了激烈的派性斗争。正当学者和基层官员为乡村治理危机而感到担忧之时，中央于2003年至2006年进行农业税费改革及全面取消农业税，并推动了"新农村建设"，以"三农问题"为代表的乡村治理危机似乎在一夜之间消失。干群关系得到缓和，农民得以休养生息，乡村干部也得到了喘息之机。特别是，取消农业税后，国家向农村输入的资源越来越多，国家与农村社会关系得以扭转，国家连接乡村的制度发生变化。在乡村振兴全面实施之后，下乡的项目资源将会更多，农村基层治理制度将发生根本变化。

其二是结构之变。农村社会的基础结构也发生了巨大变化，主要有以下几个方面：一是家庭权力结构得到根本扭转。年轻人掌握了家庭决策权和财产权，老年人地位下降，年轻妇女的角色越来越重要，"妇女当家"和"夫妻平权"成普遍事实。二是血缘地缘关系及建基于其上的行为逻辑发生改变。熟人社会迅速瓦解，国家规范快速进村。三是农村经济社会分化加剧。分化之后的阶层阶级关系，在农民的生活中越来越重要，而传统的家族关系、邻里关系的重要性下降。四是农民流动和农民的城市化不可逆转。以前的农民流动依然是以村庄为归属，而这之后的农民流动是以城市化为目标，中西部农村加速衰弱。农村社会结构变化是基础性的，它将深刻影响乡村治理、农民

350

生活和国家在乡村的制度安排。

其三是价值之变。农民价值主要包括两个层面，一个是社会性价值，一个是本体性价值。社会性价值，是农民社会生活如何才是成功和体面的，也就是通常所说的面子、荣耀和尊严。本体性价值，则是涉及到农民活着的意义和生命价值。一般来说，本体性价值对社会性价值有决定性作用。2000年之后的变化是，农民传统的有关传宗接代的本体性价值迅速弱化，而更讲究现实生活的社会性价值及其竞争，越来越占据本体性意义，农民家庭间的社会性竞争越来越激烈和白热化，乃至在许多地方出现了竞争异化现象，如人情的泛滥、天价彩礼等。也就是说，"过去传宗接代是农民的宗教，现在为什么而活成了问题"。

酝酿着这种"让观察者震撼的能量"的，是加速的市场化与城市化进程。我在《最后一公里村庄》中提到，直至20世纪90年代，七成中国人依然居住在农村。但2000年之后的15年里，城市化率上升了近20%，又有1/4的农村人口拥进了城市。而当前农村社会有以下几个特点：（1）个体化加剧，个体家庭愈发成为村庄生活和参与市场竞争的主体，超出个体家庭之上的认同和行动单位弱化；（2）分化加剧，农民个体家庭参与市场竞争，经济分化将越来越大；（3）竞争加剧，农民个体家庭之间的竞争越来越激烈，推动家庭调动资源和劳动力参与竞争，推动农村社会的发展；（4）流动加剧，农民的城市化是不可逆的趋势。

彭：当下中国乡村格局如何？存在哪些问题？

贺：当下中国农村有两个总体性特征：一是区域差异性问题，不仅南中北的社会文化结构的差异，还有东中西经济发展和资源禀赋、市场机会的差异。二是全国统一性问题，包括全国统一的劳动力市场、全国统一的婚姻市场和全国统一的农产品市场。

无论是学术研究，还是政策设计，都应该充分考虑农村的区域差异性和全国统一性的问题。

彭：我在2013年年底至2015年9月，前后走访了湖南浏阳、江西、湖北、河北、四川、重庆、甘肃庆阳、广东东莞、湘西等地农村70多位60岁以上空巢老人，及相关乡镇敬老院或老年公寓、社区日间照料中心等养老机构，这些村庄的社会结构具有明显的区域差异。在您看来，这与历史、地理、种植结构、战争以及开发时期等很多因素相关。那么，从社会结构维度上看，将这些村庄划分为南方农村、北方农村和中部农村三大区域来看待老年人生活现状，子女在赡养老人问题上，各自有什么不同特征？

贺：养老上存在区域差异。我们对南中北的划分，主要的依据是不同区域社会文化结果的差异，而对社会文化结构的形成产生作用包括历史地理、种植结构、战争水患等因素。依据血缘地缘关系的强弱，我们将社会文化结构分为三类，宗族型社会结构、原子化社会结构和小亲族社会结构，分别对应南方团结型村庄、中部分散型村庄和北方分裂型村庄。

（1）南方农村的养老。南方农村，主要包括江西、福建、广东、广西、鄂东南、湘南、海南等地农村。这些地方的村庄，宗族特性较浓，一般一个姓氏占据一个或多个村落，形成一个宗族。每个宗族都有自己的宗祠和分祠，作为信仰祭祀和公共活动的中心，是宗族团结的象征。近几年来，南方农村再一次兴起修建宗祠的热潮。南方农村的宗族，除了具有一定的较强的组织结构之外，还有较强的产生规范和价值的能力，具备一定的维护内生规范、抑制搭便车和形成一致行动的功能。

在养老问题上，首先，南方农村的养老伦理保持得较好，有一整套有关养老的话语体系和信仰体系，基本上较少出现"不养老"的现象。一旦出现这种状况，南方农村也有其机制给予纠正，如宗族房头干预、社会舆论压力及边缘化等。其次，在南方农村的代际关系中，一旦子代参加工作，父代对子代的责任就算完成，父代不再有较强的为子代婚姻、积累财富等方面的义务和责任。相反，子代开始有赡养父代的责任。结婚是子代自己的事情，子代结婚之后，子代不仅有赡养父代的责任，还要偿还父代所欠下的债务，子代为父代考虑会多一些。父代则可以"退休"，等待子代养老，生活的压力转向子代。当然父代不一定就真的"退休"，而是说这个时候，他们的劳动已没有心理压力和精神负担了，可劳动可不劳动。最后，在养老的资源分配上，如果几个儿子都外出务工，老年人又需要有人照顾，这个时候兄弟之间会进行协商，看谁去照顾更合适。兄弟之间，在照顾老人上计较得少。

（2）中部农村的养老情况。中部农村，主要包括长江中下游平原地区，主要是江汉平原、安徽芜湖一带，还包括东北移民地区。中部农村，以江汉平原为典型，其老年人状况在几个区域中相对要差一点，与以下几个方面的原因有关系：

一是当地村庄没有较强的传统的血缘地缘结构对老年人给予保护。原子化意味着人们在血缘和地缘上分化得较为厉害，在核心家庭之上较少有认同和行动单位，即便是兄弟之间，一旦分家关系也较为淡薄。老年人在遭受子代养老上的苛刻条件时，不能得到村庄内部的救济。老年人的养老，包括老年人自杀，在该地区都已成为家庭个体的事情，与其他家庭无关。其他家庭，包括近房，要进行干涉，不再有政治正确性。因而大部分村民，奉行"各人自扫门前雪，莫管他人瓦上霜"的行为准则。

二是当地村庄的伦理规范不强，并容易受到外来规范的冲击。养老伦理是村庄伦理的一部分，它在当地村庄中也相当脆弱，一旦有比它更强的"道理"进来，它就会分崩离析。比如，是外出打工重要，还是在家照顾老人更重要？前者的道理如果更强大，人们就会放弃在家照顾老人，而毅然决然地外出务工。

三是代际责任重。中部农村，除了要将子女养育成人外，还要让他们接受良好的教育和推动他们在城市立足。这会给中年一代带来沉重的负担和压力，进而可能（故意地或无奈地）放弃养老的责任。

这两大责任，在南方农村都是没有的。中部农村的农民没有让子女过早去打工的念头，而是无论如何也要将子女送去上大学。所以我们调查发现，在江汉平原，一个小组四五十户人家，竟然在过去二十多年供了三四十个大学生。千方百计送小孩上大学，是为了他们能够在城市有竞争力，能够在城市立足。等到子女长大进城之后，父母还要为子女在城里买房子、买车子和小孩上学操心。中部农村的第二代、第三代能够在城里体面立足，少不了农村第一代人，也就是中年人的支持。子女进城也就成了中年一代人的人生任务，也成了他们在农村获取面子和尊严的重要方面。为了子女进城，他们就需要对有些事情有所放弃，包括有意无意地忽略对老年人的养老和照顾。因为养老和照顾老年人，需要耗费中年人的资源、时间和精力，具有较大的机会成本。

也就是说，一方面，中部农村少有较强的内部规范和养老伦理，另一方面中部农村中年人的压力和负担又较大。当面对"对子代的教育与进城的责任"与"对父代的养老责任"发生冲突时，他们就会选择前者，而放弃后者。只有那些条件较好的家庭才可能二者兼而顾之。

（3）北方农村的养老情况。北方农村，包括河南河北、山东山西、陕西甘肃等地农村，这些地方在历史上多形成了多姓杂居的村庄，也就是多个姓氏占据一个村庄的情形。在村庄内部，姓氏的认同要较对村庄的认同强，姓氏之间由于在村庄狭小的空间内竞争稀缺的资源，从而形成了较多较强较细的规范。一个姓氏，可能是一个小亲族，也有可能一个姓氏分割成多个小亲族。每个小亲族的户数，一般在二三十户到五六十户之间。小亲族之间，在村庄各个方面，展开激烈竞争，包括人情面子、政治权力等方面。至于在政治权力的竞争上，大部分村庄的小亲族不可能独占村庄政治权力，而需要与其他小亲族进行合纵连横参与竞争，你方唱罢我登台，相互拆台相互告状，形成了独特的派系政治。

在养老方面，北方村庄的老年人状态处在南方农村和中部农村老年人状态的中间状态，表现在以下几个方面：

一是北方农村的养老规范，因小亲族和小亲族竞争的村庄，还较为强烈，还对子代有一定的约束力量。当然在北方不同地区，还有强弱差别。北方农村的老年人，在家庭中还享有一定的威望，尤其是在年节的仪式上表现较为明显。出现了养老问题，小亲族内部管事会出面干预。老人对年轻人也有要求的底气，可以理直气壮地向子女索取。不像中部地区那样，老年人不好意思向子代索取。村庄还能形成一定的舆论氛围，人们的行动还有一定的公共性。老年人即便对子代"有气"，也能够在公共场所撒出去，敢说儿媳妇的坏话，不像中部老年人那样不敢说。从这一方面来说，北方农村的子代，对父代的责任还蛮强。

二是父代对子代的责任很强，主要是为子代娶媳妇。要给儿子成婚，需要准备很多要件，包括一套带院落的房子、介绍相亲、准备彩礼、三金及其他物质性条件等。按照现在的婚姻要求和物价，一个儿子要结婚至少需要三四十万块钱，多则五六十万。这么高的婚姻成本，父母必须在儿子出生后就开始做准备。年轻夫妇俩得外出务工，小孩丢给爷爷奶奶带。等到儿子十五六岁的时候，建房子的钱差不多攒齐了，就着手建房子，同时也开始给儿子准备相亲。

在本地婚姻市场竞争日趋激烈的情况下，父母越早给儿子相亲越好，一是自己可以早点解放出来，还可以趁着自己年轻为自己养老赚钱攒钱；二是儿子相亲越早，机会就越多，一次相不中相多次，一年相不中相多年，到了二十二三岁总会相中的。过了这个年龄，要在本地相中结婚就难了。父母给儿子建房之后，还要为儿子准备结婚的彩礼和其他物质条件。彩礼一年比一年高，父母要想提高儿子的比较优势，就得给出更高的彩礼。十几二十万的彩礼金额，对于大多数父母来说，都是沉重的负担。儿子的婚结下来，父母还要承担十几万以上的债务。

等到儿子结婚有小孩后，儿子媳妇就会吵着要分家，多个儿子的家庭分家早。与南方农村不同，北方农村分家是把债务分给父母。这个时候，儿子和媳妇外出务工，父母一方面要带孙子，另一方面还要赚钱还债。十几万元的债务，需要年老的父母还上十年时间。等到债务还完，父母的劳动力差不多也就耗尽了，难以再为自己养老攒钱了。这个时候，他们对子代就给予了更多的希望，但是子代也有自己的一摊子事。他们要为自己儿子未来结婚而奔波，他们的时间、精力和物质资源也更多地要流向自己的儿子。于是留给父母的资源就会相对较少。也就是说，等到父母需要养老的时候，子代的负担是最重的，在资源有限的情况下，子代会顾此失彼，甚至只能顾一头。而父母对子代又有较重的寄托，这与子代较少的反馈形成张力，代际之间的矛盾和冲突就会很大。

彭：虽然"养儿防老"的传统观念依然盛行，但我在采访过程中发现，当前中国农村已经出现相当普遍的子女不愿赡养父母，甚至年迈的父母被子女赶出家门的情况。而在您看来，是之前以家庭为基础而非以个人权利为基础的习惯，已经导致了家产控制权转移与赡养义务之间的失衡。那么，如何有效地遏制此种失衡，或者说如何有效地保护乡村老人，特别是乡村空巢老人的利益，使之生活有质量生命有尊严？

贺：在中西部地区，在农村的现代化和城市化的过程中，农民不是不愿意养老，而是养老具有较大的机会成本，在外出务工与在家照顾老年人之间做出选择，大部分农民会选择前者，老年人自己也体谅子女的选择，他们知道子女也有一大家庭，负担重。至于年迈的父母被赶出家门的情况，在农村还是个别情况，或者说个别地区出现的情况。

至于说"养儿"与"防老"之间的失衡，原因很复杂，既有代际权力之间失衡的因素，也有代际责任失衡的原因，但更重要的是，这种失衡是现代性的必然结果。家庭养老是非流动性的、小农经济生活条件下的产物，它是农民在静止的村落空间下，在较少的农业剩余的条件下，将有限的家庭资源向不再有农业产出的老年人倾斜的一种制度形式。它得以存在的条件是，农村社会的非流动性，农民要在村庄中获得归属，村庄有抑制越轨和搭便车的能力，养老没有机会成本，农民分化较小，村庄和家庭是生活和生产的统一体，等等。在这种情况下，养儿与防老之间在权利和义务上是平衡的。

随着农村现代化，农民大规模脱离农村社会和农业社会，而进入城市社会和工业社会，农民的生活归属与生产领域脱离，农民在工业领域获得收入，就会使得务农、养老等会形成巨大的机会成本。也就是说，"养儿防老"是农业社会的养老方式，一旦当子代进入工业领域，而父代却只能依靠农业社会的养老方式养老时，二者就会出现咬合脱钩，必然会出问题。

这种失衡没法遏制，是中国现代化必须经历的阶段性问题，只能通过其他的措施予以缓和，让农村老年人遭受相对少的阵痛，使其晚年的生命更有质量和更有尊严。譬如，东南沿海工业内迁，使得内地农民也能在家门口务工，减少留守现象。

还如，国家在可承受的范围内，最低限度地给予农村老年人养老和医疗保障。目前每个六十岁以上的农村老年人，每月可以享受国家七八十元的新农保，老年人就觉得很开心，认为国家在关心他们，这么好的政策他们都想多活几年。国家的新农保，对于农村老年人来说，不仅是物质性的，可以解决一个月的粮油，更重要的是精神性的，老年人觉得受到了重视，有吃不向子女要也有了尊严。但国家的新农保，可以随着国力提升而适当提高。

彭：在我赴各地农村采访留守老人的同时，我也走访了各地不同的乡镇敬老院，国家在这一块也投入了大量的人力物力和财力。您认为当前农村乡镇敬老院是否适用乡村空巢老人需求，应从哪些方面对之进行改革，以更好地服务于广大乡村老人特别是乡村空巢老人的需求？

贺：从中西部地区许多乡镇敬老院的情况来看，国家的投入越来越多，基础条件和生活条件越来越好，但是入住率较低。在农村调查时发现，过去许多五保户，都不愿意进敬老院养老，空巢老人有子女，就更加不愿意进去。这与城市老年人进敬老院养老是趋势或无奈不同。村庄是熟人社会的社区，老年人生于斯死于斯，而乡镇敬老院脱离了熟人社会，农村老年人并不适应。解决办法可以是，在村庄社区内，举办类似敬老院的场所或机构。由老年人自己组织、自己管理和自己来照顾自己。

彭：《中国青年报》于2014年7月30日推出过一个专版，名叫《农村老人自杀的平静与惨烈》，您的学生，也是您现在所在的武汉大学社会学教授刘燕舞，用6年时间，深入湖北、山东、江苏、山西、河南、贵州等11个省份40多个村庄进行调查，调查乡村老人的生存现状，结果发现，农村老人的自杀，不论是过去，还是现在，都严重得超乎人们想象。更可怕的是，刘燕舞说，自杀在当地被视作正常甚至合理的事。有些老人甚至说："我们这儿的老人都有三个儿子，药儿子（喝农药）、绳儿子（上吊）、水儿子（投水），这三个儿子最可靠。"哈佛大学人类学博士吴飞也曾写过一本书，名叫《自杀作为中国问题》。人们会听见，字里行间那些沉默的哭泣，无形的泪血。人们也会看见，老人们站在生命的末梢，对扑面而来的厄运毫无办法。于是，一个接一个走上不归路。我在《空巢》中虽然没有书写乡村中自杀的老人，但不时听说有自杀的老人。从您的角度给我们聊一聊自杀这件严肃的大事。

贺：一直以来，年轻妇女和老年人是农村两类自杀高危群体。在2000年之前，农村自杀主要集中在年轻妇女身上，也有一部分老年人自杀。2000年之后，农村年轻妇女自杀迅速减少，或者说是零星出现，并总体带动了中国自杀率和农村自杀率的大幅度下降。但是2000年以后，出现的另一个问题，是农村老年人自杀有增多的趋势。

老年人自杀的原因很多，有整个社会结构变动的缘故。老年人原先在社会结构中属于强势群体，但是在社会结构扁平化、原子化转变之后，老年人在村庄和社会中的地位都急剧下降，他们在家庭冲突和资源方分配中处于弱势地位。一旦与家庭成员，主要是儿子、媳妇发生冲突，受气的主要是老年人。

还有伦理转型的缘故。过去赡养父母，是儿子主要的伦理责任，国家和村庄社会的规范要求，都是让子代将更多的资源流向养老，而轻子代自己的事业和对下一辈的抚养。但是在现代转变过程中，这种伦理取向被扭转，人们越来越重视年轻人的事业和下一辈的抚育，乃至老年人都要为之服务。所以在看待老年人的问题上，人们都从"有用"和"没用"来考量。能够支持子代事业、给子代减轻负担的老年人被认为是会做老人的老人，否则就不会做老人，也得不到人们的好评。

在这种伦理转向中，老人逐渐被忽略，而年轻人的自我利益被凸显出来。养老成为子代极大的机会成本，需要子代付出较多的时间、精力和金钱。农村富裕的上层农民，可以承担得起这些机会成本，包括可以给老年人提供保姆、治病和娱乐休闲等。但是大部分普通农民家庭无法提供，那么老人的许多基本需求和福利就会被忽略。

2000年以后，农村老年人自杀的关键词有三个，分别是孤独、疾病与负担。"孤独"，说的是许多老年人因为常年没有子代来看望而精神孤独寂寞，熬不过而自杀。子代要么外出务工常年不回家，要么在村子里也有自己的事，而忽略了觉得还能自理的老年人。在农村逐渐空心化的前提下，老年人要想不孤独，一是得有子女能够经常去看望，显然这对于外出务工的子女来说很难办到，即便对于在村庄里忙碌的子女，也是忙得没时间去看望。二是村里要有适合老年人玩耍（娱乐）的公共场合，而在中西部农村，有这种场所的地方较少。

"疾病"，说的是老年人得病后自杀的情况。老年人得病后要面临两个难题，一个是谁来照顾的问题，一个是谁来出钱治疗的问题。老年人一旦得病不能自理，就需要有专门人照料，而照料是需要子女抽出时间和精力来的。那么哪个子女会有这样的闲情逸致呢？显然大部分农村青壮年劳动力都外出务工了，他们要回来照顾老年人，就需要付出机会成本，一般的子女是不愿意的。出钱治疗要耗费子代既定的资源，而子代既定的资源，是要给孙辈读书、建房、娶媳妇或进城用的。哪个子代家庭都希望节省这部分资源，也就都不愿意出。老年人得病后，看着谁都指望不了，就谁都不指望了；看着儿子几个都负担很重，也不想再给他们添负担了。于是就很可能自行了断。如果老年人有老伴的话，得病后尚有人照顾，自杀的几率要小很多，而丧偶的"老年未亡人"自杀几率高。

"负担"，则说的是老年人看着自己年纪大了，需要子代的照顾，而子代自己又有一大家子要照顾，正是负担最重的时候，小孩在读高中、大学，或者要建房、娶媳妇等。老年人看着也心疼，想为儿子做点什么，但此时唯一能够给子代做的就是不给子代添负担。事实上，老年人一旦老到得病，或者不能自理之后，就一定会成为子代的负担。老年人要想不成为负担，就只能在自己没得病之前或者还能动之前就自杀。

2000年以前，老年人自杀在南中北农村都有发生，但以南方农村和中部农村为多。2000年以后，老年人自杀多发生在中部农村，北方农村老年人自杀在2010年以后有增多的趋势。

中部地区以江汉平原、芜湖一带为典型，也就是20世纪90年代学界概括的"长江自杀带"。前面已述，这个地方对老年人自杀有约束力的传统的村庄结构、家庭结构和伦理规范已消亡殆尽，老年人除了国家之外，很难于村庄社会寻求救助。进一步来说，村庄现在的社会生活及意识形态，包括对老年人的期待、对自杀的态度等，都是不利于老年人生活的，尤其不利于得病和丧失劳动能力的老年人生活。

另一方面，中部地区血缘地缘关系很弱，相互之间的"自己人"观念很淡，同一村庄内部的村民之间的"你追我赶"的竞争就很激烈，大家谁都不服谁，谁都想超过谁。竞争的目标，主要是子女教育和进城。于是，几乎所有家庭都会拼命地调动家庭所有的资源和劳动力，向这两个方向使力。凡是有利于家庭在这两个方面竞争的行为，就具有最高政治正确性，凡是不利于家庭在这两个方面竞争的就没有政治正确性。而对老年人的治病和照顾，都与这两个方面背道而驰，因而家庭资源就会较少地往这方面流动。于是，不仅年轻人觉得给老年人养老是负担，老年人也这么觉得。

即使说，在中部农村，一方面对老年人自杀没有什么顾忌，甚至觉得老年人自杀是很勇敢的行为；另一方面老年人又是年轻人参与城市化竞争的负担，那么老年人自然在认为自己（要）成为子代父代负担的时候就很可能选择自杀。

在其他农村地区，尤其是北方农村地区，子代家庭参与村庄竞争的压力越来越大，负担越来越重，对父代的照顾和资源流向也就会越来越少，跟父代所期待的张力就会越来越大。父代在这种压力中，就很可能愤而自杀。通过对信阳、陕西等地农村的调研，我们发现这种情况在增多。

2000年以后，农村老年人自杀增多，更是农村加速纳入现代社会生活之一部分的结果。在过去，农村生活是小农经济体系下的生活，老年人的生活与农村整体生活的一部分，二者是统一的。农民在村庄中自给自足，村庄既是生活的场域，也是生产的场域。村庄内部，农民家庭之间的关系，更多的是互助合作的关系，而非竞争的关系，村庄讲究的是众人抬众人。即便是在北方多姓杂居的村庄，村庄内部也有一套规范体系来抑制小亲族之间的竞争，而加强小亲族之间在生活、生产和御外上的合作。因而家庭资源，不是以竞争为导向，而是以既定规则为导向。如在灾害年份少粮少药的情况下，家庭资源更多地流向老年人和男子，而非妇女和小孩。

农村现代化之后，通过革命运动、国家政权建设、价值观改造、现代教育、市场经济、人口流动、城市化、信息化等方式，冲破和瓦解了农村传统的血缘地缘关系。家庭作为独立的财产单位和利益单位凸显出来，变成了竞争的主体。村庄也从互助合作单元，变成了斤斤计较、尔虞我诈的"竞争社会"。村庄竞争被纳入整个中国社会现代化、城市化进程，农民家庭之间竞争的逻辑要服从和服务于现代化和城市化的逻辑。也就是说，农民家庭之间竞争的标的，一定是与现代化和城市化发展相关的，而不是无关或相反的。如大部分地区农民的面子竞争，从之前在农村建一套房子，变成到城市买一套房子，或者农民的生活和消费水平（品位）向城市看齐靠拢。但是农民家庭之间，一般不会竞争着看谁家对老年人好，看谁把自己的老年人照顾得更好。因为照顾老年人与现代化、城市化无关，而且还要白白耗费农民现代化和城市化的资源。

既然照顾老年人，与农民家庭现代化和城市化构成了悖论，而农民的现代化和城市化又是不可逆的，那么农民家庭现代化和城市化程度越高——越需要外出打工、越需要将资源放到现代化和城市化中去，对老年人越不利，老年人就越可能在这种矛盾下走向自杀。说白了，农民家庭的现代化和城市化是不可逆的趋势，而通过家庭养老是小农经济社会的产物，二者之间矛盾必然不可调和，农村老年人自杀也就是二者不可调和的产物。

彭：社会学家认为，传统中国家庭代际关系的核心是"反哺"。"父慈子孝"是传统社会理想的家庭关系模式，它不仅反映了父母对子女深厚、自然和淳朴的爱，而且反映了子女对父母的亲情之爱。他们还体现了父母和子女之间"反哺"式的双向义务伦理实质，是父子血缘天性的伦理升华。作为一位未老人，我很憧憬这种养老方式，但这种以父子关系为主轴的平衡代际关系早已被打破，乡村日常生活中的礼治已经全面崩溃，由此，渐渐丧失劳动能力的乡村空巢老人特别是高龄老人的养老问题更加凸显，地方政府应该从哪些方面着手去维护老人们的合法权益？

"百善孝为先"，中华民族有着根深蒂固的传统孝道文化，大力弘扬和倡导这种理应受到全社会尊崇的孝道精神，能否促进孝道精神的回归，从而改善乡村老人被忽视的现实处境？在政府的大力倡导下，孝道能不能完美回归，能不能在现实社会中发挥积极作用？

贺：前面说了，"养儿防老""父慈子孝"是小农经济社会条件下的产物，它只适合于在生活和生产于一体的传统农业社会。中西部地区，农民快速城市化的过程中，这种养老方式已经难以维系，并且确实出了很多问题。在分析中西部地区的养老时，我们可以反观东南沿海地区是如何解决这个问题的。

总体来说，东部地区既没有出现养老上的困境，也没有出现留守问题，更少有老年人自杀问题。原因在哪儿呢？

一是东部沿海地区市场机会非常多。农民在城市化进程中竞争的不仅仅是家庭的劳动力，还有市场机会。而中西部地区竞争，主要是劳动力，要充分调动家庭劳动力，否则就无法推动子代城市化。东部地区市场机会充裕，那么对家庭劳动力的调动就不需要那么刚性，而是要机动得多。如在中西部地区，必须夫妻俩都外出务工才能获得足够的收入。而在东部地区，如果家里有老年人需要照顾，年轻夫妻中的妇女就可以回去照顾老人，年轻男子多努力点，就可以赚回两个人的收入。同时，因为年轻人能够赚足可达到中等水平的收入，不需要为减轻子代父代压力着想，他们的心理压力和精神负担不会太重。因为没有调动劳动力上的紧张，就不会出现代际关系方面的紧张，代际关系是情感性的，不是经济性的，因而平衡而和谐。

二是因为东部沿海地区市场机会多。正规就业与非正规就业机会都多，年轻人到正规领域就业，中老年人就可以在非正规领域就业，同样可以获得可观的收入。有的老年人甚至到八十多岁，都可以获得一定的收入。这样，老年人就可以自己养活自己，不需要向子女索要。

三是东南沿海地区城乡实现了一体化。农民工就业距离较短，每个星期都可以回家看望父母，父母生病了可以回去照顾，而不耽搁务工。老年人也可以坐公交车每个星期去城里看望子女，为他们送菜送米。也就是说，在东部沿海地区，不会出现留守老人的现象，也不会出现老年人孤独现象。而中西部地区，年轻人返乡看老人和照顾老人，都要支付较大的机会成本。

363

四是东部沿海地区，地方经济发达，能够支付得起农民的社会养老保险。这些地方的农民，不仅给自己买养老保险，而且给父母买养老保险和医疗保险。等到年老的时候，就可以领养老保险，生病的时候也有医疗保险，不会给子女增添负担。这样，老年人到老了、生病了、不能自理了的时候，也不会对子女有太多的内疚感。

五是老年人在农村养老，文化社会也搞得好。东部沿海地区，在老年人的文娱活动上，下了很大的功夫，包括文体中心，老年人活动中心，文娱队、文娱活动、慰问等方面都下了很大功夫。这些条件给老年人提供了打发时间和发挥余热、锻炼身体、娱乐身心提供了物质基础和组织基础。

总的来说，东部沿海的农村，老年人的养老，很大程度上实现了社会养老，与子代个体家庭关系不是太大。子代家庭做得最多的是"子孝"的一面，不是在经济上给予支付，而是在情感的沟通上。子代有经常性的时间跟老年人沟通和交流。

而中西部地区的条件，就造成了农民现代化和城市化的面向与家庭养老之间的矛盾，乃至老年人的合法权益也可能被践踏。就中西部地区地方政府而言，可以从以下几个方面着手维护农村老年人的合法权益：一是要发挥村组两级的基础性作用，针对子代虐待老人方面，如辱骂殴打老人、不给予老年人基本生活资源、不给予老年人基本的物质和精神照料等，要首先通过村庄社区内的村组两级进行教育和批评，在村庄中构建有关养老的公共性舆论；二是对于村组两级介入后不能改变的行为，要通过国家机器予以强制性纠正，包括乡镇司法介入；三是组织创建村一级的老年人协会等组织，给老年人一个属于自己的精神家园，让老年人在其中有归属感，能够玩得尽兴，玩得舒畅，感觉时间过得快，还能够维护老年人的一些基本权益，让老年人获得体面有尊严，等等。

至于孝道精神，毋庸置疑，如果有孝顺的儿女，老人的晚年生活当然会愉快些。但是，在一个制度健全的文明社会，任何人的幸福本身就应该有制度和法律的保障，而不是单单建立在某个人的道德水平之上。倡导孝道精神当然比不倡导肯定要好一些，关键是如何落实到农村基层组织上去。但孝道精神完美回归不可能，某种意义上也不必要。因为时代完全不同了。

彭：居家养老在北上广等经济发达地区大力推行，《北京市居家养老服务条例》经2015年1月29日北京市第十四届人民代表大会第3次会议通过，自2015年5月1日起施行。在居家养老服务上创新社会治理方式，强化"政府主导、社会参与、专业运营、聚焦居家的社会合作型"居家养老服务新模式。《条例》出台后，获得了广大群众广泛关注和期待，经过一年多实施，《条例》规定基本切实可行，各项落实工作正在全面开展。我在广东东莞中堂镇也采访过当地的居家养老模式，也是采用此种社会合作型居家养老服务新模式，免费对80岁以上老人实行送服务上门的方式，也取得很好的效果。居家养老是否适用广大乡村？如果不适用，有什么更有效的养老方式？

贺：北上广等发达地区推出的居家养老的方式，在中西部地区可以有借鉴意义，但无须推广开去。主要原因是中西部地区地方政府无法支付高额的运转费用。首先，政府主导，需要政府出钱、出力及进行组织建设，最后的结果是政府完全给包起来，其间形成的巨额费用，地方政府根本无力承担。其次，社会参与，中西部地区本来就是人财物大量外流，村庄社会内部根本无法形成参与的主体、形式和组织。再次，专业运营需要的是专业性的机构，其服务是需要花钱的，农民家庭是支付不起这笔费用的，那么只有政府购买，政府也没钱。最后是聚焦居家，在家养老确实比到养老机构中养老要更符合农民的基本需求。但是在青壮年外出，又无法支付专业机构巨额费用的情况下，谁来照顾老年人就会成为问题。

从我们在中西部地区农村的调研来看，有的地方的农民合作养老的试验较为成功。譬如江苏有一个村庄，村里提供类似老年人活动中心之类的公共场所，老年人自己组织、自己管理，不仅可以在里面娱

365

乐休闲，还能够提供一日两餐的饮食。老年人自带粮食到活动中心，一天都可以待在活动中心，由年纪较轻的老年人负责年纪较大老年人的伙食。傍晚之后，老年人就回家去了，年纪大的走不动的老年人，由年纪较轻的老年人驱车（扶）送回去。有些生病或不能自理的老年人，还可以在活动中心住下，也由年纪较轻的老年人照顾。老年活动中心旁边就是村卫生室，如果老年人觉得有不适就可以第一时间得到医生的看护。这种通过村里提供场所、老年人自带粮食、由年纪较轻的老年人照顾高龄老年人的机制，可以很好地在村庄社区内解决养老问题，也不需要付出额外的照料成本，更不需要专业机构介入。但关键需要有一个强有力的村级组织，首先能够将老年人组织起来，形成相互照顾的习惯和传统。

对农村老年人的照料，有几个前提条件需要明确，其一是，农村老年人养老需要在村庄社区内完成，村庄社区是熟人社会，老年人在里头有熟悉感和安全感。其二是，老年人及其子代无法在养老上提供超出老年人基本生活和医疗费用以外的费用。所有的养老方式创新，需要以不增加家庭养老成本为基础。其三是，中西部地区的地方政府也无法将农村老年人的养老问题给包起来，养老方式的创新，也要以不大幅增加政府开支为基础。其四是，农村老年人需要的不是特殊的、周到的照料，而是基本的、底线式的照料。其五是，在熟人社会中老年人自己的资源可以充分利用。熟人社会的好处是知根知底，又沾亲带故，相互之间有人情和面子，可以很好地合作起来。而年轻的老年人，虽然在就业市场和农业领域已是无效劳动力，但是在生活做饭、照顾老年人起居上依然是有效劳动力。

彭： 您致力于乡村治理研究已有二十年，您认为中国农村发展方向如何，在这一发展过程中，如何更好地解决养老问题？

贺： 城市化是中国发展的方向，也是世界发展的趋势。中国还有大量的农民，在未来数十年内要城市化。也可以想见未来的数十年，大部分中西部农村将走向衰弱，而真正实现乡村振兴的，是那些能够容纳适当产业、消化一定就业、聚集大量农民的中心村和中心镇。

在农民快速城市化和乡村振兴同步发展的过程中，农村养老既不能完全交由家庭来承担，也不能完全由国家来保障，要找到二者的有效结合点，走一条适合于中国农村特殊情况的养老之路。

彭：老人们的生命尊严可以说得更具体吗？这种尊严里是否包括了几千年农耕文明的乡绅传统的失落？城市化已不可逆，可以说空巢会越来越严重，但是否随着城乡间新的结构重建，特别是农民工返乡，有条件的城市人回归田园，以及城乡物流打通，健康需求扩大，乃至远程医疗及未来交通的解决，会有某个节点，现在看来很严重的问题也会出现新的转机？参照西方社会和家庭结构，老人们是否也有一些主动改变的办法，如不过多倚重儿女，增加自己的兴趣，让代际关系更独立，更自由，其实也可能更各自安心。

贺：十九大报告提出乡村振兴战略，2018年中央一号文件又对"乡村振兴战略"进行了系统阐释。而解决老人养老问题，是乡村振兴中需要重点考虑的问题。农村老年人如果没有或较少物质和精神两个负担，其晚景生活就会相对体面和有尊严。就物质负担而言，老年人对物质生活的追求并不高，一般维持在底线水平，即能够获得基本的生活开支和得到日常照料，包括口粮按时供应、生病及不能自理之后能够得到及时诊治和关照。就精神负担而言，农村老年人在其所在社会规制下完成人生任务，得到后辈的经常性看望和慰问，有自己的生活娱乐圈子，能够较快地打发时间，身心就会较为愉快舒畅，自我就会有归属感和安全感，这可谓之没有精神负担。而农村老年人的生命是否有尊严，与乡绅传统失落没关联，它是一种老人们在相对较低的物质和精神负担下的一种自我体验。

随着农村社会的发展，农村人的思想观念也在发生变化。在养老问题上，越来越多的农民开始有自己的打算。很多人开始觉悟，认为养儿子不一定能够防老，不一定保险，而最保险的是买保险。他们同时也有这么一种思想，就是不想自己年老之后成为儿女的负担，成为子女讨嫌的对象。所以，在他们还身强体壮的时候就开始为自己的养老着想，包括开始存钱和买保险。这种观念和行为，说明新一代的父母对子女的期待减少了，而相应的子代对父代的责任减弱了，代际关系的重心不再是义务与责任，更多的是体谅与情感。再加上国家对农民相关保障的加强、城乡沟通的物质基础不断健全和完善，以后农村老年人的养老会较少地依赖于子女，代际关系的紧张程度会减弱，情感性会增强。

彭晓玲：您从什么时候起专注于老龄产业方向研究？目前我国老龄产业发展现状如何？

郑志刚（以下简称郑）：我是2010年年底开始专注于老龄产业方向研究。目前我国老龄产业发展现状：一是大力发展老龄产业已上升到国家战略层面。无论是新修订的老年人权益保障法，还是国务院制定的《"十三五"国家老龄事业发展和养老体系建设规划》，老龄产业的重要地位越来越凸显。二是老龄产业政策体系不断健全。近几年，《国务院关于加快发展养老服务业的若干意见》（国发〔2013〕35号）等政策密集出台。三是老龄产业供给侧呈现了快速兴起的势头。服务主体、资金来源、服务对象更加多元，投资模式和经营机制不断创新。

2010年1月，中国老龄产业协会挂牌成立，标志着中国老龄产业迈上发展正轨。自2010年以来，无论是政府相关部门还是学术界，无论是企业界还是社会力量，关于发展老龄产业的大方向已经形成普遍共识。不过，我国老龄产业的发展还处在一个初级阶段。理论认识的不统一、政策的"碎片化"、市场环境的不完善以及老年人有效消费水平低等原因，造成了现阶段我国老龄产业发展相对滞后的局面。

彭：从人口的金字塔图看，人口老龄化大势所趋，且不可逆。在您看来，现在的社会从年轻社会，一直到2050年我们面临的人口老龄化社会，年轻的思维模式要转向老龄思维模式，政治、经济、文化、生态、社会等都要随着整个社会形态的改变而改变。那么，在广大的乡村社会，当下老龄化现状如何？这一现象在国际上有无先例？我们应该如何积极应对？

郑：据第四次中国城乡老年人生活状况抽样调查结果显示，2015年，农村老年人口占全国老年人口的48.0%。2014年，中国城镇老年人年人均收入达到23930元，农村老年人年人均收入达到7621元。21世纪农村人口老龄化程度将始终高于城镇，差值最高的2033年达到13.4个百分点。区域常住人口老龄化呈现出东部放缓、中西部不断加快的态势，随着中西部青壮年人口向东部流动，这种态势还将进一步加剧。农村的老龄问题更加严峻，例如农村老年人住所不适养老问题，精神孤独问题尤为突出。

由于中国农村老年人在数量、结构、素质上的复杂性，中国农村的老龄化现状在国际上尚无先例。

我们该如何积极应对这一现象呢？这需要我们站在党和国家事业发展全局的高度，坚持党委领导、政府主导、社会参与、全民行动相结合，树立积极老龄观，不断完善农村养老保障体系，加快农村养老服务体系建设，推动农村老龄事业全面协调可持续发展。

彭：人的逐步衰落也不可逆，互联网保险与医疗健康在面对人能力衰退甚至到未来严重失能的情况下，可以发挥自己独特的功能与作用。这种模式同样适用于广大乡村老人吗？您认为针对中国农村老龄化发展趋势，在乡村可以推广哪些养老产业？

郑：互联网保险与医疗健康同样适用于广大乡村老人。互联网技术的优势之一就是突破时空限制，这也使得很多老龄服务不受时间、空间限制，让广大乡村老人受益。而近几年快速发展的互联网保险与医疗健康同样也会使广大乡村老人受益。

针对中国农村老龄化发展趋势，在中国的乡村，推广养老产业需要因时、因地、因人而异，没有一个统一的标准模式。但有一些产业是共性的，例如老年就餐、医疗健康、应急巡防、老年旅游、老年用品等，都是有大力发展空间的产业方向。

彭：在您看来，从社会养老服务体系角度而言，过去是机构养老，现在是大力推广社区养老和居家养老，未来要推广医养结合。您也曾经考察过浏阳银杏养护院的医养结合模式，此种方式，是否适合广大乡村老人，特别是乡村空巢老人？如何更好地服务于广大乡村老人？

郑：浏阳银杏养护院的医养结合模式，针对的人群主要是需要专业照护服务的失能、失智老年人。但并不适合广大乡村老人，特别是空巢老人。因为大多数老年人，特别是空巢老年人，在身体健康能自理的情况下，并不需要太多的专业照护服务，需要更多的是健康指导、精神慰藉等服务。

如何更好地服务于广大乡村老人？需要发挥多方面的力量，根据各地实际情况，基于居家养老、社区养老、机构养老、互助养老、志愿服务等多种模式开展服务，让广大乡村老年人，特别是乡村空巢老人，有更多获得感、幸福感。

采访时间：

浏阳市：2018年2月20日、2月21日、2月25日、2月26日、2月27日

采访后记

就在2017年年底，念及我即将参加长沙市政协大会，我想在小组讨论上就基层机构养老提些自己的看法，以引起委员们对养老现状的关注及相关部门的思考，为老人们鼓与呼。我来到了浏阳城区银杏养护院，就此认识了院长杨玲。我没想到杨玲如此年轻，刚刚30出头，说话声音温柔，脸上洋溢着亲和的笑容，天生一副逗老人喜欢的模样。但年轻的杨玲从事养老事业已有11年了，早在2006年她被查出患有罕见的"绝症"——红斑狼疮，医生给出的结论是，活不过30岁。当时她最担忧的是双亲无人照顾，人处低谷更清醒，她发现就在自己的身边，还有不少身体羸弱，却无人照顾的"空巢老人"。如何才能弥补这些老人的孤独和遗憾呢？她当时就跟父母提出来，她想办个养

老院，当时父母就把所有的积蓄拿出来支持她。

银杏养老院和银杏康复医院陆续在古港集镇建成，但入住的大都是农村里的失智失能老人，由于没有照护经验，又招不到专业护理人员，才20出头的杨玲遭遇了各种压力。一番思考后，她于2008年前往苏州、上海等地学习经验，再对照院内的实际情况，她成功总结了一套专门针对失智失能老人的护理办法。但依然力不从心，到2010年年初，杨玲送了一批护理员到苏州夕阳红护理院学习，并决心走医养结合的发展模式。

没想到她这一决策倒走对了，她的养护院影响越来越大，至今已经先后照顾了数百位失智失能老人，又于2017年上半年在浏阳城区新办了一家养护院。为了能照顾更多的老人，杨玲还打算扩大自己的养老机构。

当我随着杨玲一一走过那些老人房间时，我仿佛走在东莞樟木头镇及东城区敬老院里，整洁而又秩序井然，老人大都神情安然。我不禁由衷地赞扬她，杨玲却羞涩地笑了，她说她才刚刚开始，在医养结合这条路上，她一定要坚定地走下去。

后来，我不时地去银杏养老院，看看老人，找杨玲聊聊医养结合的艰辛与收获。我也会不时找小肖聊聊老人的话题，了解他老家老人们的生活。他们的三言两话，往往如清溪洗濯了我迷惘的眼目，让我得以看清现实的无奈和未来的曙光。

当得知《空巢》将要再版时，我不由得万分感动，我想这是那些老人给我带来的福气。在某种意义上，我的这些文字能够通向老人现实处境，能够触摸到老人沉默的内心。我也清楚地知道，我所呈现的所谓真实存在，只是涵盖着某种偏见或者只是冰山一角，但我想我已尽力做到真诚。我想，如果读过《空巢》的人，或许能去认真关注和思索空巢老人的生存现状，或许从而行动起来去找寻解决的路径。

说到底，老人们的生活，不高尚也不卑微，或许病痛缠身，但不怨天尤人，他们大多数依然靠自己的辛苦劳动挣钱穿衣吃饭，并获得些许的满足。他们并不需要悲悯，浅薄的悲悯只是贬低了他们的存在。老人不应该只被悲悯，相反，我们要为他们的勇敢、坚韧及忍耐而骄傲，为他们在严酷的生活面前，仍然努力保持着人的尊严、家的温暖而骄傲。

我不能放下那些老人，那些乡村老人，虽然在身体上和行为上，我或许已经离开了，但我的牵挂还在他们身上。我清清楚楚地看到我未来的道路，我与老人之间将有千丝万缕的联系。但反观近年来的行走，我知道老人在一天天衰老，但他们中的许多，特别是那些留守乡村老人的现实处境依然如故。虽然我的书写也曾在现实的生活里泛起点点涟漪，作家出版社和湖南省作家协会还联合为《空巢》在北京举办了研讨会，越来越多的人在为老人们呐喊为老人们奔走，但我的声音竟然如此微弱。那天离开张水美老太太之后，走在空寂的楼梯间，我禁不住泪流满面。或许，我从来都没有真正进入老人的世界，未曾真正与老人打成一片，我只是他们的过客。我由此愧疚，一种深深的挫败感笼罩着我。

再来看之前的那只小青蛙虽令人着迷，却总让人有种隔膜感，因为哪怕回家，它也只是低头做自己的事，默不作声。每到一地，只会寄来一张照片，让你知道它看到了怎样的风景，正和谁在一起。人们或许会觉得养这只青蛙没意思，正如小潘说的，除了等待还是等待。但在现实生活中，面对自己的父母，又有多少人比小青蛙做得好呢？会意识到父母已经年老了，剩下来的日子不多了，需要陪伴和照顾？

图书在版编目（CIP）数据

空巢：乡村留守老人生活现状启示录 / 彭晓玲 著. －－ 北京：作家出版社，2016.3（2018.3　重印）

　　ISBN 978-7-5063-8781-1

　　Ⅰ．①空… Ⅱ．①彭… Ⅲ．①纪实文学－作品集－中国－当代 Ⅳ．①I25

中国版本图书馆CIP数据核字（2016）第045242号

空巢：乡村留守老人生活现状启示录

作　　者：彭晓玲
责任编辑：翟婧婧
装帧设计：回归线视觉传达
出版发行：作家出版社
社　　址：北京农展馆南里10号　　　　　邮　　编：100125
电话传真：86-10-65930756（出版发行部）
　　　　　86-10-65004079（总编室）
　　　　　86-10-65015116（邮购部）
E-mail:zuojia@zuojia.net.cn
http://www.haozuojia.com（作家在线）
印　　刷：三河市兴博印务有限公司
成品尺寸：152×230
字　　数：315千
印　　张：24
版　　次：2016年3月第1版
印　　次：2018年3月第2次印刷
ISBN 978-7-5063-8781-1
定　　价：38.00元